A tous ceux que j'aime et
à qui je ne l'ai pas assez dit…

Les personnages de ce roman sont imaginaires et toute ressemblance avec des personnes réelles, vivantes ou décédées, ne pourrait être que fortuite.

JOHAN DUVAL

TEMPUS MORTUORUM
(L'Ere des Morts)

Tome 1
Sweet Home

© **JohanDuval, 2013-2014**
ISBN : 978-2-9537762-2-5

Première partie :
UNE SEMAINE EN ENFER

« Naguère, la mort était une sorte de récompense – la promesse d'un sommeil que ne viendrait jamais troubler la sonnerie du réveil. »

George A. Romero

PROLOGUE

« And I heard a voice in the midst of the four beasts
And I looked and behold, a pale horse
And it's name it said on him was Death
And Hell followed with him. »
Johnny Cash, *The Man Comes Around*

Samedi 26 janvier 2013,
La Rochelle, avenue Jean Guiton
14h36

Nous sortons de l'agence immobilière le moral pas tout à fait dans les chaussettes mais pas très loin, disons entre le genou et la cheville. Chloé marche à côté de moi, magnifique dans sa robe portefeuille noire malgré le masque de déception qui dénature son visage. Nous avalons en silence les quelques mètres nous séparant de notre voiture et nous nous y réfugions en hâte, fuyant le froid piquant de cette fin janvier. Les rendez-vous avec deux banques puis cette agence suffiront. Pas besoin d'avoir fait Saint-Cyr pour comprendre que notre situation actuelle ne nous permettra pas dans l'immédiat de devenir propriétaires d'un appartement ou d'une petite maison qui répondrait à nos critères de nécessité.

Je mets le contact et prends la direction du quartier de Bel-Air où nous allons malgré tout, voir, grâce aux indications que l'agent immobilier nous a données ainsi qu'aux fiches qu'elle nous a imprimées, à quoi ressemblent les biens proposés.

Nous tournons quelques minutes dans le quartier, avant d'identifier l'immeuble susceptible d'abriter l'appartement que nous avions repéré sur internet. De toute manière nous ne sommes pas emballés par l'environnement. Nous poussons ensuite un peu plus loin jusqu'à Mireuil et trouvons également la petite maison évoquée par l'agent. La balade nous aura au moins confortés dans l'idée que nous ne désirions pas trop nous éloigner du centre-ville.

Nous rentrons finalement et, devant un café, nous nous lançons dans une discussion de longue haleine sur ce que nous devons mettre en place pour atteindre nos objectifs. Il va falloir se serrer la ceinture et envisager certaines privations. On n'a rien sans rien.

Lundi 28 janvier 2013,
La Rochelle, rue Marius Lacroix
15h30

En arrivant à l'agence Erdf pour décharger mon TSP, l'appareil que j'utilise pour relever les compteurs d'électricité et de gaz, je débarque en pleine cacophonie. Tous mes collègues sont agités. Franck est en train de raconter qu'il a failli se faire étrangler par un client très remonté, et chacun y va de sa petite anecdote quotidienne. Du coup, j'y mets mon grain de sel une fois le tumulte un peu retombé et j'explique comment, de mon côté, une femme d'une cinquantaine d'années s'est mise à dérailler parce que j'avais finalement frappé à sa porte alors que sa sonnette ne fonctionnait pas.

— C'est peut-être la pleine lune ce soir ? hasarde notre responsable, David.

— Je sais pas, lui répond François, mais ils sont graves les gens en ce moment.

— En tout cas, l'aut'connasse elle m'a pourri ma journée dès le matin, renchérit Alex. J'étais en train de relever tranquille des gaines à Mireuil quand la nana elle m'a sauté dessus parce que soi-disant je faisais trop de bruit. Elle m'a cassé les couilles pendant trois quarts d'heure. J'ai cru que j'allais la planter avec mon tournevis. Si j'ai une réclamation à cause d'elle je retourne lui faire la misère !

— Enfin bon c'est dommage, ça faisait un moment qu'on n'avait pas eu une belle journée comme ça, dis-je en m'installant devant l'ordinateur pour décharger mes circuits et charger ceux des deux prochaines journées.

— N'hésitez pas les gars, signalez quand vous avez des clients qui sont borderline. En cas de réclamations, ça peut aider à les faire sauter, rajoute David comme pour clore la polémique.

16h02

En sortant du bureau, nous levons tous la tête au passage d'un hélicoptère déchirant les cieux de son vrombissement caractéristique. Franck nous fait alors remarquer, à juste titre d'ailleurs, que les gars de la sécurité civile n'ont pas arrêté d'aller et venir toute la journée. Je me rends effectivement compte que le bruit des rotors a écorché le ciel plus qu'à l'accoutumé.

— Les gens n'ont pas fait chier que nous on dirait ! plaisante Alex en rentrant dans sa vieille Mégane. Salut les gars, à mercredi !

— C'est comme les ambulances et les pompiers, ils étaient de sortie aujourd'hui, ajoute François.

— Le monde devient fou mon ami ! lance alors Franck à la volée tandis que chacun se dirige maintenant vers sa voiture.

Nous nous sourions et prenons congé les uns des autres. Je repense à ma cliente et sa sonnette qui ne fonctionnait pas. Il y a vraiment des jours comme ça où il faut être plus que patient. La journée a été particulièrement belle et ensoleillée mais entachée par de nombreuses personnes aux comportements irrespectueux et incivils.

Alors que je viens de m'engager dans le rond-point du Champs de Mars, je freine brusquement à la vue de l'ambulance qui arrive en face et lui cède le passage afin de lui permettre de traverser le carrefour giratoire toute sirène hurlante.

La Rochelle, Résidence Les Voiliers
17h12

Le téléphone sonne et Chloé décroche. Je comprends vite que ça va être le genre de coup de fil dont j'ai horreur lorsque je l'entends dire :
— Je vous passe mon ami, c'est lui qui s'occupe de tout ça.

Elle s'approche de moi, alors occupé devant mon ordinateur portable à écumer une énième fois les sites de petites annonces à la recherche d'une carrière plus prometteuse, me tend le combiné et me chuchote, la main couvrant le micro, qu'il s'agit du courtier.

Je prends l'appel et écoute l'agent de change m'expliquer son rôle et notre intérêt à passer par lui pour obtenir un accord de prêt, et nous fixons donc un rendez-vous pour le mercredi à venir.

Je raccroche, perplexe quant à l'utilité immédiate de la démarche. Nous en avons largement discuté ce week-end et en sommes arrivés à la conclusion suivante : nous allons encore nous laisser un peu de temps et nous faire violence pour épargner un maximum, le but étant de se donner les moyens de nos envies.

Samedi, après notre rendez-vous avec l'agent immobilier, nous avons même abordé l'éventualité de revendre notre voiture au profit d'une petite occasion à moindre coût afin de solder le crédit auto au plus vite. J'avoue avoir du mal avec cette option. Je suis attaché à notre Chevrolet et je n'arrive pas à me faire à l'idée de m'en séparer. Cette voiture, qui m'a tout de même valu d'être surnommé Doc par mes collègues en raison, selon eux, de sa ligne classe et ministérielle, est exactement le genre de voiture dont j'ai toujours rêvé mais que je n'aurais jamais osé m'offrir seul. Chloé parlait de mettre une annonce au plus vite si on se décidait. Et pour mettre toutes les chances de notre côté, il fallait commencer par la rendre plus belle qu'au premier jour pour ensuite faire les photos qui susciteraient le désir. Personnellement, j'avoue que le temps exécrable qu'il a fait le lendemain m'a sauvé la mise en repoussant l'échéance du kärcher, même si je sais qu'il nous faudra bien prendre une décision définitive à ce sujet.

Le jour d'avant :
UN VENT DE FOLIE

> « Il faut oublier les folies d'un jour
> pour faire place à celles du
> lendemain. »
> David Hume

Mardi 29 janvier 2013,
La Rochelle, quai du Lazaret
13h10

Le beau temps de la veille a laissé place à une de ces tristes et sempiternelles journées de pluie où le ciel gris nous sape le moral et la bruine discontinue joue avec nos nerfs. Je suis avec Franck, nous avons mangé ensemble, au sec dans sa voiture garée sur le parking du forum des Pertuis, à regarder les mats des bateaux de plaisance tanguer au gré d'une mer tourmentée. Je profite du coup de fil qu'il passe à « maman » comme il dit, sa copine, pour appeler Chloé de mon côté. Je remonte la capuche de mon coupe-vent et sors sous la pluie.

— Coucou bébé, ça va ? demandé-je en l'entendant répondre.

— Oui et toi ? Pas trop de pluie ?

— Si, ça n'arrête pas depuis ce matin.

— Tu n'as pas eu de problèmes avec tes clients aujourd'hui ?

— Non, mis à part une mauvaise humeur générale assez désagréable. Pourquoi ?

— Il se passe des trucs bizarres au journal télé.

— Comme quoi ?

— Ils ont parlé d'une vague soudaine et inexpliquée d'agressions un peu partout en France, surtout dans les grandes villes. Des gens qui se battent pour un oui ou pour un non.

J'entends à sa voix qu'elle est crispée. Je lui avais raconté hier soir les différents incidents que mes collègues avaient rapportés de leur journée, ainsi que les miens. Le lien doit lui sembler évident, aussi je décide de faire une plaisanterie afin de détendre un peu l'atmosphère :

— Les mayas se sont peut-être trompés de jour pour la fin du monde !

— Arrête, c'est pas drôle ! Tu verrais les images aux infos, on dirait que les gens sont fous ! Ça fait peur !

— Bah écoute, ce matin je n'ai pas vu grand monde, ça a été.

Je ne lui parle pas des comportements étranges dont m'a déjà fait part Franck et dont il a été le témoin toute la matinée, histoire de ne pas rajouter d'huile sur le feu.

— Tu fais attention à toi ?

— Bien sûr, ne t'inquiète pas. Je te laisse, bisous mon bébé.

Nous raccrochons, je glisse mon portable dans ma poche et lève la tête. Durant la discussion, mes pas m'ont mené au bord du quai où se balancent voiliers et multicoques. Dans cette agitation incessante, je distingue deux silhouettes sur le pont d'une vedette d'une quinzaine de mètres. Elles gesticulent en tous sens et leur conversation semble très animée. Sans doute une querelle de couple. Mais quelle idée de se disputer sur le pont d'un bateau en pleine tempête !

Franck me rejoint, franchissant à grands pas le petit talus séparant le parking du quai.

— Tu vas pas me croire, maman vient de me dire un truc de dingue !

Je lui désigne d'un mouvement de tête les deux individus qui en viennent maintenant aux mains. L'un d'eux, le plus grand, agrippe l'autre par le col et le secoue vigoureusement. Ce dernier se libère et part s'enfermer dans la cabine. Nous voyons l'autre commencer à s'acharner sur la porte pour entrer.

— Elle t'a parlé des infos et de la folie qui gagne les gens un peu partout en France ? lui demandé-je.

— Qu'est-ce qu'il se passe à ton avis ?

Au même moment, le feulement de deux hélicoptères de la sécurité civile nous fait relever la tête. Les appareils glissent au-dessus de nous et en quelques secondes ils ont disparu au large.

— J'en sais foutrement rien mais plus tôt j'aurai fini, plus tôt je rentrerai chez moi. On y va ?

— Go !

Nous quittons le quai et retournons à la voiture. Avant de descendre le talus, je me retourne une dernière fois vers le bassin, il n'y a plus personne sur le pont du bateau.

La Rochelle, rue de la Loire
14h06

Je regarde l'heure et soupire, impatient de finir mon circuit et de rentrer. Il pleut sans discontinuer depuis la reprise de ma tournée et pour couronner le tout, trois clients sur quatre chez qui il me faut entrer pour relever leur compteur m'enguirlandent sous prétexte qu'ils ont autre chose à faire que de m'attendre ou encore qu'ils n'ont pas été prévenus. Du coup, chaque fois que je dois frapper ou sonner à une porte, c'est avec appréhension et hâte. De plus, Chloé m'a envoyé un SMS peu après m'avoir eu au téléphone, me disant qu'elle avait entendu des cris puis des bruits de bagarre sur notre palier et qu'elle ne se sentait pas rassurée. J'ai beau lui avoir dit que j'allais rentrer au plus vite, je n'aurai l'esprit tranquille que lorsque je serai près d'elle.

Je frappe pour la troisième fois à la porte du petit pavillon. J'insiste un peu car la lumière est allumée à l'étage et il m'a semblé apercevoir quelqu'un passer devant une fenêtre du rez-de-chaussée.

Je suis trempé malgré mon coupe-pluie et l'énervement me gagne proportionnellement au nombre de portes qui restent closes et de celles qui s'ouvrent sur des regards hostiles ou des remarques désobligeantes. Hormis le crépitement de la pluie battante sur le sol et sur mes vêtements, l'heure qui vient de s'écouler a été rythmée par une succession de pin-pon et de sirènes en tout genre. J'ai l'impression de lever les yeux au ciel toutes les trente secondes tellement les vrombissements de rotors se font fréquents et je m'aperçois que les hélicoptères de la sécurité civile se partagent les cieux avec ceux de la gendarmerie. Quelque part au fond de mon crâne, je me rassure en me disant que tout va bien tant que je ne reçois pas un appel de David. Si quelque chose de vraiment grave se passait, j'ose espérer qu'on nous en avertirait et qu'on nous demanderait même d'interrompre notre tournée.

La porte s'ouvre brusquement, me faisant sursauter, alors que je tentais une dernière fois ma chance avec la sonnette. Je salue l'homme en face de moi en bredouillant et lui explique la raison de ma venue. Je m'attends à un nouveau bras de fer verbal tant le visage devant moi est fermé et dur, les yeux injectés de sang, la mâchoire serrée et le front transpirant de sueur. Mais au lieu de ça, la porte se referme sur moi en claquant. Mon sang ne fait qu'un tour, ça fait une plombe que je poireaute devant chez lui, je suis trempé et lui, il me claque la porte au nez ! Explosant intérieurement de rage, je plaque mon doigt sur la sonnette et le laisse enfoncé.

La réaction n'est pas longue à venir. L'homme sort de chez lui en hurlant et m'attrape par les épaules, me repoussant dans son allée. Je n'ai alors qu'un réflexe, mettant mon cerveau sur off, mon bras gauche au bout duquel je tiens mon TSP part comme une flèche et j'entends le bruit sourd du choc de l'appareil contre la tempe droite de mon agresseur. Celui-ci relâche alors prise et recule en se tenant la tête, à peine hébété.

— Mais ça va pas non ? lui crié-je.

Pour toute réponse, l'homme pousse un cri étranglé puis se met enfin à brailler des mots intelligibles :

— Qu'est-ce que vous venez me faire chier ?

Je ne sais même pas quoi lui répondre tellement la situation est invraisemblable. Je sens une angoisse grandissante m'envahir et oppresser ma poitrine. Dans ma main droite, mon poing enserre si fort mon tournevis que j'en tremble. Je devrais laisser tomber, rebrousser chemin et mettre une carte d'auto-relève dans sa boîte aux lettres. Mais je n'ai pas affaire à un chien qui grogne mais à un homme avec lequel il devrait normalement être possible de communiquer.

— Je viens relever le compteur électrique, vous n'avez pas été prévenu ?

L'homme m'observe bizarrement, sa respiration est rapide et bruyante. Je le vois fouiller le sol du regard puis il se baisse et ramasse une pierre grosse comme une balle de tennis. Mon métabolisme s'affole, je commence à reculer, levant les mains devant moi comme pour mettre une barrière entre nous. J'essaie de le calmer en lui parlant doucement, m'excusant même de l'avoir dérangé quand, à mi-chemin de son allée, je le vois lever le bras et lancer la pierre. J'ai juste le temps de replier mon bras gauche devant mon visage, à juste titre puisque le caillou vient percuter mon coude avec une force inattendue.

Je fais alors demi-tour pour prendre la fuite. Mon cœur qui bat à tout rompre résonne dans ma tête et couvre tout le reste. Je n'entends plus ni la pluie qui me fouette le visage, ni l'ambulance qui passe deux rues plus loin, jusqu'à ce qu'un cri rageur rappelle tous mes sens à la réalité. Une main puissante agrippe mes cheveux au-dessus de la nuque et me tire violemment en arrière. D'un bloc, je me retourne et crie à mon tour. Pour la seconde fois, mon cerveau passe en pilotage automatique et, alors que d'une main je plante mon tournevis dans le bras qui me retient, de l'autre j'abats à nouveau mon TSP sur le crâne du fou furieux. L'homme pousse un beuglement enragé et me libère.

Je profite des quelques secondes de flottement durant lesquelles il semble prendre conscience de sa blessure pour franchir le portail et je m'élance à perdre haleine dans une course effrénée. Très vite mes poumons me brûlent mais je continue de courir comme jamais je n'ai couru. Ce n'est qu'une fois au bout de la rue que j'ose enfin jeter un coup d'œil par-dessus mon épaule et constate que je ne suis pas poursuivi.

Haletant, mes yeux tombent ensuite sur le tournevis ensanglanté que mes doigts serrent encore fermement, me provocant un haut-le-cœur. Je l'essuie fébrilement sur le bas de mon pantalon puis repars au pas de course vers ma voiture.

La Rochelle, rue de Beauregard
14h22

Répondeur, encore et toujours. David ne répond pas et il ne rappelle pas non plus. Je suis dans la Chevrolet que j'ai préféré garer un peu plus loin par précaution. Les portières sont verrouillées de l'intérieur et j'ai coupé le chauffage, laissant ainsi la buée recouvrir petit à petit les vitres. J'essaie de joindre David depuis cinq minutes, en vain. J'ai un assez grave problème dont je dois absolument l'avertir : je viens de me faire violemment agresser par un client et pour m'en libérer je lui ai planté mon tournevis dans le bras. Et accessoirement mon TSP ne s'allume plus, compromettant la fin de ma tournée, que je n'ai de toute façon plus envie de terminer.

Au travers du pare-brise embué, je distingue le va-et-vient bleu d'un gyrophare qui arrive dans ma direction. Instinctivement je me recroqueville dans mon siège au passage de ce qui ressemble à une voiture de police. Viennent-ils pour le fou furieux ou pour moi ? A moins qu'il ne s'agisse d'une énième intervention comme il y en a déjà eu tout au long de la journée.

Mon téléphone de travail sonne, je sursaute. Le nom de Franck est affiché.

— Ça va mon ami ? me demande-t-il.

— A vrai dire pas trop, je crois que je suis dans la merde…

— Raconte !

Je lui explique alors ce qu'il vient de se passer quelques minutes plus tôt et je l'entends jurer tout au long de mon récit.

— Tu as prévenu David ?

— J'essaye depuis tout à l'heure mais je n'arrive pas à le joindre.

— J'ai pas réussi à l'avoir non plus. Je suis à Villeneuve et c'est la folie ici. Ça se cogne dessus de partout, les flics ont bouclé un périmètre autour des immeubles des rues Mirabeau et Camille Desmoulins. Du coup je n'ai pas pu y accéder mais honnêtement ça m'arrange, vu l'ambiance.

Tout en l'écoutant, je distingue à travers la vitre trouble des formes qui s'agitent un peu plus haut dans la rue. Craignant, d'un geste malheureux visant à essuyer la vitre devant moi, de me faire remarquer, ces mouvements me poussent à mettre le contact et activer la ventilation pour mieux les saisir. Alors que le désembuage progresse du bas du pare-brise vers le haut dans un souffle qui me semble assourdissant, je vois apparaître une scène qui me fait froid dans le dos. Au niveau de l'intersection, deux voitures entrées en collision bloquent le passage et quatre hommes prennent à partie un cinquième. Ils se le renvoient des uns aux autres comme un vulgaire pantin.

— Hey Doc ? T'es là ?

Franck est toujours à l'autre bout du fil mais j'ai cette fois complètement décroché de la conversation.

— Excuse-moi, faut que je te laisse. Je vais laisser un message à David et lui dire que je rentre chez moi. Et tu ferais bien de faire pareil !

— Ça marche, c'est vrai que ça commence à être chaud ! On se tient au courant !

Je raccroche et compose immédiatement le 17. Devant moi, les quatre hommes viennent de jeter leur punching-ball humain à terre et s'acharnent sur lui à coups de pied. Je tombe sur un message vocal qui m'informe que, suite à un trop grand nombre d'appels, le standard de la police est saturé et m'invite à patienter ou réessayer plus tard. Là-bas les agresseurs sont à présent agenouillés au-dessus du malheureux et... je ne parviens en fait pas à voir ce qu'ils lui font à présent.

Mon rythme cardiaque s'accélère subitement, une étrange sensation de malaise pesant sur ma poitrine. Le répondeur répète son message en boucle, je finis par raccrocher. Personne ne viendra secourir ce pauvre type en train de se faire rosser sous mes yeux et je ne sais moi-même que faire qui pourrait lui venir en aide sans m'exposer à mon tour à la folie de ces individus.

Soulagé, je vois une patrouille de police arriver au croisement et deux agents en uniforme sortent de leur véhicule. Je suppose à leur gestuelle, une main vraisemblablement posée sur leur arme, qu'ils ordonnent aux agresseurs de s'écarter. Les quatre interpellés donnent l'impression d'obéir mais contre toute attente ils se jettent finalement sur les représentants de l'ordre comme une meute de chiens enragés. Deux détonations éclatent et quelque part au fond de mon cerveau c'est le signal d'alarme. Je démarre la voiture, fais demi-tour et enfonce la pédale d'accélération pour m'éloigner au plus vite de toute cette démence.

Dans mon rétroviseur, j'aperçois vaguement la victime encore au sol se relever maladroitement et prendre la fuite en titubant. A moitié rassuré, je me dis qu'au moins le malheureux n'est pas mort.

La Rochelle, rue du Rempart des Voiliers
14h39

Contraint de faire plusieurs détours en raison des voitures accidentées et des cordons de police qui fleurissent un peu partout en ville, j'arrive enfin à rejoindre la rue de la fourrière et trouve une place inespérée juste devant l'entrée de la résidence des Voiliers où nous habitons avec Chloé et son fils Zack. Même si elle a répondu à mon texto l'informant de mon retour, ma nervosité n'a cessé de s'accroître au fur et à mesure que je me rapprochais de notre appartement. Les scènes de panique qui se multiplient dans les rues ne faisant qu'alimenter cette angoisse dévorante.

J'actionne la fermeture automatique de la Chevrolet et traverse la cour arborée de la copropriété en courant. Les outils du gardien traînent, abandonnés dans l'allée, mais je ne remarque rien d'anormal. Hormis les hurlements maintenant omniprésents des sirènes et les ronflements des hélicoptères tournant sur la ville, notre immeuble paraît plus ou moins calme. Mais dès lors que j'ouvre la porte en verre du hall d'entrée de notre bâtiment, les cris et le vacarme évoqués par Chloé agressent mes oreilles. Quatre à quatre, je gravis les marches des deux niveaux me séparant d'elle, et avant même d'approcher la clé de la serrure, la porte s'ouvre sur son visage inquiet. Elle referme à double tour derrière moi puis me saute au cou.

— Je t'ai vu par la fenêtre, je guettais ton arrivée depuis ton message.

La petite qu'elle garde, Margaux, s'accroche à la jambière de mon pantalon et me réclame un bisou que je lui donne rapidement. Chloé anticipe l'interrogation qui me vient concernant l'enfant :

— Sa mère m'a appelée pour savoir si tout allait bien. Elle m'a dit qu'elle venait la chercher dès que possible. Et j'ai envoyé un SMS à Zack mais il ne m'a toujours pas répondu, ça m'angoisse.

— S'il est en cours, il n'a pas pu te répondre. Ne t'inquiète pas.

— Comment veux-tu que je ne m'inquiète pas, tu as vu ce qu'il se passe dehors ? s'écrie-t-elle au bord de la crise de nerfs.

Je me revois alors enfonçant le tournevis dans le bras du malade qui m'a sauté dessus puis je revisualise le lynchage dont j'ai été témoin. Lui raconter tout ça n'arrangerait rien à son appréhension et la ferait paniquer davantage encore. Je ne lui mentirai pas mais lui épargne pour l'instant la vérité sur mon après-midi.

— Oui, j'ai vu ce qu'il se passe dehors……

— Ma mère a appelé, c'est pareil à Besançon.

— Elle va bien ?

— Oui mais elle est terrorisée, elle ne sait pas quoi faire.

Je pose mes affaires et me dirige vers les fenêtres. Par celle du petit salon qui donne sur l'entrée secondaire de la cour de la résidence je vois un Scénic de la police garé à cheval sur le trottoir dans le tournant, gyrophare en marche. La voiture est vide. Je retire mon blouson mouillé et le dépose sur le dossier d'une chaise contre le radiateur tout en scrutant le véhicule par la fenêtre.

— Ils sont arrivés il y a une heure environ, sont entrés dans l'immeuble du gardien et depuis plus rien, m'informe Chloé.

Je compose le numéro de David pour tenter de le joindre une dernière fois, mais une fois de plus confronté à son répondeur, je lui laisse un message lui demandant de me rappeler dès que possible.

— Qu'est-ce qu'on est censés faire ? me demande Chloé en étreignant ma main.

— Je ne sais pas, allumons la télé sur une chaîne d'informations.

Je n'ai pas besoin de zapper, la première chaîne sur laquelle nous tombons émet un flash spécial. Un bandeau rouge défile en bas de l'écran conseillant vivement à la population de rester chez elle, et la présentatrice commente d'un air grave les images diffusées en encart sur sa gauche. Des scènes effarantes provenant de chaque coin de l'hexagone mais également de l'étranger défilent, alternant bagarres, émeutes et pillages. Dans certains quartiers de grandes villes, des voitures et des immeubles sont en feu et toutes les forces d'intervention du pays semblent engagées sur le terrain.

Nous nous asseyons sur le canapé et demandons plusieurs fois à Margaux de faire moins de bruit. Chloé pose sa main sur le genou de ma jambe droite qui tressaute convulsivement puis presse ma cuisse tout aussi nerveusement.

La présentatrice porte la main à son oreille, recevant sans doute une nouvelle information qu'elle délivre aussitôt. Summum de l'horreur, on aurait rapporté plusieurs cas de cannibalisme sur le territoire.

La main de Chloé se crispe et je sens ses ongles à travers la toile de mon pantalon. Comme un flash, je revois les quatre hommes penchés au-dessus de celui qu'ils venaient de mettre à terre à force de coups. Je sens une boule se former dans mon ventre et l'appréhension grandit crescendo.

La présentatrice poursuit en ajoutant que le nombre des admissions aux urgences se multiplie de façon exponentielle, notamment pour des morsures humaines.

Chloé détourne la tête vers moi et je sens son regard peser sur mon visage.

— A quoi tu penses ? je lui demande d'une voix mal assurée.

— Je suis sûre que tu le sais mais que tu n'oses pas le dire…

Ce n'est pas que je n'ose pas le dire, je dirais plutôt que je n'ose pas y croire. Obnubilé par le flux d'images qu'on supposerait tout droit sorties des studios d'Hollywood, je n'arrive pas à lui répondre. A côté de nous, Margaux continue de s'agiter pour attirer notre attention. Finalement, c'est Chloé qui lâche le mot :

— On se croirait dans un de tes films de zombies…

Le mot résonne comme un coup de feu et s'insinue dans mon esprit comme une trainée de poudre, jusqu'à faire sauter cette barrière que je n'osais franchir. A nouveau dans ma tête resurgit l'image de cet homme battu à mort se relevant pour repartir en titubant. Mon corps est parcouru d'imperceptibles tremblements que je ne saurais en cet instant attribuer à de la peur ou à une montée d'adrénaline.

Sur la table, le téléphone portable de Chloé vibre et elle se précipite pour y lire le message. C'est Zack qui lui répond, certainement entre deux cours. Mais le bref contenu de son texto est pour le moins étrange. Elle me montre l'écran, incrédule.

— C'est quoi « 302 » ? Qu'est-ce qu'il veut dire ?

Je me lève et me dirige vers le frigo sur lequel est affiché son emploi du temps.

— Je sais ! C'est le numéro de sa salle de cours, je lui réponds alors qu'elle me rejoint dans la cuisine.

— Mais pourquoi ?

— Je ne sais pas, tu lui avais dit quoi dans ton message ?

— Je lui demandais si tout allait bien. Tu crois qu'il a un souci ?

— Je vais aller le chercher... la rassuré-je en la prenant dans mes bras. Ne t'inquiète pas bébé ! Dis-lui que j'arrive.

Je récupère mon blouson encore trempé contre le radiateur. J'ai toujours, dans la poche zippée de la jambe droite de mon pantalon, ce tournevis qu'à présent, j'en ai l'intime conviction, je n'arriverai plus à utiliser comme avant, pour ouvrir des coffrets de compteurs.

Au bord des larmes, Chloé me suit comme mon ombre en ne cessant de répéter qu'elle n'aurait jamais dû le laisser retourner en cours après les infos de treize heures. Tombant directement sur sa messagerie, elle lui envoie, les mains tremblantes, un autre SMS pour le prévenir de mon arrivée.

— Tu ne pouvais pas deviner bébé. Arrête de culpabiliser. Je vais le chercher et on revient tout de suite, d'accord ? En attendant, tu n'ouvres à personne.

— Et la mère de Margaux ?

J'hésite une seconde…

— On sera rentrés avant.

Mon assurance me surprend moi-même. Une fois encore, mon corps semble agir de lui-même, ne laissant que peu de place à l'indécision et à l'incertitude dans mon esprit. Je pose sur elle un regard empreint d'une confiance aveugle. Je lui souris comme un gamin devant le cadeau de ses rêves au matin de Noël et lui caresse la joue avant de l'embrasser fougueusement.

En cet instant précis, la peur, qui quelques minutes auparavant me tenaillait encore les entrailles et me faisait trembler comme une feuille, se dissipe peu à peu. Si je frissonne, c'est d'une nervosité toute nouvelle, à la limite de l'excitation. Il suffisait de mettre un mot, aussi absurde ou alarmant soit-il, sur ce qui nous angoisse pour considérer la situation avec plus de calme et de sérénité. L'inconnu étant bien souvent plus terrifiant que la plus sordide des vérités.

J'ai une certitude en tournant le verrou. Lorsque je franchirai cette porte et me retrouverai dehors, je ne serai moi-même quelque part plus tout à fait le même, comme tous ces pauvres gens qui ont perdu pied pour je ne sais quelle raison. Et personne n'en sortira indemne. A partir de maintenant, je pense être convaincu que le monde a changé et qu'il ne sera désormais plus jamais comme avant.

Après un dernier baiser sur les lèvres que Chloé se mord de stress, je m'élance dans les escaliers. En sortant de l'immeuble je me retourne, comme à chaque fois, et lève les yeux vers la fenêtre de la cuisine d'où me regarde, comme à chaque fois, la femme que j'aime. Nous nous faisons un signe de la main et je cours jusqu'à la voiture, rabattant ma capuche sur ma tête.

La Rochelle, rue Delayant
15h10

A mon grand soulagement, j'arrive plutôt facilement jusque devant l'entrée principale du lycée de Zack. Malgré quelques voitures mal garées me contraignant à monter parfois sur le trottoir pour passer et deux ou trois individus louches qui ont manqué de peu de finir sur mon capot, cette partie du centre-ville est plutôt déserte. Peut-être qu'en majorité les gens suivent les recommandations des médias et se cloîtrent chez eux en attendant d'en savoir plus.

Je gare la Chevrolet à l'arrache sur la place de Reims, profitant de l'absence bienvenue de certains des plots empêchant habituellement le passage des véhicules à quatre roues, et vais sonner à la conciergerie. Les secondes défilent et rien ne se passe. Je retente ma chance sans trop y croire. Regardant à droite puis à gauche, je distingue un peu plus loin des sacs à dos gisant à même le sol devant l'entrée des élèves, je m'y dirige. Il pleut encore d'une pluie fine mais pénétrante, je me dis que les propriétaires des sacs ne doivent certainement pas se trouver bien loin. Pourtant ce n'est pas le cas, aucun lycéen ne traîne dans l'enceinte de l'établissement.

Ce grand bâtiment qui fut utilisé alternativement comme manufacture de tabac, hôtel particulier, collège ou encore hôpital était à l'origine un couvent. Devenu lycée après la seconde guerre mondiale, il se dresse aujourd'hui devant moi, impressionnant et austère dans son voile de bruine. Un frisson me parcourt l'échine. Le calme, que j'affectionne d'ordinaire tant, prend ici un aspect de plus en plus déroutant. Personne. Où sont les ados qui journellement glandent devant leur bahut une clope entre les doigts ou encore tchatant sur leur smartphone ? Où sont les jeunes filles qui se font courtiser assises sur les bancs de la cour ? Où sont également passés les professeurs qui discutent, une pile de copies à corriger sous le bras, sur les marches entre deux salles de classe ?

Si régulièrement deux ou trois sirènes lâchent quelques sonorités stridulantes, preuve qu'il reste encore à travers la ville des forces de l'ordre, des pompiers ou des ambulances à l'œuvre, rien ici, excepté la bande d'Easpak imbibés abandonnée sur le trottoir, n'indique qu'il s'agit d'un lycée.

Pourtant, si les extérieurs ne reflètent pas son activité, les ombres chinoises que captent mes yeux derrière les vitres des couloirs et de certaines salles, me confirment que le bâtiment n'est pas, à l'image des rues alentour, encore totalement vide.

Mon portable vibre dans ma poche. Chloé m'écrit qu'elle n'arrive toujours pas à joindre son fils. Je lui réponds rapidement de ne pas s'en faire, que je suis sur place.

Je longe les grilles du garage à vélos, pour la plupart en vrac, les roues en l'air. Des feuilles blanches détrempées, souillées d'une encre tantôt bleue tantôt noire qui bave entre les lignes sous l'effet de la pluie, jonchent le sol de l'allée. Je me souviens d'une entrée sur le côté du bâtiment principal à ma droite, par laquelle nous étions passés un jour de rencontre parents-professeurs. Sur le côté gauche de la cour, le long du mur d'enceinte, s'étend le bloc accueillant l'internat et le restaurant scolaire. En façade, des lumières clignotent à travers la centaine de fenêtres des étages et donnent à l'ensemble un air de guirlande électrique géante.

Brisant la quiétude toute relative des lieux, un objet noir de forme ovoïde traverse soudainement une des vitres, qui vole en morceaux dans un fracas cristallin, me laissant ainsi parvenir des éclats de voix courroucées. L'objet, qui m'a tout l'air d'être un sac à dos, s'écrase sur le goudron dans un bruit mat à quelques mètres à peine, ce qui m'incite à accélérer le pas jusqu'à la porte du bâtiment A.

De même que lors de mon entrée dans notre résidence un peu plus tôt, l'ambiance à l'intérieur des murs me fait penser à celle que l'on pourrait ressentir au sein d'un asile, ou tout du moins dans la salle dite de détente, mais sans les aliénés eux-mêmes. Car si pour l'instant j'avance dans le couloir sans faire de rencontre, le méli-mélo de cris, de rires et de pleurs qui retentissent de toute part ne me laisse pas espérer que cela perdure. A en juger par l'état des locaux, on pourrait croire qu'une manifestation a dégénéré. Des livres et des vêtements sont éparpillés sur le carrelage, certaines vitrines du couloir central sont cassées et d'autres renversées. Çà et là, il manque au mur un extincteur ou un tableau que je retrouve un peu plus loin à terre.

Des portes claquent et, alors que je marche vers le grand hall d'honneur au centre du bâtiment, j'entends derrière moi un bruit de chaussures dévalant précipitamment un escalier. Je me retourne et une jeune fille d'une quinzaine d'années surgit à quelques mètres devant moi. Elle se fige en me voyant et la porte coupe-feu qu'elle vient de franchir se referme derrière elle dans un souffle étouffé.

Les cheveux ébouriffés, les joues humides et le regard terrorisé, elle me fixe sans bouger. Seule sa respiration accidentée soulève sa poitrine comprimée dans un débardeur déchiré. Elle se compresse le bras gauche juste en dessous du coude, des taches rouges maculent la manche de son gilet blanc au-dessus de son poignet.

— Ça va ? hasardé-je au bout de quelques secondes de réflexion.

L'adolescente est la première personne que j'approche, à l'exception de Chloé et Margaux, depuis le fou furieux du début d'après-midi. Un bref instant, je me suis attendu à ce qu'elle se jette sur moi, une écume de bave aux lèvres. Mais je devine à son visage qui se décrispe légèrement au son de ma voix qu'elle devait redouter la même chose à mon sujet. D'une voix chevrotante au bord de la rupture, elle me répond :

— Mais qu'est-ce qu'il se passe à la fin ? Ils sont tous devenus complètement tarés !

— Qui ça ?

— Mais tout le monde ! Les profs, les élèves, tous ! Ils sont bizarres et après ils deviennent de plus en plus agressifs. Croyez-moi ou non, mais moi je ne reste pas une minute de plus ici ! Ma prof de maths m'a même mordue, c'est du délire !

Encore un mot qui vibre dans ma tête comme un électrochoc, un mot-requin qui dévore encore un peu plus mes derniers doutes. Je regarde son poignet et le filet de sang qui coule le long de sa main ballante qu'elle tente de cacher en tirant nerveusement sur sa manche.

— Bon bah... bonne chance alors ! lance-t-elle alors en détalant en direction de là d'où je viens.

— Attends s'il te plait ! lui crié-je en revenant sur mes pas pour ne pas la perdre de vue.

Elle s'est arrêtée et me regarde inquiète, reculant à chaque pas que je fais vers elle.

— Je cherche quelqu'un. Il est en première ES, très grand, brun, avec une grosse touffe de cheveux qui lui cache la moitié du visage. Il s'appelle Zack, est-ce que tu le connais ?

— Non désolée, j'y vais maintenant !

— Une dernière chose ! Dis-moi juste où trouver la salle 302 !

— Si vous y tenez... vous prenez l'escalier à droite et vous montez jusqu'au dernier étage. La salle est au bout du couloir. Bon courage...

Puis elle disparaît sans demander son reste. J'avance vers les portes coupe-feu d'où elle a déboulé et pousse l'une d'elles pour jeter un coup d'œil. Des étages me vient une clameur digne d'une prison en pleine insurrection. Maintenant du bout du pied l'accès à l'escalier entrouvert, je fouille mes poches, équipant ma main gauche de ma clé en croix comme d'un poing américain et saisissant dans ma main droite le long tournevis à tête plate.

Une petite voix dans mon dos me fait alors sursauter :

— M'sieur ?

La jeune fille, que je pensais déjà loin, se tient dans l'angle du couloir, à moitié cachée derrière le mur. Je me tourne vers elle en dissimulant mes outils dans mon dos. Elle était revenue et sanglotait.

— Si vous montez par là, faites attention en passant devant le deuxième étage. C'est là qu'en plus ils m'ont attaquée.

— Qui ?

— Deux types, des terminales je crois.

— Merci. Rentre chez toi te soigner, et fais bien attention à toi dehors…

La jeune fille me lance un sourire timide mais chaleureux qui m'affecte profondément avant de disparaître pour de bon. Elle doit avoir une mère, comme Chloé, rongée par l'inquiétude en attendant son retour. J'ai failli lui demander son prénom, mais à quoi bon… Je repense alors à sa manche ensanglantée et un doute affreux me tord les boyaux. Et si Zack était blessé lui aussi ? Ou pire encore… ?

Je m'engouffre dans la cage d'escalier et m'élance vers le troisième étage, une boule au ventre, tandis que dans mes veines bouillonne une énergie nouvelle.

La Rochelle, Lycée Jean Dautet
15h25

J'arpente le couloir du troisième étage en rasant le mur côté cour, pistant à bonne distance le numéro des salles sur les portes fermées. De certaines s'échappent des gémissements et des pleurs quand d'autres demeurent complètement muettes ou sont à l'inverse baignées d'un raffut de tous les diables.

N'ayant pu résister à ma curiosité, le regard discret jeté par le hublot cassé de la porte coupe-feu du second me laisse imaginer avec effroi ce qu'il peut se passer dans les classes les plus bruyantes. Deux garçons, probablement ceux qui s'en étaient pris à la jeune fille au gilet blanc, étaient en train de se battre comme des chiens au milieu du couloir central, leur sac encore, malgré leur brutalité, à l'épaule.

Je passe devant une salle de cours ouverte sur un bazar sans nom. On dirait qu'un ouragan est passé par là. Au milieu de l'entrelacs de chaises et de pupitres, je crois distinguer la forme d'une main inerte. Je passe mon chemin en déglutissant.

Les chiffres sur les portes s'égrainent en décroissant et après avoir bifurqué dans l'aile Est du bâtiment, j'arrive enfin, la respiration en suspens, devant la salle 302. Un amas de mobilier scolaire dans le couloir obstrue l'entrée et vibre sous des coups de boutoir sourds et réguliers délivrés de l'autre côté du panneau de bois. Me plaquant au mur, je colle mon oreille contre la cloison et écoute la rumeur feutrée qui bourdonne juste derrière. Pas de cris, pas de hurlements, ni pleurs ni gémissements. A priori juste le brouhaha en demi-teinte d'une classe d'adolescents laissée sans surveillance, à un détail près, celui des frappes obsessionnelles qui secouent sans discontinuer le chambranle de la porte.

Je commence à déblayer le passage, retirant en premier lieu les chaises et les tables entassées devant moi avant de me retrouver face à une vitrine saturée de livres. Celui qui l'a placée là doit être doté d'une force herculéenne ou alors il n'était pas seul. J'ai beau forcer et contracter mes muscles au maximum, il m'est impossible de déplacer le meuble d'un iota.

Sans perdre de temps, j'ouvre les battants en verre et commence à vider les étagères, envoyant valser les bouquins derrière moi. Les coups de bélier se sont interrompus, ceux qui se tiennent à l'intérieur ont dû entendre mon ramdam.

Délestée d'une bonne moitié de son contenu, la vitrine veut à présent bien bouger, péniblement, et glisse lentement sur le sol carrelé. L'accès est enfin dégagé, une large ligne moite de sueur s'est formée le long de ma colonne vertébrale. Je respire un bon coup et pose la main sur la poignée, mais constate rapidement que la porte est fermée à clé. De l'autre côté, plus aucun son n'est émis. Je frappe du poing contre le bois et lance :

— Y a quelqu'un là-dedans ?

J'attends deux secondes... une... deux... et réitère mon appel. Au bout de deux ou trois secondes supplémentaires, une voix fraîche et masculine me répond :

— On est enfermés monsieur !

— J'ai vu, écartez-vous de la porte !

Aujourd'hui j'inaugure, à n'en pas douter, une longue série d'expériences inédites. Plutôt que de risquer de me démonter une épaule malgré l'apparente faible épaisseur du contreplaqué, je choisis de mettre un franc coup de pied légèrement au-dessus de la poignée. Le premier essai, incertain, me déséquilibre et le choc qui semble ricocher me revient droit dans la hanche, me faisant lourdement tomber sur les fesses. Je me relève en grimaçant, un pincement sournois au bas du dos, et recommence en essayant par contre de donner un peu plus de souplesse à ma frappe. J'inspire une large bouffée d'air et le coup part à nouveau. Cette fois-ci, lorsque mon pied entre en contact avec le bois, c'est la détente de ma jambe qui applique la force nécessaire et la serrure saute. La porte s'ouvre d'un coup, allant frapper violemment le mur de droite.

J'entre et, parmi la trentaine d'élèves attroupés contre les fenêtres à l'autre bout de la pièce, j'aperçois instantanément Zack qui dépasse presque tous ses camarades d'une bonne tête et de toute sa tignasse. Etonnement et soulagement se partagent son visage. Il vient vers moi et, couvrant la moitié de la distance qui nous sépare, je remarque au passage la présence d'un jeune allongé sur le sol, deux autres agenouillés à ses côtés.

— Ça va ? Que s'est-il passé ?

— Ça va merci ! C'est la prof, elle a pété un câble. Elle avait un comportement incompréhensible depuis le début du cours et puis ça a dégénéré ! Elle s'est mise à nous gueuler dessus pour rien, à nous insulter et à balancer ses affaires à travers la classe. Et maman, elle est où ?

— T'en fais pas, ça va, elle nous attend à la maison. Et lui là, qu'est-ce qu'il a ? je lui demande en désignant l'adolescent inconscient.

— C'est Charles, il s'est pris une brosse en pleine tête et s'est évanoui. Juste après, elle a confisqué tous les portables et s'est barrée en nous enfermant.

— Ta prof, est-ce qu'elle avait l'air malade… ou blessée ?

Zack hausse les épaules et fait la moue. Alors qu'une bonne partie des élèves évacue la salle avec précipitation, une jeune fille s'approche de nous et me répond timidement :

— J'ai remarqué qu'elle transpirait beaucoup et qu'elle avait les yeux un peu rouges. Mais je n'ai pas vu de blessures, pourquoi, que se passe-t-il ?

Je repense à mon fou furieux qui présentait le même genre de symptômes avant de s'empaler sur mon tournevis.

— Je ne sais pas, c'est peut-être un truc comme la rage. Rentrez chez vous. Tu viens Zack, on dégage !

Il jette son sac sur son épaule et fait un signe de la main à ses copains encore présents puis nous débarrassons le plancher.

Je le suis, lui qui connaît le lycée mieux que moi, d'abord dans un large escalier en bois massif puis dans le couloir principal du rez-de-chaussée. Nous n'avons pas échangé un mot depuis que nous sommes sortis de sa salle de classe. Etant loin d'être, tous deux, de grands sportifs, nous économisons notre souffle pour quitter les lieux au plus vite.

Il s'immobilise soudain, si vite que je n'ai pas le temps de l'éviter et écope de son sac à dos dans la figure. Je me décale pour me mettre à sa hauteur et comprends aussitôt la raison de son arrêt. Un homme presque chauve, la cinquantaine bien tassée, probablement un enseignant à en juger son gilet un peu vieillot à la poche pectorale garnie de stylos, a fait irruption d'une salle sur la gauche à quelques mètres de nous, filant droit devant lui jusqu'à entrer en collision avec une colonne en pierre brute qui orne le couloir. Il s'y cramponne désormais et se frappe violemment le front contre, en poussant des cris de rage et de souffrance.

Je n'ai pas besoin de regarder Zack pour me rendre compte qu'il est complètement pétrifié. Je tends mon bras devant lui et, le forçant à passer derrière moi, recule très lentement. Malgré les hurlements et le bruit écœurant des os du crâne maltraité s'enfonçant comme un fruit trop mûr, j'entends et perçois dans ma nuque la respiration rauque et rapide du jeune garçon.

Le professeur se fige, le front aplati contre la pierre rougie. J'avale ma salive et assure la prise de mes doigts sur le manche du tournevis que je tiens à la façon d'un poignard. L'homme blessé se décolle doucement et se détourne lentement. On pourrait le croire calmé ou plus simplement complètement sonné mais son visage, recouvert par le sang qui sourd des plaies au-dessus de ses épais sourcils, se tord dans une grimace de douleur inimaginable. Il titube vers nous. Chaque pas semble le rattraper in extremis d'un déséquilibre et son corps manque de tomber en avant dès qu'il bouge une jambe.

Tout à coup, il lève un bras dans notre direction et une sorte de gargouillis infâme s'échappe de sa gorge. Nous sursautons et je sens les mains de Zack s'agripper au dos de mon blouson.

A chaque pas en avant de l'homme ensanglanté, nous en faisons deux en arrière. Si nous prenons la fuite dans l'autre sens, j'ai peur qu'il ne se lance à nos trousses, bien qu'étant donné son état actuel je ne l'imagine guère se transformer en marathonien. Devant l'inconnu du mal qui ronge cette personne, je ne sais quelle attitude adopter.

Le professeur continue de râler en se traînant, une main tendue vers nous, ses longs doigts osseux me faisant penser à une pince de fête foraine. Puis ses forces l'abandonnent et il s'effondre au sol, face contre terre. Il relève tout de même la tête et, nous apercevant, tente dans un dernier effort de se tracter à l'aide de ses bras, mais tous ses muscles se relâchent en une fraction de seconde et le corps s'étale dans un dernier souffle abîmé.

— Tu crois qu'il est mort ? me glisse Zack à l'oreille.

— Je ne sais pas, on dirait. Ou il s'est juste évanoui.

Ça me démange d'aller vérifier, par charité et un peu aussi par curiosité je l'avoue. Mais une petite voix au fond de moi me défend de m'en approcher. Et puis j'ai une petite pensée pour Charles, le camarade de classe de Zack, dont le sort m'a été totalement indifférent sur le moment. Peut-être est-on plus sensible à la condition d'un être lorsqu'on le voit chuter sous nos yeux que lorsqu'il est déjà tombé.

En attendant, le corps reste inanimé, le sang s'écoulant du sommet de son crâne sur le carrelage et entourant son visage d'une flaque rouge noirâtre.

— Viens, soufflé-je à Zack. On passe le plus loin possible.

Un œil toujours rivé sur l'homme allongé, nous le contournons par la droite où l'espace entre lui et le mur est plus important, et pouvons ainsi atteindre la grande porte en bois de l'entrée principale. En passant devant l'accueil, j'entraperçois fugacement un corps lâche, la tête tombante sur le côté, dans un fauteuil de bureau. Un frissonnement se propage de mes omoplates jusqu'au bas de mes reins et je me jette de tout mon poids sur la lourde porte pour la faire bouger. D'une lenteur à faire pâlir un paresseux endormi sur sa branche, elle s'ouvre en grinçant comme un vieux sommier rouillé. Dès que l'entrebâillement est suffisant, Zack s'y faufile, je le suis quant à moi de près.

Voir la Chevrolet Epica toujours à sa place m'arrache un soupir de soulagement. D'une pression sur la clé, j'actionne l'ouverture automatique et les feux clignotent en guise d'approbation. Nous nous engouffrons dans l'habitacle que je verrouille par méfiance. Je sors mon portable de ma poche et le débloque avant de le tendre à Zack, lui demandant de prévenir sa mère pour la rassurer. Mais au bout de deux essais infructueux, il opte pour un texto. Alors qu'il tape son message, je mets le contact, enclenche la marche arrière et récupère la rue des Saintes-Claires pour laisser l'hypercentre qui s'agite derrière nous.

La tête appuyée contre la vitre, Zack observe en silence le trouble qui a envahi les trottoirs et les dernières boutiques de la rue. Sous la pluie battante, de tout côté on se bat, on court, on pleure, on crie.

J'entends, entre deux coups de klaxon destinés à réveiller la femme en tailleur qui se tient atonique au milieu de la chaussée, Zack s'interroger à haute voix :

— Putain c'est quoi ce délire ?

Je trouve opportun de faire, comme avec sa mère, un peu de dérision alors que se présente déjà le bout de la rue :

— Les Mayas se sont plantés d'un mois dans leur foutu calendrier.

Avant de bifurquer à droite, j'ai le temps d'entrevoir, trois cents mètres plus loin, le rond-point du Champ de Mars complètement asphyxié de voitures parmi lesquelles deux ambulances et un camion de pompiers. Contrairement aux petites rues du centre, le boulevard est saturé. Alors que, longeant l'ancienne caserne Renaudin, notre résidence se dresse devant nous, je lève le pied et tourne la tête vers Zack. Il me regarde, interdit, les sourcils froncés, du moins je l'imagine, vu le rideau de cheveux frisotés qui lui cache la moitié du visage.

— Quoi, qu'est-ce que j'ai dit ?

— Rien. J'ai du mal à croire ce que je vois, c'est tout…

La voiture de police est encore en bas de l'immeuble, marquant toujours sa présence des éclairs bleus du gyrophare. Par réflexe, je lève les yeux vers la fenêtre du petit salon et, sans surprise, y aperçois Chloé, guettant, anxieuse, notre retour. Je lui fais un appel de phares avant de disparaître dans le virage.

Faisant le tour du pâté de maisons pour déboucher dans notre rue, je trouve une place sur le petit parking privatif de la copropriété.

Je coupe le moteur et prends une longue bouffée d'air par le nez avant de me tourner vers Zack :

— T'as encore des jambes ?

Il hoche de la tête.

— Bien, alors je suggère qu'on court jusqu'à l'appart.

La Rochelle, Résidence Les Voiliers
15h46

A peine la porte franchie, Chloé s'empresse de saisir son fils par les épaules et le serre dans ses bras pendant que je referme derrière nous et me débarrasse de mon blouson qui a maintenant triplé de poids sous les rincées successives. A nouveau, Margaux piétine dans nos jambes et réclame un bisou. Mais même si ses deux ans ne lui permettent pas de comprendre ce qu'il se passe, je la zappe et vais dans la cuisine me faire un café.

Zack est en train de relater sa séquestration par sa prof à sa mère, et lorsque d'un bip le micro-ondes signale la fin du temps programmé, l'adolescent se lamente sur le fait qu'il se soit fait confisquer son portable. J'avale une première gorgée de café, le regard perdu à travers la fenêtre près du réfrigérateur, et me sens revigoré. Je me demande si Zack va détailler notre sortie du lycée ou s'il va m'en laisser le privilège.

Je rejoins le salon et passe d'une fenêtre à l'autre, à l'affût du moindre mouvement, d'une quelconque anomalie dans ce décor pluvieux. La présence de la voiture de police depuis le début d'après-midi m'interpelle. Je me demande pourquoi elle n'a pas bougé et j'y vais de mes suppositions. Si elle est encore là, c'est sûrement parce que les agents ont été appelés pour quelque chose de grave. Mais pourquoi n'y a-t-il dans ce cas qu'une seule patrouille ? Pourquoi ne pas avoir fait venir de renforts ? J'en viens à la déduction que quelque chose ne tourne pas rond.

Je reporte mon attention sur le récit de Zack, dans lequel il omet la rencontre avec le professeur au crâne défoncé. Je ne m'en étonne guère, le connaissant il veut sans doute préserver sa mère du pire. Au final, il lui demande son Iphone afin d'appeler sa copine ainsi que son père.

Je termine mon café et pose la tasse sur la table à côté de moi. Margaux tire sur la jambe de mon pantalon, je passe alors machinalement ma main dans ses cheveux. Deux bras m'entourent le torse et des mains délicates se posent sur mes épaules. Je me retourne et Chloé me prend dans ses bras. Elle se presse contre moi et m'embrasse amoureusement.

— Merci...

— De quoi ?

— D'être allé chercher Zack...

Sa voix s'étrangle sur le prénom de son fils puis elle fond en larmes, achevée par l'émotion et le stress emmagasinés depuis plusieurs heures. J'essaie de la rassurer et de la calmer en lui caressant le visage, en passant ma main dans ses cheveux et lui susurre au creux de l'oreille avant de l'embrasser à mon tour :

— C'est rien, c'est normal.

Je sens ses lèvres tremblantes.

— Qu'est-ce qu'il se passe ? Qu'est-ce qu'on va faire ?

Je réfléchis en l'étreignant encore plus contre moi puis m'écarte et, mes mains sur ses épaules, je la regarde dans les yeux :

— Déjà, j'aimerais que tu rappelles la mère de Margaux afin qu'on sache si elle arrive bientôt. Car quoi qu'il se passe, on ne peut pas garder la petite ici plus longtemps. Et puis elle sera de toute façon beaucoup mieux avec sa mère.

Un raclement de gorge nous interrompt. Zack se tient dans l'angle du mur du séjour, il rapporte le téléphone.

— J'ai pas réussi à joindre papa, je lui ai laissé un message, dit-il en rendant l'appareil à sa mère.

— Merci, et Lucille ?

— Ça va. Mais chez elle, à Orléans, j'ai l'impression que ça craint encore plus qu'ici. Sa mère a préféré qu'elle n'aille pas en cours de la journée, elle est restée à la maison.

— Comment ça « ça craint encore plus » ?

— Là-bas, il y a des émeutes depuis hier soir.

Je m'assois dans le canapé et monte le son de la télévision restée allumée sur la chaîne d'informations. J'entends le bruit familier de Zack qui se sert un verre de menthe dans la cuisine avant de venir s'asseoir à mes côtés. Chloé, toujours debout, tourne en rond en essayant de joindre la mère de Margaux.

— Rien à faire, je tombe à chaque fois sur son répondeur, dit-elle, nous rejoignant sur le canapé d'angle bordeaux. Je vais lui envoyer un SMS et lui dire qu'on aimerait qu'elle fasse au plus vite.

En bas de l'écran, le bandeau rouge demandant aux citoyens de rester chez eux continue de défiler inlassablement. Et dans quelques minutes, à seize heures, une intervention du chef de l'Etat est annoncée. En attendant, la chaîne diffuse sans relâche de nouvelles images provenant du monde entier, toutes plus effrayantes les unes que les autres.

En l'espace d'une courte journée, les commissariats de police du pays avaient admis dans leurs cellules plus d'émeutiers, de déséquilibrés et de violeurs qu'elles ne pouvaient en contenir, tandis que les urgences des centres hospitaliers s'étaient très vite vues submergées, tant la quantité de personnes à s'y présenter suite aux débordements de violence et d'agressions avait explosé. Parmi le grand nombre de patients examinés, beaucoup étaient porteurs de morsures infligées par un concitoyen. Un grand médecin de Paris évoque la possibilité d'une nouvelle forme de rage, beaucoup plus dévastatrice que le virus originel.

Chloé reçoit un message succinct de la mère de Margaux : « *suis en route* ». Tant mieux. Pendant un instant, j'avais envisagé avec une inquiétude non négligeable l'éventualité qu'elle ne puisse pas venir. Elle aurait tout aussi bien pu faire partie des abonnés absents, comme David qui ne m'a toujours pas rappelé pour le boulot. Et je ne voyais pas comment dire à Chloé qu'on ne pouvait pas garder la petite avec nous.

Le médecin décrit tous les symptômes jusqu'alors observés sur les individus interpellés par la police ainsi que sur les patients examinés dans les hôpitaux, comme étant ceux d'un état fiévreux accompagné d'accès de violence plus ou moins virulente selon les cas. Ce qui colle parfaitement avec ce dont j'ai moi-même été témoin et ce qui m'a été rapporté au sujet du professeur de Zack.

Puis, faute de mieux, le reportage reprend depuis le début.

16h03

L'image de la présentatrice du flash spécial est subitement interrompue par le son de la Marseillaise sur un fond bleu blanc rouge annonçant l'allocution du président de la République. François Hollande apparaît, le visage fermé comme jamais, la veste ouverte sur une chemise blanche, sans cravate. Le traditionnel décor du palais de l'Elysée a cédé sa place à un étrange arrière-plan gris et froid, une sorte de mur en béton.

— Mes chers compatriotes, je n'irai pas par quatre chemins. La situation est grave. Le pays, depuis plusieurs heures, est confronté à d'importants troubles intérieurs. Nos pompiers, nos médecins, nos policiers et nos gendarmes, toutes les personnes dont la fonction est de vous servir et de vous protéger, toutes sont actuellement mobilisées pour faire face aux événements sans précédents qui affectent notre patrie.

» Je vous entends, çà et là, élaborer les pires conjectures et tenir des propos qui vous sont soufflés par la peur et l'incompréhension. Ne cédons pas à la panique en imaginant des maux qui ne peuvent être. Je tiens, de nos spécialistes les plus compétents, certaines informations dont je vous fais part maintenant. Il semblerait que nous soyons confrontés à l'émergence d'une nouvelle souche du virus de la rage, mais qui, celle-ci, rendrait les personnes l'ayant contractée plus agressives que dans tout cas pathologique connu à ce jour. Un premier constat de décès résultant de cette infection m'est hélas parvenu il y a tout juste quelques instants, et concerne certains malades dont les premiers symptômes seraient apparus au cours de la nuit ou dans la matinée...

L'interphone sonne et Chloé et moi nous regardons.

— Ce doit être elle, dis-je.

Chloé se lève et décroche le combiné dans l'entrée. Contrairement à son habitude, elle demande à qui elle a affaire avant d'appuyer sur le bouton permettant l'ouverture de la porte du bas. Elle refait en hâte la couette de Margaux puis commence à lui mettre ses chaussures pour gagner du temps. Je me suis levé mais reste devant la télévision à écouter le président qui, se voulant rassurant, atteste que tout sera fait pour maintenir le pays et que tout ce qui est en son pouvoir sera tenté pour trouver des solutions à ce problème d'ordre sanitaire sans précédent, des chercheurs étant déjà à pied d'œuvre.

On toque à la porte. Par prudence, Chloé demande qui est-ce.

— C'est Julie !

Chloé ouvre alors à la maman de Margaux et celle-ci s'engouffre dans l'appartement, s'agenouillant immédiatement pour prendre sa fille dans ses bras. D'une pâleur préoccupante, elle est trempée de sueur.

— Est-ce que vous allez bien ? lui demande Chloé en lui apportant le sac de l'enfant.

— J'ai cru que je n'arriverais jamais, les routes se bloquent toutes les unes après les autres. Je me suis garée au plus près et j'ai couru comme une folle jusqu'ici, répond-t-elle en me regardant, comme pour se justifier devant le regard dubitatif que je pose sur elle et sa fébrilité apparente.

Je m'approche d'elle et lui tends la main pour la saluer. Puis je m'excuse au nom de Chloé :

— Désolé, c'est moi qui ai insisté pour que vous veniez chercher Margaux au plus tôt. Etant donné ce qu'il se passe dehors, j'ai pensé qu'il était préférable qu'elle soit avec vous.

— Je suis d'accord. J'étais déjà en route lorsque j'ai eu votre message. Mon patron nous a libérés dès que ça a commencé à dégénérer dans les rues.

Dans le salon, Zack augmente le volume sonore du téléviseur que nous couvrons de nos voix. Je résume en quelques mots à la mère de Margaux ce que vient d'expliquer le président et retourne m'assoir dans le canapé pour entendre la suite :

— … il a déjà été démontré que le virus est transmissible par échange de fluides, par la salive, le sang, ou toute sécrétion corporelle. Aussi, si vous avez été en contact avec une personne contaminée ou susceptible de l'être, si vous avez été blessés, mordus, ou même simplement griffés, ne vous cachez pas et ne sous-estimez surtout pas le danger. Ne sortez sous aucun prétexte et appelez le numéro vert qui défile en bas de votre écran, une équipe médicale spécialisée se déplacera jusqu'à vous et fera le nécessaire pour votre sécurité et celle de vos proches.

— Julie, ça va ?

Chloé, restée dans l'entrée, regarde la jeune maman qui s'est immobilisée en plein boutonnage du manteau de sa fille. Tout d'abord pâle, son visage est devenu carrément blême. Je remarque alors un carré de gaze sur le haut de sa main gauche, dépassant de la manche de son blouson. Ce que je vois ne ressemble en rien à l'attelle qu'elle porte parfois. De son autre main, elle tire sur sa manche et le carré blanc disparaît. Elle se relève, prend le sac qu'elle jette sur son épaule puis attrape sa fille par la main, prête à partir.

— Est-ce que vous souhaitez que l'on vous note le numéro de téléphone qui défile à l'écran, au cas où ?

— Non merci, bafouille-t-elle. J'allumerai la télé en arrivant à la maison. Margaux ne viendra pas pendant quelques jours, je vais la garder près de moi, vous l'aurez compris.

— Evidemment, admet Chloé. Prenez soin de vous !

J'ajoute à ce conseil un sourire des plus compatissants. J'ai l'impression que la mère est au bord des larmes, ses yeux rougissent.

— Merci pour tout, lâche-t-elle avant de partir à grandes enjambées dans les escaliers.

Nous refermons aussitôt à double tour et nous dirigeons d'un même pas vers la fenêtre de la cuisine. De là, Chloé et moi observons Margaux dans les bras de sa mère, toutes deux s'éloignant dans l'allée de la petite cour. Sa voiture n'est pas garée en warning sur l'accès pompiers comme à son habitude.

— Elle a été blessée, chuchoté-je.

— Et alors ?

— Alors elle est peut-être contagieuse.

— Tu crois qu'il faut appeler pour le signaler ?

— C'est pas à nous de faire ça, décidé-je.

— Mais… et Margaux ?

Je prends Chloé dans mes bras et lui caresse les cheveux. En cet instant précis, je souhaite plus que tout effacer ce masque d'anxiété accrue qui creuse son si joli visage. Pourtant ce qui sort de ma bouche ne fait que le déformer davantage encore dans une grimace d'horreur et d'incompréhension :

— Oublie Margaux…

Elle s'écarte brusquement de mes bras et retient un cri :

— Comment tu peux dire ça ?

Une petite flamme de colère consume la peur et le trouble qui s'étaient jusque-là invités dans ses yeux. Je réfléchis à ce que je vais lui répondre pour lui donner la véritable raison.

— En ne pensant qu'à toi et à Zack…

Je crois qu'elle comprend alors ce que je veux dire car ses traits se radoucissent et elle revient se blottir contre moi.

— Tout ça me fait tellement peur, concède-t-elle.

— A moi aussi, mais ça va aller bébé. Ça va aller.

Zack nous rejoint dans la cuisine. Il s'apprête à dire quelque chose mais se ravise. Il hésite, regarde ses mains et ses bras puis se lance :

— Personne n'a été… euh… blessé ?

Je souris devant l'intelligence de ce gamin.

— Non, nous allons tous les trois très bien et nous allons faire en sorte de le rester.

Sa mère lui confirme mes mots en le gratifiant d'un regard apaisant.

23h26

Après avoir décidé de sécuriser la porte d'entrée en y bloquant le meuble de notre chambre, nous avons passé le reste de l'après-midi puis la soirée entière devant les flashs d'informations en grignotant sur le pouce du pain accompagné de pâté ou de fromage. Zack lui, est resté fidèle à lui-même, dans sa chambre, porte close, à discuter avec sa copine via internet. Nous avons réussi à contacter nos parents respectifs pour les rassurer et prendre de leurs nouvelles, excepté le père de Chloé, injoignable comme la plupart du temps.

Nous finissons par éteindre le poste, lassés de voir tant de désolation et de souffrance. Quelque part, notre voyeurisme a atteint sa limite. Tels des badauds s'attroupant autour d'une bagarre ou d'un accident, nous étions scotchés devant toutes ces images filmées de gens qui se battent, de gens qui saignent, de gens qui meurent. Au fond de nous, nous espérions que quelque chose change, que tout s'arrête d'un coup, que quelqu'un intervienne finalement en disant « *Euréka ! J'ai trouvé* » ! Mais rien de tout cela ne se produit. Et sans espoir de voir le soleil se lever sur une nouvelle journée comme toutes celles d'avant, nous décidons d'aller nous coucher.

*

Alors que Chloé s'affaire à la salle de bains, je descends les volets roulants. Face à la fenêtre du petit salon, la voiture de police éclaire encore la rue de ses infatigables gyrophares et je me demande quel aura été le sort des agents qui se sont garés là.

Ce n'est qu'une fois le dernier volet abaissé, la télé éteinte, que je remarque le silence qui règne presque en maître autour de nous. La résidence semble avoir retrouvé son calme, les cris se sont tus, les cavalcades dans les parties communes ont cessé. Je n'ai cependant pas la naïveté de penser que les gens se sont miraculeusement calmés. Au mieux ils ont quitté les lieux, au pire ils sont… partis. Sur la totalité des occupants, combien étaient chez eux et combien ne l'étaient pas ? Et sur ces derniers, combien ont pu rentrer pour suivre les consignes du gouvernement et combien n'en ont peut-être même jamais eu vent ?

Toutes ces interrogations fourmillent dans ma tête tandis que je me brosse les dents et que je me débarbouille. Je rejoins ensuite Chloé dans notre chambre et me glisse entre les draps glacés pour me coller contre son corps tout chaud.

J'ai envie de partager tout ce qui tourmente mon esprit, mes doutes et mes craintes. Je voudrais lui raconter que j'ai été contraint de me battre et de blesser un homme, qu'au lycée j'ai lâchement abandonné un jeune garçon de l'âge de Zack, inconscient au sol, ainsi qu'un homme gravement blessé. Mais toute la folie de la journée s'abat sur moi et la fatigue enveloppe mes pensées d'un voile brumeux.

Chloé se tourne face à moi et je presse ma joue contre sa poitrine, libre sous la longue chemise blanche qu'elle adore me dérober pour dormir.

— Mon petit héros…, murmure-t-elle en fourrageant de sa main gauche dans mes cheveux qui auraient bien besoin d'être coupés.

Le mot sonne dans mon oreille comme un mot de passe, clé nécessaire pour ouvrir la vanne de mes émotions, et je craque. Tendrement, Chloé me laisse m'épancher sur son sein, jusqu'à ce que, enfin apaisé, le sommeil me gagne.

Jour 1 :
LE VRAI VISAGE DU MAL

Mercredi 30 janvier 2013
La Rochelle, Résidence Les Voiliers
07h00

Mon réveil sonne, je n'ai pas songé à le couper la veille. La porte de notre chambre est entrebâillée et je vois la lumière venant du salon éclairer faiblement le couloir. A côté de moi, le lit est vide mais la place encore tiède.

Je me lève et enfile le tee-shirt et les grosses chaussettes retirés en milieu de nuit. La porte de la chambre de Zack est ouverte également, son lit défait et vide lui aussi. Je fais une pause à la salle de bains, histoire de me passer un peu d'eau sur le visage et d'enfiler un jean. Malgré le bruit du ruissellement, le discret son de la télévision me parvient dans un murmure. Il ne doit pas y avoir grand-chose de nouveau car j'imagine que Chloé serait venue me réveiller pour m'en avertir. Je frotte mes cheveux pour leur redonner un peu de tonus avant de les brosser et une fois présentable, je quitte la salle de bains et me dirige en baillant vers le salon.

Mais dès lors que j'avance dans le couloir, un bruit inhabituel prend le dessus sur celui du téléviseur.

Des craquements et des gargouillis. Un bruit de mastication grossière.

J'arrive dans le salon, des aiguilles dans le ventre et là, mon cœur s'arrête de battre un instant. Chloé est étendue sur le canapé, à moitié nue dans sa chemise blanche lacérée et Zack, à genoux, penché au-dessus d'elle, porte à sa bouche des lambeaux de chair arrachés de ses propres mains au ventre de sa mère. Mon estomac se noue et remonte si violemment dans ma trachée que je vomis à m'en déchirer le diaphragme sur le parquet stratifié.

Distrait de son festin par le jet visqueux de bile qui se répand sur le sol, Zack se tourne hâtivement vers moi et je me perds, corps et âme, dans le blanc vitreux quasi opaque de ses yeux éteints. Sa bouche s'ouvre démesurément, dans un borborygme écœurant il pousse un vagissement guttural qui dans un premier temps me paralyse puis me réveille et...

... je me dresse d'un bloc dans le lit. Je suis en sueur. La nuit est encore noire, mon portable, sur la bordure du lit, indique 06h59.

D'instinct, j'utilise le rétro-éclairage de l'écran pour vérifier la présence de Chloé à mes côtés. Soulagement incommensurable, le corps endormi de mon amour se tient là, à mes côtés, la respiration calme et régulière. Je coupe mon réveil avant qu'il ne sonne et me blottis contre elle, épousant ses formes dans les miennes. Sous la caresse de ma main, la pointe de ses seins se durcit, tout comme mon sexe qu'effleure le galbe de ses fesses.

10h12

Mon éveil est cette fois-ci accueilli par le jour feutré qui perce à travers les volets baissés. Je tends machinalement le bras sur le côté, à la recherche du contact rassurant de Chloé, mais n'échoue que sur des pans de tissu froid. Aucun son ne me parvient tandis que je dresse l'oreille.

J'enfile mon tee-shirt et saute du lit. J'ouvre la porte en abaissant la poignée lentement, essayant d'être aussi discret que possible. Tout de suite sur la droite du couloir qui se présente devant moi, la porte de Zack est quant à elle ouverte sur une chambre vide au lit défait.

Mon rythme cardiaque monte d'un régime et ma respiration devient soudain chaotique. J'en oublie momentanément la pression qu'exerce ma vessie dans mon bas-ventre.

J'avance jusque dans l'entrée à moitié encombrée par la commode qui bloque la porte principale et me tourne vers le salon. Chloé et Zack sont côte à côte sur le canapé, l'air absorbés par l'écran du Mac posé sur la table basse. Ma pression retombe comme un soufflet mais celle de mon système urinaire me rappelle à l'ordre, aussi je leur fais un bisou de loin en leur disant que j'arrive pour me précipiter aux toilettes et me soulager. Je file ensuite m'habiller avant de me rendre dans la cuisine pour m'y préparer un café.

Pendant que la tasse tourne dans le micro-ondes, j'observe par la fenêtre. Il n'y a pas âme qui vive dehors et la plupart des volets sont clos malgré un début de matinée déjà bien avancé. Aujourd'hui encore, le ciel de cette fin de mois est bien triste, à l'image des événements précédents. La pelle et le balai du gardien traînent toujours dans la cour, exactement au même endroit qu'hier, lorsqu'en rentrant du travail je les avais remarqués. Si le vieil homme à l'attitude aussi stricte qu'un ancien militaire lui servant de chef voyait ça, le concierge passerait sans doute un sale quart d'heure. Mais n'ayant pas vu ce dernier depuis la veille, je suppose qu'il a lui aussi très certainement d'autres préoccupations. Alors les remarques désobligeantes de son supérieur…

Je regagne le salon, ma tasse fumante à la main et m'assois à côté de Chloé qui m'embrasse, soucieuse. Le téléviseur est allumé sur un écran noir au milieu duquel s'affiche un message encadré d'un rectangle aux bords blancs : « *Programmes indisponibles* ».

— C'est comme ça depuis que j'ai allumé à huit heures, m'annonce Zack. Du coup on essaie de trouver des infos sur internet. Mais on dirait qu'il n'y a plus de mise à jour. La dernière info remonte à six heures du mat', elle disait que le gouvernement aurait quitté Paris.

— A mon avis, hier au moment de son allocution, le président était déjà en sécurité dans un abri, commenté-je. Fais voir !

Je m'approche de l'ordinateur et ouvre une nouvelle page. Mais celle-ci reste blanche puis annonce un échec de connexion.

— Génial, manquait plus que ça… grommelé-je.

Je fais glisser le curseur en haut de l'écran, survole l'icône d'Airport et constate alors qu'il n'y a aucun accès disponible. Je me penche en arrière pour attraper le téléphone fixe. Pas de tonalité. Je réinitialise la box, obligé d'admettre au bout de quelques minutes, que là aussi, le résultat est le même. Nous n'avons plus ni télé, ni ligne téléphonique, ni connexion internet.

— Les portables ! m'écrié-je en attrapant celui de Chloé posé à côté de l'ordinateur. Plus de réseaux non plus ! Fait chier !

— Tu penses que ça veut dire quoi ? me demande Zack.

— Que la situation ne s'améliore pas. Il a dû se passer quelque chose durant la nuit. Vous n'avez rien remarqué en vous levant, en remontant les volets ? Vous n'avez vu personne dehors ?

— Non, rien de spécial et personne dehors, me répond Chloé.

— Tout est trop calme par rapport à hier, c'est trop bizarre, ajoute Zack.

Je n'ai pas encore tout dit à Chloé. Je compte bien lui raconter ce qu'il m'est arrivé et ce que nous avons vu avec Zack afin qu'elle comprenne ce qu'il se passe à l'extérieur, mais il me faut tout d'abord vérifier une chose.

Je pose ma tasse vide à côté de son thé qu'elle n'a pas encore touché et qui est en train de refroidir, et me lève. Elle me regarde m'approcher de la fenêtre en se mordant nerveusement la lèvre inférieure. Zack a récupéré son Mac et s'acharne à trouver une connexion. Il pense peut-être que l'interruption est momentanée, comme c'est parfois le cas.

Dans la cour, le vent souffle fort par rafales et les feuilles mortes tourbillonnent dans les allées de la résidence. J'observe les arbres ployer et la pluie tomber.

— Tu m'as bien dit que les policiers d'hier étaient entrés dans l'immeuble du gardien ? Ils étaient combien ?

— Euh… oui, ils étaient deux. Pourquoi ?

— La voiture est toujours là. Donc eux aussi, d'une manière ou d'une autre. Je vais aller voir le gardien, il sait peut-être quelque chose…

Chloé s'est levée d'un bond et se porte à ma hauteur.

— Tu ne vas pas sortir quand même ? T'as entendu ce qu'ils ont dit hier à la télé, objecte-t-elle.

— Je ne vais pas loin, juste dans l'immeuble d'en face. Histoire d'en apprendre peut-être un peu plus.

— Je n'aime pas ça Dan.

— Moi non plus, mais il faut bien qu'on trouve quelques réponses, puisque personne ne nous en fournit pour le moment.

Je prends sa main dans la mienne et la serre chaleureusement avant d'ajouter :

— Je vais faire vite, ne t'inquiète pas.

10h36

J'ai revêtu mon blouson en cuir. Ce n'est pas le vêtement le plus chaud que je possède mais l'épaisseur du cuir est une bonne protection et sa souplesse m'assure une liberté de mouvements confortable. Et de toute manière, je ne serai dehors que très peu de temps. J'ai chaussé mes bottines marron et couvre ma tête de mon bonnet qui de plus contiendra mes cheveux, leçon tirée du mauvais souvenir de la veille. Dans mes poches peu profondes, je ne m'encombre pas de mes passes qui habituellement me donnent accès à la plupart des immeubles que je relève, ceux-ci ne fonctionnant pas pour le bâtiment du gardien. Je ne prends que mon trousseau personnel et la clé en croix en laiton de mon travail. Je glisse mon tournevis entre ma ceinture et mon jean et me sens presque prêt. J'ai malgré tout l'impression que je ne ferais pas le poids si je devais me défendre. Chloé me le confirme d'ailleurs en baissant les yeux sur le manche arrondi noir et bleu de l'outil :

— C'est tout ce que tu prends si jamais…
— Tu vois autre chose ?

J'ai bien ma petite idée, mais il est trop tôt pour en arriver à de telles extrémités, tout dépendra de ce que je trouverai dans l'immeuble d'en face. Chloé réfléchit, survole l'appartement du regard à la recherche d'un objet de meilleure facture pour répondre à une éventuelle agression.

— Je sais ! s'écrie-t-elle enfin en ouvrant le côté droit du placard de l'entrée après s'être glissée par-dessus la commode qui bloque la porte.

Elle s'accroupit et fouille derrière l'aspirateur pour en sortir un cylindre en bambou d'un bon mètre de long, le repose-pied de notre bar que nous n'avons jamais fixé. Plutôt une bonne idée.

— Je savais bien que ça servirait un jour, plaisanté-je en m'emparant de la matraque de fortune qu'elle me tend en souriant, fière de sa trouvaille.

Le poids et la consistance du morceau de bois dans ma main me donnent une force supplémentaire. Comme un chevalier recevant son épée des mains de sa promise, j'ai le sentiment d'hériter d'une bénédiction divine. Cette fois, je me sens fin prêt.

Chloé me serre encore dans ses bras et me donne un baiser plein d'encouragement. Avec Zack, nous déplaçons la commode pour ouvrir suffisamment la porte afin de me laisser sortir. Malgré ma recommandation de refermer aussitôt, je n'entends le verrou se tourner qu'une fois disparu de son champ de vision.

Les sens aux aguets, je descends les deux étages d'un pas mesuré, mais rien ne trahit une quelconque menace ni même la moindre activité ménagère. Je passe la porte en verre que je retiens pour ne pas qu'elle claque. Me retrouvant à l'air libre, le froid saisit mon visage et pique ma peau. Un calme olympien règne sur la résidence et même au-delà. Hormis le souffle du vent dans les arbres, le silence est tombé sur la ville et cela en est presque déroutant.

Je suis le chemin pavé qui traverse la cour, en ayant pris soin de me retourner l'espace d'une seconde pour adresser un signe réconfortant à Chloé que je sais bien sûr là, à me guetter de la fenêtre de la cuisine. Puis je file droit vers le bâtiment du gardien, passant à nouveau près de ses outils trempés par la pluie qui, par chance, prend une pause opportune.

Devant le bouton d'appel, j'hésite un instant. Je jette un coup d'œil à travers la porte translucide et ne décèle rien d'anormal. Je sonne donc chez le gardien en espérant qu'il soit là mais surtout qu'il soit en pleine possession de ses moyens.

L'interphone crachote un peu puis une voix familière mais que je sens clairement méfiante me répond :

— Qui c'est ?

— Monsieur Caplan. Ça va, vous allez bien ?

Il marque alors un silence de quelques secondes, durant lesquelles il doit sans doute se remettre qui je suis.

— Oui merci, ça va pour moi et vous ? Pourquoi vous n'êtes pas chez vous ?

Voilà, on entre dans le vif du sujet. Et contrairement à ce que j'ai dit plus tôt à Chloé, ce n'est en fait pas vraiment lui que je souhaite voir.

— Deux agents de police sont entrés ici hier après-midi, et leur voiture est toujours là. Je voudrais savoir s'ils sont toujours là eux aussi.

Nouveau blanc. Sans gants ni écharpe, je commence à grelotter.

— Et pourquoi ? demande-t-il, circonspect.

— Pour savoir s'ils auraient la réponse à quelques questions. Tous nos moyens de communication sont hors service.

— Moi c'est pareil mais je ne vois pas ce que je peux faire pour vous.

— Si vous pouviez juste m'ouvrir et me dire si vous savez dans quel appartement ils devaient se rendre.

Le gardien hésite à nouveau, mais cette fois plus longuement encore. Je renifle bruyamment :

— C'est pas qu'il fasse froid, mais je suis pas réchauffé pour autant ! S'il vous plaît ! insisté-je d'une voix plaintive.

— Vous feriez mieux de retourner chez vous...

— Mais...

Je n'ai pas le temps de protester que j'entends le signal sonore indiquant l'ouverture de la porte, puis il ajoute :

— C'est moi qui les ai appelés. Trois types foutaient le bordel au cinquième, appartement 22.

— Merci !

Je pousse la porte et pénètre dans le hall. L'éclairage s'allume automatiquement, ce qui me fait penser que les parties communes ici sont mieux équipées que les nôtres. L'ascenseur, dont le témoin indique qu'il se trouve justement au cinquième, reste quant à lui un vieux modèle, avec en complément des portes automatiques de cabine, une porte palière que l'on doit ouvrir manuellement. Je presse le bouton mais rien ne se passe. J'attends quelques secondes avant de réappuyer bêtement deux ou trois fois, mais aucun bruit de mécanisme ne répond à ma demande. Je m'approche alors des escaliers puis lève la tête pour regarder entre les rambardes. C'est donc parti pour cinq étages à pied. Quelle poisse !

Pareillement au bâtiment d'où je viens, une sérénité glauque imprègne les lieux. Seul le bruit du vent qui siffle en s'immisçant dans chaque interstice disponible et qui fouette l'immeuble, faisant trembler et travailler la structure, empêche le silence de prendre totalement possession des murs.

Sur le palier du troisième étage, des murmures étouffés provenant de l'appartement 15, brisent la longue litanie des bourrasques et je me sens un peu plus rassuré. Etonnamment, l'absence totale d'indices directs ou indirects témoignant de tout signe de vie me rend encore plus nerveux que l'ambiance chaotique du lycée le jour précédent.

Alors que je monte la dernière série de marches menant au cinquième étage, j'aperçois la porte palière de l'ascenseur entrebâillée, ce qui explique son refus d'obéir. Au fur et à mesure que je me rapproche, je comprends ce qui la bloque. Un bras. Un bras dont je ne vois pour l'instant que la main, couverte de sang. Mon poing étrangle la base du bambou si fort que les jointures de mes doigts blanchissent.

Je repère la porte, légèrement entrouverte, de l'appartement 22 juste en face, la main dépassant de l'ascenseur se trouvant entre elle et moi. Du bout de ma batte improvisée, je tâte la main, celle-ci reste amorphe. Je fais un pas sur le côté pour jeter un coup d'œil dans la cabine et y découvre, un pincement au cœur, le corps d'un des deux fonctionnaires de police. Replié sur lui-même dans l'espace confiné, son visage livide rejeté en arrière dévoile une gorge déchiquetée dont la chair repose sur le col du polo bleu ciel que l'on devine sous l'anorak bleu marine.

Mon estomac se retourne, j'ai la nausée. Mais mon système digestif n'ayant pas grand-chose à rendre, tout ce que mon corps arrive à rejeter, c'est un peu de bile et quelques larmes que les spasmes m'arrachent. Je m'essuie la bouche du revers de la manche et concentre mon attention sur l'appartement 22. Le temps s'est arrêté à cet étage et seule la complainte des courants d'air s'insinuant par l'ouverture semble habiter le logement.

Au moment d'entrer, je remarque sur la poignée les traces poisseuses à moitié figées entre le rouge et le noir. Je pousse doucement la porte, mais rencontre très vite une résistance. En forçant un peu, j'arrive à me faufiler dans le logement qu'arrose un timide rayon de soleil. Une odeur d'abîmé agresse alors mon nez et ma gorge.

Un pic d'adrénaline me transperce la poitrine lorsque mes yeux se posent sur un autre corps sans vie, celui d'un civil, un jeune homme probablement de mon âge, étendu sur le carrelage de l'entrée et baignant dans une mare de sang. Dans sa position, sur le dos, je n'observe pourtant aucune blessure apparente.

Pressentant une vague de panique fuser dans mes veines, je ferme les yeux quelques secondes, deux ou trois, pas plus, et me focalise sur ma respiration pour la réfréner. Parvenant ainsi à conserver mon sang-froid malgré une angoisse grandissante, je pénètre dans le séjour double où les meubles renversés et les objets brisés attestent de l'affrontement qui s'y est déroulé.

En plein centre de la pièce une table gît sur le flanc, je m'en approche pour voir ce qui se cache derrière. Là, frappé de stupeur, je découvre deux nouveaux corps, celui du second policier et celui d'un homme entre deux âges, vêtu d'un costume gris. D'après leur posture, ils ont dû s'entretuer. J'imagine facilement, en voyant la dépouille de l'agent de police à moitié recouvert par l'autre cadavre, qu'il a été attaqué le premier. Comme son collègue, l'hémorragie de son cou en lambeaux a dû lui être fatale. Pour ce qui est de l'homme en costume, la mort est encore plus évidente. Le gardien de la paix tient toujours son arme au poing, profondément enfoncée entre les mâchoires de son agresseur présumé. Le canon pointant vers le haut, mes yeux se lèvent machinalement et tombent sur un fragment d'os crânien ensanglanté, incrusté dans le plafond souillé.

Mes jambes chancellent et je me rattrape au rebord de la table renversée pour ne pas choir. Je compte dans ma tête : deux policiers, deux hommes... Le gardien a parlé de trois types. Il en manque donc un. Celui-ci serait parti ? Un choc étouffé interrompt ma réflexion, paraissant à la fois proche et éloigné. Je scrute la pièce à la recherche d'une éventuelle cachette où pourrait se tenir le dernier individu. Le petit salon mitoyen est également vide. Le choc résonne à nouveau contre une cloison qui semble peu épaisse, aussitôt suivi d'un frottement grinçant presque imperceptible.

Je retourne dans le petit vestibule et survole du regard la cuisine quand un troisième coup, plus franc que les précédents cette fois, fait vibrer les portes du placard de l'entrée. Puis les grattements prennent de l'ampleur tant en fréquence qu'en intensité. Pas de doute, il y a quelqu'un ou quelque chose là-dedans. Voulant croire à la présence d'une personne tout aussi saine et peut-être tout aussi apeurée que moi, je voudrais m'annoncer pour la rassurer, mais mon subconscient empêche ma bouche et ma langue de s'exprimer.

De ma main libre, tenant fermement le bambou de l'autre, j'attrape avec un dégoût réprimé le cadavre qui bloque la porte par l'épaule de son pull et le tire sur le côté pour créer un espace entre le placard et moi.

La frénésie qui anime ce que le pan de bois dissimule s'accroît au fur et à mesure que j'en approche le bras. Solidement campé sur mes deux jambes, j'empoigne l'anse et fais énergiquement coulisser la porte vers la gauche. Là, un corps s'écroule de toute sa masse à mes pieds. Voici donc le troisième type, le compte y est.

Je n'ai pas le temps d'avoir la moindre réaction que sa main vient, d'un geste sec et soudain, attraper et enserrer vigoureusement ma cheville. Surpris, je laisse échapper un cri qui s'étrangle dans ma gorge alors que je recule pour me libérer. Mais dans le mouvement affolé, mes pieds se prennent dans les jambes de l'autre corps resté à proximité et je tombe à la renverse. Si la chute n'est pas douloureuse, la vision que j'ai en relevant la tête, à moitié étalé sur le sol carrelé du couloir, me cloue sur place.

Le type du placard, un chauve à lunettes légèrement enrobé et au teint cadavérique, se met à ramper dans ma direction en grondant. Sa mâchoire claque dans le vide et ses yeux brumeux dénués de toute vie sont braqués sur moi. Complètement paralysé, une affreuse crampe dans l'abdomen, je le regarde se rapprocher de moi, un liquide noirâtre et visqueux s'écoulant de son nez jusque dans sa bouche, ignorant et bousculant l'autre cadavre gisant dans l'entrée.

J'ai complètement décroché. La peur s'est emparée de mon énergie et me livre littéralement en pâture à la monstruosité qui se traîne sans tergiverser vers moi. De ses yeux sans âme je ne peux me détacher et le grondement famélique qui émane de sa gorge me gèle le sang dans les veines. La barrière entre la réalité et la fiction vient de tomber, d'un coup sec et tranchant sur mes jambes. Je suis tellement tétanisé que j'en oublie même de respirer.

Pour la seconde fois, les doigts affamés de la main froide et raide de la créature se referment sur ma cheville et ce contact glacial brise les chaînes de ma catalepsie. Comme lorsque l'on réenclenche le disjoncteur d'un tableau électrique après une coupure de courant, ma circulation sanguine reprend son cours et mes poumons se remplissent à nouveau.

Recouvrant mes esprits et l'usage de mes membres, j'envoie ma botte droite s'écraser dans la sinistre figure qui s'approche dangereusement. Le premier impact a pour conséquence de faire sauter les petites lunettes rondes, révélant ainsi un regard crayeux encore plus saisissant sans l'effet rétrécissant des verres. Derechef, je frappe du pied le visage à plusieurs reprises, mais n'obtiens pas la moindre réaction d'abdication. Son impressionnante poigne ne faiblissant pas, je lève ma matraque en bambou et l'écrase sur l'avant-bras tendu vers moi, juste sur l'articulation du poignet. Un craquement bruyant retentit alors et l'étau sur ma cheville se desserre enfin.

Je me redresse sur mon séant et recule de quelques dizaines de centimètres avant de me relever, mais le couloir n'est pas extensible et je suis vite acculé contre la porte du fond. L'agencement de l'appartement étant le même que le nôtre, je comprends vite que la seule issue se trouve bel et bien devant moi, le problème majeur restant donc ici cet homme à moitié mort, rampant entre elle et moi.

L'homme à moitié mort... Si j'étais honnête avec moi-même, il me faudrait bien accepter l'idée que mon folklore zombiesque vient de faire une intrusion malvenue dans ma réalité. La chose qui progresse avec acharnement sur le ventre n'a plus grand chose d'un être humain vivant. Avec ses yeux mornes, son teint blafard et son gémissement caverneux, tout est là pour me rappeler cette manifestation dédiée aux revenants, la Zombie Walk, qui attire les foules et regroupe les fans chaque année. Mais là, je n'apprécie pas du tout la performance de celui qui rampe devant moi, et je ne suis pas à la fête.

Pendant que mon cerveau fait des nœuds, ce que j'appellerais néanmoins encore un homme s'est péniblement relevé et chancelle dorénavant mollement sur ses petites jambes boudinées. Ainsi redressé, la plaie, par laquelle l'infection a dû se propager, se révèle au creux de son épaule droite, derrière une large bande de t-shirt déchirée pendouillant sur l'avant du vêtement. Celui-ci est barbouillé du sang séché qui s'est répandu de la chair arrachée juste en-dessous de la clavicule. Et à en juger par la couleur et l'aspect racorni de ses rebords circulaires, l'entaille n'est pas toute fraîche.

On dirait qu'il fait ses premiers pas, tant ceux-ci sont incertains. Ses premiers pas de ce qu'il est en tout cas désormais devenu. Je me remémore, en le voyant, la démarche vacillante du professeur après s'être à moitié brisé le crâne contre une colonne de pierre du lycée de Zack et je bannis de mon esprit l'espoir que, comme le fonctionnaire, il s'écroule d'un coup pour rendre son dernier souffle.

Je brandis mon bras armé du bambou, prenant l'air le plus menaçant possible et élève la voix :

— Stop ! Arrêtez-vous ! (aucune réaction) Ne m'obligez pas...

Mais autant parler à un mur. Il avance toujours. Péniblement, dans un état second, mais il avance. Ses doigts se referment dans le vide comme s'il me pensait à sa portée et ses dents s'entrechoquent à chaque pas. Contre mon dos, je sens le contact dur et pétrifiant d'une porte close : je ne reculerai pas davantage. Encore un mètre et il pourra me toucher. Encore un mètre et il pourra m'attraper. Je suis pris de tremblements incontrôlables. Je pourrais tenter d'ouvrir la porte derrière moi, mais étant au cinquième étage la fenêtre de la chambre ne m'apporterait pas de meilleure alternative. Et puis, je ne sais quelle autre mauvaise surprise peut se cacher de l'autre côté. Dans un coin de mon cerveau, l'image de Chloé, de ma Chloé, rongée d'inquiétude derrière la fenêtre de la cuisine, se dessine. Elle m'attend et je n'ai pas le droit de l'abandonner, du moins, pas déjà.

Lorsqu'une main s'accroche à la manche gauche de mon blouson, j'ai comme un électrochoc. Une décharge d'adrénaline qui m'irradie de la tête aux pieds en une fraction de seconde. Je pousse un hurlement bestial et abats avec rage le bambou sur le front dégarni. Je ne sais pas combien de coups je porte, mais la boîte crânienne offre une résistance inattendue et les ondes de choc se répercutent dans mon avant-bras jusqu'à en devenir douloureuses. D'un puissant coup de pied dans la hanche, je repousse mon assaillant qui bascule en arrière, s'écrasant lourdement sur le carrelage certainement aussi glacé que lui. Sa tête percute le revêtement dur dans un craquement sinistre. Haletant, la gorge en feu, je contemple les derniers soubresauts du corps étendu devant moi ainsi que le sang s'échappant en cercles concentriques du crâne ouvert. Du bout de ma botte, je frappe ses jambes mais les membres sont désormais dépourvus de tout tonus musculaire.

De violents spasmes agitent ma poitrine et je ne sais encore si je vais rire ou pleurer. Tendus à se rompre entre ce qui ne peut être et ce que je vois, mes nerfs s'apprêtent à lâcher, comme si le rationalisme de ma raison niait farouchement le pragmatisme de la situation, se faisant s'affronter en moi deux façons d'appréhender la réalité diamétralement opposées.

L'accepter dans sa plus triste vérité et avancer ou la rejeter et sombrer…

Comme pour m'aider à faire mon choix, la partie supérieure du corps se redresse dans un mouvement d'une effroyable lenteur accompagné d'un gémissement grave et traînant. Le visage à présent déformé et boursoufflé mais les yeux toujours braqués sur moi, ses bras se tendent, dans ma direction bien sûr, insatiables. Prenant alors solidement mon bambou à deux mains, je l'abats à nouveau sur le dessus de la tête menaçante, la fracassant enfin complètement de toutes mes forces. J'ouvre les yeux. Desserre les dents. Le haut du corps déséquilibré va cogner puis glisse contre le mur du couloir, le marquant au fer rouge d'une large trace sanglante.

Les poumons brûlants, tremblant comme une feuille sous le mistral, j'essaie de réaliser ce qu'il vient de se produire. Me sentant mal, les jambes flageolantes, je me retiens à la cloison, lâchant mon arme. Je viens de tuer un… Mon désir de le qualifier d'homme vient de se perdre dans le sang. Je ne suis pas un assassin, il n'était plus humain. Je viens d'achever un condamné.

10h58

Dans le silence d'outre-tombe qui s'est de nouveau abattu sur l'appartement, j'enjambe le corps qui demeure immobile et retourne vers le salon. Mon cœur galope dans ma poitrine et j'ai du mal à tenir les rênes. Méfiant, je passe à côté de la dépouille de l'entrée et ce n'est qu'à cet instant que je remarque la tache sombre qui a fusé dans le dos de son pull. L'agent de police aurait donc fait deux victimes avant de succomber à sa blessure.

La raison de ma présence ici me revient subitement en mémoire à l'évocation du représentant de l'ordre. Mais avant de m'intéresser à lui, il faut que je boive quelque chose. J'ai l'impression d'avoir avalé du sable tellement ma gorge me tiraille. Ne voulant m'attarder trop longtemps, je pénètre à grands pas dans la cuisine et ouvre le frigo qui s'avère être bien garni. Sa vision me rappelant que le nôtre en est bien loin, une petite voix intérieure me souffle qu'il serait judicieux de faire quelques provisions, puisque les occupants de ce quatre-pièces n'en auront désormais plus besoin.

Dans un compartiment de la porte, je trouve une grande bouteille de coca encore intacte. Du sucre en bouteille, parfait ! Le bouchon se dévisse dans un "pschitt" familier et rassurant puis je porte le goulot à mes lèvres. Le liquide frais et pétillant se déverse en moi comme un torrent de pluie providentielle dans le lit d'une rivière asséchée. Je me sens étonnamment beaucoup mieux. Ma soif étanchée, je replace la bouteille dans le réfrigérateur et le referme. Je m'occuperai de la question du ravitaillement ultérieurement.

Sur le plan de travail, je repère un présentoir à couteaux. Pensant à mon tournevis coincé dans ma ceinture, l'évidence pour l'une de ces lames, la plus grande, me saute aux yeux. Je l'adopte immédiatement, ce couteau sera à n'en pas douter un meilleur partenaire.

De retour au salon, j'avance d'un pas décidé vers la table renversée et la contourne. J'observe la scène. Le policier ne me donnera aucune des réponses escomptées, il peut par contre peut-être m'apporter d'autres choses pouvant s'avérer utiles. Pour cela, je dois le dégager.

Refoulant une grimace, j'empoigne donc les épaules du corps allongé sur le sien et le fais rouler sur le côté. Le brassage d'air provoqué par le mouvement dégage une forte odeur nauséabonde de viande gâtée qui agresse mes narines, me déclenchant une quinte de toux aussi incontrôlée que tonitruante.

La crise passe rapidement et j'entreprends de fouiller les poches de l'officier de police. Mis à part quelques effets personnels sans importance, je ne trouve rien de particulier mais surtout, aucune trace des clés du Scénic. Puis, voyant l'équipement de sa ceinture, je la décroche et la lui retire. Doté de toute sorte d'objets comme des gants, une lampe, une matraque ou encore un taser, le ceinturon pèse une tonne mais se révèle être un véritable petit trésor. Fébrile à l'idée de détrousser un mort, je le passe tout de même à ma taille. Le holster vide contre ma hanche droite me rappelle qu'il manque le principal. Ecartant alors les doigts raides mais encore suffisamment malléables du malheureux, je m'empare de son arme de service.

Il s'agit, je pense, du modèle semi-automatique de Sig Sauer qu'utilisent policiers, gendarmes et douaniers français. Son poids dans ma main m'impressionne. C'est la première fois que je tiens une véritable arme à feu et pourtant je me sens réconforté par sa présence malgré mon ignorance concernant son utilisation.

Distrait par la contemplation du pistolet, je n'ai pas tout de suite entendu, perdu parmi ceux des éléments, un geignement plus lugubre que les autres. Je me retourne soudain, pris d'un doute affreux, et me fige en constatant avec horreur que le corps de l'entrée est à présent debout dans l'encadrement de la porte du salon. A l'image d'un animal humant l'air, sa tête est animée de petits mouvements lents de bas en haut dans plusieurs directions distinctes. Puis, ses yeux pourtant absents m'accrochent et la créature autrefois humaine grogne et se met en branle. Sans attendre une seconde de plus, je braque le Sig Sauer dans sa direction et presse la détente à deux reprises.

Les détonations résonnent comme deux coups de tonnerre dans l'appartement et je me laisse surprendre par le recul. N'ayant de plus pas eu le temps, dans l'affolement, de viser ma cible, c'est sans surprise qu'une des balles termine sa course dans un mur. Pour autant, la nouvelle auréole rouge sombre qui s'étend sur l'avant du pull de celui qui me fait encore face m'indique

que l'autre a celle-ci bien fait mouche. Je n'ai malgré tout pas l'occasion de m'en réjouir très longtemps, puisque l'homme qui devrait en toute logique être doublement mort n'a pas bronché et fait déjà un pas vers moi, imperturbable.

— Putain de zombie ! pesté-je en jurant.

Ça y est, le mot est lâché. Celui qui pendait à mes lèvres depuis un moment déjà. Et son écho ricoche dans ma tête comme l'alarme exaspérante d'un réveil matin. Mon éveil dans cette nouvelle réalité, celle dans laquelle des gens malades deviennent fous, dans laquelle ils cherchent à se dévorer les uns les autres… dans laquelle les morts semblent revenir à la vie… est total.

Cette fois-ci je m'applique. Levant l'arme fermement maintenu à deux mains, j'aligne mon œil droit et le viseur sur le front du revenant, et compte jusqu'à trois, le temps de modérer ma respiration et que la distance entre nous se réduise. C'est la tête qu'il faut viser. Détruire le cerveau. Un… deux… trois…

Une nouvelle déflagration retentit dans l'immeuble et le mort s'écroule comme une tour Jenga, pour cause, un trou de neuf millimètres bien pointé. Je ravale le cri de satisfaction qui naît à l'entrée de ma bouche devant la réussite de mon tir. L'heure n'est pas à la réjouissance.

Visiblement contaminés la veille, les trois types, dont deux se sont relevés d'entre les morts sous mes yeux, ont eu leur compte. En ce qui concerne les deux policiers, je ne me fais pas d'illusions, ils ont tous les deux été mordus et je peux m'attendre à les voir eux aussi reprendre vie à tout moment… sauf si je coupe court.

Celui dont j'ai subtilisé une partie de l'équipement demeure inerte. Si pour une raison ou une autre je suis amené à revenir ici, je ne peux me permettre de laisser une éventuelle menace derrière moi. Pour bien faire, je devrais me saisir du couteau à viande et de sa lame large et solide pour la ficher dans le crâne du défunt puisque transpercer leur encéphale paraît visiblement être leur unique point faible. J'économiserais ainsi une balle. D'autant plus qu'il n'est pas nécessaire de faire davantage de bruit et de signaler ainsi ma présence ici.

Mais je suis là face à une nouvelle barrière psychologique qui ne cède pas face au sang-froid que nécessiterait un coup de poignard comparé à la facilité de l'arme à feu. Et puis trois tirs ont déjà retenti, ce n'est pas un quatrième qui aggravera la situation.

Ma décision prise, je positionne le canon sur le front du policier. Je détourne le regard malgré mes yeux fermés et sans plus me poser de questions, appuie sur la détente. Quand la balle perfore le crâne sans vie afin qu'il le reste, je sens les éclaboussures de sang consteller mon pantalon.

Une atmosphère écrasante pèse sur le salon, je me sens vidé. Le vent qui, dehors, ne faiblit pas, me porte d'inquiétants sons qui n'étaient pas présents jusqu'alors. Mon corps est subitement lourd et mon esprit fatigué. J'aurais bien besoin de m'assoupir, mais je dois m'activer et penser à rejoindre Chloé et Zack. Cela doit bien faire plus d'une demi-heure maintenant que je les ai laissés et ils doivent très certainement s'inquiéter depuis un moment déjà. Je ne prends donc pas le temps de fouiller tout l'appartement avant de partir, mais me contente simplement d'attraper un petit sac de sport Hugo Boss abandonné sur le canapé et le remplis de diverses victuailles que je trouve dans le frigo et les placards de la cuisine.

11h14

La courroie en bandoulière et le sac remonté dans le dos à la façon d'un militaire en permission, je suis prêt à sortir. Une fois franchi le pas de la porte, je remarque l'absence de l'ascenseur. Celui-ci est redescendu au rez-de-chaussée comme l'indique le voyant rouge. Je fais rapidement le tour des possibilités mais n'en vois qu'une. Le policier que j'ai vu mort dans la cabine s'est sûrement relevé à son tour, dégageant sa main qui retenait la porte et l'empêchait de se refermer. L'ascenseur est ensuite logiquement redescendu, ayant enregistré mon appel lors de mon arrivée. Je commence donc à dévaler les escaliers, m'inquiétant de ce que je ferai une fois en bas. Théoriquement, l'agent devrait toujours se trouver enfermé, sans possibilité de sortir de l'ascenseur par ses propres moyens, n'étant plus apte à penser par lui-même. Je garde cependant en tête qu'il pourrait très bien être libéré de sa geôle mécanique à la première occasion. Il suffirait pour cela d'un seul résident. D'un seul malheureux innocent sur lequel s'abattrait alors la malédiction de l'âme damnée prisonnière de sa cage d'acier.

Un étage plus bas, je m'aperçois que l'immeuble est sorti de sa torpeur. La quiétude apparente à mon arrivée a cédé sa place à un concert de râles et de gémissements plaintifs provenant d'autres appartements. Le vacarme des multiples détonations semble avoir extirpé de leur léthargie des personnes infectées mortes chez elle. J'ai la chair de poule et mes poils se hérissent à l'idée d'être au beau milieu d'un nid de zombies, mes voisins d'hier.

A chaque marche que je descends, je prie ma bonne étoile pour que les portes closes le restent. Et si des gens encore bien portants demeurent derrière certaines, ils doivent supplier le ciel pour que cessent ces clameurs d'agonie.

Entre deux souffles, je me demande ce que fait le gardien. Est-il terré entre ses murs protecteurs, ayant préféré ignorer les coups de feu, ou est-il sorti voir de quoi il en retournait ? Et dans ce second cas, aura-t-il tenté de prendre l'ascenseur ?

J'arrive en quelques minutes au rez-de-chaussée, les cheveux humides de sueur sous mon bonnet et les muscles cuisants sous le poids du sac. Aucun signe d'activité ne se manifeste à ce niveau. Seuls persistent les chants moribonds des étages supérieurs et le lamento du vent tout-puissant.

Ne pouvant me résoudre à partir en abandonnant le deuxième officier de police à son état, je m'approche de l'ascenseur. J'ouvre la porte palière mais prends garde de bien rester dans son ombre. Gardant la porte ouverte d'une main, je réajuste dans l'autre le morceau de bambou dont l'extrémité est maculée de sang encore frais. Au moment de l'ouverture automatique de la cabine, d'un geste souple et silencieux, je jette le morceau de bois par-dessus la porte me dissimulant et l'entends retomber sur le sol carrelé du hall dans un tintement retentissant. S'ensuit une série de bruits de pas irréguliers témoignant d'une démarche lourde et hésitante. Ma poitrine se serre un peu plus lorsque s'échappe le roulement rocailleux d'une expiration émoussée. Manquant de courage et certainement de confiance en moi, je dégaine le semi-automatique. L'utilisation du couteau implique une proximité bien trop directe que je ne suis pas prêt à braver.

La retenant, j'accompagne la fermeture de la porte pour éviter qu'elle ne se referme complètement, action qui entraînerait un bruit malvenu. Comme je l'espérais, le cadavre réanimé du policier se tient, me tournant le dos, à quelques pas du bambou. Ses pas l'ont instinctivement orienté dans la direction du bruit et ils attendent dorénavant un nouveau signal pour guider son corps.

Je peux à présent lâcher la porte qui se referme dans un chuintement à peine perceptible mais suffisant pour que le revenant tourne son visage sans vie vers moi dans un grognement repoussant. Puis, lentement, il pivote sur lui-même pour amorcer son approche, nullement perturbé par le canon que je pointe sur sa tête. Le coup part, presque involontairement tant mon doigt crispé sur la détente tremble, et perfore le crâne du malheureux qui s'effondre en silence.

Je m'approche de lui et m'agenouille à ses côtés. Un nouveau bruit me fait soudain sursauter. Ma main se porte sur la crosse du pistolet déjà rengainé, mais se ravise à la vue du gardien sur le seuil de son appartement.

— Bordel mais qu'est-ce que c'est que ce merdier ? Qu'est-ce que vous venez de faire ? s'exclame-t-il paniqué.

Je lui réponds en entreprenant d'explorer les poches du pauvre homme que je viens d'abattre :

— Ce virus dont ils parlaient hier aux infos, il tue les gens… mais visiblement il les transforme ensuite en morts-vivants.

— Vous vous foutez de moi ?

— Croyez-moi, j'aimerais bien !

Dans la poche avant de la chemise du fonctionnaire, mes doigts frôlent un morceau de papier glacé que je sors et déplie. Un puissant direct en plein estomac me coupe la respiration lorsque mes yeux se posent sur la photo d'une femme au sourire radieux, tenant dans ses bras un nourrisson. Le cliché est daté de quelques jours à peine. Un poids colossal comprime ma cage thoracique au point de me faire tourner la tête.

— Vous l'avez tué… continue le gardien qui ne décolle pas de son paillasson, prêt à se barricader au moindre soupçon de danger.

Je ne réponds pas et ravale mes émotions. Je replie la photo avant de la glisser dans la main du jeune papa, et, lui murmurant un pardon d'une profonde tristesse, je referme soigneusement ses doigts froids sur ses deux précieux amours.

Moment difficile, même si malgré tout je poursuis mon inspection pour finir par trouver les clés du Scénic que je fourre dans ma poche. Je récupère, sur lui également, son ceinturon que je passe sur mon épaule. Pour me relever je dois forcer sur mes cuisses, ayant l'impression de faire deux fois mon poids.

— Mais qu'est-ce que vous faites bon sang ?

Partagé entre la peur et l'incompréhension, le gardien me dévisage, une grimace de dégoût au coin des lèvres.

— Je prends les devants pour mettre ma famille à l'abri, je lui réponds. Et vous feriez bien d'en faire autant. Je reviendrai vous débarrasser du corps plus tard.

Sur ces mots, je le laisse, pantois, et sors du bâtiment.

11h23

Dehors, la pluie a repris son travail de sape. J'essaie de courir pour retrouver les miens au plus vite même si tous mes muscles protestent sous la charge du sac et des deux ceinturons. A peine ai-je descendu les quelques marches du perron du bâtiment que, levant les yeux, j'aperçois malgré la distance le sourire soulagé qui fend en deux le visage de Chloé, scotchée à sa fenêtre. Je parcours les quelques mètres me séparant de l'entrée de notre immeuble en trottinant et y dépose tout ce qui m'encombre et me ralentit.

Puis revenant sur mes pas, je rassure Chloé d'un signe de la main et me dirige vers la voiture de police dont j'ouvre en premier lieu le coffre. Celui-ci contient un grand sac noir et, le cœur battant, mes doigts en font glisser la fermeture-Eclair, révélant plusieurs boîtes de cartouches et ce qui me paraît être un fusil. Je me félicite intérieurement et sors le sac du coffre pour le déposer sur le bord du trottoir.

Pénétrant ensuite à l'avant du véhicule, je prends place au volant. Chloé a changé de poste d'observation et suit à présent mes moindres faits et gestes par la fenêtre du petit salon, espérant certainement que je fasse vite. A vrai dire je n'ai pas envie d'attendre que la batterie soit vide pour que cesse ce clignotement incessant et obnubilant des gyrophares sous notre fenêtre. C'est pour quoi je scrute le tableau de bord à la recherche des commandes des équipements lumineux.

J'actionne plusieurs boutons sans succès jusqu'à ce que l'un d'eux arrache, l'espace d'une fraction de seconde, un hurlement de sirène tonitruant, me faisant bondir dans l'habitacle. Je trouve enfin la commande d'arrêt des gyrophares et jette un coup d'œil vers Chloé comme pour m'excuser. Me penchant sur le siège passager, je fouille la boîte à gants mais n'y déniche que de la paperasse.

Un bruit de tôle froissée me fait alors sursauter à nouveau, je me redresse vivement sur mon siège. Mon sang se glace, mon esprit se fige. Un afflux de morts-vivants entoure la voiture, sortis de je ne sais où, les plus proches se pressent déjà contre la carrosserie. Certains arrivent de l'angle de la rue Amos Barbot alors que d'autres sortent de porches de la rue des Voiliers dans laquelle je me trouve.

Malheur ! En déclenchant accidentellement la sirène, je les ai attirés directement sur moi. Le temps de réaliser, le Scénic est cerné d'une bonne douzaine de corps arborant pour la plupart des vêtements souillés de sang malgré des visages encore relativement frais, parfois barbouillés, que seuls trahissent les yeux vitreux sans expression.

A travers le pare-brise, je vois le visage horrifié de Chloé disparaître petit à petit derrière l'amoncellement de zombies qui s'agglutinent sur le véhicule ; celui-ci commence à tanguer sous la pression des trépassés. Essayant de garder les idées claires, j'insère la clé de contact et démarre la voiture. Marche arrière enclenchée, je recule brutalement, faisant passer sous les roues les quelques assaillants attroupés derrière. Ceux amassés à l'avant glissent le long du capot et s'étalent gauchement sur le bitume. L'idée d'aller de l'avant afin d'écraser tout ce joli monde me traverse l'esprit, mais je me ravise, ne voulant prendre le risque d'en rameuter plus encore. Je décide donc de poursuivre ma marche arrière à faible vitesse avec pour but de les entraîner loin de la résidence. Les morts tombés se relèvent mollement et emboitent le pas de leurs congénères, marchant aveuglément dans le sillage du véhicule.

Je laisse ainsi rouler, à douce allure, le gros gâteau motorisé bleu blanc rouge dont je suis la cerise, tout droit sur un peu plus de deux cents mètres avant de m'en extraire clandestinement, laissant tourner le moteur. Si je m'éloigne trop, je ne pourrai rentrer sans avoir à faire un détour hasardeux par les petites rues du centre-ville.

La sombre troupe, aussi lente que menaçante, gronde à une centaine de mètres. Je mise mon salut sur l'espoir que leur attention restera fixée sur le ronronnement de la mécanique, et saute par-dessus le petit mur d'enceinte de l'agence Erdf qui longe la rue. Plié en deux, je remonte le parking jusqu'à la barrière d'entrée. Malgré une température certainement pas très éloignée de zéro, je transpire sous ma veste en cuir et des fourmillements de nervosité me picotent la peau. J'attends quelques minutes, afin d'être sûr de ne pas me retrouver face à un retardataire, avant de quitter le parc de stationnement. Instinctivement, ma main cramponne la crosse de l'arme à feu mais je résiste à l'envie de la sortir de son étui. J'ai fait suffisamment de bruit jusqu'à maintenant, je tire donc le long couteau de ma ceinture et respire un bon coup. Il me faut impérativement regagner l'appartement le plus discrètement possible.

Toujours baissé, je passe sous la barrière de sécurité pour me retrouver dans la rue attenante, à première vue déserte, et me faufile le long des voitures jusqu'à l'embranchement de la rue que je viens de descendre en marche arrière. D'un premier coup d'œil sur ma gauche, je constate que mon plan fonctionne à merveille, l'ensemble du groupe de zombies est à présent réuni autour de la voiture et me tourne le dos. Puis d'un autre coup d'œil, sur ma droite cette fois, je m'assure que la voie jusqu'à la résidence est libre. Aussi, je me redresse et, sans me retourner, m'élance à perdre haleine, les yeux rivés sur la fenêtre du petit salon. Et plus la distance s'amenuise, plus je distingue la silhouette de ma belle, et plus j'ignore les cris de protestation de mon corps fatigué.

Au passage, je récupère le sac de munitions resté sur le trottoir et dévale la petite allée pavée jusqu'au hall d'entrée de l'immeuble. Je ramasse également le sac de sport contenant les provisions, ainsi que le second ceinturon. Croulant sous la charge et exténué par mon sprint, je souffle comme un phoque. A travers l'interphone, la voix de Chloé, complètement paniquée, me crie de rentrer puis le signal sonore annonçant l'ouverture de la porte retentit. Je m'engouffre à l'intérieur et puise dans mes ultimes forces pour monter les deux étages au pas de course. La porte de l'appartement s'ouvre devant moi dans une clameur de soulagement puis se referme aussi sec après mon passage. Lâchant les sacs dans le vestibule, je vais m'écrouler dans le canapé, le corps en miettes.

11h44

Chloé sanglote doucement, blottie contre moi. Après m'avoir traité de fou et d'irresponsable en me frappant l'épaule de sa main désespérée, elle s'est calmée pour finalement me serrer dans ses bras en m'embrassant. Incapable de bouger, les membres engourdis, j'écoute sa respiration et son souffle chaud apaisant couler sur la peau moite de mon cou. J'essaie d'avaler ma salive pour parler mais ma gorge sèche me brûle comme le buisson ardent de Moïse. Et comme lui, je prends la mesure de la révélation qui vient de m'être faite. Nos défunts se relèvent pour s'en prendre aux vivants.

— J'ai cru que j'allais devenir folle en ne te voyant pas revenir, me confie-t-elle enfin. Et puis quand tu étais dans cette voiture, j'ai cru que je ne te reverrais jamais. Ne me refais jamais un coup pareil !

— Promis mon bébé…, réussis-je à marmonner.

Arrivant à contracter un muscle pour la première fois depuis mon retour, je lève mon bras droit et le pose dans son dos. Ma main glisse sous le couvert de ses cheveux longs et soyeux, et mes doigts pressent tendrement le haut de sa nuque pour la détendre.

— Venez voir ça…, chuchote à ce moment Zack, posté près de la porte-fenêtre du salon.

Devant l'effort grimaçant que je fais pour me redresser, Chloé attrape mes avant-bras et me soutient comme un grand-père, m'aidant même à me débarrasser de mon blouson et de mon bonnet trempés et accompagnant mon pas rouillé jusqu'à son fils.

Dehors, une poignée de morts erre sans but précis dans la petite cour arborée de notre résidence. Sans doute attirés comme les autres par le hululement bref mais strident de la sirène de police, ils ont suivi le signal sonore et attendent ici un nouveau stimulus qui leur indiquera la prochaine direction à prendre. Parmi eux, nous tournant le dos, une femme en tenue de sport tente tristement d'avancer, inutilement, bloquée par un banc. Mais pour la plupart ils stagnent sur place, se balançant simplement et nonchalamment de gauche à droite.

La joggeuse quant à elle s'évertue toujours, sans conviction ni découragement d'ailleurs, à vouloir mettre un pied devant l'autre, poursuivant inlassablement sa quête d'avancée, son esprit ne lui suggérant plus de contourner ce malheureux banc. Le spectacle de sa dégénérescence m'afflige. La jeune femme, hier encore belle et athlétique, n'est plus aujourd'hui qu'une coquille vide animée par un mal mystérieux, pantin désarticulé et grotesque.

— Qu'est-ce qu'ils ont ? demande gravement Zack.

Un ange passe, peut-être l'un des derniers à l'aube de ce nouveau monde.

— Ce sont des gens infectés qui sont revenus d'entre les morts.

Zack et Chloé tournent lentement la tête vers moi et me dévisagent, incrédules. Comme pour donner plus de poids à ce que je viens d'affirmer, je continue :

— J'ai vu leurs blessures. J'en ai vu qui étaient morts et qui se sont relevés. J'aimerais que tout ça ne soit qu'un mauvais rêve mais ce n'est pas le cas.

— Et ils sortent d'où tous ceux-là ? s'interroge le jeune garçon, visiblement moins secoué que sa mère qui reste sans voix, accrochée à mon bras.

— C'est sûrement à cause de moi s'ils sont en bas, j'ai dû les attirer avec les coups de feu et la sirène de tout à l'heure.

— Des coups de feu ! s'exclame Chloé en écarquillant les yeux.

Je vois leur regard descendre sur moi jusque sur le holster et la crosse noire qui en dépasse.

— Venez, ne restons pas près de la fenêtre. Je vais vous raconter. Laissez-moi juste quelques minutes.

Je détache le lourd ceinturon de ma taille et le pose sur le bar en bambou. Ramassant ensuite les deux sacs abandonnés dans l'entrée, je dépose le plus lourd sur le plan de travail de la cuisine.

— Il y a quoi là-dedans ? me demande Chloé.

Je fais glisser la fermeture zippée et lui montre son contenu.

— J'ai fait quelques courses. Je vous laisse ranger tout ça ? Et pour l'autre sac on verra ça tout à l'heure ok ? Parce que là j'ai trop envie de prendre une douche. Ça marche ?

12h12

L'eau chaude de la douche m'a lavé de toute fatigue. Je reviens au salon, les cheveux encore mouillés, dans des vêtements agréablement propres et secs. Le couvert a été dressé sur la table basse et nous nous y installons pour nous faire des hot-dogs avec un reste de pain et un paquet de saucisses entamé. La bouteille de coca-cola que j'avais ouverte dans l'appartement du cinquième est sur la table, je m'en serre un verre avant de parler.

Je commence par rapporter certains faits de la veille, l'épisode du fou furieux et du tournevis, puis la scène de lynchage dans la rue avant de compléter le récit de Zack concernant notre sortie de son lycée. Les événements du jour précédent constituent une bonne introduction à ce qui va suivre. Chloé et son fils m'écoutent attentivement, alternant expressions d'horreur et d'anxiété pendant que les knacks refroidissent dans leur fourreau de pain.

Je fais une pause et nous en profitons pour manger, ce qui est peut-être mieux au vu de ce que je m'apprête à leur livrer. Une fois les assiettes promptement vidées, je reprends le fil de mon histoire, essayant d'aller à l'essentiel, même si chaque détail est encore bien présent, indéfiniment gravé dans ma mémoire.

*

— Tu te rends compte que tu aurais pu te faire tuer, tout ça juste pour un gyrophare ! s'indigne Chloé alors que j'en ai terminé avec mon histoire.

— Oui je sais, avec le recul je me dis que c'était stupide. Au départ j'avais peur que cela n'attire trop l'attention mais vu le résultat... Mais bon, au final je crois que ça en valait quand même la peine.

— Et pourquoi ?

Même si je décèle dans la voix de Chloé une certaine forme de colère, je me dis que celle-ci est plus dictée par la peur qu'autre chose. Je me lève, en profite pour débarrasser un peu les restes du repas et reviens avec le sac noir estampillé du logo de la police nationale. Je le pose sur la table et l'ouvre.

— Pour ça !

Zack pousse un cri attractif de surprise en découvrant ce qu'il dissimule. Outre plusieurs chargeurs de neuf millimètres et des petites boîtes cylindriques renfermant des balles en caoutchouc, le sac révèle deux flash-ball. L'un d'eux, plus grand que le modèle traditionnel, ressemble bien à la célèbre arme de défense à létalité atténuée, mais dans une version plus proche du fusil.

— Mon dieu, soupire Chloé loin d'être séduite par la présence d'armes sous notre toit. Qu'est-ce que tu comptes faire avec ça ?

— Nous défendre...

— C'est pas possible, c'est un cauchemar, se lamente-t-elle, se levant d'un coup pour marcher jusqu'à la fenêtre.

Je la rejoins et, posant mes mains sur ses épaules, me presse contre elle. Dehors, les pauvres diables continuent de déambuler avec indolence. La joggeuse s'est finalement arrêtée et demeure plantée contre son banc, l'air définitivement ailleurs. Légèrement tournée de profil, je remarque que la bretelle droite de sa brassière est déchirée et pend sur un sein ensanglanté impudiquement dévoilé. Un autre, un petit homme vouté, essaie sans succès de traverser un parterre de fleurs, mais il piétine et s'enfonce dans la terre détrempée par les pluies incessantes des derniers jours. Le ridicule de la situation n'a d'égal que son extrême horreur.

— C'est pas possible, on va se réveiller, se répète Chloé, le regard fixe, accroché aux fils invisibles de ces marionnettes de l'au-delà.

— On va faire ce qu'il faut, ne t'inquiète pas je suis là, bébé...

Chloé se retourne brusquement, enfouissant sa tête dans mon cou pour se réfugier contre moi, telle une petite fille apeurée.

— Je pourrais en avoir un ? demande Zack en passant la main sur le canon du plus petit des deux flash-ball.

— Ça va pas, non ! réplique sa mère d'un ton autoritaire et catégorique tout en se dégageant de mon étreinte.

— S'il le faut, oui, rectifié-je, mettant dans ma voix toute la persuasion dont je dispose, mais portant toutefois sur Chloé un regard empreint de sérénité.

15h14

Nous avons passé les premières heures de l'après-midi entre le spectacle sordide des cadavres ambulants errant dans la cour et l'attente d'un retour providentiel de nos moyens de communication. Mais téléphones, connexion internet et télévision restent désespérément muets tandis que dehors se poursuit la tragique valse des morts.

Chloé s'est allongée sur le canapé depuis une heure et semble maintenant dormir profondément, terrassée par les émotions de la matinée. Quant à Zack, il s'est assis sur le tabouret du bar contre la baie vitrée du salon et me regarde observer le macabre manège de ces ombres humaines. Ayant arrêté de surveiller mon ordinateur portable lorsque Chloé s'est endormie, je me suis posté devant ce qui pourrait être une scène de tournage à la George Romero pour réfléchir à la situation.

Mentalement, j'ai commencé à dresser une liste non-exhaustive de ce qu'il serait bien de trouver et stocker dans le cas où nous serions bloqués ici. On peut toujours imaginer une intervention de l'armée mais le mutisme des médias et le silence funèbre planant autour de nous ne me laissent guère d'espoir. Hier soir, nous nous sommes couchés dans un monde malade et ce matin à notre réveil, la maladie avait eu raison de tout ce qui nous entourait. En fait, j'ai bien peur que le monde tel que nous l'avons connu n'existe plus et que désormais nous n'ayons pas d'autre alternative que d'y improviser notre survie. Personne ne viendra nous chercher, personne ne viendra nous secourir.

Et même si ces pensées me consternent, je décide de m'y accrocher avec toute la rage du désespoir. Plus tôt je serai convaincu de tout ça, plus tôt je saurai maîtriser ce qui nous guette et affronter ce qui arrivera.

— Tu crois que c'est partout comme ça ?

La voix pourtant basse et hésitante de Zack me surprend.

— Peut-être pas, doit sûrement y avoir des endroits un peu moins touchés, je lui réponds après une courte réflexion.

— Comme où ?

— Des lieux plus isolés ou moins peuplés. Comme en montagne peut-être ou sur les îles, je sais pas.

Zack ne réagit pas. Il fait nerveusement tourner un médiator entre ses doigts, le regard perdu sur l'objet en plastique fin. J'imagine qu'il songe à Lucille, sa petite copine ou encore à son père qu'il n'a pas réussi à joindre la veille. Cependant, je ne sais que lui dire, déchiré entre l'irrépressible envie de le rassurer et l'affligeante et potentielle vérité. Je sais que, face à la probabilité de perdre ne serait-ce qu'une de ces deux personnes, la certitude actuelle d'être quant à nous tous les trois sains et saufs ne suffirait pas à le consoler.

J'ai moi-même à cet instant une pensée douloureuse pour ma famille dont j'ignore s'ils sont tous en sécurité. Aux dernières nouvelles, mon frère Emry et mes parents étaient ensemble dans la maison familiale et seul manquait mon plus jeune frère, alors en mission de gardiennage lors de mon appel. L'éventualité que je n'entende plus jamais le son de leurs voix me broie le cœur. Mais il me suffit de poser les yeux sur le visage assoupi et trompeusement serein de Chloé pour que se desserre un peu l'étau.

Zack soupire, puis il se lève et part vers sa chambre. Je le regarde disparaître dans le couloir, me maudissant de n'avoir su, une fois de plus, trouver quelques mots réconfortants à lui offrir. Je n'ai jamais été doué pour parler, et encore moins dans les moments délicats ou face à l'adversité. Toujours à mon plus grand regret.

Arrachant l'appartement au calme qui l'enveloppait, un puissant larsen s'échappe de l'ampli sur lequel Zack vient de brancher sa guitare, son ultime refuge face à tous ces événements. Mais hélas, à ce bruit qui a dû résonner dans tout l'immeuble, les zombies à l'extérieur ont tous levé la tête comme un seul et même… zombie… L'un d'eux semble scruter dans ma direction, et me transpercer de son regard blafard.

A chaque note que le jeune garçon gratte sur sa guitare, c'est un nouveau revenant qui pointe son regard vers nous. M'extirpant de leur emprise invisible, je me précipite et fais irruption dans la chambre de Zack. Celui-ci sursaute dans une note incontrôlée.

— Coupe-ça tout de suite ! lui ordonné-je plus sèchement que je ne l'aurais imaginé.

Il s'exécute sans discuter, peu habitué à ce que j'emploie un ton brutal avec lui.

— C'est vrai, il faut faire attention, intervient Chloé arrivant à son tour dans la chambre, visiblement réveillée par l'instrument.

— Oui, il faut être vigilant, avec eux dehors. Ils vont nous entendre, expliqué-je. A partir de maintenant, il faut se faire discret. Désolé Zack, mais faudra jouer au casque dorénavant.

Il hoche de la tête, l'air navré. Si nous devons nous retrouver dans une position assiégée, nous allons devoir établir un certain nombre de règles et de mesures de précaution. Chloé s'empare de ma main gauche et la serre entre les siennes. Je l'emmène jusque dans la cuisine et nous risquons un œil par la fenêtre. Ce que je craignais est là, sous nos yeux. La quasi-totalité de nos visiteurs, ma joggeuse en tête de peloton, s'est attroupée au pied de notre bâtiment dans l'expectative du moindre son et du moindre mouvement.

— Putain…, souffle Chloé en portant sa main à sa bouche, terrifiée.

— Tant qu'ils seront là, il nous faut vraiment faire le moins de bruit possible et n'allumer aucune lumière à la tombée de la nuit.

De retour dans le salon, nous avons l'agréable surprise de découvrir un changement sur l'écran de télévision jusqu'alors resté noir avec son encart de programmes indisponibles. Un bandeau rouge défile à présent de droite à gauche, diffusant en boucle une succession de messages peu réjouissants tels que l'annonce de la propagation de l'épidémie sur l'ensemble du territoire et décrétant l'état d'urgence, ou encore la confirmation de l'arrêt pour une durée indéterminée de toute transmission télévisée. Est également fait mention du crash des serveurs téléphoniques suite à la sursaturation des réseaux. Et pour finir, la dernière instruction nous enjoint de rester chez nous en attendant l'intervention de l'armée dans les rues, et de placer en quarantaine toute personne suspectée d'avoir été contaminée.

Alors que le premier message revient à l'image, je me demande si l'absence d'informations n'était finalement pas plus appréciable. J'éteins la télévision et propose à Chloé qu'on la rallume à intervalles réguliers pour surveiller s'il y a une évolution. Elle acquiesce lorsque Zack sort de sa chambre bruyamment, maltraitant la poignée comme à son habitude, et apparaît dans l'angle du couloir, visiblement très agité.

— J'ai reçu un mail de Lucille ! s'exclame-t-il, le visage illuminé d'une joie indescriptible.

— T'as internet ? m'étonné-je.

— Oui mais je sais pas depuis quand !

Aussitôt, Chloé et moi nous jetons sur nos ordinateurs.

— Est-ce que Lucille va bien ? Et ses parents ? lui demande sa mère.

— Ça va. Elle dit qu'ils ont été pris en charge par l'armée dans la nuit. Ils sont en sécurité à la base aérienne de Bricy.

— Tant mieux, tu dois être soulagé mon chéri. Et papa, des nouvelles ?

Le sourire de Zack s'estompe, il adresse à sa mère un signe négatif de la tête.

Pendant que mon interface Windows se lance, je soulève notre téléphone fixe de son socle et constate avec incompréhension qu'il est toujours sans tonalité. Si nous avons de nouveau une connexion internet, je ne saurais expliquer, les appareils étant reliés à la même base, pourquoi l'un fonctionne et l'autre non.

En effet, les petites barres indiquant le signal wifi se remplissent et mon navigateur s'ouvre sur une page dont l'actualité ne semble pas avoir été rafraichie depuis la coupure de ce matin. Je clique sur l'icône en forme d'enveloppe qui m'annonce que plusieurs messages m'attendent dans ma boîte mail. Sans avoir à échanger un seul mot avec Chloé, je sais qu'elle est en train de faire de même. La tension dans la pièce est palpable et nous n'avons même pas remarqué le départ de Zack, retourné dans sa chambre, sans doute pour retrouver sa petite amie de l'autre côté de son écran.

Une fois les pubs et autres spams supprimés, je fais le rapide bilan des personnes qui ont tenté de me joindre, ou du moins encore aptes à se soucier de quelqu'un. En tout et pour tout, il ne reste en fin de compte que deux mails, le premier provenant de ma mère, envoyé en début d'après-midi et le deuxième de Franck, datant de la veille. Je commence par ce dernier, préférant garder le plus important pour la fin, mais surtout je pense par peur de ce que je pourrais y apprendre…

Le message de mon collègue est plutôt succinct. Il m'informe qu'il a réussi à rentrer tant bien que mal chez lui, devant emprunter les petites départementales, en raison du trop important encombrement de la nationale 11 en direction de Niort. Il m'explique que sa femme et lui vont tous les deux rejoindre ses beaux-parents sur l'île de Ré et me souhaite pour finir bonne chance, espérant avoir très bientôt de mes nouvelles, qu'il veut bonnes.

Heureux de savoir qu'hier soir il était encore vivant, je lui réponds que nous allons également bien tous les trois mais que, n'ayant pas de famille dans un périmètre suffisamment proche, nous n'avions pas encore pris de décision quant à ce que nous allions faire. Je termine en lui disant que j'espère pouvoir, par ce biais, rester en contact avec lui le plus longtemps possible.

Une fois ce mail à Franck envoyé, je retourne à ma boîte de réception et promène le curseur de ma souris sur l'enveloppe encore fermée du courriel de ma mère. J'hésite encore à l'ouvrir, comme la lettre d'une petite amie après une importante dispute.

Non loin de moi, j'entends les doigts de Chloé pianoter sur son clavier. Ses parents n'ayant ni l'un ni l'autre d'abonnement à internet, je me demande à qui elle peut bien écrire. Peut-être à son amie de Normandie, même si je me dis qu'il est plus vraisemblable qu'elle donne au père de Zack, des nouvelles de son fils.

Je me décide enfin, et clique sur le nom de ma mère :

Mon grand,
ton père et moi sommes tellement inquiets mais nous espérons que vous allez bien toi, Chloé et Zack. Ici, nous nous sommes réveillés ce matin sans aucun moyen de communication et ton frère Emry a, malgré nos réticences, pris la route pour aller chercher ses enfants. Nous ne pouvions pas l'en empêcher car quel parent ne voudrait pas avoir et savoir ses enfants en sécurité à ses côtés. Nous sommes malheureusement bien placés pour le

savoir, étant maintenant sans nouvelles de nos trois fils. Le retour d'internet nous a redonné un peu espoir, nous nous accrochons à l'idée de vous y retrouver. Ton père ne sait pas combien de temps nous pourrons encore nous servir des ordinateurs et il a parlé de partir à votre recherche si nous restions sans nouvelles de vous. Je doute que nous puissions faire de grandes choses face à l'horreur qui s'est installée dehors mais que pouvons-nous faire de mieux, seuls ici lui et moi. Je n'espère qu'une chose, que vous puissiez lire ce mail et y répondre. Puisse le Ciel m'entendre.

Embrasse fort Chloé et Zack, nous vous aimons tellement,

Mam

Je ne peux contenir mes larmes en imaginant le sang d'encre qu'ils doivent se faire depuis l'envoi de ce mail. Et chaque minute qui passe alimente et attise un peu plus le feu de leurs tourments. J'essuie mes yeux humides et leur réponds sans plus tarder.

Je n'essaie pas de faire de belles phrases et ne porte pas grande attention à mon orthographe. Ce qui m'importe le plus, c'est de leur faire parvenir au plus vite le mail qui les délestera d'une partie de leurs craintes. Je leur fais part de ma joie de les savoir en vie et les rassure sur notre propre état de santé. Enfin, même si au fond de moi je préférerais vraiment qu'ils nous rejoignent ici, je leur conseille de se cloîtrer chez eux avec un stock important de vivres, ou de se joindre à des voisins s'ils en ont l'occasion. Je me garde juste de leur dire qu'étant donné leur âge et l'état de santé de ma mère, ce serait pure folie que de vouloir traverser la moitié de la France pour nous retrouver.

Un violent sentiment de culpabilité m'assaille à cet instant, réalisant soudain qu'à aucun moment je n'ai envisagé d'aller les chercher, eux, mes parents. Avec tout l'amour que je leur porte et toute la reconnaissance que j'ai pour eux, jamais pourtant je ne pourrais me résoudre à embarquer Chloé et Zack dans un tel périple sans garantie de retour, ni même d'arrivée, et je pourrais encore moins les laisser derrière moi. Et puis à mon sens, il est plus facile et judicieux de nous mettre en sécurité en restant près la côte. Si nous devons bouger, ce ne sera en aucune façon pour s'enfoncer dans les terres.

Je me relis rapidement afin d'être certain de ne rien oublier d'important puis, après leur avoir demandé de surtout bien prendre soin d'eux, je presse le bouton d'envoi.

Chloé écrit toujours. Contrairement à moi, elle choisit bien ses mots j'en suis sûr, construit bien ses phrases et chasse la moindre faute d'orthographe. Absorbée par son écran, elle ne remarque pas le regard empli d'amour que je pose sur elle. J'ai le sentiment affreux d'avoir à l'instant même quelque peu sacrifié ma famille de chair pour celle de cœur et cela me déchire le ventre. Il y a des choix qui ne devraient pas avoir à être.

Je me rapproche d'elle et l'enlace pour mieux l'embrasser.

— Des nouvelles de quelqu'un ? Tu écris à qui ?

— Non, personne. Là je fais un mail au père de Zack, mais je ne trouve pas mes mots… Et toi ?

— Tu n'as qu'à aller à l'essentiel, dis-lui juste que son fils va bien et que nous allons rester là pour le moment, le temps de trouver un endroit plus sûr.

— Pourquoi ? C'est ce que nous allons faire ?

— Je pense oui… Je me dis que ce serait peut-être mieux en effet…

— Et toi, tu écrivais à qui ?

Je lui montre alors les mails reçus de Franck et de mes parents et lui lis mes réponses.

— Je n'ose même pas imaginer dans quel état je serais si Zack n'était pas avec moi. Je ne voudrais pas être à la place de son père… m'avoue-t-elle ensuite.

— Envoie-lui le mail. S'il ne lui est rien arrivé il sera au moins réconforté, et dans le cas contraire… Et bien dans le cas contraire il ne s'inquiète plus pour qui que ce soit…

Elle renifle et se frotte les yeux avant de se pencher à nouveau sur son clavier, l'air complètement déboussolé. Je l'abandonne l'espace de quelques instants, le temps de nous faire couler un café, puis je reprends ma place devant mon écran, non sans avoir jeté un énième coup d'œil par la fenêtre. Le rassemblement apathique de macchabées hagards campe toujours devant l'entrée de notre immeuble. Patiemment, ils attendent un son, un mouvement ou peut-être même une simple odeur qui donnerait un sens à leur mort. A moins que ce ne soit nous qu'ils attendent.

15h59

En surfant sur la toile, je m'aperçois que la plupart des serveurs ont sauté ou hébergent des sites fantômes. Subsistent quelques forums et certains réseaux sociaux sur lesquels d'autres personnes font part de leur situation et de ce dont elles ont été témoins ou victimes. De la sorte, j'apprends que les villes les plus importantes telles que Paris, Lyon, Marseille ou encore Bordeaux, plus près de chez nous, ont été les premières à tomber, envahies par des milliers de morts dont les rangs ne cessent de grossir face à la propagation du virus. En effet, chaque malheureux succombant à l'attaque d'un trépassé finit lui-même par se relever pour à son tour devenir l'un d'eux. De part et d'autre, on se pose des questions. Chacun se demande où est le gouvernement mais surtout tente de se renseigner sur les dispositions réelles prises pour reprendre les choses en main. Certains commencent même à évoquer d'hypothétiques places fortes tenues par des reliquats de l'armée, des poignées de soldats par-ci par-là, tout juste assez nombreux pour assurer entre eux leurs tours de garde.

Sur un forum cyniquement appelé "Forum of the Dead" et très certainement créé volontairement ce matin à six heures six minutes et six secondes par je suppose un adepte de l'apocalypse, une femme raconte comment elle a réchappé de justesse, avec ses trois enfants, à un raid aérien de l'armée, en se cachant dans sa cave après avoir entendu les sirènes du réseau national d'alerte retentir vers cinq heures du matin. Lorsqu'ils sont ressortis, une bonne heure après les dernières explosions, c'était pour découvrir avec horreur les ruines encore fumantes de Metz. Récupérés peu après par un blindé de l'armée de terre, ils ont ensuite été emmenés dans une caserne proche de Saint-Avold en Moselle.

Mais en règle générale, dans quatre-vingt pour cent des cas, les messages que je lis sont des appels à témoin concernant des parents, des enfants ou tout simplement des proches disparus. Et tous pour l'instant, restent sans réponse. Sans prétendre pouvoir apporter une aide quelconque, je parcours tous les posts jusqu'au dernier de la première page, celui d'un père demandant si quelqu'un n'aurait pas trouvé un bébé de six mois, perdu par sa mère dans une poussette rouge Winnie l'ourson, au beau milieu du centre commercial Polygone de Béziers, niveau Ecluses. J'imagine sans mal la détresse de cet homme devant l'absurdité de son appel à l'aide. Et puis comment un nourrisson pourrait-il survivre à cet enfer, seul et sans défense ? Car malheureusement, qui dans une foule plongée dans la panique y aurait seulement prêté attention, hormis ses parents ou sa famille proche, et qui aurait le courage ou la folie de s'arrêter dans sa fuite vers la vie pour le prendre sous son aile ?

J'abandonne le site sans le fermer pour autant et retourne à ma messagerie. Un mail m'y attend, celui plein de joie et de soulagement de mes parents qui, non contents d'avoir retrouvé un fils, m'annoncent le retour dans l'après-midi de mon plus jeune frère. Maintenant qu'ils ne sont plus seuls, je me sens plus apaisé. Mon frère Marco prendra soin d'eux.

La lumière du jour commence à décliner, le mauvais temps n'arrangeant rien. Je décide donc, pendant que j'y vois encore suffisamment, de coucher sur papier la liste que je me suis dressée mentalement un peu plus tôt. A partir de celle-ci je ferai dans l'appartement l'inventaire de tout ce qui pourra s'avérer utile pour la suite.

17h28

Le ciel couvert ayant tenu le soleil à l'écart toute la journée, il fait déjà presque nuit. Après avoir rappelé à Zack et Chloé de ne pas allumer les lumières des pièces donnant sur l'extérieur, je jette un coup d'œil à ma liste sous le rétro-éclairage de mon écran d'ordinateur. C'est en faisant le tour de l'appartement que je me suis rendu compte que nous n'avions finalement pas grand-chose à portée de main pour faire face à la situation :

Lampes x3
Piles LR06 x12 / LR03 x6
Bougies x9
Allumettes x1 boîte / briquets x2
Jumelles x1
Pharmacie (les indispensables)
Papier toilette x9 rouleaux
Bouteilles d'eau (vides) 50cl x3 + 1L x2
Bassines / Casseroles x6
Thermos x2
Marqueurs indélébiles (1 rouge, 1 bleu, 2 noirs)

Clous, vis, pointes
Corde (une pelote d'environ 50 mètres)
Glue, colle à bois, gros scotch x2 rouleaux
Cutters x2
Poinçon de couture x1
Scie à métaux x1
Marteaux x2

De l'autre côté de ma feuille, j'ai noté ce qu'il nous faudra trouver et emmagasiner, sans limite de quantité :

Réchaud à gaz avec recharges
Bouteilles d'eau (vides ou pleines)
Aliments en conserve ou sous vide
Papier toilette
Produits hygiéniques
Piles
Pharmacie
Armes et munitions

Concernant ce dernier point, j'ai pu dénombrer dans le sac de police vingt projectiles pour flash-ball ainsi que dix-sept chargeurs de neuf millimètres, soit un total de deux cent soixante-dix-huit balles, en comptant celles déjà présentes dans les deux pistolets. Ce petit arsenal n'est certes pas bien lourd mais nous pouvons tout de même nous estimer heureux de le posséder, la majorité des gens comme nous ne devant pas avoir cette chance. Nous ne sommes pas aux Etats Unis.

J'ai également pu rassembler quelques objets pouvant s'avérer efficaces et surtout plus discrets qu'une arme à feu en cas d'éventuels combats rapprochés.

Dénichés au fond d'un tiroir de la cuisine, deux autres couteaux, dotés d'une lame de vingt à vingt-cinq centimètres, sont venus rejoindre celui récupéré dans l'immeuble voisin. Le poinçon trouvé dans notre caisse à outils pourrait rendre plus performante la matraque en bambou à condition de l'y fixer solidement, à moins que je n'abandonne le morceau de bois au profit des tonfas accrochés aux ceinturons des agents morts ce matin. Un des deux marteaux, mon Estwing, relique de mes études de géologie, présente différents avantages tant comme outil que comme arme : un bout carré et plat pour briser et l'autre pointu pour perforer. De plus, sa solidité est à toute épreuve. Et enfin, même s'il nécessiterait d'être sérieusement aiguisé, j'ai ressorti du haut de notre bibliothèque mon katana, souvenir ramené de Tolède, ville espagnole réputée pour sa coutellerie, visitée lors d'un séjour linguistique avec mon lycée. Suite au traité de Maastricht en 1992 qui avait ouvert les frontières au sein de l'union européenne, j'avais ainsi pu m'offrir sur le territoire ibérique ce véritable sabre japonais quand, en France, il m'aurait été impossible d'acheter autre chose qu'une lame de décoration.

Chloé vient de refermer son Mac et se rapproche de moi en se penchant sur ma feuille.

— C'est ce dont nous allons avoir besoin ? me demande-t-elle après l'avoir examinée.

— Oui, enfin tout ce à quoi j'ai pensé pour l'instant. Si tu vois autre chose…

— Pourquoi ? Tu crois qu'on va devoir rester comme ça longtemps ?

— Je ne sais pas. Mais, je préfère prévoir le pire, admé-je.

— Tu ne crois pas que l'armée va intervenir, comme ils l'ont fait pour Lucille et sa famille ?

— Ils l'ont fait avant que tout ne foute le camp. Et puis je préfère prendre les devants et ne pas compter sur une aide extérieure qui ne viendra peut-être jamais…

— Qu'est-ce qu'on fait alors ?

— Dans un premier temps, on va voir si on peut rester ici.

— Et sinon ?

— Sinon… il faudra envisager de trouver un endroit plus sûr…

Les yeux de Chloé survolent à nouveau les mots griffonnés à l'encre noir sur mon morceau de papier puis remontent jusqu'à mon visage. Sondant mon regard, elle me murmure :

— Dan… J'ai peur…

Je lui souris, touché par la fragilité qu'elle accepte de me dévoiler en si peu de mots. Serrant ses mains dans les miennes, je lui réponds avant de conclure ma phrase en scellant mes lèvres aux siennes :

— Nous sommes encore ensemble, tous les trois. Nous savons que nous pouvons compter les uns sur les autres, et je ferai tout pour qu'il ne vous arrive rien.

21h09

Les volets roulants de nos chambres étant restés baissés depuis hier, contrairement à ceux du salon, nous avons donc pris la décision de manger dans celle de Zack, plus spacieuse. Nous avons discuté de la situation et même si le jeune garçon demeure plus optimiste, j'ai bien insisté sur le fait que nous allions peut-être devoir rester cachés ici un temps mais qu'au final nous pourrions tout aussi bien être amenés à fuir vers un lieu moins exposé. Selon lui, Lucille devrait le tenir au courant des opérations militaires prochainement prévues dans notre secteur. En effet, son père aurait retrouvé un ancien camarade, aujourd'hui caporal sur la base où ils ont été évacués. J'aimerais que ce soit aussi facile…

Après le repas, nous avons déposé la vaisselle sale dans l'évier qui, pour une fois, restera ainsi jusqu'à demain. Chloé et moi nous sommes ensuite installés, à la lueur précaire et capricieuse d'une simple bougie, dans notre lit, accompagnés de nos ordinateurs afin de nous tenir informés par les récits d'autres personnes encore épargnées par la maladie et d'échanger quelques mails de réconfort avec nos proches encore en ligne.

Ainsi j'apprends qu'en fin d'après-midi mon père a dû, à coups de bêche, mettre fin à la folie meurtrière de leur voisin de toujours alors que celui-ci tentait de s'en prendre à ma mère. Après cela, avec l'aide de mon frère cadet, ils ont commencé à ériger une palissade pour surélever la clôture autour du jardin. En attendant, ils sont toujours sans nouvelles d'Emry et de ses enfants.

Au bout d'une heure, nous éteignons nos ordinateurs et soufflons la bougie pour nous retrouver lovés l'un à l'autre dans le noir. De l'autre côté de la cloison, nous entendons les bruits de manette que fait Zack en jouant à sa console.

— Demain, je ferai le tour des apparts pour savoir s'il y a encore dans l'immeuble des gens non contaminés, annoncé-je à Chloé en chuchotant.

— Et après ?

— On saura déjà si le bâtiment est sûr. Et ça nous permettra peut-être de trouver de l'aide.

— Tu y crois vraiment ?

— Ça sera déjà un bon début. Et de toute manière, il faut bien que l'on fasse quelque chose...

— Tant que tu ne mets pas ta vie en danger comme aujourd'hui.

Je me remémore le vieil adage "qui ne tente rien n'a rien" mais ne lui réponds pas.

Qui ne dit mot consent.

Dehors, le vent est retombé et la pluie a cessé. Alors que nous tentons de nous endormir, des râles lointains et languissants nous rappellent qu'ils sont toujours là, tout autour de nous, et qu'ils ne dorment pas, plus jamais. A chacune de ces plaintes graves et anémiées, le corps de Chloé est secoué d'une petite série de tremblements. Il faudra peut-être que je rajoute pour elle des boules Quiès à ma liste, préférant quant à moi rester vigilant…

Jour 2 :
REUNION ENTRE VOISINS

« Puisqu'il est des Vivants,
ne songez plus aux Morts. »
Jean de la Fontaine

Jeudi 31 janvier 2013
La Rochelle, Résidence Les Voiliers
07h00

Une fois de plus, mon téléphone sonne pour me tirer du sommeil. C'est vrai que je ne lui ai toujours pas dit que je n'avais plus besoin de lui. Je désactive donc une bonne fois pour toutes cette fonction réveil et comme il fait toujours nuit, je replonge sous la couette.

Impossible de fermer l'œil, un silence de plomb m'empêche de me rendormir et je ne cesse de me demander quel spectacle s'offrira à nous dehors. Je me lève au bout d'une heure de tergiversations intestines, m'habille puis, sans faire de bruit, me dirige vers le salon. Le jour se lève timidement, le ciel dégagé présage peut-être enfin une belle journée, enfin si l'on peut dire ça.

Je m'approche de la fenêtre, un peu anxieux, tant désireux de voir la cour déserte. Mais dans l'obscurité qui s'amenuise petit à petit, je discerne très vite quelques silhouettes vacillantes de-ci de-là. Certes peu nombreux, ma joie est néanmoins partagée, car même si la plupart se sont éparpillés durant la nuit et que notre hall d'entrée se montre pour l'instant dégagé, quelques-uns d'entre eux sont malgré tout toujours là.

Après m'être servi un verre de jus d'orange, je vais prendre place sur le tabouret du bar duquel je sors, parmi les objets stockés hier, la paire de jumelles. Je me balade ainsi d'une tête à l'autre, sans arriver encore à distinguer trop de détails. De mémoire, ce sont tous les mêmes qu'hier, sans doute des passants ou des habitants des rues alentour, car je ne remarque personne de la résidence. Je reconnais ce petit papy vouté dans son costume noir trop grand pour lui, pataugeant toujours dans la terre boueuse du parterre de fleurs qu'il piétine sûrement depuis la veille, et tenant toujours entre ses doigts, sans d'ailleurs le savoir, une petite sacoche souple. Ma joggeuse a elle quitté le paysage.

Un mouvement, en bas à droite de mon champ de vision, attire alors mon attention. C'est là que je la retrouve, juste en contrebas de notre balcon, sortant d'un angle mort et titubant sur quelques mètres avant de s'immobiliser au-dessus des plaques du tout à l'égout, comme si la très faible pente avait dirigé dans ce sens ses pas chancelants. Comparée aux autres, sa tenue légère pour ce froid hivernal laisse deviner sur ses bras et ses jambes une peau d'apparence rugueuse et sèche, marbrée d'un gris bleuté. Sa circulation sanguine s'est figée dans ses veines apparentes sous l'action de la froideur hivernale conjuguée à celle de la mort.

Il fait à cette heure presque totalement jour et la luminosité est à présent suffisante pour examiner tous ces visages moribonds. Excepté leurs yeux toujours aussi vides et ressemblant à de petites boules à neige remplies de poussière, leur teint a pris une couleur cendrée beaucoup plus prononcée que la veille. Les traits sont creux et tirés comme si chaque petite particule de graisse de leurs visages avait été consumée au fil de la nuit. Pour la plupart, ils présentent des taches de sang séché autour de la bouche et sont cernés de traces rouge sombre ayant dégouliné sur leurs joues à l'image d'un maquillage d'Halloween sous la pluie.

J'essaie d'imaginer, pour chacun d'eux, comment le trépas a pu prendre le dessus sur la vie. Pour certains, la déduction est presque évidente.

Il y a ce vieux monsieur noir en imper trois-quarts beige et au visage à moitié caché sous un bob gris chiné. Le bas du pantalon déchiré et poisseux, il doit traîner sa jambe gauche derrière lui pour avancer. Il y a également, un peu plus loin au niveau de ce qui fut autrefois un bac à sable pour enfants, une jeune asiatique en jean et doudoune polaire sans manche dont le bras gauche pend le long de son corps, flasque et complètement lacéré. Il lui manque même quelques phalanges.

Deux autres, déambulant côte à côte, si proches qu'on croirait par moment qu'ils se tiennent encore la main, arborent plusieurs morsures identiques dans le cou et autour de leur bouche, stigmates de l'ultime baiser de leur passion dévorante. Le jeune couple, autrefois uni dans la vie et dorénavant dans la mort, marche de concert dans l'allée descendant vers notre immeuble.

Enfin, coincée sous le porche d'entrée du bâtiment, immédiatement sur la droite du nôtre, une vieille dame en tailleur chic vert pastel et au chignon parfait tourne en rond devant l'interphone. Sa veste et son petit foulard en soie autrefois rose pâle sont à présent souillés du sang déversé par un visage qui n'est plus.

Pour les autres, aucune marque apparente n'indique quelles souffrances ni quelles douleurs ont accompagné leur passage vers l'au-delà. Seules leur mine cadavérique et leur gestuelle lente et incertaine montrent qu'ils appartiennent désormais, eux aussi, à la sinistre tribu des morts-vivants.

Assis sur un banc, je remarque, espérant candidement faire erreur, quelqu'un dont le look m'est familier. Les cheveux noirs ébouriffés, les longues chaînes accrochées à la taille, les grosses chaussures gothiques. Je règle la netteté de mes jumelles sur son visage et mon estomac se noue. Je sens une boule remonter le long de mon œsophage jusque dans ma gorge et mes yeux s'humidifient. Le jeune garçon, peut-être d'un ou deux ans plus âgé que Zack, est l'ami de la petite brune du quatrième. Depuis près de deux années que nous vivons ici, nous les voyions régulièrement flirter, allongés dans l'herbe ou assis sur ce même banc. Le pauvre a dû se faire agresser en chemin, à moins qu'il n'ait tout de même tenu à venir voir sa belle, malgré la maladie. Et maintenant il est là, à l'attendre éternellement. J'espère seulement, si jamais ce fléau l'a elle épargnée, que son appartement ne donne pas sur cette maudite cour. S'il s'agissait de Chloé, sur ce banc, peut-être n'aurais-je, effondré contre la vitre, aucune autre envie que celle d'aller m'asseoir à ses côtés, à tout jamais.

Néanmoins, ce jeune garçon est la première personne de mon entourage que je vois dans cet état, et même si je ne le connaissais que de vue, je me rends compte à quel point cela est perturbant. Le zombie d'un anonyme restera toujours un anonyme dans la foule des revenants sans nom ; mais pour ce qui est du corps sans vie réanimé d'une personne que l'on a connue de près ou de loin avant l'infection, notre cerveau cherchera toujours à remplacer, à un moment ou un autre, l'image dérangeante et effrayante renvoyée par nos nerfs optiques par celle, plus rassurante, de l'être humain vivant, sain.

J'entends le lit grincer dans notre chambre, puis le bruit de l'interrupteur de la lumière dans la salle de bains. Posant les jumelles sur le bar et abandonnant mon poste d'observation, je me lève pour aller préparer deux tasses, l'une de café et l'autre de thé pour Chloé.

Les secondes s'égrainent à reculons sur le compteur du micro-ondes dont j'ouvre la porte avant la fin des deux minutes programmées, avant que ne retentisse cette sonnerie que j'ai toujours trouvée désagréable. Une cuillerée de soluble dans ma tasse et un petit sachet dans celle de Chloé. Les liquides fumants se colorent rapidement, l'un d'un brun-noir velouté et l'autre d'un jaune miel à l'arôme citronné.

Chloé apparaît, tandis que quelque part au loin, un clocher résonne de neuf coups à peine audibles. Elle s'avance vers moi, souriante malgré ses yeux un peu tristes. Je me dis, en contemplant son visage et les belles rondeurs de ses seins nus sous son pull, que le soleil n'est pas que dehors. Je repose les deux tasses sur le plan de travail et ouvre grand mes bras pour l'accueillir et sentir la chaleur de son corps au plus près du mien.

Puis, lui tendant son thé, je lui pose la question sans nul doute la plus idiote du moment :

— Tiens, un thé bien chaud ! Ça va ? Bien dormi ?

— Merci. Non pas trop… J'ai fait plein de cauchemars. Du coup en me réveillant, j'ai cru l'espace d'une seconde que la journée d'hier en faisait partie. Mais une fois m'être souvenue que Margaux ne venait pas, et réalisé que tu étais là, je me suis vite remis la situation.

Tout en parlant, elle s'est approchée de la fenêtre et y jette un coup d'œil.

— Ou alors on ne s'est toujours pas réveillés pour de bon, murmure-t-elle en portant la tasse à ses lèvres.

Je ne réponds pas et ajoute un autre sucre à mon café.

— Oh mon dieu ! Tu as vu ? Sur le banc. C'est…

— Oui c'est lui.

— Dire que ça aurait pu être Zack, en bas, parmi toutes ces choses, si tu n'étais pas allé le chercher.

— Il aurait sûrement réussi à rentrer tout seul.

*

Dans le salon, j'allume le téléviseur mais ne constate aucun changement, le même bandeau rouge défile toujours avec les mêmes informations. Je zappe mais tous les autres canaux sont vides. Chloé me demande si j'ai consulté nos mails ce matin et comme ce n'est pas le cas, je vais aussitôt quérir nos ordinateurs, restés dans la chambre après l'extinction des feux hier soir.

Avec une pointe d'appréhension, je fixe le témoin de connexion qui met une éternité à s'allumer. La page d'accueil d'Orange s'ouvre enfin mais se montre entièrement vide, seule subsiste l'architecture du site avec ses différents onglets. Fort heureusement, j'ai encore accès à ma messagerie qui, pour une fois, est exempte de toute pollution publicitaire. Deux nouveaux messages m'y attendent, mes parents et Franck.

Ce dernier, avec sa femme, a bel et bien rejoint sa belle-famille aux Portes-en-Ré où l'infection est plus ou moins maîtrisée, même si selon lui toute la première partie de l'île était à feu et à sang lorsqu'ils l'ont traversée. Il termine en nous conviant à les rejoindre si jamais nous ne savions pas où aller. L'idée m'ayant en effet déjà quelque peu effleuré l'esprit, cette invitation lui donne plus de poids. Géographiquement, une île est un endroit plus facile à sécuriser qu'un continent, les voies d'accès étant limitées et donc plus aisément contrôlables. Toutefois, n'ayant aucun retour sur ce qu'il se passe réellement à l'extérieur, il est encore trop tôt pour savoir s'il serait mieux de bouger ou pas. Et quitter maintenant la toute relative quiétude de notre foyer ne serait que pure inconscience.

Du côté de mes parents, dans le centre de la France, mon père et mon frère ont terminé de dresser la barricade autour du terrain, démantelant pour cela une bonne partie des meubles de la maison. Toujours aucune nouvelle d'Emry...

Après leur avoir répondu, je montre à Chloé le forum resté ouvert sur la première page de posts. La quantité de témoignages ayant explosée depuis la veille, le nombre de pages est passé du simple au double, il y en a maintenant plus d'une vingtaine. L'un d'eux attire plus particulièrement notre attention :

Avis à ceux qui utilisent encore des lignes de téléphone traditionnelles, les seules d'ailleurs encore fonctionnelles. Surtout n'appelez sous aucun prétexte le

numéro vert fourni par le gouvernement. Il y a bien une équipe qui se déplace mais elle n'a rien de médicale, il s'agit d'une équipe de "nettoyage" qui a pour ordre d'éradiquer toute menace. J'ai vu hier soir un commando débarquer chez mes voisins et ressortir une demi-heure plus tard avec quatre sacs mortuaires. Je peux vous assurer que mes voisins étaient tous bien vivants avant que ces tueurs à la solde de l'Etat n'arrivent. Mes voisins avaient deux charmantes petites filles de 6 et 10 ans ! Ne tenez pas compte du message de la télé, n'attendez rien de notre gouvernement.
Fred86 de Rennes

Quelques publications plus bas un autre survivant déclare avoir vu l'armée tirer à vue dans le centre-ville de Moulins, sans faire de distinction entre les personnes saines et les infectés.

— C'est monstrueux, pourquoi ils font ça ? s'indigne Chloé.

— Tout part en vrilles, tout le monde panique et fait n'importe quoi. J'imagine que si une zone est déclarée infestée, des militaires y sont déployés et ont ordre de tirer sur tout ce qui peut encore bouger dans tout le périmètre.

— Personne ne viendra nous aider…

— C'est ce que je me dis depuis un moment… admé-je.

Chloé semble alors soudain réaliser l'étendue de notre solitude et notre condamnation à ne pouvoir compter que sur nous-mêmes :

— Il faut qu'on fasse quelque chose !

— Je vais attendre dix heures et j'irai frapper aux autres portes de l'immeuble, on n'est peut-être pas les seuls à être encore en bonne santé ici.

— Comment tu réagirais toi si quelqu'un frappait à notre porte ?

Je réfléchis un temps, cherchant où elle voulait en venir.

— Tu répondrais ? Tu ouvrirais ? insiste-t-elle.

— Je ne sais pas si je répondrais, mais en tout cas je suis sûr que je n'ouvrirais pas car cette personne pourrait très bien être contaminée. En plus on n'a même pas de judas à la porte…

— Voilà, si tu vas frapper aux portes, tu n'auras pas forcément de réponses. Tu ne crois pas que tu devrais plutôt d'abord glisser un mot sous les portes et ensuite tu frappes. Le petit mot rassurerait je pense.

— C'est pas bête ça.

— Y en a là-dedans ! déclare-t-elle en tapotant sa tempe du bout de son index.

Un sourire franc illumine mon visage, cette petite marque d'humour me confirme que Chloé ne se laisse pas abattre.

— On va faire ça alors, on va préparer une vingtaine de petits mots. On dira qu'on est trois, vivants et en bonne santé et qu'on cherche d'autres rescapés. Et on leur demandera de retourner leur paillasson devant leur porte s'ils souhaitent entrer en contact avec nous.

— Pourquoi on ne leur dirait pas carrément le numéro de notre appartement ? me demande-t-elle innocemment.

— Non ! Je préfère ne pas dire où on est avant de savoir à qui on a affaire. Et puis quand je frapperai aux portes, j'attendrai un peu, peut-être que certains se manifesteront tout de suite. Il me faudra m'assurer qu'ils vont bien.

— Et si aucun ne se manifeste ?

— C'est qu'il n'y aura personne ou que personne ne voudra répondre, supposé-je.

— Ou qu'ils ne seront plus capables de répondre… insinue Chloé.

— Si je frappe à la porte d'un appartement renfermant un ou plusieurs morts, je pense que je les entendrai réagir aux bruits. Je ferai alors une marque au feutre près de la sonnette.

— Et s'ils essayaient de sortir en t'entendant ?

— Ne t'inquiète pas, tu les as vus dehors ? S'ils ne sont pas capables de contourner un banc, ils ne le seront pas plus pour ouvrir une porte.

Après une courte concertation, nous nous mettons d'accord sur le message à transmettre et je me mets à découper des bandes de papier sur lesquelles Chloé commence à écrire :

Nous sommes 3, en bonne santé. Nous cherchons d'autres survivants. Si vous souhaitez entrer en contact avec nous, retournez votre paillasson devant votre porte, nous repasserons ce soir.

Lorsque nous en avons terminé de nos vingt petits mots, il est près de dix heures et le soleil illumine le salon de ses rayons revigorants. Zack est levé depuis peu et pioche à pleine main dans son paquet de céréales tout en regardant par la fenêtre. La bouche pleine de pétales de blé, il pousse soudainement un cri étouffé et nous incite d'un geste de la main à le rejoindre. Nous découvrons alors, avec stupéfaction, ce qui a provoqué son agitation.

Le patron du gardien vient de faire son apparition dans la cour, vêtu de son sempiternel blouson rouge élimé et de son pantalon de velours vert kaki trop court. Il s'éloigne de l'entrée de l'immeuble de son employé et avance d'un pas qui lui est propre, déterminé à outrance, dans l'allée face à nous. Le visage dur et fermé, il ne prête pas la moindre attention aux deux zombies, l'un tapi dans l'ombre du porche à sa gauche et l'autre assis contre un tronc d'arbre, qui sortent de leur torpeur à son passage. Le vieil homme, que le nombre d'années ne semble avoir ni assagi ni tempéré, s'arrête au niveau des outils de jardinage abandonnés là par le concierge deux jours plus tôt, et les ramasse en ronchonnant. Nous ne l'entendons pas, mais les grimaces qui déforment sa figure alors que bougent ses lèvres en disent long sur son exaspération et son intolérance.

Au son de ses probables invectives, les autres morts à proximité se sont à leur tour mis en branle et c'est bientôt toute la troupe de cadavres ayant élu domicile à nos pieds qui se rapproche de lui, l'encerclant petit à petit comme la corde autour du cou du supplicié.

— Il faut le prévenir ! s'exclame Chloé en saisissant la poignée de la porte-fenêtre.

Avant qu'elle n'ait le temps de l'ouvrir, ma main enserre la sienne et l'immobilise.

— Arrête ! Si tu te fais remarquer tu vas attirer leur attention sur nous ! C'est vraiment ça que tu veux ?

Les deux premiers zombies alertés par la présence du vieux bonhomme sont déjà presque sur lui, leurs bras avides tendus à seulement quelques centimètres dans son dos.

— On a qu'à balancer quelque chose par la fenêtre, alors ! Leur attention sera détournée et il pourra s'enfuir !!!

La main de Chloé attrape alors instinctivement quelques DVD situés dans la bibliothèque se trouvant juste à côté de nous, pendant que son autre main se crispe sur la poignée de la porte pour tenter de l'ouvrir. Je dois forcer pour l'en arracher, constatant qu'il est d'évidence trop tard pour lui.

— Arrête Chloé, regarde, ils sont trop nombreux à présent, c'est peine perdue...

Elle ne répond rien et observe, horrifiée, le malheureux se retourner face aux mâchoires béantes et menaçantes qui fondent sur lui.

Sans se démonter, l'octogénaire assène au plus proche, un barbu grisonnant affublé d'un béret beige bien vissé sur sa tête, un savant coup de pelle tandis qu'il repousse le second, en costume débraillé, du bout de son balai. Mais c'était sans compter l'approche inexorable des suivants. Alors que le vieux s'échine à tenir à distance ses premiers assaillants en agitant devant lui les outils du gardien, les deux amants d'outre-tombe s'accrochent à lui et la jeune femme plante ses dents dans son poignet dégagé. Le vieil homme pousse un cri, lâchant conjointement le balai. Arrivant tout de même à se dépêtrer, il empoigne la pelle à deux mains et gratifie violemment les amoureux damnés d'un aller-retour du plat de l'outil qui les déstabilise un instant.

Animé d'une énergie hors du commun pour une personne de son âge, il se retourne à nouveau pour abattre son arme improvisée sur le crâne de son ennemi en costume puis sur celui au béret qui tombe à ses pieds. Mais le combat est inégal et c'est déjà huit revenants qui se pressent autour de lui pour l'emprisonner. Dans un ultime assaut, l'homme, qui ne baisse pas les bras, décapite à moitié l'asiatique manchote avant que l'acharné au béret ne lui arrache un morceau de chair à la base du mollet. D'un dernier coup de pelle, le crâne du barbu s'ouvre, avalant son couvre-chef. C'est à ce moment que le vieil homme met finalement genou à terre, à bout de forces.

Chloé se retourne, atterrée, et s'écarte de la fenêtre. La scène qui se déroule sous nos yeux est à la limite du soutenable. En une fraction de seconde, le patron de notre gardien disparaît sous la dizaine de bouches aux lèvres retroussées qui s'abattent sur lui, leur offrant un macabre festin.

Je laisse échapper un juron et remarque le visage rebuté de Zack qui en a lâché son paquet de céréales. Chloé, recroquevillée sur le canapé, se tient le ventre à deux mains.

10h22

Quelques minutes seulement ont suffi au groupe de morts-vivants pour délaisser le cadavre à moitié dévoré de leur victime et reprendre son errance amorphe à travers la cour commune.

Ce qu'il reste de celui que nous qualifiions d'antipathique repose désormais dans une mare de sang, allongé sur le pavé froid de l'allée, et ne devrait même pas lui permettre de pouvoir se relever s'il devait revenir. Tombé un peu à l'écart, la pelle de jardin toujours fichée dans le crâne, git le corps du zombie barbu qu'aucun de ses congénères n'a daigné toucher. Ce qui tendrait à confirmer que seule la chair fraîche encore chaude les motive.

Je me suis accroupi face à Chloé et posant ma main sur l'un de ses genoux je lui ai dit que c'était fini.

— Même le plus désagréable des hommes ne mérite pas de mourir comme ça... me confie-t-elle.

— Personne ne mérite ce qui arrive (je laisse passer quelques secondes, cherchant quelque chose de plus encourageant à dire, mais rien ne me vient). Je vais y aller maintenant.

— Tu vas où ? s'inquiète Zack.

— Je ne sors pas de l'immeuble, je vais juste faire le tour des apparts pour voir s'il y a d'autres gens qui auraient survécu comme nous.

— Tu veux que je vienne ? se propose-t-il sans l'ombre d'une hésitation.

Chloé redresse alors la tête brusquement et lui jette un regard nourri d'angoisse.

— Non ça va aller, merci, je lui réponds en ouvrant le placard de l'entrée pour attraper ma veste et prendre mes chaussures. Je préfère que tu restes avec ta mère.

Il hausse des épaules, d'un air de dire "comme tu veux" et va s'asseoir près de la table basse. Il s'empare d'un des petits morceaux de papier et le parcourt du regard.

— Vous croyez qu'il y a encore du monde ? On n'entend plus beaucoup de bruit depuis hier, fait-il remarquer.

— On n'en sait rien. Il peut très bien y avoir d'autres personnes qui se cachent, comme nous. C'est pour ça que Dan veut aller voir.

Je récupère sur le bar un ceinturon de police et le passe à ma taille. Retirant la matraque de sa loge, je la remplace par mon Estwing et vérifie que le taser et la lampe torche sont eux bien en place, tout comme le pistolet automatique. Je réfléchis un instant à ce que je pourrais de plus prendre avec moi.

M'emparant du katana, j'apprécie son poids dépassant le kilo avant de faire crisser l'acier de la lame en l'extirpant d'une bonne trentaine de centimètres hors de son fourreau. J'observe, admiratif, la ligne de trempe caractérisée par l'effet de brillance en forme de vaguelettes qui orne son tranchant. Féru de culture nipponne depuis mon adolescence, l'élégance et le charisme de cette arme blanche m'ont toujours séduit. Je rengaine le sabre jusqu'à sentir son "verrouillage" dans son écrin, puis le glisse, tranchant vers le haut dans ma ceinture.

Devant le regard étonné de Chloé, je me justifie :

— Juste au cas où…

Elle baisse les yeux sur la pile de feuilles découpées et me demande si je suis bien sûr de vouloir faire ça. Je lui affirme que oui et attrape la petite liasse de messages que je place, accompagnée de deux marqueurs indélébiles, dans une poche de ma veste.

— En attendant que je revienne, tu veux bien faire quelque chose pour moi mon bébé ?

— Quoi donc ?

— Si tu pouvais faire l'inventaire de ce qu'on a comme nourriture. Il faudrait savoir combien de temps on peut tenir de ce côté-là avant d'être à court.

— Oh…

— En commençant par tout ce qui est périssable et qu'il nous faudra manger en priorité. Et conserver tout ce qui est aliments secs et boîtes pour après.

— Ok, je vais faire ça. Et puis ça va m'occuper l'esprit.

*

Alors que nous libérons l'accès à la porte afin de me permettre de sortir, je demande à Chloé et Zack de se tenir prêts à me faire rentrer dès mon retour.

— Je n'en aurai pas pour plus d'une demi-heure à mon avis, précisé-je.

— Et si tu mets plus de temps que prévu ? relève Chloé, soucieuse.

— Disons que je reviens dans une demi-heure pour vous dire ce qu'il en est. Ça marche ?

— Ok, tu reviens pour onze heures alors.

— Pour onze heures, répété-je en guise de confirmation et de promesse que j'appuie d'un baiser tendre et passionné.

10h32

Le froid saisissant des parties communes me laisse imaginer la température hivernale qui doit encore régner dehors malgré la percée du soleil. Je décide de commencer ma mission de reconnaissance sur notre propre palier avant de descendre au premier niveau qui est juste en dessous. Je procéderai ensuite en remontant jusqu'au sixième.

L'appartement dans la diagonale du nôtre étant libre depuis environ un mois suite au départ en maison de retraite du petit couple qui y résidait, il n'en reste à cet étage que deux pouvant être potentiellement occupés. Je m'approche de celui qui est attenant au nôtre et fais passer un premier message sous la porte. Retenant mon souffle et le cœur serré, je toque trois coups secs contre le bois, prêt à intercepter le plus petit signe de vie... ou de mort. Rien. Puis un bruit de porte de placard me parvient, mais trop étouffé à mon avis pour qu'il puisse provenir de cet appartement. Ce doit être Chloé qui fait l'inventaire de nos provisions. Je refrappe une fois et patiente en me mettant bien en évidence devant l'œilleton du judas au cas où nos voisins, prudents, voudraient s'assurer de l'identité de leur visiteur inopiné en toute discrétion. Un peu déçu mais non surpris, je me dirige au bout de quelques secondes vers l'appartement situé face aux marches descendant au niveau inférieur. Je dois déplacer le gros paillasson afin de "poster ma missive" puis je cogne à la porte. Toujours rien. La minuterie du couloir s'éteint soudain et je sens un malaise grandir en moi. Je ne prends pas un grand risque en appuyant sur l'interrupteur de la lumière, celle-ci ne pouvant guère attirer l'attention étant donné le grand soleil à l'extérieur. Devant ces deux premiers essais infructueux, je descends au premier.

Là encore, les logements ne sont pas tous occupés. Je ne compte en effet que deux petits tapis rectangulaires sur les palicrs, les deux autres appartements étant à louer depuis quelques mois déjà. Je réitère l'opération devant le numéro suivant et, contre toute attente, je perçois un léger mouvement à l'intérieur. Le frottement furtif d'un tissu peut-être. Je signale à nouveau ma présence de trois nouveaux coups et colle mon oreille contre l'huis. Mais plus rien. Je me concentre pour essayer de capter le moindre indice me confirmant que je n'ai pas imaginé ce bruit, quand, brisant le silence total dans lequel je suis profondément immergé, quelque chose d'imposant et massif heurte, dans un gémissement d'expiration, le panneau de bois, faisant même trembler les huisseries. Le choc est si soudain et inattendu que mon cœur explose, bondissant en même temps que moi. Je fais trois pas en arrière, la main gauche serrée sous la garde de mon sabre et la droite prête à dégainer le marteau de géologue. De l'autre côté, on gratte frénétiquement le bois de la porte en grognant.

Normalement, un homme, la cinquantaine passée, et son fils d'environ vingt ans, sont locataires du trois pièces. De toute évidence l'un d'eux au moins habite désormais Boulevard des Allongés. Quoique depuis quelques jours, ces allongés-là ont la fâcheuse manie de se redresser.

Avalant ma salive, je sors de ma poche un feutre rouge et marque le chambranle blanc au-dessus de la sonnette de deux traits parallèles. Un pour le père et l'autre pour le fils. Je m'écarte ensuite aussi silencieusement que possible pour m'orienter vers l'appartement d'en face.

C'est non sans une certaine réticence que j'approche cette fois mon oreille de la porte, en raison des grattements insistants et des grondements agacés s'échappant toujours du logement précédent. Je canalise tout d'abord mon attention sur les signes audibles d'une éventuelle présence ici avant, finalement, de frapper. Mais je n'obtiens aucune réaction de ce côté, si ce n'est celle de raviver l'agitation à l'autre bout du palier. Je patiente quelque temps, priant pour que la créature que j'ai mise en éveil replonge sans tarder dans sa morbide léthargie. Au bout de plusieurs interminables minutes, ses protestations s'amenuisent puis cessent enfin. Devant les maigres résultats de ces deux premiers étages, je me dirige vers le troisième.

J'arrive directement sur le palier de l'appartement d'un petit retraité que nous croisions régulièrement, toujours d'humeur égale et joviale. Avec son béret et ses petites lunettes, il me fait penser à un personnage de dessin animé dont je n'ai jamais retrouvé le nom, et en le voyant je me répétais souvent qu'il devait être un bien gentil papy. Aujourd'hui, je me dis que si malheureusement il ne devait rester qu'une personne dans cet immeuble en sus de nous, j'aimerais sincèrement que ce soit lui, et Chloé serait certainement du même avis.

Je saisis pour la cinquième fois un petit mot au fond de ma poche et m'accroupis pour le glisser par l'interstice entre le sol et la porte. A peine me suis-je ensuite annoncé que j'entends le craquement régulier du parquet sous le poids d'une démarche assurée. Secoué d'un regain d'espoir à chaque cliquetis des verrous qui se tournent, je vois bientôt la porte s'ouvrir sur le visage affable et serein du vieux monsieur.

— Bonjour mon garçon, que puis-je pour toi ?

Déconcerté devant sa sérénité ct ce ton si désinvolte, je demeure tout d'abord bouche-bée avant de me ressaisir et de lui tendre une main amicale.

— Bonjour ! Je suis content de voir que vous allez bien !

— Y a pas de raison ! Entre mon garçon, entre !

Je regarde l'heure et accepte son invitation.

10h45

Une fois à l'intérieur de l'appartement où règne une chaleur étouffante, je suis le petit grand-père dans son salon au style colonial très prononcé. Après m'avoir désigné un gros fauteuil en rotin, il soulève l'hémisphère nord d'un globe terrestre lui arrivant à la taille et en sort une bouteille de ce que je devine être un bon whisky. Ayant pris soin au préalable de retirer le sabre de ma ceinture pour le déposer contre le siège, je prends place dans son décor exotique.

— Tu es drôlement équipé, dis-moi, pour relever des compteurs ! dénote-t-il alors que le liquide d'un vieil or ambré coule dans un duo de verres cylindriques.

Le vieil homme me parle comme si rien ne se passait, comme s'il n'y avait pas, juste sous nos fenêtres, un rassemblement gémissant de cadavres vagabonds. Sa légèreté me rend mal à l'aise si bien que je me demande à cet instant s'il a encore toute sa tête.

— Je crois bien que les compteurs c'est fini pour moi, lui rétorqué-je sur un ton trahissant mon trouble.

— Ah ? On prend un nouveau chemin ?

Je le dévisage tandis que je me saisis du verre qu'il me présente avec un sourire chaleureux et le regarde s'installer dans le fauteuil face à moi.

— Vous plaisantez ?

Un nuage passe devant sa mine joyeuse, emportant loin de nous cette expression guillerette.

— Pourquoi ? Tu préférerais peut-être qu'on se lamente désespérément en attendant que la mort vienne nous enrôler dans sa grande marche sur le monde ?

Sa voix se noie dans la gorgée d'alcool qu'il avale cul-sec puis il me sourit à nouveau, sourire que je lui retourne avant de lui avouer, un peu gêné :

— J'ai cru un instant que vous n'aviez pas conscience de la situation dans laquelle nous sommes.

— Je crois bien que ça me plairait davantage, figure-toi ! Et pour ta part, à quel point as-tu conscience de ce qui nous entoure ?

Je réfléchis à la réponse que je m'apprête à lui donner, à toutes ces pensées que je n'ai pas encore eu le courage de partager avec Chloé.

— Des morts se promènent dans les rues. Mourir est devenu le stade préliminaire d'une maladie contagieuse pire que mortelle. Je pense que le monde est tombé et que lui ne se relèvera pas. Ma compagne, son fils et moi sommes en bonne santé mais nous n'avons probablement de nourriture que pour quelques jours et j'imagine que d'ici une semaine, peut-être même d'ailleurs moins, nous n'aurons plus ni eau ni électricité. J'essaie de voir plus loin et de me projeter pour savoir ce que je dois faire pour les protéger au mieux. C'est pour ça que je cherche d'autres survivants.

Le papy lève son verre dans ma direction et porte un toast :

— Bienvenu au royaume d'Hadès !

Je trinque avec lui, sans pour autant totalement partager ce trait d'humour. Peut-être envisagerais-je tout ceci avec plus de philosophie si, comme lui, je vivais seul et n'avais à considérer que ma propre existence. Mais ce n'est pas le cas et, pour Chloé comme pour Zack, je me dois de ne pas prendre ces circonstances à la légère.

La lampée de whisky qui coule le long de mon œsophage me donne l'illusion de gagner quelques degrés Celsius dans la pièce déjà surchauffée. La grosse horloge murale m'indique qu'onze heures est proche, ce qui m'oblige à exposer à mon hôte ma démarche sans plus tarder :

— Je fais le tour des appartements pour glisser un mot sous chaque porte. Nous voudrions savoir s'il y a d'autres personnes saines dans l'immeuble. Par contre j'ai promis à Chloé, ma compagne, de passer la rassurer à onze heures même si je n'avais pas terminé. Je dois donc vous laisser et retourner la voir avant de continuer. J'ai l'intention de repasser ce soir dans les étages pour voir si d'éventuels résidents souhaitent se regrouper. A plusieurs, nous pourrions nous organiser pour nous ravitailler, nous protéger et pourquoi pas nous trouver un endroit plus sûr qu'ici.

— Bonne initiative, jeune homme. Viens donc toquer à ma porte ce soir, je t'accompagnerai.

— C'est gentil à vous, merci, ce sera avec plaisir !

Ravi d'avoir trouvé un allié, je me lève sans omettre de récupérer mon katana et prends la direction de la sortie. Avant de franchir la porte, le vieux monsieur pose sa main sur mon épaule et ses paroles m'emplissent d'une onde d'énergie positive :

— Ce soir, grâce à toi, ceux qui voudront bien nous suivre reprendront en main leur destin !

J'acquiesce en faisant une moue gênée et lui serre la main. Avant de retrouver Chloé, j'ai tout juste le temps d'achever le tour du troisième étage, mais celui-ci ne m'apporte rien de plus qu'un silence pesant.

11h03

Après avoir rapporté à Chloé, dans l'entrebâillement de notre porte, un rapide compte-rendu de mes premières investigations, je m'engage vers les niveaux supérieurs, plutôt pressé d'en terminer avec cette sortie.

Au final, sur les quatorze appartements restants, quatre sont dépourvus de paillassons et trois renferment au moins un mort-vivant. Il m'a semblé percevoir une activité humaine derrière l'une des portes du quatrième mais sans grande conviction. Enfin, pour ce qui est des six autres, je ne peux rien avancer, nous en saurons j'espère plus ce soir.

Une fois rentré, je raconte en détail à Chloé et à Zack mes maigres récoltes sur cette première approche, mais nous discutons surtout, autour d'une boîte de raviolis, de ma rencontre avec notre voisin dont la porte donne juste en face de la nôtre en haut des marches.
Puis, devant le choix du plat, j'explique que nous devrions consommer de préférence les produits frais, les conserves pouvant être préservées pour plus tard et j'en

profite pour demander à voir la liste de nos réserves. Nous avons au bas mot de quoi faire une cinquantaine de repas, soit de quoi nous nourrir pendant un peu plus de deux semaines dans des conditions normales, à raison de trois repas par jour. En réduisant ce nombre à deux, j'estime que nous pourrions gagner entre une à deux semaines supplémentaires.

— Autant te dire que c'est fini d'aller piocher un petit pain dans le placard toutes les dix minutes Zack !

J'essaie de détendre un peu l'atmosphère, mais je ne fais sourire personne, pas même moi en fin de compte.

— On pourrait peut-être récupérer des trucs dans les appartements vides ? suggère alors le jeune garçon.

— Pour ça, il faudrait être certain qu'ils soient réellement vides ou que leurs occupants soient morts, lui précisé-je.

— Tu ne penses quand même pas à…, commence Chloé que je ne laisse pas terminer.

— Si, il faudra bien de toute façon s'occuper de sécuriser le bâtiment où l'on vit, Chloé. C'est absolument indispensable pour notre sérénité. C'est pour ça d'ailleurs qu'un peu de soutien serait le bienvenu. Avec deux ou trois personnes de plus, on pourrait facilement protéger tout l'immeuble et se partager ce qu'on y trouve.

— Et après ? poursuit-elle.

Je marque un temps d'hésitation.

— Il y aura bien un moment où il faudra sortir pour se ravitailler… Mais je pense surtout qu'on aura aussi un autre souci bien plus important avant ça.

— Lequel ? s'exclament-ils tous les deux à l'unisson.

— L'eau et l'électricité. Je doute que les réseaux fonctionnent éternellement s'il n'y a plus personne pour s'en occuper. J'imagine qu'un système de sécurité arrêtera tout au bout d'un certain temps s'il n'y a pas quelqu'un pour pousser un bouton qui signale que tout va bien.

Atterrée, Chloé me demande combien de temps il reste avant que cela n'arrive. Je hausse les épaules.

— Aucune idée... peut-être une semaine ou deux...

Ecrasés sous la lourde chape de plomb qui vient de s'abattre sur nos têtes, nous réalisons tous les trois ce que cela implique. De l'assèchement des robinets à l'extinction de tout appareil électrique, en passant par le refroidissement des radiateurs, c'est un couperet au tranchant sans pareil qui tombera sur le cordon ombilical nous reliant à plus d'un siècle de modernisation, et d'un pas de géant fera faire à notre civilisation un incroyable saut en arrière.

— Alors on doit d'abord manger ce qui se cuisine, pendant que les plaques et le micro-ondes sont en état de marche, en déduit rapidement Chloé.

— Oui, et il va aussi falloir penser à recueillir l'eau de pluie dans tout ce qu'on pourra, ajouté-je en observant d'un air grave leur mine décomposée.

— Putain, ça craint vraiment alors... lâche soudain Zack.

— Je crois qu'il faut se rendre à l'évidence. Ça ne sera pas facile tous les jours et je crois désormais que rien ne sera jamais plus comme avant.

Après le repas nous sommes allés aux nouvelles sur nos ordinateurs mais nos messageries étaient aussi vides que démoralisantes. Nous nous sommes donc attelés à la préparation des heures sombres qui nous guettent.

Nous avons ainsi commencé par récupérer toutes les bouteilles vides entassées dans les sacs faisant office de poubelle pour le plastique et le verre. Après avoir redonné une forme plus académique à celles qui avaient été compactées pour gagner de la place, nous les avons nettoyées au mieux à l'aide d'un goupillon. Ce recyclage de premier ordre nous a permis de remplir une dizaine de bouteilles d'eau du robinet.

Ensuite, afin d'économiser notre soluble, nous avons préparé les onze dosettes Senseo qu'il nous restait et avons conservé ce café dans deux thermos ainsi que dans deux grosses bouteilles en verre ayant contenu de la sangria.

J'ai également suggéré de remplir la baignoire d'eau pour nous constituer une réserve, et de maintenir son niveau au maximum. Les douches ne sont pas vitales, nous pourrons toujours nous laver devant le lavabo.

L'opération la plus délicate a été la mise en place sur le balcon des casseroles et bassines destinées à collecter l'eau de pluie. Lorsque dans un bruit de joint qui se décolle, la porte-fenêtre s'est ouverte, quelques morts dont la joggeuse ont relevé la tête dans notre direction et se sont rapprochés de l'immeuble en gémissant, bientôt imités par tous les autres encore présents dans la cour. Malgré tous mes efforts pour me faire discret, je n'ai pu que constater avec effroi, en rentrant dans l'appartement, la troupe de monstres agglutinés, les bras levés, sous notre balcon, tel un groupe de fans sous acides à un concert de death métal.

Seuls deux corps n'avaient pas bougé, celui du zombie au béret dont le crâne fendu sert de "range-pelle" et celui du jeune amoureux sur son banc. C'est seulement à ce moment-là que je me suis rendu compte que quelque chose manquait au tableau qu'un destin tragique avait peint un peu plus tôt dans la matinée.

Le cadavre à moitié dévoré du vieil homme qui fût autrefois le patron de notre gardien n'était plus là. En lieu et place, on pouvait apercevoir une longue traînée de sang traversant l'allée pour se perdre dans les buissons quelques mètres plus haut. Soit les restes avaient été emportés soit ils étaient partis d'eux-mêmes… La deuxième solution, la moins vraisemblable, me paraît tout de même la plus plausible. J'ai bien essayé de le retrouver en scrutant les environs aux jumelles mais en vain. Chloé a émis l'hypothèse d'un chien errant qui aurait pu s'emparer de la dépouille mais j'en doute. En général les animaux ont plutôt tendance à fuir la peste.

Voyant la lumière du jour décliner peu après dix-sept heures trente, je me suis retrouvé face à un dilemme. Je pensais refaire le tour des étages un peu plus tard, mais d'ici là il fera nuit et je ne m'imagine pas frapper aux portes à la seule lueur d'une bougie. Je vais donc devoir y retourner plus tôt que ce que j'avais envisagé. Mais après tout, je suppose que plus personne n'a de rendez-vous.

19h36

D'épais rideaux tirés devant les fenêtres du salon masquent les flammes dansantes des chandeliers posés à travers la pièce. Non content de m'accompagner, le petit grand père du troisième s'est ensuite proposé de nous inviter, ainsi que tous ceux qui répondraient à l'appel, à manger chez lui ce soir. Et c'est devant un véritable repas de fête que nous nous tenons à présent, une sorte d'apéritif dînatoire et de buffet froid.

Autour de la table généreusement garnie, nous sommes en fin de compte au nombre de neuf : les Garnier, Estelle et Simon, un couple trentenaire et leur fils de sept ans Clovis, occupant un des deux appartements du dernier étage, Laurent et Maxime, deux étudiants en colocation au quatrième, Chloé, Zack et moi-même et bien sûr Guy, notre hôte qui suggère à l'assemblée générale un second verre.

Le premier ayant permis à chacun de se présenter, c'est un silence gêné qui s'est ensuite installé parmi nous, personne ne sachant trop quoi dire. Je sais que si nous nous retrouvons tous réunis ici c'est en partie de mon fait, et il va de soi que chacun doit s'attendre à ce que j'ouvre la discussion pour en expliquer la raison.

Je n'ai jamais aimé être l'animateur lors des repas de famille ou même entre amis, j'avais toujours laissé ce rôle à mon frère Emry qui l'endossait d'ailleurs à merveille, aussi j'espère secrètement, en sirotant mon deuxième kir, que quelqu'un d'autre prenne la parole en premier. Guy, qui vient de finir de remplir nos verres, se rassoit et invite tout le monde à se servir et à manger. Chacun pioche alors timidement dans les divers plats à disposition.

C'est Estelle Garnier, une frêle rousse aux cheveux rêches comme de la paille, qui brise finalement le silence tout en coupant une tranche de rôti de bœuf pour son fils, un petit blond vénitien qui semble plutôt avoir hérité de la nature de cheveux plus souple de son père.

— Vous nous avez vraiment gâtés, Guy. Il ne fallait pas vous donner tant de mal.

L'intéressé s'essuie délicatement la bouche et la moustache du coin de sa serviette avant de répondre :

— Pour tout vous dire, ce repas était destiné à ma fille et mon gendre. Ils devaient venir me voir quelques jours, je les attendais hier soir en fait…

— Je suis désolée, je ne savais pas… s'empresse alors de s'excuser Estelle devant sa maladresse.

— Ne vous en faites pas, vous ne pouviez pas deviner.

Egal à lui-même, Guy la rassure de son sourire plein de bonhomie.

— Vous n'avez pas eu de leurs nouvelles ? l'interroge à son tour Chloé.

— Non, mais je ne m'en fais pas. Mon gendre est militaire de carrière, il saura prendre soin de ma fille.

— J'aimerais partager votre optimisme mais j'ai bien du mal.

La voix grave, au sens propre comme au figuré, qui vient de s'élever est celle de Simon, le mari d'Estelle. Les deux colocataires, qui jusque-là écoutaient la conversation d'une oreille distraite, plus occupés à remplir leur assiette sous le regard amusé de Guy, relèvent le nez en même temps.

— Vous devriez, pourtant monsieur ! se défend le vieil homme. Ne serait-ce que pour madame et votre fils.

— Nous avons prévu de partir demain matin, lâche enfin Simon Garnier. J'ai un frère qui a une exploitation agricole vers Marans, il a des serres et un verger. J'ai pu l'avoir au téléphone avant-hier juste avant que les réseaux ne rendent l'âme et d'après lui il n'y aurait à priori pas de mo... (le père de famille s'interrompt, jetant un œil protecteur vers la petite tête blonde se nourrissant principalement de cacahuètes et de biscuits salés, puis il se reprend) il n'y aurait pas de malades à proximité.

Je profite de cet aveu pour entrer dans la discussion :

— Vous pensez qu'il vaudrait mieux partir d'ici ?

— Je pense que ma famille sera plus en sécurité là-bas en effet, acquiesce-t-il.

— Marans c'est à une demi-heure d'ici, dans des conditions normales de circulation, intervient Maxime, un des étudiants, un métis indien aux cheveux noirs et raides ébouriffés et au visage fin et harmonieux. Hormis ce que l'on peut apercevoir de nos fenêtres, on n'a aucune idée de ce qui se passe exactement dans les rues. Vous ne croyez pas que c'est un peu risqué de prendre la route sans en savoir plus ?

Estelle et Simon se regardent l'un l'autre et la femme presse la main gauche de son mari entre les siennes, lui donnant tacitement son approbation.

— Nous en avons déjà discuté avec Estelle et nous pensons que ça en vaut la peine.

— Demain on va voir tonton à la ferme ! s'exclame soudain Clovis, visiblement ravi par l'idée.

— Oui, mon chéri, demain, lui confirme sa maman en lui caressant les cheveux.

Le petit lève son pouce en l'air et mord à pleines dents dans un morceau de pain.

— J'imagine que votre décision est prise et qu'il est inutile de vouloir vous faire changer d'avis, concédé-je à l'attention de Simon qui opine du chef (puis je m'adresse à l'ensemble des convives). Si j'ai fait la démarche de tous nous réunir aujourd'hui c'est de toute manière pour parler de ce genre de choses. De notre côté, nous avons choisi de rester ici le temps qu'il faudra car nous n'avons pas d'autre endroit où aller…

— Tu peux venir chez tonton si tu veux ! lance innocemment Clovis, mettant instantanément ses parents dans l'embarras.

Devant leur silence gêné et l'affolement passager qui se lit dans leurs yeux, je décline poliment l'invitation ingénue du petit garçon en prétextant que le tonton en question n'aurait certainement pas assez de chambres pour loger tout le monde puis je continue :

— Nous voulions savoir s'il y aurait d'autres personnes dans l'immeuble qui voudraient se joindre à nous. Il faudrait qu'on s'organise pour sécuriser le bâtiment mais aussi pour trouver de l'eau, de la nourriture et tout ce qui pourrait nous être utile.

— Vous êtes conscients qu'en restant ici, vous n'aurez bientôt plus ni eau ni électricité ? nous fait remarquer Simon.

— On le sait, nous en avons également discuté avec Dan. Vous n'en aurez à mon avis pas plus là où vous irez, lui rétorque Chloé.

— En effet, mais mon frère a des puits et des groupes électrogènes.

— Pour ma part, ce n'est pas à mon âge que je vais partir à l'aventure sur les routes. Quoi qu'il advienne, je reste ici, chez moi.

Guy vient de donner son avis et tous les yeux se tournent désormais sur les deux colocataires qui se regardent en hésitant. Laurent, l'étudiant dont le visage allongé, les petites lunettes rondes et la mèche un peu folle me font penser au personnage principal de la bande dessinée "Où est Charlie", hausse les épaules en direction de son ami. C'est Maxime, une fois de plus qui s'exprime :

— A vrai dire, nous on n'en a pas vraiment discuté jusqu'à maintenant. En ce qui me concerne, je serais plutôt pour l'option de Dan. Ça ne me dit rien qui vaille de partir vers l'inconnu.

— Et toi Laurent, tu penses la même chose ? questionne Guy.

Le jeune homme frotte sa barbe naissante et se triture les méninges pour finalement ouvrir la bouche :

— Bah en fait, la ferme avec le verger, le puits et tout, je trouve ça pas mal. Ça me paraît mieux qu'ici en tout cas.

Cette réponse inattendue replonge les époux Garnier dans la confusion, ceux-ci évitant soigneusement de saisir l'appel du pied que le jeune homme leur fait du regard. Maxime tente de rallier son compagnon de son côté :

— Ça va pas ! Tu sais même pas où tu vas aller ! Et tu ne sais même pas si tu vas y arriver. Faut pas qu'on se sépare, plus nombreux on sera mieux on pourra se protéger les uns les autres.

— Oui mais je n'ai pas envie de me retrouver coincé entre quatre murs sans eau courante ni électricité.

— On va s'organiser pour ça ! N'est-ce pas, Dan ?

— C'est pour ça que nous sommes là, le rassuré-je.

Les deux amis se jaugent, essayant chacun d'estimer lequel des deux acceptera le premier les arguments de l'autre.

D'une voix fluette, Estelle apporte une précision :

— C'est pas qu'on ne veut pas vous prendre avec nous, mais de toute façon, avec ce que l'on a prévu d'emmener, au mieux il ne nous restera qu'une place dans la voiture…

— Estelle ! la coupe sèchement Simon en grondant.

— Non mais Simon ! Si jamais quelqu'un veut venir, on ne va pas l'abandonner ici. Et ce qui est valable pour ceux qui voudront rester ici l'est aussi pour nous, plus on sera nombreux plus on sera forts.

— Et vous comptez partir quand exactement ? me renseigné-je.

— Demain, vers huit heures et demie, dès qu'il fera jour, informe Simon. J'ai l'impression que le matin ils sont plus lents, comme s'ils étaient engourdis par le froid de la nuit.

— Et vous avez un plan pour sortir d'ici ?

— Pas vraiment. On pensait profiter de leur torpeur pour traverser la cour en sprintant jusqu'à la voiture. Elle est garée juste devant.

Je jette un coup d'œil à Guy qui, pensant très certainement à la même chose que moi, me devance :

— On peut faire diversion pour les occuper le temps que vous décolliez.

— Comment ? s'étonne Estelle.

— Il suffira de faire du bruit depuis les fenêtres qui donnent sur l'autre façade de l'immeuble pour les éloigner de l'entrée. On pourra le faire depuis notre appartement et celui de Guy.

Celui-ci m'approuve d'un mouvement de tête en lissant malicieusement sa moustache entre son pouce et son index.

De nouveau, toutes les attentions se reportent sur Maxime et Laurent qui ne se sont toujours pas mis d'accord, chacun campant sur ses positions.

— Et bien sachez que nous aurons une place de disponible si quelqu'un veut nous accompagner. Rendez-vous demain matin à l'aurore au pied de l'escalier, conclut Simon.

— Nous serons là pour vous dire au revoir et vous aider à quitter l'immeuble, ajoute Chloé.

— Merci.

En raison de la lourde épreuve qui les attend demain matin, la famille Garnier nous quitte assez tôt dans la soirée pour regagner sa demeure et terminer les préparatifs de leur départ. Nous restons avec Guy et les colocataires, à discuter de ce qu'il convient de faire pour nous qui demeurerons sur place. J'espère que ce qui se dira permettra à Laurent de changer d'avis et de rester avec nous.

Une fois que les Garnier auront réussi à prendre la clé des champs, nous commencerons par nous occuper des quatre logements dans lesquels j'ai noté la présence de zombies. Nous pourrons ensuite entreprendre la fouille des appartements vides et des caves. Enfin, il conviendra de condamner l'entrée en barricadant les portes vitrées qui s'avéreraient trop fragiles sous la pression d'une masse plus conséquente de revenants. Nous ne garderons comme unique accès que le local des poubelles qui communique avec l'extérieur, mais dont la porte est plus solide et le passage plus discret.

Tout du long, Laurent est resté impassible. Il nous a écoutés sans intervenir, perdu dans ses pensées. Maxime, quant à lui, me fait l'effet d'une personne volontaire et sensée et c'est sans hésiter qu'il s'est proposé de se joindre à moi pour la mission de nettoyage de demain.

— Maman ? Je pourrai les accompagner ?

Zack, qui jusque-là s'était montré très discret, réitère pour la seconde fois de la journée son souhait d'apporter son aide. Face à l'expression réticente de sa mère, il insiste :

— J'ai pas envie d'être là à rien faire, je préférerais participer et aider Dan.

— Et tu me laisserais toute seule ? tente Chloé pour le dissuader.

— S'il n'y a que ça, je peux vous tenir compagnie mademoiselle, suggère Guy apportant subtilement son soutien au jeune garçon.

— Je ne sais pas… Je ne suis pas tranquille. J'aurai déjà assez de soucis à me faire pour toi, avoue-t-elle en se tournant vers moi.

— Ne vous en faites pas, je serai là moi aussi. On sera trois à veiller les uns sur les autres, c'est toujours mieux que deux, intercède à son tour Maxime.

— Ça va aller maman, t'en fais pas !

J'ai un petit pincement au cœur devant la détresse de Chloé qui voit son fils grandir d'un coup et passer de l'insouciance de l'adolescence à la dure réalité de l'instant présent par la force des choses.

— De toute manière, chacun apportera son aide d'une façon ou d'une autre. Pour demain, Zack, tu couvriras nos arrières à Maxime et à moi lorsque nous entrerons dans les appartements. Ça vous va ?

A travers l'assentiment général, j'espère obtenir celui de Chloé. Celui-ci s'échappe d'entre ses lèvres, emporté par un soupir.

*

Un peu plus tard dans la soirée, nous évoquons la question des armes pour faire un rapide inventaire. Maxime et Laurent qui font tous deux partie d'une équipe de base-ball universitaire possèdent chacun leur batte. Quant à Guy, il détient quelques armes à feu de collection mais dont il n'est pas sûr qu'elles fonctionnent réellement. Il décroche tout de même de son mur un sabre briquet de l'infanterie napoléonienne qu'il me tend par-dessus la table.

La lame légèrement courbe est forgée d'une seule pièce d'acier. Sa longueur bien qu'inférieure de quelques centimètres à celle de mon katana donne malgré tout une belle allonge au bras. De plus, son poids un peu plus léger lui confère une prise en main plutôt agréable.

— Est-ce que je peux ? me sollicite Guy en désignant le sabre japonais posé à mes côtés.

Je lui tends et il sort la lame de son fourreau pour l'observer attentivement.

— Ce n'est pas qu'une arme d'apparat dis-moi. Elle n'a jamais été aiguisée je présume ?

— En effet, je n'ai évidemment jamais eu à m'en servir.

Le vieil homme se lève de sa chaise et part vers la cuisine, emportant avec lui quelques plats vides.

— Vous voulez qu'on vous aide à débarrasser, Guy ? lance Chloé à travers la pièce.

— Non, non laissez tout ça, je m'en occuperai plus tard.

Notre hôte revient ensuite vers nous, un objet ovale aux extrémités pointues dans la main. Il s'installe dans un de ses grands fauteuils et commence à frotter la longueur de la lame de mon katana.

— Qu'est-ce que c'est ? l'interroge Zack.

— Une pierre à faux, mon garçon. On va redonner une petite jeunesse à cette jolie demoiselle.

Lorsqu'il a terminé, quelques minutes plus tard, Guy me redonne mon arme en précisant :

— Voilà, maintenant ça coupe pour de vrai ! Tenez, gardez la pierre, je vous la donne.

— Merci !

Entre temps, Zack a voulu voir le sabre briquet et l'observe avec beaucoup d'intérêt.

— Il te plaît ? lui demande Guy.

— Euh… oui… enfin il est chouette quoi !

— Tu peux le garder si tu veux, je te le donne.

Gêné, Zack nous regarde tour à tour sa mère et moi, hésitant à accepter.

Chloé ne désapprouve pas et manifeste sa gratitude envers Guy.

— Vous êtes vraiment trop généreux. Merci pour tout ce que vous donnez mais vous allez finir par nous mettre dans l'embarras.

— Il n'y a pas de raison. C'est ma façon à moi de contribuer à l'effort collectif.

Avant de nous séparer pour rejoindre nos foyers respectifs, nous nous sommes tous mis d'accord pour nous retrouver le lendemain matin vers huit heures et quart devant l'appartement des Garnier afin de leur dire au revoir et de faciliter leur départ. Laurent demeure fermé comme une huître et je ne sais toujours pas quel sera son choix final. Peut-être d'ailleurs ne le sait-il pas encore lui-même.

Une fois sur le palier, l'écho terrifiant d'un râle lugubre se fondant dans les courants d'air des couloirs de l'immeuble nous rappelle la sinistre réalité et nous regagnons nos pénates sans demander notre reste. Le temps d'un repas, ces créatures monstrueuses n'auront été que sous-entendues, à peine évoquées ; elles n'auraient pu être que le simple fruit gâté d'une hallucination collective, mais la parenthèse est à présent refermée, les vers sont bel et bien dans la pomme et nous sommes au beau milieu du verger.

Jour 3 :
HUIS-CLOS

« Chez les morts la richesse
ne sert plus à rien. »
Eschyle

Vendredi 1ᵉʳ février 2013
La Rochelle, Résidence Les Voiliers
08h28

Leurs imposants sacs de sport au sol devant leur porte, les Garnier sont prêts. Laurent aussi. Les deux colocataires sont arrivés ce matin, la mine défaite et l'œil triste. Au sac à dos qu'il porte et à la batte de base-ball qu'il serre nerveusement dans sa main, nous devinons, sans qu'il n'ait à parler, la nature de son choix.

Clovis, encore tout somnolant, est agrippé d'une main au manteau de sa mère et tient dans l'autre, par la queue, une peluche de Scrat, le petit écureuil préhistorique de *l'Age de glace*. Un sac à dos rouge "Indestructibles" bien rempli pèse sur ses frêles épaules, entraînant légèrement sa posture vers l'arrière. Les deux parents, dont les traits tendus et tirés attestent d'une nuit difficile, sont également lourdement chargés. J'ai du mal à imaginer comment ils comptaient s'y prendre, sans avoir à revenir, pour emmener tout cet attirail jusqu'à leur voiture sachant qu'ils portent déjà chacun deux sacs à dos, un devant et un derrière. Simon a en plus, quant à lui, une sorte d'étui allongé cylindrique qu'il a passé en bandoulière, sans doute est-ce pour le club de golf qu'il conserve pour l'instant à la main.

Machinalement, chacun d'entre nous s'empare d'un des sacs encore à terre afin de les descendre jusqu'au rez-de-chaussée.

— Alors c'est quoi votre plan ? me demande Simon, fébrile, le visage moite.

— Chloé et Guy vont faire diversion depuis les fenêtres de la façade ouest de nos appartements. On attendra que… (Simon me désigne son fils d'un rapide coup d'œil) que les malades bougent et disparaissent de l'autre côté du bâtiment avant de sortir…

— On ??

— Vous ne croyez pas qu'on va vous laisser sortir comme ça, tous les quatre chargés comme des bourriques avec Clovis en plus ! Maxime et moi allons vous accompagner jusqu'à votre voiture pour vous aider à passer et à porter toutes vos affaires. Zack restera à la porte en bas pour nous ouvrir à notre retour.

Les yeux de Simon, visiblement ému devant ce soutien tant inespéré, se mouillent tandis qu'il bafouille quelques remerciements :

— Franchement, je ne sais pas quoi vous dire… Merci…

— Votre frère, il avait internet ?

— Non je ne crois pas, pourquoi ?

J'attrape au fond de ma poche un petit papier qu'il me reste de la veille et y griffonne mon adresse mail avant de le lui tendre :

— Dès que vous le pourrez, si c'est encore possible, dites-nous que vous avez réussi.

— Sans faute !

L'heure des adieux ayant sonné, chacun se dit au revoir avec plus ou moins d'émotion et, entre ces embrassades, je croise le regard noir de Chloé.

La veille au soir, nous avons eu une petite conversation pendant laquelle nous étions en désaccord. S'inquiétant de ne pas avoir demandé aux Garnier s'ils avaient de quoi se défendre une fois dehors, elle a émis l'idée de leur donner un des deux pistolets automatiques en notre possession. Etant absolument contre, je lui ai rappelé comment je les avais eus, que ce n'était pas le genre d'objet qu'on trouvait dans n'importe quel supermarché et que je ne connaissais pas suffisamment ces gens pour leur en faire don. Lorsqu'elle a ensuite essayé de toucher une corde sensible en me parlant de la protection du petit Clovis, je lui ai répondu que celle de Zack ainsi que la sienne avaient plus d'importance à mes yeux et que cette arme je préférais que ce soit elle qui l'ait. « *Très bien, si elle est pour moi alors je la leur donnerai* » m'avait-elle ensuite averti en me tournant le dos dans le lit. La discussion était close. Ce matin, elle ne m'en avait pas reparlé et n'avait pas non plus touché à l'arme sur le bar.

Cette arme que je m'apprêtais maintenant à offrir, avec deux chargeurs supplémentaires et légèrement à contrecœur, à Simon Garnier. Cette arme qui, après tout, ne valait pas que nous brisions notre unité si précieuse.

Profitant d'un moment où l'attention de chacun s'éparpille un peu, je m'approche alors de lui et lui chuchote en montrant le Sig Sauer dans ma ceinture :

— Prenez ça ! De la part de Chloé, elle a insisté. Pour protéger Estelle et Clovis.

Simon m'arrête d'un sourire amical :

— C'est très aimable à vous Dan, mais ça ira. J'ai le fusil de mon père (il m'indique alors son étui en bandoulière). J'ai pourtant toujours maudit cet attrait qu'il avait pour la chasse. Et jamais je n'aurais imaginé un jour lui en être redevable.

— C'est ce qu'on appelle "changer son fusil d'épaule" ! plaisanté-je en lui serrant cordialement la main, soulagé de garder le pistolet mais la conscience tranquille de l'avoir tout de même proposé.

— Tenez, prenez ça ! Nous n'en aurons plus besoin. Faites comme chez vous.

Je regarde le trousseau qu'il vient de me glisser dans le creux de la main et comprends qu'il s'agit là des clés de chez eux.

— Merci Simon. On attendra quelques jours avant de visiter votre appartement, au cas où vous changeriez d'avis et que vous voudriez revenir.

— Permettez que je salue et remercie votre femme une dernière fois et ensuite nous y allons.

08h44

Chloé et Guy viennent de nous laisser pour remonter dans leur appartement respectif. La famille Garnier, les colocataircs, Zack et moi-même attendons quant à nous discrètement à l'abri derrière un mur du hall qu'ils se manifestent aux fenêtres, mais surtout que les quelques zombies visibles à travers la double porte en verre migrent en direction de leurs cris et ainsi nous libèrent le passage.

Au final, j'ai hérité d'un des gros sacs de sport que je porte sur mon dos pour avoir les mains libres. Laurent en a pris deux en plus du sien et Maxime s'est chargé du dernier. Celui-ci fait un signe à Clovis qui baille à s'en décrocher la mâchoire, et lui demande de s'approcher :

— T'es fatigué mon bonhomme ?

— Voui.

— Monte sur mon dos, je vais te porter jusqu'à la voiture de ton papa, tu veux ?

— Super ! s'exclame le garçonnet dans un regain d'énergie, en s'accrochant au cou du jeune homme.

Puis arrive le signal de départ, résonnant à travers les étages. Les appels conjugués de nos deux "rameuteurs" s'élèvent dans l'air froid de ce début de février. Après la brève accalmie de la veille, les intempéries ont repris de plus belle. Le vent puissant qui tourbillonne dans la cour fait ployer les arbres et la pluie drue fouette la peau blême et flasque des morts chancelants qui se mettent doucement en marche vers le tapage organisé.

Lorsque le dernier disparaît dans l'angle du bâtiment, je me faufile en rasant le mur jusqu'à l'entrée et vérifie qu'il ne reste pas quelques traînards. La voie désertée, j'ouvre avec une extrême délicatesse la porte vitrée et la diversion sonore qu'opèrent Chloé et Guy parvient tout à coup de façon alors beaucoup plus claire et distincte à mes oreilles.

Simon Garnier pose son index devant sa bouche et intime le silence à l'ensemble du groupe, puis il est le premier à s'élancer vers son destin. Sa femme le suit de près, immédiatement talonnée par Maxime portant le petit Clovis, puis Laurent, juste derrière, à qui j'emboîte le pas, fermant ainsi la marche et laissant à Zack la responsabilité de refermer aussi discrètement que possible derrière nous.

La distance nous séparant de la rue est couverte en quelques secondes et sans encombre, puis nous nous retrouvons devant une longue file de voitures garées le long de la résidence. Pour la première fois depuis la révélation de la réelle nature de cette épidémie, j'ai un aperçu autre de cette rue que celui, très réduit, offert depuis les fenêtres de notre appartement. De chaque côté, sur la route, sur les trottoirs, errent des corps damnés, indolents et complètement insensibles aux trombes d'eau qui les cinglent de la tête aux pieds. Sans ces visages au teint cadavérique se flétrissant de jour en jour, on pourrait penser à un rassemblement de drogués divaguant à la recherche d'une ultime dose.

Les époux Garnier se sont arrêtés devant un cross-over Audi noir, un Q5 ou un Q7. En voyant le monstre mécanique, une réflexion détourne mon esprit du danger avoisinant, je me dis que, malgré la quantité non négligeable d'affaires qu'ils emportent avec eux, la famille aurait facilement pu proposer une place à une personne supplémentaire.

Simon a sorti sa clé et, avant que je n'aie le temps d'intervenir, il active l'ouverture automatique de sa voiture qui répond instantanément d'un clignotement des feux mais également et surtout d'un double bip sonore. Le malheureux ne réalise visiblement pas une seconde que ce geste, auparavant si anodin, vient d'interpeller l'ignoble radar des créatures affamées. Il ouvre la portière arrière et le coffre puis commence à y entasser les sacs.

Anxieux, je surveille les alentours, scrutant le moindre mouvement des morts dont le visage est maintenant clairement tourné vers nous.

Un cri strident de surprise et d'effroi retentit soudain, nous faisant tous sursauter brutalement. Estelle, qui en a échappé son dernier sac, secoue sa jambe droite sans s'arrêter de crier. Un bras à moitié rongé vient de surgir sous l'avant de la voiture garée juste derrière celle du couple et la main s'est refermée sur la cheville de la femme. Un corps en piteux état s'extirpe de sous le châssis et j'ai tout juste le temps de reconnaître le vieux blouson rouge avant que Maxime n'écrase, d'un violent coup de pied, la tête de ce qui fut il y a peu de temps encore un vieux patron bien dégourdi. Sous la pression du talon, la boîte crânienne s'ouvre comme un fruit trop mûr dans un bruit écœurant d'os et de matières gluantes. La main desserre son emprise et retombe mollement sur le bitume. Toute tremblante, Estelle récupère Clovis dans ses bras et s'engouffre avec lui à l'arrière du cross-over. Sans dire mot, son mari remercie le jeune étudiant d'un regard reconnaissant.

— Dépêchez-vous ! Ils arrivent ! les pressé-je à voix basse.

De part et d'autre, les morts se sont mis en marche, littéralement happés par les cris d'Estelle et, lentement mais sûrement, avancent, concentrés sur nous. Nous chargeons le dernier sac dans le coffre puis Simon et Laurent montent et s'installent à l'avant. Avant qu'ils ne referment leur portière, je leur donne un ultime conseil :

— Une dernière chose ! Evitez de prendre la rue Marcel Paul sur la droite, elle est encombrée et je ne sais pas si vous pourrez passer. Bonne chance !

Maxime fait un dernier signe de la main, principalement destiné à son ami, puis dans cette rue où seuls résonnent le chant du mauvais temps et de mornes grondements, l'Audi démarre dans un vrombissement tonitruant.

Le premier zombie n'est plus qu'à dix mètres à peine.

Alors que la famille Garnier et Laurent s'éloignent dans leur cage de Faraday motorisée, Maxime et moi prenons nos jambes à notre cou pour rentrer avant que ces nouveaux parasites ne se traînent jusque dans l'enceinte de la résidence. A mi-chemin, une ombre surgit de nulle part et se dresse devant nous. Le réflexe de Maxime, une fois de plus, est impressionnant. D'un agile coup de pied il repousse l'asiatique dont la tête ne tient plus, à l'arrière de la nuque, qu'à très peu de chose. Je dégaine mon sabre et fendant l'air à l'horizontale, j'abrège cette misérable existence qui, même pour un infecté, n'a plus de sens. La lame tranche le lambeau de chair, libérant la tête de son corps et le corps de sa maladie. Les deux parties tombent l'une après l'autre, désunies, sur le pavé mouillé. Nous continuons d'avancer.

Avant de passer la porte que Zack nous ouvre comme convenu, nous apercevons furtivement le 4x4 noir passer dans la rue donnant sur l'arrière du bâtiment, avant de disparaître.

09h12

Après le départ des Garnier, la meute grognant sous nos fenêtres s'est éloignée, se lançant peine perdue à la poursuite du véhicule. Du coup, notre petite cour est à présent relativement calme, si ce n'est une poignée de nouveaux morts ayant déambulé jusqu'ici, attisés par les cris d'Estelle et le démarrage du moteur surpuissant.

Acceptant notre invitation à prendre le petit déjeuner, Guy et Maxime nous ont rejoints, amenant respectivement un sachet de croissants industriels et un brick de jus d'orange que nous partageons ensemble non sans une pointe de mélancolie. En effet, ces voisins qu'hier nous ne connaissions pas et pour qui aujourd'hui nous nous inquiétons, sont partis depuis seulement un quart d'heure et nous n'avons pas la moindre idée de ce qui pourra leur advenir. Ils pourraient très bien n'être qu'à quelques dizaines de mètres de nous, coincés au bout de la rue ou bien avoir déjà quitté la ville, la nationale en direction de Niort à la sortie de La Rochelle n'étant qu'à dix minutes d'ici. Mais pour l'heure, nous n'en savons rien et nous n'en saurons probablement jamais davantage.

La montée d'adrénaline provoquée par notre sortie étant maintenant complètement retombée, l'image du crâne écrasé sous le pied de Maxime flotte à la surface de mon café, persistance rétinienne bien plus tenace que celle de la petite asiatique décapitée par mes propres soins. L'accumulation d'horreurs infligée à mon cerveau par mes yeux ces derniers jours me joue des tours. J'ai encore bien du mal à réaliser avoir envoyé ad patres quatre de ces choses qui furent pourtant de simples hommes ou femmes avant que cette étrange maladie ne les emporte. Je me demande si Maxime a des états d'âme concernant le vieillard dont il a réduit le crâne en bouillie.

Bien sûr il y a un gouffre entre donner la mort à un être vivant quel qu'il soit et abréger l'irrationnelle existence d'une de ces créatures. Mais le geste demeure en lui-même profondément significatif, comme une marque au fer rouge dans un coin de ma tête. Pourtant la suite du programme de la journée, tel qu'il en a été décidé hier soir chez Guy, promet fatalement d'imprimer de nouvelles empreintes en chacun de nous.

*

J'ai voulu montrer à Maxime et à Guy, ceux-ci n'ayant pas de connexion internet chez eux (à mon plus grand étonnement concernant le jeune étudiant), le forum où s'exprimaient nombre de rescapés, mais hélas le lien n'était plus valide. Je ne sais pas exactement comment fonctionne ce réseau tentaculaire qu'est le web mais j'imagine que le serveur hébergeant ce site a dû lâcher comme beaucoup d'autres avant lui. Du côté des boîtes mails, toujours le silence radio... Nous sommes sans nouvelles de qui que ce soit depuis plus de vingt-quatre heures maintenant. Maxime me demande s'il peut emprunter mon ordinateur pour aller regarder sa messagerie. Mais à son grand désarroi, le fournisseur d'accès chez qui il s'était créé une adresse répond également aux abonnés absents.

— Et moi qui croyais qu'internet fonctionnerait éternellement, même sans nous ! se lamente-t-il en me rendant la machine.

— Rien ne dure éternellement, ajouté-je. A part peut-être la mort, et encore... Maintenant c'est discutable !

Zack ramène son Mac de sa chambre et le pose sur la table devant nous.

— J'ai des nouvelles de Lucille. Elle m'a écrit hier soir.

A son ton et à son expression sombre, j'en déduis que le message n'est pas forcément de bon augure. Nous nous penchons sur l'écran pour en prendre connaissance.

La jeune fille, dans une écriture torturée, raconte que le complexe où elle s'est repliée avec sa famille est arrivé à saturation et que tout est soumis à un rationnement drastique. Du coup, il a été décidé que les groupes électrogènes et les batteries de secours ne seraient utilisés que pour l'alimentation électrique des appareils de première nécessité. N'ayant plus accès à une prise de courant, son ordinateur est donc sur sa dernière charge. De plus, la base est entièrement assiégée par une horde de morts-vivants attirés par la concentration humaine depuis l'arrivée des derniers réfugiés. Les hurlements des morts tout autour du camp commencent à rendre fous certains survivants et les incidents à l'intérieur de l'enceinte sont de plus en plus fréquents.

Lucille termine son mail en disant que son père parle de l'évacuation prochaine vers un endroit plus sûr, par hélicoptère, d'une poignée de personnes triées sur le volet dont il a bon espoir de faire partie avec sa famille.

— Elle en a de la chance ta copine si elle peut être évacuée avec sa famille, commente Maxime.

— C'est toujours mieux d'être avec l'armée que d'être livré à soi-même. Elle doit encore plus s'inquiéter à ton sujet que toi pour elle, ajoute Chloé en prenant son fils par les épaules, qui lui rétorque, d'un air désespéré :

— Mais comment je saurai où elle sera si elle n'a plus de batterie à son portable ?

— J'imagine que là où les soldats vont les emmener, ils pourront se brancher à nouveau, le rassure Guy.

— Oui, Zack, ne t'en fais pas pour elle, elle est entre de bonnes mains.

Ces quelques mots se voulant réconfortants ne semblent guère remplir leur objectif et c'est l'âme en peine semble-t-il que l'adolescent referme son ordinateur et repart en direction de sa chambre. Nous nous regardons mutuellement, partageant entre adultes ce même sentiment d'impuissance se reflétant dans le miroir de nos âmes. Chacun de nous souffre aujourd'hui d'une ou de plusieurs absences, celle d'un parent, d'un frère, d'un ami, d'un être cher, que nous aimerions savoir en bonne santé et en sécurité.

11h00

Décision prise de ne cibler pour l'instant que les appartements marqués hier, même s'il est un peu tôt dans la saison, le printemps étant encore bien loin, Zack, Maxime et moi sommes prêts pour le "grand nettoyage". Afin de pénétrer dans les logements verrouillés de l'intérieur, Guy nous a fourni une perceuse silencieuse fonctionnant sur batterie, nous garantissant que le bruit serait assurément moins important qu'en essayant de défoncer la porte ou encore de la forcer au pied de biche par exemple.

Je laisse à Maxime la tâche, le moment venu, de percer le cylindre pendant que je couvre l'ouverture de la porte, mon katana à la main. Zack est en retrait de quelques pas, armé du sabre briquet de Guy. Celui-ci est également là, avec Chloé, ayant tous deux tenu à nous accompagner plutôt que de rester à l'écart et tourner en rond. Nous avons convenu qu'ensemble ils géreraient la récolte de toute ressource utile une fois le logement débarrassé de ses menaces.

A tout hasard, je commence d'abord par abaisser la poignée de la porte de l'appartement du premier étage dans lequel, d'après mes marques au feutre laissées la veille, pourraient potentiellement se trouver deux individus zombifiés, mais sans surprise celle-ci ne s'ouvre pas. Maxime s'agenouille alors devant la serrure et, d'un signe de tête, je donne le signal à chacun. Par précaution, nous enfilons une paire de gants en latex et ajustons tous, couvrant ainsi notre nez et notre bouche, les masques de chirurgien que Maxime a récupérés dans les affaires de Laurent, élève infirmier avant que le monde ne cesse de tourner dans le bon sens. Décidément, j'aurais vraiment apprécié que le jeune homme ne parte pas avec les Garnier, ses connaissances et ses compétences auraient pu se révéler salutaires un jour ou l'autre.

Maxime allume la perceuse qui s'active dans un léger bourdonnement, à peine plus audible qu'un téléphone portable sur vibreur. Malgré tout, de l'autre côté de la cloison, un gémissement tourmenté répond aussitôt au murmure électrique et mon cœur s'emballe si fort qu'il semble même couvrir le bruit de l'outil.

Rapidement, la mèche pénètre le métal de la serrure juste en dessous du trou de la clé et s'y enfonce de toute sa longueur avec assez d'aisance. Une brusque secousse ébranle la porte, nous plongeant un bref instant dans une apnée d'angoisse. Le jeune étudiant, lui, ne se laisse pas troubler et perce durant quelques secondes encore tout en donnant un mouvement de rotation au foret à l'intérieur même du trou engendré, avant d'arrêter la machine et de se retirer. Je l'interroge du regard afin de savoir s'il a réussi mais son air dubitatif ne m'apprend rien.

Maxime se relève, saisit la poignée puis, après avoir cherché dans le regard de chacun une bonne dose de force et de soutien, l'actionne. La pêne se rétracte dans son coffre et la porte s'entrouvre. A peine s'est-il créé un espace de quelques petits centimètres que quatre doigts sales de crasse et d'hémoglobine séchée s'y insinuent pour agripper le panneau de bois, nous faisant tous reculer d'un ou deux pas.

Sous l'action du mort-vivant se tenant juste derrière, la porte s'ouvre d'un coup, mêlant dans un grincement sec le cri de protestation des gonds mal huilés aux râles faméliques de la créature. Des deux victimes supposées à l'intérieur, le cadavre qui se présente à nous dans un survêtement imprégné de sang est celui du fils. Ses cheveux, autrefois blonds, sont emmêlés et collés par une sorte de mélasse rouge sombre qui lui souille également le bas du visage. Derrière ses lunettes aux verres fissurés, je distingue deux petits globes blancs dépourvus de toute étincelle mais qui pivotent frénétiquement d'une personne à l'autre, ne sachant pas sur qui fondre en premier. Bras tendus devant lui, il s'élance alors en grondant, la gueule grande ouverte, sur le morceau de chair fraîche le plus proche, Maxime.

Mon champ de manœuvre étant réduit, je frappe de mon sabre droit devant moi. La lame se plante dans l'épaule du zombie, le transperçant de part en part, avant d'aller se loger dans l'angle du mur, stoppant net le corps totalement insensible. De mon pied, je repousse le cadavre qui glisse le long de l'acier jusqu'à se retrouver dos au mur. C'est alors que Maxime, qui a remis la perceuse en marche, allonge le bras et lui perfore le crâne. Toute l'agitation qui animait le défunt s'évanouit alors dans un vrillement de foret et il s'effondre, lourd, comme un vieux sac de linge sale dès lors que j'en dégage mon katana.

— Et d'un ! conclut l'étudiant tout en confiant la perceuse à Guy avant de reprendre sa batte de base-ball laissée de côté le temps de travailler la serrure.

J'opine du chef et ajoute :

— Ceci dit, il faut rester sur nos gardes, le père est peut-être également à l'intérieur.

Laissant nos compagnons sur le palier, nous pénétrons dans l'appartement honnêtement éclairé en raison de l'absence totale de rideaux aux fenêtres. Nous ignorons la cuisine ouverte et vide face à nous, ainsi que le couloir partant sur notre droite jusqu'aux chambres dont les portes fermées se perdent dans la pénombre, pour nous focaliser sur le salon à l'aménagement minimaliste. Seuls un énorme vaisselier et une table occupent la pièce, une table rustique avec ses six chaises dont l'une d'elles, renversée, est encore occupée par le père présumé, ou plutôt ce qu'il en reste. Visiblement, comme en attestent les horribles mutilations recouvrant l'intégralité du corps sans vie, celui-ci a servi de repas à son propre fils. Une odeur de viande sortie du frigo et dont la date limite de consommation aurait été dépassée émane de la carcasse dévorée. Le temps d'un vertige, je regrette le dernier croissant que je sens aller et venir dans mon estomac malmené. A mes côtés, Maxime manque de s'étrangler en réprimant un haut-le-cœur et tapote du bout de sa batte le vestige d'une épaule.

— M'étonnerait qu'il se relève celui-là… marmonne-t-il derrière son masque blanc.

Les membres, rongés jusqu'aux os, ont été disloqués et arrachés du tronc éventré, dispersant ses viscères jusque dans le cou déchiqueté. Le visage lui, les lèvres et le nez grignotés, les orbites vidés de leur globe oculaire, est méconnaissable, déformé par la terreur et les lacérations.

D'un bref coup d'œil sur le dressage de la table, nous en déduisons que l'homme a dû se faire attaquer par la chair de sa chair au beau milieu de son petit-déjeuner. Je soulève le bol contenant un liquide froid couleur café au lait ainsi que le morceau de pain entamé et maintenant rassis juste à côté pour retirer la nappe blanche maculée de sang et en recouvrir la macabre dépouille.

Nous terminons le tour du double séjour mais plus de grande surprise. Informant au passage les autres qu'il n'y a plus rien à craindre du côté des pièces à vivre, nous nous dirigeons vers celles distribuées par le couloir. Nous frappons à leur porte et écoutons s'il y a une réaction avant d'y pénétrer, même si nous supposons que notre présence aurait déjà dû exciter un hypothétique infecté supplémentaire.

Puis, l'appartement débarrassé de tout danger, Chloé, Guy et Zack nous rejoignent autour du linceul improvisé.

— Qu'est-ce qu'on en fait maintenant ? demande Maxime en désignant les deux corps.

— On ne peut pas les laisser là, lui concède Chloé.

— Et on ne peut pas les enterrer non plus, ajoute Guy.

— On pourrait peut-être les brûler ? propose alors Zack.

— A moins d'accéder au toit pour le faire à l'air libre, je ne vois pas où nous pourrions faire ça (je pense à cet instant à quelque chose qui ne fera peut-être pas l'unanimité mais je tente). On a qu'à les passer par la fenêtre d'une des chambres. En bas c'est une voie de garage, je pense que c'est là qu'ils seront les moins… incommodants.

Je les observe se dévisager, peut-être pas vraiment emballés par l'idée, mais pas totalement choqués non plus, à l'exception de Chloé qui réagit aussitôt :

— Dan ! On ne peut pas faire ça ! C'était quand même des êtres humains !

— Je sais mais tu as une autre idée ?

Elle n'insiste pas, faute de mieux, et nous optons finalement pour cette solution. Avec l'aide de Maxime, j'emprisonne les restes de l'homme dévoré dans la nappe qui le recouvrait en partie, puis nous le transportons jusqu'à la chambre principale. Sentant le cocon de tissu imbibé de sang se coller à mes propres vêtements, je me promets, pendant la manœuvre et pour l'avenir, de trouver une tenue sacrifiable destinée à ce type de besogne.

Zack nous ayant précédé, il ouvre la fenêtre par laquelle nous lâchons notre "paquet", puis c'est au tour du fils gisant sur le pas de la porte d'entrée de subir les lois de la gravité. L'adolescent, pour ce second voyage, nous suit portant à bout de bras un grand sac habituellement utilisé pour les courses.

— C'est quoi ça ? lui demande Maxime, curieux.

Pour toute réponse, il ouvre le sac sur son contenu : les quatre membres rognés du père nourricier. D'une même voix nous poussons une exclamation de dégoût et nous écartons vivement pour le laisser faire sa part du sale boulot.

Le premier pas vers la prise de contrôle de notre immeuble est fait. Chloé et Guy vont pouvoir commencer leur mission de récupération pendant que Zack, Maxime et moi allons continuer de débarrasser les lieux de toute présence néfaste. Le jeune garçon fera la liaison entre l'équipe de "nettoyage" et celle de "prospection".

11h49

Après l'élimination un peu déchirante au quatrième d'un couple de retraités qui furent pendant trois ans les agréables et courtois voisins de palier de Maxime, nous nous attaquons à la serrure d'un appartement de l'étage supérieur. Comme pour la précédente "effraction", les sons de manifestation qui nous reviennent paraissent provenir d'une pièce plus éloignée que l'entrée. En effet, au quatrième, nous avions trouvé les retraités, tous deux invalides, dans leur chambre. Lui sanglé à son lit médicalisé, crachant tout le désespoir et toute la haine de son corps déjà grandement flétri et amaigri, et la petite grand-mère étendue au pied de ce même lit, ses cannes gisant à ses côtés, se démenant pour essayer de sortir en rampant. L'odeur qui se dégageait d'eux était beaucoup plus forte et dérangeante que ce que nous avions pu constater jusqu'à présent. Mais ce qui m'intrigue surtout, c'est que nous n'avons remarqué sur eux aucune trace visible d'agression apparente. Comme s'ils étaient morts depuis plus longtemps, bien avant que tout ceci ne commence.

J'ai beau me retourner la tête en tout sens, je n'arrive pas à m'expliquer comment ces deux-là ont pu se retrouver infectés. Une pensée des plus terrifiantes a alors germé sous mon crâne : et s'il n'était pas indispensable d'être mordu pour revenir après avoir succombé ? S'il suffisait juste de mourir... Nous serions alors et d'ores et déjà tous condamnés. Je chasse immédiatement cette idée pour le moins démoralisante de ma tête à grands coups de pied au c... et m'engage à la garder secrète tant que je n'aurai aucune preuve pour l'étayer.

Enfin, avant que l'équipe en charge de la collecte des denrées n'arrive, nous avons fait disparaître par une fenêtre les deux corps aux crânes proprement transpercés par mes soins, Maxime ne trouvant pas le courage de les achever avec sa batte.

*

La double serrure de la porte en cours nous donne plus de fil à retordre et Maxime n'a raison d'elle qu'après un bon quart d'heure d'opiniâtreté. Toutes les lumières de l'appartement sont allumées et nous entendons à présent plus distinctement les coups portés inlassablement contre l'une des cloisons. Personne ne vient nous souhaiter la bienvenue... Nous progressons avec prudence dans le logement dont tous les volets sont intégralement baissés et constatons qu'un drame a dû se produire ici. Des meubles renversés et des débris d'objets répandus au sol accompagnent les traces de mains sanglantes parcourant les murs et les poignées de portes. A en juger par les placards ouverts et à moitié vides, aux vêtements éparpillés sur les lits et aux valises partiellement remplies puis abandonnées telles quelles, on pourrait penser que les occupants ont mis les voiles dans une urgence précipitée. Il reste pourtant quelqu'un qui s'échine contre les murs de la salle de bains, quelqu'un qui n'émet aucun son humain et qui ne répond à aucun de nos appels. Nous remarquons que la pièce a été verrouillée de l'extérieur, la clé toujours sur la serrure en témoignant. Les personnes qui ont quitté ces lieux ont d'évidence volontairement laissé quelqu'un derrière eux.

Maxime et moi nous plaçons de part et d'autre de la porte et je tourne la clé. Poussée du pied par Maxime, elle s'ouvre sur un homme dépenaillé qui surgit de la petite salle d'eau. Même si aucune blessure sur lui n'est visible, sa peau blême légèrement violacée ne trompe pas. Et malgré son expression privée de toute humanité, nous reconnaissons le père dont le sourire aimant et tendre illuminait les photos de famille observées dans le salon et sur les murs des chambres. A-t-il attaqué son épouse ou leur fille avant que l'une d'elles ne parvienne à l'enfermer pour ensuite s'enfuir loin de ce cauchemar ? Nous ne le saurons jamais.

L'homme sans vie se tient entre nous, d'abord hésitant sur la carte des viandes, puis se tourne vers moi. Ne pouvant utiliser efficacement mon sabre dans le couloir exigu, je l'emploie pour maintenir mon assaillant à distance. Mais celui-ci continue d'avancer sur moi, impassible quant à la lame qui s'enfonce implacablement dans sa poitrine au fur et à mesure qu'il se rapproche. Maxime lui fracasse alors la tête d'un coup de batte net et précis à l'arrière du crâne. Nous nous débarrassons du corps puis sortons, laissant derrière nous la porte grande ouverte pour signaler à Chloé et Guy que la voie est libre.

*

Quarante-cinq minutes plus tard et trois nouvelles menaces éliminées au sixième étage, ce qui porte à huit le nombre total de morts trouvés dans l'immeuble et expédiés par les fenêtres, nous en avons fini de la première partie de notre programme de la journée. Nous rejoignons l'équipe de prospection qui de son côté en termine avec l'inspection de l'appartement du couple de retraités. Soulagée, Chloé nous prend, Zack et moi, tour à tour dans ses bras.

Guy et elle se concentrent sur les réfrigérateurs et les placards de cuisine tandis que nous autres perquisitionnons chaque pièce à la recherche de tout ce qui pourrait nous être profitable. Nous ne nous arrêtons qu'à la tombée de la nuit, lorsque la luminosité devient trop faible pour continuer. Un peu courbatus de notre journée, nous nous retrouvons tous chez Guy pour dîner et faire le point sur ce jour d'investigation.

Nous n'avons pas eu la chance de trouver de porte restée ouverte et il nous aura fallu plus de temps que je ne l'aurais imaginé pour nous introduire dans quelques appartements. Certaines serrures plus récalcitrantes que d'autres résistaient à la perceuse et nous avons donc dû employer la manière forte. Pour ma part je suis exténué et je ne demande qu'à rejoindre mon lit. Toute cette tension, ces efforts et ces allers-retours entre les étages auront eu raison de mon énergie. Nous avons donc repoussé à demain la mise en place de la barricade devant l'entrée vitrée du hall de l'immeuble, et je pense que là encore ça ne sera pas de tout repos. Mais pour l'heure, et même si je n'ai pas trop la tête à ça, le bon sens requiert de procéder au partage de notre récolte.

Pour l'alimentaire, nous avons équitablement réparti le frais et le surgelé dans nos trois frigos, celui de Maxime, de Guy et le nôtre, nous offrant même le luxe de respecter les préférences gastronomiques de chacun ! En outre, nous avons pu récupérer plus d'une centaine de diverses boîtes de conserves, vingt-quatre par personnes pour être précis et un nombre non négligeable d'autres produits non périssables tels que riz, blé, pâtes, semoule, quinoa ou encore des gâteaux en tout genre. Nous nous sommes également constitués ce qui semble de prime abord une belle réserve d'eau potable, avec pas moins de cent quarante-cinq bouteilles d'eau de source. Mais dès lors que les robinets ne délivreront plus que de l'air, à raison de trois litres par personne et par jour, soit une bouteille pour la consommation et une autre pour l'hygiène et la cuisine, nous avons calculé que ces deux-cent dix-sept litres et demi de liquide nécessaire à notre survie ne nous tiendront pas plus de deux semaines. Je note dans un coin de mon esprit que l'eau devra rester une préoccupation de tous les jours. Mais nous n'avons pas amassé que de l'eau, nous avons également emmagasiné des jus de fruits, du lait et même un peu d'alcool. La fin du monde ne nous privera pas d'un petit apéro !

Nous avons pris tous les briquets, toutes les allumettes et toutes les bougies trouvés et avons considérablement augmenté nos stocks de médicaments, de piles et de papier toilette. Parmi les trouvailles notables, nous avons déniché un babyphone Motorola avec un monitoring vidéo équipé de la vision de nuit.

Nous avons rapidement décidé d'en placer l'émetteur au rez-de-chaussée devant l'entrée et je garde le récepteur sur moi. Ce matériel nous permettra de surveiller l'accès à l'immeuble, même si selon moi cela ne durera pas bien longtemps, ayant en effet des doutes sur la capacité de l'appareil à fonctionner en continu. Cela m'a néanmoins donné l'idée de rajouter des talkies-walkies sur la liste des objets à trouver.

J'ai également découvert, caché derrière une pile de draps au fond d'une armoire, un paquet de feux de Bengale. Et même si je ne sais pas encore à quoi ils pourront nous servir, j'ai l'étrange intuition que tôt ou tard nous finirons par leur trouver une utilité.

22h36

Le récepteur du babyphone déposé sur le tabouret détourné en table de nuit, je me glisse sous notre couette. L'image n'est pas très bonne mais grâce à la vision nocturne, nous pouvons en tout cas voir si l'une de ces créatures s'approche des portes en verre. Par contre, la qualité du son, pour l'avoir testée avant de l'installer, est vraiment irréprochable, au point que si l'une d'elles arrivait d'une façon ou d'une autre à s'infiltrer, nous ne pourrions pas la manquer. Chloé trouve cela glauque de garder le petit appareil près de nous durant la nuit, moi je pense que c'est plus prudent.

— Ce matin, Simon Garnier m'a donné la clé de leur appartement quand j'ai voulu lui donner le pistolet, signalé-je à Chloé allongée tout contre moi.

— Oui, je sais, j'ai vu.

— On n'a pas eu le temps de visiter le dernier étage, du coup la question ne s'est pas posée.

— Quelle question ?

— Est-ce qu'on l'utilise pour aller se servir chez eux ?

— C'est pour ça qu'il te l'a donnée, non ? me fait-elle judicieusement remarquer. Qu'est-ce qui te pose problème ?

— Je lui ai dit que nous attendrions quelques jours, au cas où ils reviendraient.

— Et pourquoi ils reviendraient ?

— Je ne sais pas, imagine qu'ils aient un souci en cours de route et qu'ils doivent rebrousser chemin.

— S'ils avaient dû revenir ils l'auraient sans doute déjà fait, me rassure-t-elle. Ils doivent être loin à l'heure qu'il est.

Je la serre dans mes bras et l'embrasse sur la tempe.

— Tu dois avoir raison.

— Il faut au moins aller voir ce qu'il y a dans leur frigo. On ne peut pas se permettre de laisser quoi que ce soit se gâter.

Je me range à son avis avant d'éteindre la lumière, plongeant la chambre dans un noir imparfait, perturbé par le léger éclairage vert de l'image, tout aussi inquiétante que rassurante, renvoyée par le babyphone.

Jour 5 :
FUITE AVORTEE

« C'est après la mort que quelqu'un
commence à changer. »
Marie-Claire Blais

Dimanche 03 février 2013
La Rochelle, Résidence Les Voiliers
Hier, début de journée

Sur les conseils de Chloé, nous sommes allés samedi matin chez Simon et Estelle Garnier. Leur appartement, chic et sobre, au dernier étage, fait presque deux fois la taille du nôtre. Sans briller de toute part, nous comprenons à la décoration et au mobilier que ces gens-là n'étaient pas dans le besoin, tout comme pouvait d'ailleurs en laisser présager leur imposante voiture. Pourtant, dans ce nouveau monde régi par de toutes nouvelles règles, nous nous retrouvons tous parfaitement égaux face à la mort et à la maladie.

Il y a chez eux une pièce supplémentaire aménagée en bureau avec un petit divan et surtout trois pans de murs entièrement occupés par d'impressionnants rayonnages de livres, de quoi occuper de futures longues journées. Mais la plus belle surprise fut la grande terrasse qui, couplée avec celle de l'appartement jumeau, permet de circuler tout autour et d'avoir une vue panoramique sur la ville. Il nous faut vraiment trouver une paire de talkies-walkies et se servir de l'endroit comme d'un poste de guet.

Mais pour l'heure, hormis les produits surgelés, les produits laitiers, les plats cuisinés et la viande en barquette, nous n'avons touché à rien chez eux.

*

En fin de matinée, nous avons fait le tour de toutes les caves, mon marteau de géologue venant facilement à bout des plus petits cadenas et la perceuse faisant sauter les plus imposants. Nous y avons réquisitionné tout ce qui pouvait s'entasser et s'empiler pour bloquer l'accès principal du bâtiment, vieux meubles, cartons remplis de bibelots, de vaisselle ou encore de linge de maison. Toute cette activité dans le hall de l'immeuble n'a pas manqué de rameuter tous les zombies du coin, venus se coller aux vitres, les frappants rageusement mais sans force de leurs poings secs et osseux, et les salissant de leurs fluides visqueux et nauséabonds. La boule au ventre, priant intérieurement pour que le verre ne se brise pas sous leur pression infatigable, nous avons commencé le dressage de notre barricade dans un concert de lamentations sépulcrales. Mais très vite, Zack a sorti son ipod de sa poche et, le mettant sur haut-parleur, a mis sa liste de lecture en route pour tenter de couvrir par la musique leur bruit à vous glacer le sang.

Même lorsque nous n'étions plus en vue, complètement cachés par la barrière hétéroclite que nous avons élevée jusqu'au plafond et renforcée sur trois mètres de profondeur, ils ont continué à grogner et à taper contre les vitres pendant près d'une heure, alors même que nous avions déserté les lieux.

N'ayant plus son utilité au rez-de-chaussée, j'ai récupéré l'émetteur du babyphone au pied de l'escalier pour le fixer avec du gros scotch à notre balcon, à l'abri des intempéries. Ils se sont finalement calmés puis se sont éparpillés à nouveau dans la cour, il n'était pas loin de seize heures.

Hier, fin d'après-midi

Me sentant sale de poussière et de transpiration après notre opération de fortification, j'ai voulu prendre une douche. C'est là que nous avons eu la première d'une série de nombreuses baisses de pression dans les canalisations.

Une fois propre et revigoré, j'ai rassemblé tout le monde pour évoquer la possibilité d'une coupure imminente de l'eau courante. Nous avons donc emmené au sixième étage tous les récipients disponibles, bassines, casseroles et marmites mais également Tupperware, vases et même une petite baignoire pour bébé trouvée au troisième, pour les disposer sur les deux terrasses en chemin de ronde qui prirent très vite une allure de grand déballage ou de vide-greniers.

Le vent s'était bien calmé, fort heureusement d'ailleurs puisque, dans le cas contraire, tout se serait envolé avant d'avoir pu recueillir suffisamment d'eau pour faire le poids face à des bourrasques aussi puissantes que celles de la veille.

Malgré la pluie quant à elle incessante, nous avons pris quelques instants pour observer la ville tout autour de nous. Elle semblait si tristement calme pour un samedi après-midi que personne ne pouvait imaginer les horreurs qu'elle pouvait recéler. A l'exception du crépitement des gouttes d'eau dans les récipients disséminés çà et là, aucune des sonorités urbaines si caractéristiques ne venait perturber la fausse quiétude du tableau. Au loin, du côté de La Pallice ou de Laleu, les zones portuaires et industrielles de La Rochelle, trois épaisses colonnes de fumées noires et grises s'élevaient pour se fondre entre les nuages.

Un regain d'agitation au pied de l'immeuble nous a alors arrachés à notre morose contemplation. Les morts recommençaient à donner de la voix et à s'exciter au centre de la cour. Nous avons soudain vu apparaître au sein de ce remue-ménage une silhouette surgir en claudiquant de derrière une haie. Il s'agissait d'un homme, à coup sûr encore vivant, dont les mouvements affolés étaient encore vifs et coordonnés. Il tenait à la main une batte de base-ball, identique à celle de Maxime, recouverte de sang à l'image de ses vêtements, et dont il se servait pour repousser les créatures se présentant en travers de son chemin.

— Putain, c'est Laurent ! a soudain laissé échapper Maxime en reconnaissant son ami, avant de détaler vers les escaliers.

Nous l'avons tous suivi sans réfléchir, dévalant les marches quatre à quatre jusqu'au local des poubelles où, arrivé le premier, Maxime nous exhortait virulemment à nous dépêcher, impatient d'ouvrir. Sitôt à ses côtés, il est sorti telle une fusée, fonçant droit vers son ami, alors aux prises avec trois zombies à seulement quelques mètres de là. J'ai couru dans son sillage pour leur prêter main forte et achever le trio d'agresseurs.

A bout de force, Laurent s'est effondré dans les bras de Guy, également sorti lui porter secours.

Pendant que, sous les yeux terrifiés de Chloé restée à la porte, le brave homme ramenait l'étudiant à présent inconscient à l'intérieur, Maxime et moi voulions couvrir au maximum leur retraite, pensant nous retirer aussitôt que tous deux seraient à l'abri. Nous tentions de repousser les rangs grandissants des cadavres qui de plus en plus s'approchaient, alléchés par l'odeur du sang et de la chair fraîche, lorsqu'une méchante mais intime douleur a transpercé ma jambe gauche, m'irradiant de la cheville jusqu'au fessier. J'ai lâché un juron et porté instinctivement ma main à l'arrière de ma cuisse. Ma sciatique choisissait divinement bien son moment pour se rappeler à mon bon souvenir. J'ai crié pour que Maxime m'entende parmi tous ces braillements purulents et lui ai fait comprendre qu'il nous fallait battre en retraite sur le champ, les revenants devenaient beaucoup trop nombreux.

Une série de petites détonations rapprochées a retenti, surprenant tout le monde, les vivants comme les morts. En levant la tête j'ai vu Zack sur notre balcon qui allumait et jetait des feux de Bengale dans la direction opposée à la nôtre. Très astucieux ! Aussitôt, la quasi-totalité de la foule moribonde s'est détournée de nous pour se focaliser sur son nouvel objectif : la source des crépitations multicolores. Seule une poignée a maintenu son attention fixée sur Maxime et moi. Il y en avait encore cinq et nous étions submergés. Je n'ai pas eu d'autre choix que celui de sortir l'automatique de son holster et de tirer sur les deux plus proches, logeant, presque à bout portant, une balle dans leur crâne pourrissant. Nous nous sommes ensuite repliés, serrant les dents pour ma part, ma jambe me tiraillant d'une extrémité à l'autre.

Chloé a aussitôt refermé derrière nous, mais déjà pourtant, les poings des morts s'abattaient sur la porte en fer du local, tambourinant leur colère et leur faim. Une chance pour nous, elle s'ouvre vers l'extérieur, aucune crainte donc qu'ils ne l'enfoncent et encore moins qu'ils ne l'arrachent.

Pour la première fois depuis le début de l'épidémie, j'ai fait appel à l'ascenseur qui se trouvait au quatrième, étage de l'appartement des étudiants en colocation et auquel donc s'était probablement rendu Guy pour y emmener Laurent. Chloé s'est inquiétée de savoir ce qui n'allait pas et je lui ai avoué que ma jambe refaisait des siennes, près d'un an après ma dernière crise. Les efforts inhabituels de ces derniers jours ajoutés au temps particulièrement froid et humide de cet hiver avaient dû réveiller la douleur. Mais je lui ai assuré que tout allait bien, que ce n'était rien. Malgré tout, elle est allée me chercher mes comprimés et nous a rejoints, accompagnée de Zack, chez Maxime et Laurent.

Guy avait allongé ce dernier sur le canapé-lit et s'affairait à lui nettoyer le visage à l'aide d'une serviette humide. De mon côté et avec la permission de Maxime, je me suis servi un verre d'eau pour avaler mon cachet antidouleur. Au passage, j'ai félicité Zack pour sa très judicieuse initiative. Celui-ci a juste souri, visiblement content de lui.

Dans le salon, tout le monde regardait, avec anxiété, Guy débarbouiller le jeune homme toujours inconscient. Nous lui avons découvert une vilaine entaille, pleine de cheveux et de saletés, entre le haut du front et la tempe gauche, ainsi qu'une multitude de petites coupures au visage, sur les mains et les avant-bras. Son pantalon était déchiré au-dessus du genou droit et le tissu y était collé par le sang dans une plaie indistincte. Une cravate lui enserrait la jambe juste au-dessus.

Nous avons alors pris la décision de le déshabiller presque intégralement afin de voir l'étendue de ses blessures mais surtout et il faut bien se l'avouer pour s'assurer qu'il ne s'était pas fait mordre ou griffer. En effet, au moment où chacun de nos regards se perdait sur son corps, j'aurais parié que nous nous posions tous cette même question. Qu'allons-nous faire si Laurent est infecté ?

A notre grand soulagement, nous n'avons trouvé aucune blessure douteuse, celles constatées n'ayant été causées ni par des dents ni par des ongles et ne semblant pas vraiment sérieuses, hormis peut-être celle de sa tête. Guy et Maxime l'ont soigneusement lavé puis se sont occupés de désinfecter et soigner ses plaies. N'étant pas compétents en la matière, aucun de nous ne savait précisément s'il avait besoin de points de suture. Laurent, lui, aurait très certainement su si les rôles avaient été inversés. Aussi avons-nous bandé sa jambe aussi serrée que possible et rapproché au maximum les bords de la plaie de son front sous un morceau de gaze, pour les maintenir ainsi à l'aide de sparadrap posé en travers.

Guy s'est ensuite proposé de rester avec Maxime pour veiller avec lui sur son ami et de nous prévenir aussitôt que celui-ci reviendrait à lui. Pour notre part, nous sommes redescendus chez nous, la tête embrumée de multiples questions sur ce qui avait bien pu se produire.

Hier, dans la nuit

Je me suis réveillé peu avant minuit sur l'image cauchemardesque du petit Clovis, le regard creux et les dents plantées dans la chair de mon mollet. Ma jambe me harcelait à nouveau, au point de me réveiller et me forcer à me lever. Péniblement, je me suis traîné, la jambe gauche raide et lancinante, à la lueur de l'écran de mon téléphone jusqu'à la cuisine. Je me suis repris au dernier moment, manquant par mégarde d'actionner l'interrupteur de la lumière, réflexe qui se serait peut-être avéré regrettable.

Toujours à l'aide du rétro-éclairage de mon portable, j'ai fouillé dans notre corbeille de médicaments et me suis rassuré en recomptant une fois encore mon stock d'Ixprim, l'antalgique prescrit par notre généraliste lors de mes premières crises et dont j'avais avec bonheur déniché plusieurs boîtes dans certaines des armoires à pharmacie de nos voisins retraités. J'en ai avalé un avec un verre d'eau puis me suis laissé happer à travers la fenêtre par ce qui se passait ou ne se passait pas au dehors.

L'éclairage de nuit, constitué des plafonniers des cinq porches de la résidence et de deux petits lampadaires situés le long du chemin pavé de la cour, laissait entrevoir les ombres malsaines qui rôdaient et qui continueraient d'errer ainsi, infatigables et inquiétantes, jusqu'à ce qu'un ultime coup à la tête ne vienne faire taire ce mal dérangeant qui les ronge et les dévore littéralement.

Le retour inattendu et en catastrophe de Laurent me perturbait. Depuis je n'avais cessé de penser aux trois membres de la famille Garnier, d'où le cauchemar qui s'était accoquiné avec ma névralgie. Cela faisait environ une trentaine d'heures qu'ils avaient pris la route lorsque le jeune homme avait fait sa réapparition parmi nous, temps théoriquement amplement suffisant pour gagner Marans, même dans des conditions chaotiques de circulation. Une fois La Rochelle derrière eux, j'imaginais qu'ils n'avaient pas dû rencontrer énormément de difficultés sur les petites routes. Mais pour ça il leur fallait d'abord réussir à quitter la ville. Je n'envisageais pas cinquante hypothèses. Soit Laurent avait changé d'avis, soit les Garnier s'étaient, pour je ne sais quelle raison, débarrassés de lui en cours de route et avaient poursuivi leur chemin, ou alors… il leur était arrivé quelque chose. Quelque chose de forcément tragique puisque seul Laurent était là à présent. Mais plutôt que de me résoudre au pire, je préférais dès lors me dire que le jeune homme avait sûrement fait le choix de revenir, ou au pire que ces gens étaient juste de sales riches tellement imbus de leur personne qu'ils n'avaient eu aucun scrupule à jeter le pauvre garçon au premier croisement de rues. Après tout nous ne les connaissions pas…

En bas, deux morts se sont heurtés au cours de leur ronde incertaine. J'ai l'impression qu'ils ne sont pas très à l'aise dans l'obscurité. J'ai réprimé un frisson que j'ai attribué au courant d'air glacial qui s'est infiltré par les huisseries mal isolées de la fenêtre. Je les ai observés encore quelques minutes, rêvant d'un silencieux ou d'un fusil à lunette pour mettre fin à cette sordide mascarade qui nous retient prisonniers entre nos propres murs.

J'ai refoulé l'envie de monter au quatrième pour prendre des nouvelles de Laurent, ne doutant pas un seul instant qu'en cas de changement le concernant, l'un de nos deux infirmiers improvisés ne manquerait pas, même en pleine nuit, de venir nous en informer. Je suis donc retourné me coucher en grimaçant, maudissant cette satanée douleur bien malvenue.

04h46

C'est Chloé qui me réveille, sa main secouant mon épaule par petites saccades.

— J'ai entendu quelque chose ! m'informe-t-elle en chuchotant.

— Quoi donc ?

— Ça a frappé je crois.

Nous tendons l'oreille et effectivement je perçois distinctement cinq coups sourds résonner dans le couloir. Je me lève précipitamment, attrapant mon jean posé sur le tabouret à côté de moi et préviens Chloé :

— Ce doit être Maxime ou Guy, habille-toi et réveille Zack !

— Et si ce n'était pas eux ?

— Peu importe ! Préparez-vous quand même et restez dans la chambre !

Une fois mon pantalon enfilé, je boucle le ceinturon de police, saisis mon sabre que je garde toujours à portée de main, et me dirige vers la porte d'entrée.

Laurent venait de reprendre connaissance et Maxime était descendu nous prévenir aussitôt. Une bougie dans une main et sa batte dans l'autre, son image me renvoie à la mienne et me plonge dans l'ouest américain du dix-neuvième siècle, lorsque presque aucun homme ne se déplaçait sans son arme et qu'il était parfois plus facile de mourir que de vivre. Zack nous rejoint dans l'entrée avec la tête de celui qu'on vient de tirer d'un sommeil profond. Nous nous chaussons et enfilons un blouson afin de braver la température toujours aussi basse des parties communes, puis nous suivons Maxime jusque chez lui.

Laurent était assis dans le canapé déplié en lit, recouvert d'une couette jusqu'à la taille et adossé au mur, calé avec de gros oreillers. Lorsque nous sommes entrés dans la pièce, il grignotait, le regard terne perdu dans le vide, un morceau de viande que Guy venait sans doute de lui concocter malgré l'heure peu conventionnelle pour cuisiner. Il n'a pas réagi à notre arrivée, ni même lorsque tous, nous nous sommes installés autour de lui. Maxime a proposé du café et tout le monde a accepté à l'exception de Zack qui a préféré un verre de jus d'orange. Le temps de préparer tout ça et de nous rejoindre, Laurent avait terminé son assiette qu'il avait machinalement déposée sur ses genoux.

— Laurent ? Est-ce que ça va ? le questionné-je sans pour autant dénoter une quelconque réaction. Tu m'entends ?

Le jeune homme demeure complètement apathique, les yeux noyés dans les vagues de son âme. Seule bougeait sa main droite, ses doigts triturant nerveusement les replis de la couette.

— Il n'a pas prononcé un seul mot depuis qu'il est revenu à lui, nous précise Guy.

— On dirait qu'il est en état de choc, constate Chloé en agitant sa main devant son visage imperturbable.

— Laurent ? l'appelé-je à nouveau. Où est la famille Garnier ?

Une petite flamme mourante s'est soudain ravivée au fond de ses prunelles et son regard, empli de détresse, a accroché le mien. Ouvrant lentement la bouche, il articule alors, non sans difficulté, ces premiers mots :

— Partout... Des morts partout...

Il se répète plusieurs fois alors qu'il observe ses avant-bras meurtris et portant à sa tempe blessée une main tremblante.

— Où on est ? s'inquiète-t-il subitement en se crispant tout entier.

— On est à l'appart', le rassure immédiatement Maxime. Tu es parti avant-hier matin avec Estelle, Simon et leur fils, tu te rappelles ? Et tu es revenu hier soir, seul et blessé.

Le visage de Laurent s'assombrit. Il baisse la tête tout en reniflant.

— Est-ce que tu te souviens de ce qu'il s'est passé ? réitéré-je.

Chloé pose la main sur mon avant-bras et m'enjoint d'une légère pression de ses doigts sur ma peau de ne pas le brusquer.

Laurent relève la tête, les yeux rouges et humides et demande à son ami :

— Maxime ? Je peux avoir du café s'il te plait ?

— Bien sûr mon pote, tout de suite !

Heureux de le voir retrouver un peu de vitalité, le jeune indien s'exécute en toute hâte. C'est alors au tour de Guy de s'adresser à l'ancien étudiant, visiblement blessé en profondeur comme en surface :

— Laurent ? Avant toute chose, on a vu sur toi une blessure à la jambe et une autre au niveau du front. Rien d'ambigu rassure-toi, tout va bien. On a désinfecté et soigné tout ça mais il faudrait tout de même que tu y jettes un œil car nous ne savons pas si tu as besoin de points de suture. Tu te sens de les regarder ?

Un voile d'appréhension apparaît sur le visage du jeune homme, mais Chloé se veut aussitôt rassurante :

— On pense que ce n'est pas nécessaire mais on préférerait avoir ton avis.

Guy le débarrasse de son assiette et de ses couverts pour qu'il puisse, après avoir soulevé la couette, regarder sa jambe. Laurent défait le bandage et examine l'entaille bien nette au-dessus de son genou droit. Maxime, lui ramenant sa tasse de café, lui apporte également son nécessaire d'infirmier ainsi qu'un petit miroir afin de lui permettre de juger de l'état de la plaie de son front. Lorsqu'il en retire le sparadrap, une légère grimace déforme sa bouche, mais elle est rapidement remplacée par un sourire de satisfaction.

— A cet endroit c'est souvent plus impressionnant que grave parce que ça saigne toujours beaucoup, explique-t-il. Mais ça va aller. Par contre pour ma jambe, c'est peut-être plus prudent en effet de faire un ou deux points par précaution, histoire que ça cicatrise plus vite et d'éviter l'infection.

Guy, Zack et moi braquons nos trois lampes les plus puissantes sur la blessure de Laurent pour éclairer précisément la zone à suturer, pendant que Maxime et Chloé font office d'assistants. Le jeune infirmier, ne donnant pas l'impression d'endurer un moment particulièrement difficile, nous explique le moindre de ses gestes et deux points sont ainsi posés en quelques minutes. Chose que nous aurions peut-être pu tenter avec un minimum de connaissances et un peu d'audace.

Je salue intérieurement l'intelligence de Guy qui, recentrant l'attention de Laurent sur quelque chose pour lui de concret et de familier, lui a visiblement permis de recouvrer ses esprits. Le jeune homme se réinstalle contre les oreillers et savoure son café en soupirant :

— Putain ça fait du bien ! (il avale une autre gorgée). J'entends déjà dans ma tête toutes les questions que vous devez vous poser et je vais essayer de ne rien oublier.

Il inspire une grande bouffée d'air et se lance :

— Quand on est partis vendredi matin, on a pris la rue des Voiliers comme tu nous l'avais conseillé Dan. Mais on a vite été stoppés par un groupe de ces traîne-savates en plein milieu de la route. Et avec les voitures garées de chaque côté, impossible de passer sur les trottoirs. J'ai dit à Simon de foncer dans le tas mais il n'a pas voulu, prétextant qu'il n'avait pas de pare-buffles. Je lui ai dit qu'on s'en foutait, que c'étaient pas des buffles. Et là je me suis dit que ça n'allait pas le faire. J'aurais dû descendre de la voiture et revenir ici pendant que je n'étais pas encore trop loin.

» Il y avait plus de morts que tous ceux qu'on avait pu voir ici, en bas ou dans la rue en partant, et ils marchaient droit sur nous. Simon a finalement fait marche arrière pour s'engager dans le parking Notre Dame. Mais là c'était encore pire, un vrai labyrinthe pour en sortir. Les morts déambulaient partout, entre les voitures, dans les allées. Simon a été obligé de faire ce que je lui disais. Il a avancé droit sur eux. Estelle poussait des cris à chaque choc sur la tôle et à chaque fois qu'un corps passait sous une roue. Simon lui, il n'arrêtait pas de jurer. Je me demande encore si c'était à cause de la boucherie qu'il faisait ou pour les dégâts sur sa voiture. En me retournant, j'ai vu qu'Estelle serrait Clovis contre elle pour l'empêcher de voir dehors. Il y avait du sang et des morceaux de chair sur le pare-brise et ça a fait de grosses trainées dégueulasses quand Simon a mis les essuie-glaces en route.

» On a réussi à sortir du parking en forçant le passage par endroit pour pousser certaines bagnoles. On a eu ensuite moins de mal pour remonter jusqu'au boulevard Cognehors mais arrivés au rond-point, impossible d'aller plus loin. L'artère était complètement saturée par des voitures accidentées ou abandonnées là. Et des morts partout, sur la route, sur les trottoirs. Partout. Un vrai cauchemar.

» Simon a réussi à nous frayer un chemin en prenant les petites rues entre les châteaux d'eau jusqu'à la Porte Royale mais là encore le boulevard qui mène à la gare était condamné. On a dû prendre l'avenue du Cimetière où on n'a pas vraiment rencontré de difficultés particulières. On a pu rouler tranquillement pour la première fois depuis notre départ, même s'il y avait quand même quelques morts-vivants qui traînaient par-ci par-là. Et là encore Simon n'était pas d'accord. Je voulais continuer tout droit et filer sur Périgny pour récupérer la nationale au niveau de Beaulieu une fois sortis de la ville, mais lui a voulu remonter pour reprendre le boulevard Sautel vers le Leclerc. J'ai eu beau lui dire qu'on risquait de se retrouver bloqués encore une fois, que c'était peut-être plus long par le chemin que je lui indiquais mais certainement moins encombré, il n'a rien voulu savoir.

Laurent fait une pause dans son récit pour terminer sa tasse de café dans laquelle d'ailleurs semblait sombrer son regard triste. Personne n'avait soufflé mot jusqu'à présent, nous écoutions tous attentivement ce qu'il avait à nous apprendre. Un silence sacral nous enveloppait. Le jeune homme se gratte le front au niveau du pansement qu'il s'est refait lui-même, avant de reprendre en avalant sa salive :

— Il y en avait vraiment partout. L'enfer sur terre. Ce con a voulu couper par le parking du supermarché mais bien sûr le boulevard grouillait de ces horreurs. Et quand il a enfin compris son erreur et qu'il a voulu faire demi-tour, il y en avait tout une foule qui arrivait derrière nous, sortant du magasin. Ensuite je n'ai pas vraiment compris ce qu'il s'est passé. Est-ce que Simon a paniqué et fait une mauvaise manœuvre, est-ce qu'il a heurté quelque chose ou roulé sur un truc ? Je ne sais pas. En tout cas on a entendu une grosse déflagration puis la voiture a fait une embardée et est allée s'encastrer dans un des arbres du parking. Les airbags se sont déclenchés et on s'est tous retrouvés empêtrés dedans.

» Le temps que Simon sorte un canif de sa poche et perce les airbags pour nous dégager, nous étions déjà encerclés. On aurait dit des affamés ! Ils se bousculaient autour de la voiture, se piétinaient presque, en frappant et gémissant contre les vitres du coffre, des portières et sur le capot embouti. A l'arrière, Estelle et Clovis pleuraient. Simon a complètement perdu son sang-froid, il s'est mis à leur crier dessus au lieu de les rassurer. Puis il a sorti le fusil de chasse de son étui et a débloqué le toit ouvrant. J'ai essayé de le dissuader de sortir, de le calmer pour réfléchir mais il n'en a fait qu'à sa tête encore une fois. Il s'est hissé sur le toit du 4x4 et on a commencé à entendre les coups de feu.

» La seule issue c'était le toit et après ? Ils étaient tout autour. Sauf de mon côté. En percutant l'arbre, la voiture s'était retrouvée accolée à une autre. Je ne pouvais donc pas ouvrir ma portière mais du coup les morts ne pouvaient pas s'approcher par là non plus. J'ai appelé Estelle pour lui dire que j'avais une idée pour nous sortir de là mais elle était totalement hystérique, elle n'arrêtait pas de hurler avec le petit qui était en larmes, complètement terrorisé dans ses bras. Je me suis glissé derrière à leurs côtés mais elle ne me voyait même plus. Alors je l'ai giflée pour qu'elle m'écoute. Je lui ai expliqué qu'on pouvait se faufiler dans la voiture d'à côté pour s'enfuir. Elle essayait de bredouiller quelque chose que j'ai finalement réussi à comprendre au milieu de ses sanglots. Elle appelait son mari. C'est à ce moment que je me suis rendu compte qu'on n'entendait plus aucune détonation. Je me suis retourné et j'ai réalisé qu'à force de se pousser les uns les autres, certains morts avaient réussi à grimper sur le capot. Et dans tout ce bordel, on a entendu Simon crier et c'est là qu'il est tombé. Estelle est restée pétrifiée durant quelques secondes, et moi aussi à vrai dire.

» Heureusement, il avait laissé la clé sur le contact et j'ai pu descendre la vitre électrique à l'arrière côté droit. J'ai attrapé le club de golf de Simon entre les sièges avant et j'ai frappé la vitre de la voiture voisine jusqu'à ce qu'elle cède. J'ai réussi à me glisser de l'autre côté en emportant la batte avec moi et c'est là je pense, avec la vitre cassée, que j'ai dû m'entailler la jambe et le front car je ne vois pas où j'aurais pu me faire ça ailleurs.

» Et puis les cris d'Estelle ont redoublé. Une de ces saloperies venait de passer à travers le toit ouvrant et essayait d'attraper la pauvre femme qui s'agitait pour tenter de le repousser à coups de pied. Je lui ai crié de venir, j'ai appelé Clovis pour qu'il me rejoigne mais le petit restait accroché à sa mère.

Laurent s'arrête à nouveau, sa voix tremble de plus en plus, prête à se rompre comme un barrage fissuré sur le point de lâcher. Il se concentre sur sa respiration, travaillant pour refouler d'inévitables larmes aux frontières de sa contenance. La finalité de son récit paraît évidente mais je pense que malgré tout nous avons tous besoin de l'entendre.

— Je crois que je me suis dit qu'il était trop tard pour Estelle. Un autre venait de tomber dans l'habitacle alors que le premier était déjà sur elle. Je me suis penché par la fenêtre pour retourner dans le 4x4 et j'ai attrapé Clovis par la ceinture pour le tirer à moi. Mais il ne voulait pas lâcher sa mère à moins que ce ne soit l'inverse, je ne sais pas. J'ai essayé de tirer autant que possible pour l'amener à moi mais une main froide et poisseuse s'est posée sur mon poignet. Le petit et sa mère hurlaient de plus en plus fort. J'ai lâché prise et j'ai basculé en arrière sur les sièges de l'autre voiture. Mes mains étaient pleines de sang. J'étais tétanisé, incapable de réagir jusqu'à ce qu'il y en ait un, la bouche ensanglantée, qui passe la tête entre les vitres des portières et pose ses horribles yeux vides sur moi. Je ne sais pas s'il me voyait mais j'avais l'impression qu'il me sentait, qu'il me reniflait. J'étais mort de trouille.

» J'ai réussi je ne sais même pas comment à déverrouiller la portière opposée. Je l'ai ouverte et je suis sorti en me jetant à terre. J'ai rampé comme ça sous les voitures jusqu'au bout de l'allée et c'est seulement là que je me suis relevé. Il y en avait quelques-uns qui s'étaient désintéressés du 4x4 pour me suivre mais ils s'attardaient autour de chaque voiture, à ma recherche. J'ai pu traverser tout le parking en me cachant derrière tout et n'importe quoi. Je me suis retrouvé dans la rue derrière le Leclerc. J'ai voulu courir mais je me sentais vraiment pas bien, j'avais la tête qui tournait. Je me suis rendu compte que je perdais pas mal de sang, j'en avais plein le visage et le pantalon. Ils allaient peut-être me suivre à la trace. J'ai cogné aux portes des maisons qui se sont présentées et j'ai fini par entrer dans la première véranda que j'ai trouvée ouverte. Malgré mon envie de m'allonger je me suis forcé à faire le tour pour m'assurer de ne pas avoir de mauvaises surprises. La maison était vide, les gens étaient partis.

» Je me suis alors écroulé dans le canapé pour me faire un garrot à la jambe avec une cravate trouvée dans un placard. J'ai regardé ma montre et j'ai halluciné de voir qu'il était déjà plus de onze heures. On avait fait si peu de chemin en si longtemps ! Après je ne me rappelle pas très bien, j'ai dû m'endormir ou tourner de l'œil je ne sais pas. Je me souviens juste qu'il faisait nuit quand j'ai été réveillé par le martellement sur la vitre de la véranda d'un vieux avec une canne, la mâchoire déboitée et la chair de la joue tombante, du sang plein les cheveux. La peur au ventre, je me suis réfugié dans une chambre où je me suis calfeutré jusqu'à ce qu'il s'arrête.

» Au petit matin, il avait laissé tomber ses cognements mais aussi sa canne, et avait disparu. Me sentant mieux, quoique fatigué par une nuit interminable, je suis sorti et j'ai entamé mon retour tant bien que mal. Je n'ai pas arrêté de faire des détours, de revenir en arrière pour les éviter et ne pas me faire repérer. J'ai cru que je n'arriverais jamais à me frayer un chemin sûr jusqu'ici. Quand j'ai enfin pu atteindre notre rue et que presque arrivé j'ai vu qu'ils étaient ici aussi, j'ai foncé sans réfléchir. J'étais trop près et trop fatigué pour faire un nouveau détour. J'ai couru à perdre haleine en serrant les dents et en fracassant tous ceux qui se présentaient sur ma route. J'avais la rage. Je me sentais pousser des ailes au fur et à mesure que je me rapprochais. Après vous connaissez la suite.

Son récit arrivé à son terme, Laurent ouvre les vannes de ses émotions et craque dans un torrent de sanglots incontrôlés.

— Il ne voulait pas lâcher sa mère !

Maxime empoigne son ami par les épaules et tente de le tranquilliser :

— Tu as fait tout ce que tu as pu, Laurent ! Ce n'est pas de ta faute ce qui est arrivé !

— Il a raison, si Simon t'avait écouté dès le début, vous seriez probablement tous en sécurité à l'heure qu'il est ! avance Chloé pour le déculpabiliser.

— Je les ai abandonnés !

— Arrête ! Ce sont eux qui n'ont pas réussi à te suivre, ça n'a rien à voir !

— Oui mais j'aurais quand même pu prendre le petit avec moi !

— Tu as fait tout ce que tu as pu, lui répète Guy. Tu n'es pas responsable du sort de ces pauvres gens, fiston.

Malgré toutes nos paroles de réconfort, les larmoiements de Laurent ne font que s'intensifier. Le malheureux vient de se confier et évacue les émotions restées en ébullition au fond de lui durant toutes ces heures de solitude et d'effroi. Nous nous écartons pour lui laisser un peu d'intimité et nous retirons dans la cuisine. Seul Maxime reste à ses côtés.

— Quelle horreur… murmure Chloé en se serrant contre moi.

— C'est incroyable qu'il ait réussi à s'en sortir et revenir, nous fait remarquer Guy.

— Allez dire ça aux Garnier… rectifie amèrement Chloé.

Je la reprends :

— Bébé, depuis le début Simon a voulu la jouer solo. C'est tragique mais c'est comme ça. S'ils étaient restés avec nous, rien de tout ça ne leur serait arrivé. On pourra au moins retenir que plus les axes routiers sont grands moins ils sont fréquentables.

— C'est pas une raison pour minimiser leur mort !

— C'est pas ce que je dis ! Ça me fend le cœur à moi aussi. Mais il faut penser à nous et apprendre de nos erreurs.

— Ne vous fâchez pas les enfants, intervient Guy. Nous sommes tous profondément affligés par ce que nous venons d'apprendre, mais nous devons effectivement aller de l'avant. Je pense que nous devrions tous retourner nous coucher et essayer de dormir. Nous en reparlerons demain à tête reposée.

Ecoutant les sages paroles de notre aîné, nous retournons auprès des colocataires. Nous rassurons une dernière fois Laurent, à présent plus calme, et lui témoignons notre joie de le savoir sain et sauf parmi nous. Puis nous regagnons notre appartement afin de terminer la nuit.

*

— On aurait peut-être dû insister davantage pour qu'ils restent, suggère Chloé en se déshabillant, assise au bord du lit.

— Tu sais comme moi que ça n'aurait servi à rien. Leur décision était prise.

— Oui mais on est partis de ce principe et on n'a rien tenté pour les faire changer d'avis.

— Et après ? Ce n'est pas en nous accablant de la sorte qu'on reviendra en arrière. On ne peut pas décider pour les autres des choix qu'ils ont à faire.

— Non mais on peut toujours essayer de les aider à faire le bon.

— Pour Simon et sa femme, à ce moment-là ils faisaient le bon choix. Pas pour nous. Mais personne n'aurait pu dire lequel était effectivement le bon.

— Mais toi tu savais qu'ils avaient tort.

— Je ne retiendrai jamais personne ici contre son gré. Sauf vous bien sûr, toi et Zack.

— Tiens donc ! Nous on n'a pas notre mot à dire ? s'exclame-t-elle sur un ton plus léger en se tournant vers moi à moitié nue.

— Non, vous c'est différent. Votre présence m'apporte un soutien dans mes décisions et m'aide à distinguer les bonnes des mauvaises.

— Humm alors monsieur serait perdu s'il était tout seul ! me taquine-t-elle en se penchant sur moi.

J'attrape une bretelle de son soutien-gorge et tire dessus jusqu'à ce qu'il cède ou qu'elle vienne à moi. Le sous-vêtement est élastique et tient bon. Chloé par contre se fait plus docile et se laisse prendre entre mes bras. Malgré des heures qui se dessinent de plus en plus sombres, nous noyons nos peines dans un bain de caresses et de plaisirs.

11h42

Chloé est assise sur un pouf dans notre chambre, face au miroir, et se lisse les cheveux. L'image est assez décalée, compte tenu des circonstances. En début de matinée, nous avons eu de nouvelles baisses de pression de l'eau, puis les lumières se sont mises à vaciller durant quelques secondes. Je crains que ne s'éteigne bientôt l'ère des communications, des spectacles et des sports dans un black-out inéprouvé. J'ai prévenu Chloé de la possible imminence de cette inévitable fatalité et lui ai conseillé de profiter au maximum des litres d'eau et des kilowatt-heures que le système voudrait bien encore nous délivrer. Du coup, douche à rallonge pour tout le monde ce matin et tournées de machine à gogo pour notre linge et celui récupéré dans les appartements abandonnés, des draps et des couvertures pour l'essentiel, en prévision d'une fin d'hiver sans chauffage.

Nous avons également commencé à faire cuire notre stock de viande, qu'elle soit fraîche ou surgelée, et rempli plusieurs Tupperware de féculents. Nos réserves sont plutôt bien fournies et c'est un peu à reculons que nous préparons des quantités supérieures à ce qu'il serait raisonnable de consommer ce jour. Mais lorsque l'électricité sera coupée, incessamment sous peu à mon avis, tout va décongeler et rapidement se périmer. Dans ces conditions il y aura alors inévitablement de la perte. Tandis qu'une fois cuite, cette viande pourra être conservée dehors quelques jours supplémentaires, grâce aux températures hivernales, et être consommée froide. Sans réelle solution de remplacement concernant la cuisson, réchaud et bouteilles de gaz de camping restent en tête de liste parmi les objets à se procurer. Nous avons bien trouvé quelques barbecues dans les caves, mais je ne sais pas si leur utilisation, même sur la terrasse du dernier étage, serait une idée judicieuse.

J'ouvre mon ordinateur portable et appuie sur le bouton de mise sous tension. La batterie ne tenant plus la charge, je l'avais retirée il y a plusieurs mois de cela à l'époque où nous nous levions le matin pour aller travailler, je sais que l'appareil est en sursis et qu'il ne jouera pas de prolongations en cas de défaillances électriques. L'interface apparaît, les logiciels se chargent et je double-clique sur l'icône du petit renard en feu. Mais la page qui s'affiche reste blanche et un message m'informe de l'échec de la connexion. Mon regard descend immédiatement sur l'icône du wifi où je constate qu'aucun accès internet n'est disponible. La box ne reconnait plus aucun réseau.

Assailli d'un affreux doute, je sors du placard un câble Ethernet et me branche directement sur le routeur. Mais même par ce biais, impossible d'avoir internet. Idem pour les Mac de Chloé et de Zack. Notre dernier lien avec le reste du monde est désormais rompu. Une foultitude d'images défile dans mon esprit, des instantanés de connaissances ou d'amis mais surtout de mes frères et de mes parents ainsi que ceux de Chloé. Qu'en est-il de toutes ces personnes qui nous sont chères, livrées tout comme nous à elles-mêmes dans ce monde d'une autre dimension ? Aurons-nous un jour la chance de les retrouver ou tout du moins de pouvoir connaître leur sort ? Et qu'en est-il du reste de la planète ? Sommes-nous face à une pandémie ? Je repense à l'un de mes meilleurs amis, le seul à vrai dire que j'ai réussi à garder, et qui se trouve en Nouvelle Calédonie. Celui-ci a-t-il également vu sa vie basculer, même à l'autre extrémité du globe ? Dans la précipitation et l'affolement des derniers événements, je n'avais même pas pensé à tenter de le contacter avant que tous nos moyens de communication ne deviennent obsolètes.

Notre modeste tour est une île de béton entourée d'un océan infesté de mangeurs d'hommes et nous en sommes les Robinson. S'il devait y avoir un Vendredi parmi ces zombies, je crains qu'il ne soit déjà cuit.

17h28

Profitant d'une accalmie, je flâne sur la terrasse trempée des Garnier. J'apprécie beaucoup l'endroit pour son point de vue, il me permet d'observer les alentours à l'abri des regards, morts ou vifs. J'ai scruté, je ne sais combien de fois, les façades des autres bâtiments à la recherche de signes présageant de la présence d'autres survivants. Sans aucun résultat. Une fois Laurent rétabli, je me dis qu'il serait peut-être pertinent de mettre en place des tours de garde sur cette terrasse. D'autant plus que le babyphone en utilisation continue va épuiser notre stock de piles en moins de temps qu'il ne faut pour le dire. Une paire d'yeux sur ce toit serait plus efficace pour prévenir d'un danger en approche ou repérer d'autres personnes comme nous. Mais encore faudrait-il que nous dégottions des talkies-walkies pour pouvoir communiquer à distance.

En tout cas, j'ai du mal à croire que nous soyons les seuls êtres vivants non infectés dans le secteur. Ou alors tous les autres se terrent, mais combien de temps peut-on vivre caché, sans sortir ? Aucune trace non plus de l'armée ou des forces de l'ordre depuis la nuit qui a succédé à l'allocution du président, nous mettant en garde contre la propagation de cette maladie hors-norme.

Par mégarde, mon pied bute contre un seau rempli d'eau de pluie. Toutes les bassines sont pleines et débordent, il va nous falloir les transvaser dans les gros jerricanes réquisitionnés dans le local qui devait servir au jardinier. Même si deux d'entre eux restent inutilisables car ils sentent l'essence, il en reste cinq autres, d'une capacité de vingt litres et qui ne souffrent quant à eux d'aucune odeur dérangeante.

Une porte s'ouvre dans mon dos et Maxime vient jusqu'à moi, appréciant visiblement la bouffée d'air frais qui lui fouette le visage.

— Tout va bien Dan ?

— Tout est relatif. On va dire que pour l'instant tout est calme. Peut-être trop d'ailleurs… Comment va Laurent ?

— Physiquement ça va, il peut déjà se mettre debout et marcher. Par contre il a pris un sacré coup au moral.

— On serait tous traumatisés si on avait vécu un truc pareil, avancé-je.

— Vous avez raison…

— Tu sais que tu peux me tutoyer Maxime, je crois qu'on est partis pour être très proches les uns des autres, un peu comme une nouvelle famille.

Le jeune homme acquiesce avant d'ajouter :

— Il vient d'y avoir une nouvelle coupure d'électricité. Ça a duré une bonne dizaine de minutes avant de revenir.

— Putain ça craint. Quand tout va lâcher ça va nous faire drôle.

— J'imagine même pas…

— Il y a bien un moment où il faudra qu'on sorte de nos murs pour aller voir plus loin. Et je ne sais pas s'il faut le faire maintenant ou attendre que les choses se tassent.

— On a ce qu'il nous faut pour l'instant, qu'est-ce qu'on risque à attendre ? m'interroge-t-il.

— Je ne sais pas, que les morts soient encore plus nombreux. Et à mon avis plus le temps va passer moins on trouvera tout ce qui pourrait nous servir dans les rayons des magasins.

— Il faudrait qu'on s'organise une virée en territoire ennemi vous… tu crois ?

— J'y pense, concédé-je. Et ça ne va pas plaire à Chloé…

— A qui ça plairait ?

Je ne réponds rien car je ne peux avouer à quiconque, puisque tout juste à moi-même, que je meurs d'impatience d'aller voir ce qu'il se passe au-delà des deux rues qui nous entourent.

Jour 7 :
ET LA LUMIERE FUT…

« L'heure avant l'aube du jour suivant
est toujours si cruellement noire. »

Hubert-Félix Thiéfaine

Mardi 05 février 2013
La Rochelle, Résidence Les Voiliers
Hier

Lundi nous avons fait un pas de plus vers le passé. En réponse aux nombreuses et successives baisses de pression des jours précédents, les tuyauteries de l'immeuble ont cessé de nous délivrer de l'eau en fin de matinée. J'ai eu cette mauvaise surprise en tirant la chasse d'eau des toilettes. Son réservoir ne s'était visiblement pas rempli après s'être vidé lors de sa dernière utilisation un peu plus tôt. J'ai donc dû y verser manuellement une bonne partie du jerricane d'eau récupérée ce matin sur le toit.

J'ai annoncé la bonne nouvelle à Chloé et Zack puis nous sommes montés chez Maxime et Laurent, récupérant Guy au passage dans le but de mettre en place la gestion des eaux pluviales. Nous avons trouvé Laurent debout, appuyé contre la grande baie vitrée, visiblement plongé dans ses pensées, le regard perdu à travers le vitrage légèrement embué par sa respiration détachée. Malgré notre arrivée, il n'a pas bronché, Maxime a dû l'appeler à deux reprises avant qu'il ne réagisse et ne nous rejoigne, boitillant légèrement. Hormis une mine affreuse et les traits encore tirés, il semblait s'être tout de même bien remis de ses blessures.

Nous avons décidé de conserver notre stock d'eau minérale uniquement pour la consommation et de continuer à recueillir les eaux de pluie pour toute autre utilisation. Tant que la météo de cet hiver persistera dans la médiocrité, nous ne devrions pas avoir de soucis d'approvisionnement. Par contre, à l'approche de l'été, si notre situation n'a pas évolué, il faudra peut-être envisager la question sous un autre angle. En l'état, notre réelle préoccupation concernant l'eau se porte sur les toilettes. Mes pensées m'ont alors renvoyé, lors de notre discussion sur le sujet, à tous ces films et ces livres post-apocalyptiques dont j'ai toujours été friand, dans lesquels les protagonistes ne semblaient jamais être confrontés à ce genre de problèmes, comme s'ils n'étaient pas soumis à cette inévitable machinerie d'élimination qui découlait intrinsèquement de notre besoin d'alimentation… Et bien nous si…

J'ai exposé l'inconvénient majeur de l'utilisation des chasses d'eau. Chloé a proposé de ne plus remplir le réservoir après avoir tiré la chasse, mais que chacun verse de l'eau directement dans la cuvette, de nombreux litres seraient ainsi économisés. Mais même en procédant de cette manière, nos réserves seraient rapidement et sérieusement entamées. D'autre part, et c'était ce qui me tracassait le plus, en partant du postulat que les stations d'épuration ne fonctionnaient plus elles non plus, ou ne tarderaient pas à s'arrêter, les canalisations seraient bientôt saturées, ce qui entraînerait alors un débordement par les cuvettes.

Chloé a alors, une petite grimace de dégoût au bord des lèvres, soumis l'idée du retour du pot de chambre. Ça tombait sous le sens, mais encore fallait-il définir où en évacuer le contenu. Une fenêtre par laquelle nous nous étions débarrassés des cadavres que nous avions achevés dans l'immeuble ne pouvait pas être envisageable, puisque de ce fait le pied de la façade Est prendrait des allures de décharge glauque et nauséabonde. Et cette pensée n'enthousiasmait aucun d'entre nous. La vraie bonne trouvaille est venue de Maxime, quelques minutes plus tard. Des toilettes sèches. En gros, le bon vieux système de la litière pour chat.

L'étudiant en économie nous a expliqué que dans certains pays nordiques, notamment en Suède, ce type de toilettes avait franchi les barrières psychologiques et était complètement rentré dans les mœurs pour différentes raisons environnementales tels que l'économie d'eau et un recyclage valorisant des matières rejetées. Mais dans notre cas, l'engagement écologique était bien le cadet de nos soucis. Nous pouvions sans gêne soustraire quelques bacs ou bassines à la récolte de l'eau et retourner dans les différents appartements désormais bel et bien vides de l'immeuble dans le but d'y trouver de quoi servir de litière. En effet bon nombre de résidents possédaient un animal domestique, même si lesdits animaux avaient toujours mystérieusement répondu aux abonnés absents. En outre, le local du jardinier disposait de quelques sacs de copeaux de bois, et puis il y avait toujours la solution toute simple de l'humus. Restait à spécifier, si nous adoptions tous cette méthode, ce que nous ferions par la suite de la litière usagée. Maxime nous a alors convaincus que la meilleure solution serait de laisser la nature faire son œuvre et de définir un espace isolé sur la terrasse du sixième pour la dégradation à l'air libre des excréments. De toute manière, quel autre choix avions-nous ? J'imaginais, avec un sourire aigre, le grotesque ballet de chaque occupant emmenant ses petites affaires sur le toit. Bref. La question des toilettes avait hypothétiquement trouvé sa réponse, à voir maintenant comment se ferait sa mise en application étant donné notre situation. Histoire de s'adapter en douceur, nous avons convenu que nous pourrions utiliser encore un jour ou deux nos toilettes en y déversant de l'eau, le temps également de se faire à ce nouveau mode de vie.

08h42

Il y a une semaine jour pour jour, mardi dernier, je me levais et quittais l'appartement pour me rendre au travail, pour la dernière fois, sans même le savoir. Depuis le début de cette épidémie tentaculaire, tellement de nos repères nous avaient été arrachés qu'il était difficile de vraiment réaliser de quoi il en retournait. Nous avions perdu tous nos moyens de communication et par conséquent tout contact avec nos proches et le reste de la population. Nous venions à présent d'être privés d'eau courante et nous ignorions combien de temps encore les centrales pouvaient tourner seules et alimenter les réseaux électriques. Mais le plus effrayant, en y réfléchissant, s'incarnait en chacun de ceux qui déambulaient gauchement dans les rues, frappés par la perte de leur vie, de leur âme et même de leur droit naturel à la paix éternelle.

Aujourd'hui je sors du lit en me posant la question qui accompagne chacun de mes réveils depuis quelques jours : qu'allons-nous faire de cette journée ? Ou plutôt : Que va-t-elle faire de nous ? Je puise un demi-litre d'eau dans la baignoire que nous avions remplie par anticipation dimanche soir et me débarbouille rapidement. La douche me manque déjà, moi qui ai toujours eu du mal à faire sans, le matin au lever !

Je monterai ensuite jusqu'au toit pour jeter un œil en périphérie et prendre la température ambiante par la même occasion. Ceci étant, ayant d'un commun accord assez rapidement banni l'ascenseur pour que personne ne s'y retrouve piégé lorsque tout s'éteindra définitivement, il me faudra prendre mon courage à deux mains afin de gravir les cinq étages.

Je m'habille chaudement et sors ma parka du placard, d'après ce que je vois de loin par la fenêtre de la cuisine, ce n'est toujours pas aujourd'hui que nos réservoirs sur le toit resteront vides. Avant de sortir, je vais embrasser Chloé, rituel incontournable, surtout en ces jours funestes.

— Tu vas où ? me demande-t-elle encore à moitié endormie.

— Rendors-toi bébé, je monte juste voir s'il n'y a rien d'anormal aux alentours.

— Ah ok…, marmonne-t-elle alors que sans bruit je me faufile dans la pénombre jusqu'à elle.

Je l'embrasse et la laisse dans la chaleur de notre lit.

09h03

Je traverse l'appartement des Garnier, que nous laissons en libre accès pour que chacun puisse accéder à la terrasse à tout moment, et sors par la porte-fenêtre du salon. Je me glisse en premier lieu vers l'espace aménagé côté Est en latrines pour apaiser ma vessie malmenée par l'ascension. Le crépitement de la pluie plein les oreilles sous ma capuche, je me soulage dans le carré de sciure de bois déjà trempée en grimaçant au contact de mes doigts déjà rendus gourds par les morsures acerbes de l'hiver. Ce n'est vraiment pas un temps pour faire ça dehors. Il faut que nous nous occupions de trouver nos petites litières attitrées sans trop tarder.

Alors que je m'apprête à faire le tour de la terrasse, une voix m'interpelle entre les gouttes :

— Un petit café, Dan ?

Une Thermos à ses pieds, Guy est assis sur une chaise de jardin sous la tonnelle bricolée hier, contre une façade, à l'aide de l'armature d'une vieille toile de tente et d'une bâche de piscine. J'accepte son invitation et m'installe à ses côtés malgré l'hostilité de la météo.

— Merci Guy, je vais mourir si on ne trouve pas rapidement un petit réchaud à gaz pour quand il n'y aura plus de micro-ondes pour chauffer le café.

Le vieil homme me fait couler une bonne dose du liquide fumant dans une tasse en plastique et rebondit sur ma réflexion :

— Maxime m'a parlé d'une petite excursion de ravitaillement ?

— On a juste évoqué l'idée tous les deux. Rien n'est encore décidé.

— De toute façon, il faudra bien sortir un jour où l'autre, et surtout je ne vois pas les avantages que l'on gagnerait à attendre trop longtemps.

— Je suis d'accord avec vous, s'il y a encore des choses profitables à récupérer, autant le faire avant que les magasins n'aient tous été complètement pillés.

— Et s'il reste des survivants quelque part, autant les retrouver tant qu'ils sont encore en vie. Surtout qu'on a de la place ici pour accueillir du monde.

— Franchement, je ne sais pas si l'immeuble est le meilleur endroit pour regrouper un grand nombre de personnes.

Guy redresse la tête et m'adresse un regard étonné.

— A quoi penses-tu Dan ?

— Un milieu ouvert avec mur d'enceinte serait plus adéquat. Ici nous sommes trop confinés, on n'a pas beaucoup de solutions de repli en cas d'attaque. En fait, je pense qu'ici c'est correct tant que l'on n'est qu'une poignée.

— Hum… je vois ce que tu veux dire…

— Nous pourrons rester ici tant que nous serons en sécurité et que nous pourrons nous approvisionner. Si l'une de ces deux conditions venait à manquer, nous devrons songer à partir.

Guy opine du chef et se racle la gorge.

— Mais au fait Guy, qu'est-ce que vous faites là de si bonne heure ?

— J'avais besoin d'une bonne bouffée d'air frais. Je peux te faire une confidence ?

— Bien sûr.

— Je m'inquiète pour Laurent. J'ai passé pas mal de temps avec les garçons depuis qu'il est revenu. Maxime m'a même proposé de m'installer avec eux pour ne pas rester seul. C'est vraiment quelqu'un de bien ce jeune. Mais son copain, parfois il a un regard qui me fait peur. Non pas que je pense qu'il soit un danger pour nous mais plutôt pour lui-même. Je sais qu'il a subi un gros traumatisme qu'il faut, c'est mon avis, ne pas sous-estimer.

J'avais effectivement bien observé chez Laurent cette absence quasi permanente, comme un état second dans lequel il se trouvait depuis son retour. Mais je n'avais jamais été jusqu'à penser qu'il faudrait garder un œil averti sur l'évolution de son comportement.

— Vous en avez discuté avec Maxime ?

— Non, je voulais connaître ton sentiment à ce sujet.

— C'est comme si une partie de lui-même était restée là-bas, dans cette voiture, avec Estelle et Clovis. Mais on ne le connaît pas vraiment en fin de compte, il n'y a que Maxime qui pourrait nous dire si son ami a réellement changé et à quel point.

— Si je te fais part de ça, c'est surtout au cas où vous décideriez de sortir et qu'il vous accompagne. Dehors vous aurez besoin d'être tous à cent pour cent.

— Je vois… Mais ça m'étonnerait qu'il se propose de venir s'il ne se sent pas de le faire. Ce n'est pas Maxime.

Derrière nous, la porte-fenêtre s'ouvre dans un chuintement, interrompant notre discussion. Nous nous retournons et découvrons Chloé, emmitouflée dans son long manteau noir à capuche. Nous nous levons et la rejoignons au petit trot pour passer entre les gouttes.

— Qu'est-ce que vous faites là tous les deux ? demande-t-elle en faisant la bise à Guy. Et toi, ajoute-t-elle à mon égard, je commençais à m'inquiéter de ne pas te voir revenir.

— Désolé, je suis tombé sur Guy et nous avons discuté un peu.

— Vous allez attraper la mort à rester là par ce temps. Venez, Zack est réveillé lui aussi et il nous a préparé le petit déjeuner.

10h55

Maxime, Laurent et moi-même attendons, fébriles, que passent ces quelques minutes qui nous séparent d'un nouveau rendez-vous avec la mort. A onze heures précises, afin de nous permettre de sortir discrètement, Zack doit réitérer, mais seulement pour un court instant, son ingénieuse idée du feu de Bengale afin de solliciter l'attention des corps gémissants qui traîneraient encore dans les parages.

Lors du petit déjeuner en réunion une heure plus tôt, nous avons convenu qu'il nous fallait ne serait-ce qu'explorer les autres immeubles de la résidence avant d'envisager de s'aventurer plus loin. Mais avant de ce faire, nous allons tenter de clairsemer les rangs de nos lugubres assaillants. Si nous parvenons au moins à nous débarrasser du petit groupe qui erre continuellement dans l'enceinte de la cour, nous pourrons peut-être aller et venir plus librement et sereinement d'un bâtiment à l'autre.

Du coin de l'œil, j'observe Laurent qui, contre toute attente, a insisté pour se joindre à nous. Malgré un léger boitillement, ses blessures ne semblent plus l'incommoder pour se déplacer. Je repense aux mots échangés plus tôt dans la matinée avec Guy mais je ressens le jeune homme plus déterminé que jamais à en découdre avec son angoisse de se retrouver à nouveau dehors, face à ces dérangeantes créatures.

J'ai confié le second pistolet en notre possession à Maxime, au cas où, mais la consigne est claire, notre but est de neutraliser un maximum d'infectés présents, en évitant d'en rameuter d'autres.

— C'est l'heure, souffle Laurent, la main sur la poignée de la porte.

A peine avons-nous le temps de relever notre capuche et d'ajuster notre masque sur notre visage, n'ayant pas exclu un potentiel risque de contamination par voie aérienne, que la porte est ouverte et que le jeune infirmier est dehors.

Une fois n'est pas coutume, ce sont des trombes d'eau qui frappent le sol et de terribles rafales de vent secouent les arbres. Les premiers contaminés que nous apercevons sont statiques malgré les intempéries, tous ont la tête levée dans une même direction, celle de notre balcon. Avançant de quelques pas pour modifier mon angle de vue, j'y découvre Zack, l'air paniqué, bataillant contre les éléments pour allumer son briquet et embraser le feu d'artifice. La diversion n'est peut-être pas celle escomptée mais il y en a tout de même une. Notre sortie semble être passée inaperçue et Laurent s'approche déjà d'une goule portant une tenue réfléchissante, sa batte de base-ball fermement agrippée en position d'attaque, prêt à fracasser le crâne putride.

Je n'ai pas le temps de le voir passer à l'œuvre qu'une charge me bouscule dans le dos et me pousse de côté. Je me retourne pour voir Maxime fendre l'air de sa batte et percuter le visage dévoré de la petite vieille en tailleur chic vert pastel et dont le chignon est à présent bien défraichi. La mamie, qui se rapprochait gravement de moi, s'écroule dans un parterre de fleurs encore vierge de couleurs et Maxime l'achève sans hésiter. Ne distinguant plus Laurent, je réalise que la capuche réduit considérablement mon champ de vision et décide de m'en défaire. D'un regard bénisseur je remercie le jeune homme qui vient très certainement de m'éviter une belle frayeur si ce n'est même peut-être pire.

Le temps presse car Laurent de son côté, transporté par une vague d'énergie insoupçonnée, se lance déjà vers un groupe de quatre zombies qui trépignent sous la balustrade d'où les nargue Zack en agitant une serviette de toilette bigarrée. Nous accourons à sa suite alors que nos cibles, parmi lesquelles je reconnais le petit vieux vouté flottant dans sa veste détrempée ainsi que le couple de trentenaires flétrissants, se désintéressent du jeune garçon hors de leur portée et saisissent notre présence.

Tendant les bras vers moi dans l'espoir de m'inviter dans une dernière danse, les deux inséparables avancent dans ma direction en grondant, leurs mâchoires claquant dans le vent. Je fais quelques pas en arrière dans le but de les isoler du groupe, tandis que les colocataires s'occupent des deux autres. Ma lame siffle en jaillissant de son carcan et, sur les pavés mouillés, une tête tombe dans un bruit sourd, celle de la femme dont les cheveux blonds s'enroulent et se collent aux plaies de son visage dévasté. Le reste du corps suit, s'affaissant comme un château de cartes, aux pieds de son ancien compagnon qui ne s'en émeut pas. L'amour s'en est allé lorsque, cueillis par la maladie, leur âme les a définitivement quittés. D'un revers franc, je lui offre à son tour le repos éternel qu'aurait dû connaître chacun de ces malades condamnés.

La tâche demandant un peu plus de temps à la seule aide d'armes contondantes telles que les battes des garçons, ceux-ci viennent tout de même également à bout de leur adversaire respectif. Mais durant ces quelques minutes, la présence des intrus dans le périmètre autour de nous s'est malgré nos efforts renforcée. Maxime attrape son ami par l'épaule pour le retenir et l'empêcher de se jeter tête baissée à l'assaut des récents arrivants.

Je passe la main dans mes cheveux mouillés pour les remettre en arrière et souffle à l'attention de mes compagnons :

— Attendez ! Faut pas s'éloigner les uns des autres et rester suffisamment proche de l'entrée de l'immeuble en cas de repli.

— Si on attend qu'ils viennent à nous, on va être débordés, proteste Laurent.

— Tout ce que je veux, c'est qu'on reste ensemble, c'est tout, précisé-je. Ok ?

Les deux étudiants acquiescent et nous avançons en rang serré vers un homme en costume bon marché dont la chemise déchirée, que l'on peut encore deviner blanche d'origine sous sa nouvelle teinte rouge violacé, dévoile un abdomen gonflé et lacéré à deux doigts d'éclater. Cet homme, dont la coupe de cheveux dépassée depuis une cinquantaine d'années me rappelle l'une de ces figures emblématiques du syndicalisme français dont je n'ai jamais retenu le nom, se hâte à petits pas saccadés, totalement inconscient de la fatalité qui le guette.

C'est Laurent qui, d'une détente impatiente, attaque le premier, matraquant monsieur CGT en pleine joue. Mais l'homme, de forte stature, reste debout malgré le second coup qui lui est assené en pleine face. Maxime s'unit à son camarade et frappe le résistant aux genoux. Celui-ci s'effondre dans un craquement sec d'os brisés et la peau de son ventre se rompt au contact du sol, déversant sur les pavés un torrent d'entrailles noirâtres et pestilentielles. Les étudiants se mettent alors à deux pour rapidement réduire son crâne en une seconde bouillie.

Sans perdre une minute, je décapite les trois zombies qui suivaient de près celui qui, pour moi, fut l'espace d'un instant la représentation trépassée du mouvement syndical en France. Malgré l'efficacité de ma lame à fendre chair et os, je ressens le choc des vibrations filer de la pointe de l'acier au manche pour se répercuter jusque dans mes reins. J'essaie d'ignorer les cris de protestation que me lancent le bas de mon dos ainsi que les muscles de mes épaules, ce n'est pas le moment de faire une pause. D'un rapide coup d'œil, je dénombre une vingtaine de cadavres convergeant tous sans surprise sur nous.

Lorsque Laurent relève la tête après avoir fait une nouvelle victime à deux pas de nous, je lui signale d'un geste de nous rejoindre.

— Il faut retourner devant l'entrée sinon tous ceux qui arrivent d'en face vont nous bloquer le passage.

En effet, si une poignée d'entre eux arrivent de la rue des Voiliers, juste derrière la résidence, et qu'une autre occupe les espaces verts entre les allées, l'essentiel de la menace arpente le chemin faisant front à notre hall d'entrée, et provient de la rue du Rempart, dans laquelle sont garées nos voitures. Et c'est bien cet accès là que nous devons principalement dégager. Nous abattons le petit grand-père décharné qui arrive à notre hauteur et nous replions de quelques mètres, au niveau de la jonction des deux allées.

Le premier groupe d'infectés étant encore à quelques mètres, je prends le temps de me détourner vers notre balcon pour faire un clin d'œil rassurant à Chloé que je sais là et dont j'aperçois le visage tourmenté derrière la baie vitrée du séjour. Zack, lui, a dû rentrer se mettre à l'abri de la pluie, sa mission rendue obsolète par ces conditions climatiques.

L'averse ne faiblit pas et, à rester ainsi statique sous ses assauts, je prends conscience du poids de mon pantalon, à présent imbibé par l'eau ruisselant de ma parka complètement gaugée. Balayé par le vent glacé qui porte avec lui les sinistres plaintes des dépouilles réanimées, je réprime un frisson frigorifié.

Un trio composé d'un homme d'une cinquantaine d'années au crâne chauve et fissuré, d'une dame du même âge légèrement enveloppée et d'une femme plus jeune portant un appareil photo en bandoulière et à qui il manque la moitié d'un bras, redouble d'animosité lorsque disparaît la pluralité des mètres les séparant de nous. De leurs mâchoires désarticulées s'échappent, dans de répugnants gargouillis, une bave aussi sombre et visqueuse que du pétrole.

Laissant l'homme au crâne déjà fragilisé et la jeune femme au membre mutilé tomber sous le bois des armes de mes acolytes, je les esquive pour souhaiter à ma façon la bienvenue à la dame qui se tient légèrement en retrait et n'arbore aucune blessure choquante apparente. Celle-ci hoquette à mon approche et une bulle de sang éclate, constellant le bas de son visage blafard d'une multitude de taches lie de vin. Armant mon bras pour asséner le coup funeste, une fulgurante douleur me pince le bas du dos, amoindrissant la force et la précision de l'abattement du couperet. La lame pénètre la chair grasse et flasque du cou mais butte contre une partie osseuse. Déstabilisé par ce contretemps fortuit, je recule en dégageant mon arme et amorce un second coup. Cette fois l'acier franchit l'obstacle des cervicales et met fin au travail. Maxime, les sourcils froncés, me demande si tout va bien ; je minimise la gêne occasionnée par ma sciatique.

Mais déjà, quatre nouvelles abominations grondent à nos oreilles. Mon premier réflexe pour stopper net leur avancée est de sectionner les membres inférieurs des trois premiers afin de les mettre à terre, à la simple merci de mes compagnons. Je peux ensuite me concentrer pour neutraliser le quatrième sans avoir à m'y reprendre.

Ceux qui suivent ne se présentent par chance plus en groupe mais pratiquement tous les uns après les autres, ce qui nous permet de gérer leur flux au fur et à mesure, tout en préservant notre position au pied de l'immeuble.

Sur le sol trempé de fluides nauséabonds se mêlant aux filets d'eau serpentant entre les pavés de l'allée, les corps tombent, çà et là autour de nous. Parmi eux, je retrouve celui de la joggeuse blonde, le crâne enfoncé, face contre terre. Seul, je serais tenté de recouvrir son corps à moitié nu qu'offrent à notre vue son legging déchiré et sa brassière arrachée. Mais face à la multitude de victimes de ce mystérieux virus, l'heure n'est pas à l'apitoiement, il nous faut, dans une indifférence la plus totale, les exécuter sans faire de sentiments.

Le souffle court et les muscles en feu, j'observe avec soulagement le dernier zombie présent s'écrouler sous les frappes conjuguées des deux étudiants qui, malgré l'épuisement qui tout comme moi doit sans doute les gagner, n'y vont pas de main morte. D'un coup d'œil en arrière, vers l'entrée du local à poubelles, j'aperçois Zack dans l'encadrement de la porte qui nous indique, pouce pointé vers le haut, que la voie est libre.

Nous nous concertons tous d'un regard, les visages mouillés et rougis par l'effort et le froid.

— Ça va les gars ? leur demandé-je en murmurant.

— Ouais… articule Maxime essoufflé, je pensais pas… qu'il y en aurait autant.

— C'est quoi là-bas ? interroge Laurent, désignant du bout de sa batte le petit banc à une vingtaine de mètres, près du bac à sable.

Une personne s'y détache au centre, assise et immobile.

— Qu'est-ce qu'il fout celui-là ? s'étonne Maxime.

— Oui, c'est plutôt étrange… je lui réponds. Bougez-pas.

D'un pas prudent et mesuré afin de ne laisser transparaître aucun des élancements qui irradient mon mollet gauche, je me dirige vers celui qui, si je ne me trompe pas, n'a pas bougé de là depuis cinq jours.

Le blouson en cuir est noir, le foulard orné de têtes de mort, et les cheveux ne sont plus ébouriffés mais plaqués par la pluie. Je remarque surtout, et comprends donc ainsi mieux, que la grosse chaîne qu'il porte à la taille est passée autour du montant central du dossier. Evaluant les alentours pour m'assurer qu'il ne reste plus d'autres menaces cachées, je le contourne pour lui faire face.

Le jeune garçon au style punk-rock des années soixante-dix dodeline de la tête, l'air absent, mais lorsque ses yeux vitreux rencontrent les miens, tout entier il se tord vigoureusement vers moi dans un soubresaut enragé. Surpris, j'esquisse un pas en arrière et lève mon sabre, mais un détail retient mon bras. Juste au-dessus de sa ceinture est accroché, à la chaîne lui enserrant la taille et lui plaquant le haut des bras le long du corps, un cadenas de belle taille. Ainsi attachée, l'entrave de métal le maintient intimement au banc de résine vert. Le jeune se démène désespérément en soufflant et crachant comme un chat sur la défensive, à la différence près que son attitude transpire la volonté d'attaquer. Dans son agitation, une feuille de papier pliée glisse d'entre ses vêtements et tombe à ses pieds avant d'être piétinée par ses bottes cloutées à semelles compensées.

A quelques mètres de là, je devine entre les gouttes les mines interloquées de Maxime et de Laurent qui, par des gestes confus et des mimiques indistinctes, tentent de me demander ce qu'il se passe. D'un signe de la main je les rassure. Les alentours immédiats paraissent calmes et dégagés, et seules les protestations faméliques du jeune infecté viennent briser le silence qui plane désormais sur nos têtes… un silence de mort qui m'empêche de réfléchir adroitement. Je n'arrive pas à comprendre comment ni pourquoi ce garçon se retrouve cadenassé à ce banc public. Au fond de moi résonne une petite voix qui me laisse entendre que la réponse m'attend peut-être à l'intérieur de cette supposée missive, je n'ai qu'à me baisser pour la saisir.

Préférant ne pas m'approcher davantage, je parviens à piquer du bout de ma lame un coin du papier qui baigne à présent dans un jus d'herbe marron et le fais progresser jusqu'à moi. Je le ramasse, réprimant une grimace de douleur lorsque, me relevant, le nerf se pince dans ma jambe, et le déplie avec précaution. Quand elle n'est pas rendue presque indéchiffrable par la pluie et la terre, l'écriture est irrégulière et laborieuse à décrypter :

Ma Tiff'

Si tu lis ceci c'est que je ne serai pas parvenu à dominer cette folie furieuse que je sens couler en moi « **illisible** » un de ces forcenés qui courent les rues « **illisible** » type dans le bus s'en est pris à plusieurs passagers et ce con m'a mordu la main avant d'être « **illisible** ». Je ne sais pas si le même sort qu'eux m'attend mais c'était il y a une heure et je ne me sens déjà pas très bien. Je sens la colère monter « **illisible** » prêt à imploser. Alors je pense à toi et ça me fait du bien. Tout autour de moi je vois des gens se battre jusqu'au sang mais étrangement aucun de ces tarés ne m'a attaqué depuis le bus. « **illisible** » C'est horrible, je pense à toi et ça me fait peur. J'ai trop faim... envie de toi... « **illisible** » voudrais que tu sois là ma Tiff'. J'ai réussi à m'attacher à notre banc pour ne pas te faire de mal... au cas où « **illisible** » La clé du cadenas « **illisible** » où tu sais. Tu me détacheras lorsque

ça ira mieux... Je te fais confiance. « **illisible** » *vas bien...*
« **illisible** »

N'oublie jamais comme je t'aime.
Renaud

Je comprends mieux à présent la tragédie cornélienne qui se joue cruellement sous mes yeux et je replie soigneusement, une boule dans la gorge, la triste dépêche pour la placer dans la poche arrière de mon jean. Je repense à la photo de famille de ce policier, que j'avais glissée après l'avoir observée, entre les doigts raides et froids de l'agent. Sur le moment cela m'était apparu comme évident, comme un dernier hommage, un juste retour à son propriétaire. Mais aujourd'hui, les choses se dévoilent sous un autre angle et je me sens de conserver cet ultime témoignage de ce qu'il peut y avoir de bon en chacun de nous. Comme un devoir de mémoire, je pourrais collecter ces petites tranches de vie attestant d'une existence passée ; pour ne jamais oublier qu'avant de s'éteindre pour devenir des êtres répugnants et terrifiants, cet agent de police, cette joggeuse ou encore le jeune Renaud étaient avant tout des personnes douées de sentiments et d'émotions. Et même s'ils étaient déjà morts, mettre un terme définitif à leur retour dans notre monde n'avait rien d'anodin, tous pouvaient être porteurs d'un petit quelque chose soulignant leur humanité perdue. Un petit quelque chose qui nous rappellerait continuellement qu'un jour ils avaient été comme nous, mais surtout que le jour d'après nous pouvions à notre tour nous réveiller inconscients, du côté obscur, et être l'un d'eux. De quoi garder les pieds sur terre et la tête froide en toutes circonstances.

Face à moi, le jeune cadavre éructe et tressaille ; des émotions, il n'en passe plus à travers ses iris délavés ; des sentiments, il n'en a plus depuis que son cœur s'est arrêté. Une seule et unique envie l'anime, celle de planter dans ma chair ses dents grises qui claquent dans le vide.

Même si aucune des mises à mort possibles ne me semble suffisamment digne ou propre, d'un rapide mouvement de bras je mets un terme au supplice qui aliène son corps. Il n'y a plus ni adolescent transi d'amour, ni monstre avide de sang, ne reste du jeune Renaud qu'une lettre d'adieux triste et courageuse.

Sous une pluie battante je rejoins Maxime et Laurent qui avaient regagné la porte du local et nous rentrons, exténués, encore palpitants d'adrénaline.

16h26

Cela fait maintenant plus de quatre heures que nous fouillons les appartements du second des trois immeubles de la résidence tout en les débarrassant de ses occupants indésirables. Par chance, nous avons découvert en visitant les caves que le bâtiment adjacent au nôtre dispose en sous-sol d'un couloir commun nous permettant ainsi d'aller et venir entre les différentes entrées sans avoir à mettre le nez dehors, même si pour l'instant ne jonchent le sol des environs que des cadavres morts. Et tant que cet espace de verdure flétrie garde sa quiétude temporaire, Chloé, Zack et Guy se chargent de faire grossir nos réserves en transférant dans nos murs les vivres et divers objets que nous leur rapportons.

A notre grande surprise, nous avons pu entrer en contact avec une famille, au moins un couple d'un âge incertain, au deuxième étage du dernier bloc que nous inspections. Mais après d'âpres discussions pour tenter de les rassurer et les décider à nous ouvrir, nous avons finalement abandonné les négociations devant leur méfiance exacerbée et paniquée.

En témoignage de notre bonne foi, Maxime leur a donc promis que nous allions terminer de neutraliser toute menace éventuelle aux autres étages et que nous n'emmènerions rien de ce que nous pourrions trouver afin de leur laisser de quoi subvenir à leurs besoins. Aussi, ils pourraient toujours rejoindre notre petit groupe établi dans le bâtiment voisin plus tard s'ils le souhaitaient. Nous avons perçu derrière leur porte quelques mots sourds échangés entre l'homme et la femme puis ils nous ont salués d'un "bonne chance" sans équivoque.

Chargés de notre dernière trouvaille, un rameur tout neuf encore dans son emballage, nous avançons dorénavant vers la sortie en empruntant le couloir du sous-sol. Tandis que j'ouvre l'une des lourdes portes coupe-feu à Maxime et Laurent qui portent l'encombrant carton, la lumière s'éteint dans un claquement sec alors que je venais juste de presser l'interrupteur. Je l'actionne à nouveau en soupirant mais aucun plafonnier ne se rallume. J'insiste, sans effet.

— Merde… c'est quoi ça encore ? L'ampoule qui a grillé ? s'interroge Laurent agacé.

— Ça ne fait pas ce bruit là une ampoule qui grille, on dirait plutôt que ça a disjoncté, lui répond aussitôt Maxime.

— On cherchera le tableau général plus tard, ajouté-je en braquant vers eux une grosse lampe torche réquisitionnée un peu plus tôt, on sort de là.

Leur mine soucieuse fait office d'acquiescement et nous continuons à la seule clarté du faisceau lumineux pour nous guider dans l'obscurité glaciale des caves.

Malgré le temps passé à vérifier chaque recoin et à nous assurer qu'il ne restait plus aucun mort pour nous surprendre, mes sens, et plus particulièrement l'ouïe, sont aux aguets et ma concentration redouble d'intensité. Dans le noir, tout prend une autre dimension et le moindre petit bruit revêt un aspect inquiétant, le moindre petit souffle vous fait dresser les poils.

— Vous avez entendu ça ? C'était quoi ? chuchote Laurent en se retournant pour tenter de regarder derrière lui.

— J'ai rien entendu moi, ça doit être ton imagination qui te joue des tours mec ! le charrie Maxime. Il n'y a plus personne ici à part nous.

Je ne rajoute rien, même s'il m'a également semblé distinguer un craquement incertain. Mais les objets et les matériaux étant loin d'être muets lorsqu'il ne reste qu'eux à entendre, j'imagine que le bâtiment tout entier proteste contre les inlassables et tempétueux assauts du mauvais temps.

En attendant, c'est avec un soulagement non feint que nous apercevons la timide lumière du jour percer au fond du couloir du dernier sous-sol et nos pas se font de plus en plus impatients.

Au milieu du hall de l'entrée où nous arrivons, nous trouvons le reste de ce qui n'a pas encore été transféré dans nos quartiers, soit deux sacs de courses remplis de vivres et un tas de couvertures et autres draps. Les garçons s'étonnent à haute voix que Chloé, Zack et Guy n'aient pas encore tout emmené, alors que je me faisais intérieurement la même réflexion. Une nouvelle montée d'adrénaline pulse dans mes veines et je me précipite contre la porte vitrée pour scruter l'extérieur.

Mais d'où je suis je distingue à peine l'entrée de notre immeuble, et son unique accès se trouve être en plein angle mort.

— Qu'est-ce qu'il y a ? murmure Maxime en s'approchant.

— Je ne sais pas, je ne vois rien.

— Dan ? Tu peux prendre le reste et on s'arrache de là !

Je me retourne sur cette voix saturée en nervosité, assez épaté par Laurent qui vient, pour la première fois, de donner une directive à quelqu'un.

— Ok, mais que chacun reste sur ses gardes.

Je me saisis des draps que je jette en écharpe sur mes épaules et m'empare des deux derniers sacs. Après un ultime coup d'œil dehors, nous sortons.

En une fraction de seconde, nous comprenons ; Zack, sur notre balcon, de quelques gestes nous intime à la fois silence et prudence, avant de guider nos regards vers une petite fille toute de mauve vêtue, qui gratte contre la porte du local en renâclant. De belles bouclettes dorées fleurissent l'arrière de sa tête et j'ai, le temps d'une pensée, l'espoir fou de voir se retourner vers nous une candide fillette apeurée en quête de secours.

L'enfant se tourne effectivement, à notre approche pourtant discrète, et je suis frappé par la propreté et la pureté de son visage à tel point que son état de santé ne fait aucun doute pour moi. Distrait par une exaltation encore plus folle que mon espoir, je ne réalise ma méprise que lorsque ladite innocente enfant se rue sur moi dans un feulement à faire pâlir Regan, la jeune fille possédée de *l'Exorciste*. Désarmé, les bras chargés, je n'ai juste le temps que de lâcher les sacs pour me protéger le visage avant que la gamine ne me saute à la gorge. Je tombe à la renverse, déséquilibré, et le sol humide et glacé me transit jusqu'aux os, mais bien moins que la peur qui me transperce. Par chance, la petite démone s'empêtre dans les draps dans lesquels elle se débat en crachant. Sans réfléchir, mes mains se portent à son cou pour l'emparer sous le menton et à l'arrière du crâne. D'un geste sec et violent, la tête pivote sur elle-même dans un craquement lugubre et le petit corps devient pantin désarticulé au bout de mes bras. L'écartant vigoureusement, je me penche sur le côté et, avec l'ignoble sensation qu'une poignée de graviers remonte le long de mon œsophage, déverse le maigre contenu de mon estomac à deux doigts des baskets de Maxime qui l'évite de deux pas de moonwalk approximatif.

Celui-ci, aidé de Laurent, tente de me relever, mais je reste pétrifié, les yeux figés sur les cheveux blonds de la fillette. A présent, ses lumineuses boucles jaunes se répandent sur l'avant de son gilet en laine. L'un des gars me demande si ça va et je me relève en grimaçant, tandis que face à nous s'ouvre la porte, laissant apparaître Chloé et Guy. J'abandonne les draps en les jetant sur le corps inanimé de l'enfant comme pour la cacher de la vue de Chloé qui vient à ma rencontre enfouir son angoisse dans une étreinte réconfortante.

— Ça va vous ? s'enquiert Maxime auprès de Guy qui lui répond, légèrement essoufflé, en refermant la porte derrière nous, non mécontents d'être à nouveau à l'intérieur.

— Ça va oui, sauf qu'on s'est fait surprendre par la petite. Elle est sortie de je ne sais où et on a juste eu le temps de refermer la porte avant qu'elle ne parvienne à rentrer. Plus de peur que de mal. Et pour couronner le tout, on n'a plus de lumière depuis quelques minutes.

— On était dans le noir aussi de l'autre côté, précise Laurent.

Zack nous rejoint, balaie chacun de nous du faisceau de sa lampe et constate que tout va bien. Il s'arrête ensuite sur le volumineux carton que soutiennent encore les deux anciens étudiants et leur demande de quoi il s'agit.

— Un rameur, lui répondent-ils en chœur.

— C'est vachement utile ça, s'étonne l'adolescent, le verbe ironique.

— Un peu d'exercice n'a jamais fait de mal à personne, se justifie Maxime, et puis il aura sa place toute trouvée à côté du vélo d'appartement des Garnier.

— Bon, alors on va laisser Véronique et Davina monter leur instrument de tortures tout là-haut et nous on va voir le disjoncteur, proposé-je derrière un sourire un peu crispé, ne me sentant pas trop le courage de me traîner jusqu'au dernier étage pour l'instant.

Sans que cela ne m'étonne vraiment, Guy connaît l'emplacement du tableau électrique des parties communes et nous y emmène, Chloé et moi, pendant que Zack accompagne les garçons pour éclairer leur ascension jusqu'au septième.

Comme je le craignais, aucun plomb n'a sauté et tous les disjoncteurs sont bien encore en position levée. La distribution de courant s'est juste arrêtée, certainement par faute d'hommes pour la contrôler, plus tôt que ce que j'avais en fait espéré. Mais nous y voilà. On ne rigole plus. Les choses vont dorénavant se compliquer et prendre une toute autre tournure.

20h52

Après un premier repas entièrement froid et malgré une température ambiante en chute libre depuis l'arrêt des chaudières, je me suis résolu à hisser ma carcasse douloureuse jusqu'au dernier étage, d'une part pour me soulager mais également pour embrasser d'un regard soucieux notre ville qui s'était laissé presque totalement happer par la nuit, sans combattre. Seul l'hôpital Saint Louis, à quelques centaines de mètres de là, sans doute encore alimenté par un groupe électrogène de secours, oppose une petite résistance à l'obscurité, la brisant ponctuellement de quelques fenêtres illuminées.

Derrière moi, quelqu'un se racle la gorge pour me signaler sa présence, même si le bruit de ses pas dans les gravillons me l'avait déjà annoncée. Maxime vient s'accouder à la rambarde sur ma droite.

— Tiens ! dit-il en me tendant une petite boîte rectangulaire. On a fait un premier tri avec Laurent dans les médicaments qu'on a ramenés aujourd'hui.

— Qu'est-ce que c'est ?

— Du Skenan, un antalgique pour ta jambe. Mais à prendre avec modération, c'est du costaud il y a de la morphine dedans.

— Sympa… murmuré-je en glissant la boîte dans la poche de mon blouson. La crise est passée, ça va mieux, mais merci je la garde au cas où.

— Tu liras quand même les contre-indications et les effets indésirables avant, si tu veux en prendre.

— Pas de soucis.

Pendant quelques minutes nous observons sans mot dire le silence sombre lui aussi de la ville prise en otage entre la mort et la nuit. Puis, le jeune homme me pose une question qui semblait lui brûler les lèvres :

— Quelque chose ne va pas ?

— C'est un euphémisme…

— Non mais je veux dire… à part ce merdier, qu'est-ce qui te tracasse ? Tu penses à la famille qu'on a laissée dans l'autre immeuble ?

— J'avoue que je les avais oubliés, eux… Non, en fait je n'arrête pas de penser à cette gamine… Elle avait l'air si vivante…

— Elle ne l'était plus. Elle était juste "fraîche" si je puis dire…

— Je n'arrive pas à m'en persuader. Je n'ai vu aucune trace de morsure ou de blessure sur elle.

— Ça s'est passé super vite et elle t'a sauté dessus. Elle s'est comportée exactement comme les autres. Arrête de gamberger !

— Facile à dire ! Je lui ai tout de même brisé la nuque à mains nues !

— Justement, le corps de ces créatures est plus fragile que le nôtre. Je ne pense pas que tu aurais pu faire ça si elle avait été aussi vivante que toi et moi.

Je le regarde, même si je ne le distingue qu'à peine et le remercie pour sa sollicitude et son soutien. Il change alors de sujet :

— Bon alors ? Demain on va faire des courses ?

J'acquiesce :

— On va essayer…

— Bien…

Nous prenons ensuite congé l'un de l'autre pour aller dans nos appartements retrouver un peu de repos en prévision d'une prochaine journée qui s'annonce d'ores et déjà compliquée.

Chloé m'attend sous une montagne de couettes pour pallier l'absence de chauffage et lorsque je m'y glisse pour y rencontrer la chaleur de son corps nu, une envie folle s'empare de moi. Nous ferons l'amour une bonne partie de la nuit comme au premier jour mais surtout comme si cette fois était la dernière.

Jour 8 :
LIQUIDATION TOTALE

« Conduis ton char et ta charrue par-dessus
les ossements des morts. »
William Blake

Mercredi 06 février 2013
Lagord, Avenue du Fief Rose
11h10

Garés à une extrémité du parking du petit centre commercial, nous observons la foule de cadavres qui déambulent çà et là entre les voitures en stationnement et à proximité du sas d'entrée.

Après plus d'une heure à tourner pour trouver un chemin en plein cœur des méandres chaotiques de La Rochelle, nous sommes enfin arrivés à destination. Tantôt bloqués par des rues encombrées de véhicules abandonnés, tantôt contraints de jouer au chat et à la souris devant la multitude d'infectés arpentant le pavé, comme s'ils n'attendaient que nous, il nous aura fallu faire bon nombre de détours improbables avant de gagner notre but.

Bien que plus éloigné de nous, nous avons délibérément choisi l'hypermarché situé à Lagord plutôt que celui plus proche sur le boulevard Sautel, et ce en raison du nombre peut-être encore accru des morts, présents lors du drame qu'y a vécu Laurent cinq jours auparavant déjà, et qui malgré ce traumatisme, n'a pas hésité une seconde à faire partie de l'expédition. Tout comme Zack d'ailleurs, à qui j'ai pourtant choisi de refuser la venue, au grand soulagement de sa mère. Je ne me sentais effectivement pas encore prêt à l'embrigader dans ce genre de mission, me refusant pour l'instant d'avoir à supporter le poids de cette responsabilité. En effet, il m'était absolument inconcevable d'emmener ce que Chloé avait de plus cher au monde, sans être à cent pour cent certain de pouvoir le ramener sain et sauf.

Nous ne sommes donc que trois, les deux garçons me suivant dans une vieille 306 bleu roi, conduite par Laurent. Notre arrivée à deux voitures n'est pas passée inaperçue et déjà quelques gêneurs s'acheminent tranquillement à notre encontre. J'abaisse ma vitre électrique gauche et me penche pour m'adresser aux garçons.

— Qu'est-ce que vous en dites ? Ils sont nombreux, quand même…

— J'ai déjà vu pire… chuchote Laurent, le visage pâle et les poings serrés sur son volant.

— Il y en aura sûrement aussi à l'intérieur, rajoute alors Maxime à ses côtés.

— Bon, on fait quoi alors ? On abandonne, on rentre ? proposé-je afin de connaître leurs intentions.

Le jeune infirmier ne répond rien, la mine sombre et le regard perdu au loin. Il va cependant nous falloir prendre une décision rapidement en raison des premières vagues de zombies en approche, comme une mer montante, lente mais inexorable.

— J'ai bossé ici l'été dernier, m'informe Maxime. On peut passer par derrière, par les réserves. Il y en aura peut-être moins. Faudrait juste que tous ceux-là restent devant.

Je réfléchis quelques secondes. Ça me contrarie fortement de devoir repartir maintenant et rentrer les mains vides après tout ce temps perdu rien que pour arriver jusqu'ici.

— Il faut rapprocher les voitures au maximum pour pouvoir les charger sans trop de difficultés.

— C'est pas un problème ça, précise le jeune homme, il y a une grande cour dédiée aux livraisons. Par contre ça ne va pas être évident de s'y rendre sans qu'ils ne nous suivent.

— Je vais rester ici pour faire diversion, lâche Laurent d'une voix sourde et grave qui me donne la chair de poule.

Son ami proteste en lui demandant pourquoi.

— Parce que toi tu connais l'intérieur, lui répond-t-il, et parce que la voiture de Dan est plus grande et que vous pourrez y mettre plus de choses. Alors si vous voulez vraiment entrer là-dedans, on n'a pas cinquante solutions, et on a plus de chances de réussir si l'un de nous reste dehors.

Maxime et moi nous observons, je sens qu'il n'est pas totalement à l'aise, pourtant ce que dit Laurent a du sens.

— Et comment tu comptes t'y prendre ? lui demandé-je, adhérant ainsi à sa tactique.

— On va à deux voitures dans la cour à l'arrière. Tu te gares au plus près de l'entrée, tu coupes ton moteur et vous ne bougez plus, le temps pour moi de revenir sur le parking en roulant au pas pour les attirer de nouveau ici. De toute façon je ne crains rien, je n'aurai qu'à accélérer un peu pour mettre de la distance entre eux et moi si c'est trop tendu. Et quand vous avez fini, vous me rejoignez et on se tire. Il n'y a rien de compliqué.

— Ok, mais laisse-moi la voiture dans ce cas, Laurent, insiste encore Maxime visiblement contre l'idée que son ami prenne ce risque, et toi tu accompagnes Dan.

— Sois pas con, et d'une ni moi ni Dan ne connaissons le magasin comme toi, et de deux tu conduis comme un pied !

Maxime soupire mais se rend à l'évidence, le plan de Laurent se tient plutôt bien étant donné la situation. Acceptant donc l'idée, il gratifie son ami d'une tape amicale sur l'épaule, jette un coup d'œil méfiant aux alentours, puis sans traîner descend de la 306 pour monter avec moi.

Remettant le contact, nous redonnons par la même occasion un léger coup de fouet à l'avancée des envahisseurs vers nous.

Lagord, cour de livraisons de l'hypermarché
11h26

Comme l'avait très habilement prévu Laurent, une fois la Chevrolet immobile et silencieuse, tous les morts se sont désintéressés de nous pour prendre en chasse la 306. Deux ou trois erraient dans l'arrière-cour, Laurent les a donc attirés dans son sillage avant de reprendre la direction du parking, les amenant ainsi à se rallier au reste du groupe.

La peur au ventre, Maxime et moi étions figés, cramponnés à notre siège alors que certains nous frôlaient de si près, que l'un d'eux en a laissé une trace de sang le long des vitres avant de se cogner dans mon rétroviseur droit.

Une fois la voie libre, nous sortons de la voiture aussi furtivement que possible, après nous être emparés chacun d'un gros sac à dos de randonnée ainsi que d'un pied de biche et du coupe-boulon déniché la veille dans une cave.

A tout hasard Maxime a tenté de composer le code de la porte d'entrée du personnel mais en vain. Il ne doit plus y avoir de courant ici non plus. Préférant éviter de forcer une porte pour ne pas nous dénoncer par le boucan engendré, je le suis le long des quais de déchargements, à la recherche d'un autre accès. Nous notons au passage la présence de quelques palettes de marchandise encore emballées de leur film de protection noir, laissées à l'abandon contre la façade arrière, mais l'odeur nauséabonde qui s'en dégage nous en écarte instamment.

Enfin, Maxime repère un peu plus loin une double porte se balançant au gré du vent dans un renfoncement sur la gauche du bâtiment. Nous remontons la petite pente en béton qui mène à l'intérieur et pénétrons dans ce qui semble être la réserve des boissons. Là, devant l'impressionnant stock de bouteilles empilées les unes sur les autres, je suis amplement rassuré sur notre approvisionnement immédiat en eau potable. Cet entrepôt recèle déjà bien plus que ce que l'on pourra emporter aujourd'hui.

Maxime tire les imposantes portes pour refermer derrière nous, les maintenant toutefois entrouvertes en les bloquant à l'aide d'une barre de sécurité, laissant de la sorte s'infiltrer un peu de lumière.

Il m'indique ensuite une pile de palettes vides et me chuchote à l'oreille que l'on s'en servira pour y entasser près de la sortie tout ce que l'on aura trouvé. Il m'explique avoir repéré des tire-palettes mécaniques dehors, et que nous pourrons donc emmener tout notre chargement à la voiture en un seul voyage. La connaissance que possède le jeune homme du magasin est indéniablement un atout et je le laisse prendre les rênes.

Nous avançons maintenant à l'aide de nos torches électriques dans le dédale de la réserve jusqu'au rayonnage marquant la limite avec la surface de vente. Un passage marqué par l'absence de produits nous permet de nous faufiler dans la partie marchande de l'enseigne. Nous retenons notre souffle, à l'affût du moindre bruit.

Tout de suite, nous comprenons que l'endroit a déjà été visité, mais cela ne nous surprend pas vraiment. Des rayons sont saccagés, les produits répandus au sol dans une odeur de faisandé. Un brouhaha nous parvient de l'entrée principale, une sorte de concert de râles accompagnés de crissements, sans doute sur les vitres.

Sur notre gauche s'étend toute la partie non alimentaire du magasin et nous commençons notre incursion de ce côté, récupérant chacun au passage un caddie abandonné. Une lampe braquée droit devant nous et l'autre vers le sol afin d'éviter toute embûche ou mauvaise surprise, nous progressons, rayon par rayon et redoublant de vigilance, redoutant à chaque instant de se faire surprendre par une créature, tapie dans l'ombre ou au détour d'une allée, prête à mordre.

Au niveau d'une tête de gondole faisant la promotion d'un liquide lave-glace dégivrant, nous tombons sur un cadavre sans vie, face contre terre, le crâne sérieusement enfoncé. Il nous faut quelques secondes avant de réaliser que celui-ci a en fait eu son compte. Si d'un côté des personnes sont déjà venues se servir ici, de l'autre elles ont au moins le mérite d'avoir fait un peu de ménage.

Sans avoir besoin de nous consulter l'un l'autre, nous remplissons dans un premier temps nos sacs à dos de toutes sortes de petites fournitures qui nous seront toujours utiles, comme de la corde, du scotch, ou encore les derniers paquets de piles perdus au fin fond de leurs broches. Nous faisons une razzia sur les boites d'allumettes et les allume-gaz. Malheureusement, la saison n'étant pas encore encline au camping, je ne vois aucun équipement y étant dédié, donc ni réchaud ni petite bouteille de gaz. En contrepartie, nous avons la chance de pouvoir bénéficier des derniers articles plus qu'intéressants du rayon jardinage, à savoir deux hachettes, une faucille et trois machettes. Maxime délaisse d'ailleurs aussitôt sa batte de base-ball au fond de son charriot pour s'équiper d'un de ces trois coupe-coupe.

Du côté des produits de soins corporels nous prenons également l'intégralité de ce qui reste en eau oxygénée et alcool à soixante-dix degrés, compresses et pansements, solutions antiseptiques et lingettes désinfectantes. Je récupère aussi les six boîtes de bicarbonate de soude pour ses multiples bienfaits. Pensant à Chloé, je passe dans l'allée adjacente et fais le plein de produits hygiéniques féminins pendant que Maxime termine de charger son sac de déodorants en spray. Me montrant d'une main l'un de ces petits tubes sous pression et de l'autre un allume-gaz, il me fait comprendre qu'il les destine davantage à un usage offensif qu'olfactif. Car même si je n'ai jamais tenté l'expérience, je sais qu'il est possible d'obtenir, par combinaison des deux objets, un effet lance-flammes.

Mes yeux s'arrêtent ensuite sur un petit aérosol vert, peut-être inconsciemment attirés par la marque homonyme du nom de famille de nos malheureux voisins, disparus sur le parking de l'autre magasin de la même enseigne. Il s'agit d'un shampoing sec en spray, une petite chose qui fera très certainement plaisir à Chloé mais également à moi-même, moi qui avais l'habitude de prendre une douche associée d'un shampoing chaque matin. J'arrive à en insérer deux dans les pochettes latérales de mon sac à dos déjà plein à craquer mais me refusant de laisser le reste, dépose les six restants dans le fond du caddie.

Après environ vingt minutes de collecte, nous arrivons devant la presse, toute proche de l'accueil et de l'entrée du magasin. Nous entendons d'ici que les râles ainsi que les frottements de doigts sur les vitres se font de plus en plus insistants. Nous ne devons pas trop nous étendre. Je parcours du faisceau de ma lampe le mural de périodiques et récupère une carte routière de la région et une autre de la ville. J'attrape également, au hasard, une poignée de livrets de jeux type sudoku et mots fléchés qui sauront, je l'espère, distraire Chloé.

A ce niveau, nous avons une vue dégagée sur la ligne de caisses et la galerie marchande. Là, nous constatons l'insupportable étendue des dégâts. Des corps par dizaines gisent un peu partout. Certains sont allongés sur les tapis encore parsemés d'articles, d'autres toujours accrochés à leur charriot. Des gerbes de sang maculent le mobilier et peignent au sol de macabres arabesques. Nous avions bien conscience de l'horreur, de la peur ou encore des scènes de panique qui avaient dû se produire un peu partout en ville, mais nous ne nous étions jamais retrouvés devant une réalité aussi brutale, confrontés à un nombre si important de victimes.

Face à ce chaos, l'immense tourniquet à sens unique qui fait office d'entrée principale demeure figé et renferme, coincés entre ses battants geôliers, plusieurs dizaines de morts-vivants, tel un vivarium géant surpeuplé. Je les imagine aisément s'engouffrer dans le portillon tournant, que ce soit pour entrer ou pour sortir, et se retrouver piégés par l'arrêt brusque et automatique du mécanisme conçu pour s'interrompre au moindre obstacle.

Collés les uns aux autres et écrasés contre les vitres, ils sont à l'origine du brouhaha constant que nous percevons depuis notre arrivée. Pour la plupart tournés vers l'extérieur, l'animation que leur offre Laurent sur le parking occupe pour l'instant toute leur attention.

D'un mouvement de tête, j'invite Maxime à me suivre du côté des rayons alimentaires. Pour cela, nous devons contourner le petit kiosque à bijoux qui donne l'impression d'avoir fait l'objet d'un braquage sauvage. Aussi, les roues de nos caddies, tout comme les semelles de nos chaussures, crépitent à notre passage sur l'étendue de bris de verre qui l'entourent. Les gravillons de silice craquent comme du papier à bulles, résonnant dans les allées fantômes de la grande surface. Leur répond en écho un long râle engourdi.

Nous nous immobilisons, tentant d'en localiser la provenance, son origine ne nous laissant quant à elle que peu de doutes. C'est tout proche. La plainte se répète, plus ardue, et une forme se meut sur notre gauche, dans l'enceinte-même du kiosque. Là, nous discernons le corps d'une femme autrefois coiffée d'un chignon déstructuré, se hisser le long d'une vitrine explosée, y déchirant son tailleur chic devenu choc.

La morte se penche en avant, insensible aux arrêtes de verre qui entaillent ses chairs, et tend vers nous ses bras à moitié dévorés. Son agitation ne manque pas d'alerter certains de ses congénères captifs du sas d'entrée qui redoublent alors d'excitation contre les parois translucides.

Derrière son comptoir délabré, elle ne représente pas vraiment un danger immédiat pour nous, cependant ses gémissements risquent de solliciter l'attention vers l'intérieur du magasin. Maxime s'en approche donc sans hésiter et étrenne sa nouvelle arme. La large lame de la machette s'enfonce d'un coup sec et précis dans le crâne dodelinant, le fendant en deux jusqu'à l'arrête nasale. Il la retire dans un chuintement humide tandis que l'ex-vendeuse de bijoux glisse mollement contre son étal, entraînant dans sa chute quelques écrins dépouillés.

Nous reprenons prestement notre chemin mais tout autour de nous se manifestent déjà tous les léthargiques que l'incident a éveillés. Contrairement à nous, les derniers occupants de l'hypermarché ne se préoccupent pas de savoir où ils mettent les pieds, si bien que leur présence au détour d'un rayon n'est plus une surprise.

Jetant un rapide coup d'œil à l'écran de mon téléphone portable que je n'allume désormais qu'avec parcimonie afin de prolonger au maximum son autonomie, je réalise que nous sommes à l'intérieur depuis maintenant plus d'une demi-heure. Dehors, j'espère que tout se passe bien pour Laurent et je fais comprendre à Maxime, désignant à mon poignet une montre que je n'ai jamais eue, qu'il nous faut nous activer. Nous commençons ainsi sans plus attendre notre collecte et enchaînons les allers-retours vers les palettes laissées à l'entrée de la réserve, afin d'y empiler toute la marchandise recueillie dans nos caddies. Les interventions occasionnelles des quelques infectés rencontrés ne représentant pas une grande entrave à notre action, nous les éliminons au fur et à mesure de leur apparition, comme s'il ne s'agissait là que d'une simple formalité.

Lagord, à l'intérieur de l'hypermarché
12h13

Nous arrivons enfin au fond du magasin dans une partie qui risque a priori de ne pas trop nous être profitable, le rayon primeur et la boulangerie. Et en effet, une forte odeur de gâté flotte dans cette zone occupée par des étals recouverts de fruits et de légumes, à un stade naissant de putréfaction, que survolent une véritable armée d'insectes vrombissants. Cependant, dans le renfoncement hébergeant baguettes et pains rassis, un étrange tableau retient notre attention.

Là, nous tournant le dos et animés d'un balancement pendulaire lent et régulier, se tient un groupe de quelques contaminés visiblement focalisés sur une porte à hublot. Insensibles à l'escadron de mouches gravitant autour d'eux, ils demeurent quasi inertes, serrés les uns aux autres, à quelques centimètres à peine de l'accès présumé d'une réserve ou d'un laboratoire de production.

Instinctivement, Maxime et moi nous accroupissons derrière des cageots de pommes recouvertes de mouches vertes, et occupons ce poste d'observation durant quelques courts instants, le temps d'une brève évaluation.

— Il y a quoi derrière cette porte ? demandé-je au jeune homme d'une voix à peine audible.

— Un bureau d'analyses pour la farine je crois. Mais à mon avis rien d'intéressant pour nous.

— Ils n'attendent pas là pour rien.

— Il y a peut-être quelqu'un à l'intérieur.

— Qui sait ? De toute façon on ne va pas repartir d'ici en laissant une seule de ces choses debout.

Maxime acquiesce et nous sortons de notre abri pour avancer, armes aux poings, vers les cinq ou six individus dépenaillés. Nous nous approchons rapidement, sans prendre de gants, si bien que lorsque le premier repère notre présence et amorce un mouvement pour se tourner vers nous, deux de ses semblables sont déjà à terre, crâne fendu. La miséreuse en blouse blanche, voulant s'en prendre à moi, émet un grognement écœurant et trébuche sur l'un d'eux. Mais sa chute l'ayant propulsée vers moi, je sens sa mâchoire se disloquer en heurtant mon genou droit. Songeant alors à la proximité de ses dents venimeuses, j'ai un mouvement de recul paniqué mais la lame de mon sabre vient s'enfoncer dans sa tempe et la cloue au sol. A coups de machettes, nous venons ensuite à bout des trois derniers indésirables puis écartons les cadavres afin de dégager l'entrée du laboratoire.

Avant de nous y engager, Maxime s'aventure à jeter un coup d'œil par le hublot mais la pièce, plongée dans le noir, ne lui dévoile rien. Aucune réponse non plus lorsque nous toquons pour nous annoncer. Maxime pose alors la main sur la poignée et pousse.

La porte n'est pas verrouillée mais reste bloquée après ne s'être entrouverte que de quelques centimètres d'où s'échappe, malgré l'éclairage puissant de ma torche électrique, un rayon de ténèbres sinistre et glacé. Maxime force un peu plus tandis que je garde tous mes sens en éveil au fur et à mesure que l'espace s'agrandit dans un frottement sourd et calfeutré, libérant un nuage de poussière laiteuse dans l'encadrement de la porte. Une fois le passage suffisamment important pour nous laisser entrer, nous inondons de nos lampes la pièce étroite et profonde.

Carrelage et mobilier sont recouverts d'une fine couche de poudre blanche et l'air est constellé de légères particules. Au vu des imposants sacs qui bloquaient l'ouverture, percés pour certains, et d'après les informations de Maxime, je suppose qu'il s'agit de farine. Une forte odeur d'excréments et de sueur rance viole mes sinus et me retourne l'estomac. Au sol, des emballages vides de snacks et des pelures d'orange conduisent nos regards jusqu'au fond de la petite salle où se trouve un bureau, sous lequel nous devinons, au milieu de détritus et de diverses bouteilles, une forme humaine enveloppée d'une bâche noire tachetée de poudre poivre et sel.

Involontairement, ou peut-être pas... Maxime shoote dans une canette de soda vide qui se met à rouler dans un bruit métallique, avant d'aller buter contre une petite bottine en daim marron qui s'échappe de la couverture en plastique. La main bien assurée sur le manche de nos armes, nous approchons du corps inerte replié sur lui-même. Voulant soulever la bâche, mon acolyte pose un genou à terre, se penche, et d'une main en attrape un coin, machette tendue vers l'avant dans son autre main, prête à transpercer, en cas d'hostilité, celui qui se trouve dessous.

Des cheveux blond platine apparaissent tout d'abord, puis les grosses mailles d'un pull-over kaki. Sous la chevelure grasse et éparse, le visage livide d'une adolescente se tient fermé, les yeux clos et les traits creusés. De sa bouche aux lèvres blêmes et desséchées entrouvertes s'échappe un timide filet de buée. N'ayant jamais vu un mort expirer de la vapeur de la sorte, je me dis que la vie coule encore en elle, même si, de ma triste rencontre avec l'enfant d'hier, j'ai appris qu'il ne faut pas se fier à une simple apparence de prime abord saine. Car tout comme la petite de la veille, l'adolescente devant nous ne présente ni blessure, ni trace de lutte sur elle ou sur ses vêtements.

Maxime relâche sa garde et presse légèrement l'index et le majeur de sa main droite sur le côté de la gorge de la jeune fille qui ne réagit néanmoins toujours pas.

— Son pouls est faible, m'apprend-t-il. Mais elle est vivante !

Et tandis qu'il se glisse sous le bureau pour l'en extirper, je réfléchis rapidement.

— Attends !

— Quoi ? s'étonne-t-il alors qu'il s'apprête à la prendre dans ses bras.

— Faut quand même vérifier qu'elle n'a pas été mordue avant de l'emmener.

— On verra ça une fois rentrés à l'appart. Et puis c'est qu'une gamine, ce serait moins gênant si c'était Chloé qui se chargeait de la déshabiller, tu ne crois pas ?

— Justement. Si elle est infectée et qu'on ne s'en aperçoit que là-bas, qu'est-ce qu'on en fera ?

— Et alors ? Si c'est le cas et qu'on s'en rend compte ici. Tu veux faire quoi Dan ? L'abandonner là ?

Je ne sais quoi répondre, la candeur de sa répartie me met le doute. Si je ne veux prendre aucun risque, il suffit effectivement de l'oublier ici. Mais en suis-je seulement capable ? Suis-je assez cruel pour envisager une telle chose ? Personne dans notre groupe ne serait d'accord, Chloé la première. D'un autre côté, nous n'avons jamais été témoins des prémices de l'infection à la suite d'une morsure. Je n'ai pour l'instant été confronté qu'aux derniers stades de cette terrible contagion, des gens rendus fous furieux et des revenants cherchant par tout moyen à propager leur malédiction autour d'eux. Nous n'avons que trop peu de connaissances concernant ce mal pour décider de condamner cette pauvre fille si rapidement.

— Un petit check-up vite fait alors, proposé-je. Histoire de vérifier qu'aucune vilaine blessure ne se cache sur ses bras ou ses jambes, au moins.

Maxime me rejoint sur ce point, nous la découvrons donc entièrement de sa bâche afin de retrousser les manches de son pull et les jambières de son legging. Et comme aucune tache de sang ne souille ses vêtements et qu'aucune plaie ne ronge ses membres glacés, Maxime retire son blouson que nous lui enfilons pour la réchauffer. Il prend ensuite l'adolescente inconsciente dans ses bras et nous sortons de la pièce exigüe pour retrouver nos caddies restés en plan à côté d'une palette de fruits exotiques en triste état. Délicatement, Maxime dépose la jeune fille dans son charriot, l'allongeant aussi confortablement qu'il est possible de l'être sur un lit de boîtes de conserve.

12h32

Dans la réserve, devant nos deux palettes sur lesquelles s'entassent déjà, jusqu'à mi-hauteur d'homme, cagettes et cartons de provisions, j'éventre un pack d'eau pour en tendre une bouteille à Maxime. Celui-ci l'ouvre et l'incline au-dessus de la bouche toujours entrouverte de la jeune fille. Le précieux liquide s'écoule entre ses lèvres meurtries et se déverse au fond de sa gorge.

Soudain prise de soubresauts spasmodiques, l'adolescente revient à elle en s'étranglant, régurgitant aussitôt le peu qu'elle vient de boire. Ses paupières s'ouvrent, tout d'abord avec peine, comme s'éveillant d'une nuit trop courte, puis ses yeux d'un bleu azur s'écarquillent en nous découvrant, penchés au-dessus d'elle. Un cri strident s'échappe de ses poumons et la terreur qui s'empare d'elle déforme soudain son visage émacié. Nous ne sommes pas trop de deux pour la maitriser tant elle se débat dans sa cage de plastique qu'est devenu le charriot.

Maxime la bâillonne de sa main et de quelques paroles rassurantes tente de la raisonner :

— N'aie pas peur, tout va bien ! On veut juste t'aider !

Elle gesticule encore quelques instants, ses gémissements s'étouffent dans la paume de Maxime qui poursuit d'une voix réconfortante :

— Calme-toi, tu vas te faire mal. Regarde-moi. On te lâche mais il faut arrêter de crier, tu comprends ?

Peut-être parce qu'elle réalise qu'aucune de nos dents ne cherche à s'enfoncer dans sa chair, elle se résout à l'apaisement. Comme convenu nous nous écartons.

— Tu as soif ? l'interroge Maxime en lui tendant la petite bouteille.

Pour toute réponse, elle s'en empare des deux mains et la vide d'un trait. Sa soif n'ayant d'égale que sa pâleur, je lui en présente une seconde mais lui suggère de boire plus lentement.

— Lui c'est Dan, moi c'est Maxime. Et toi, c'est quoi ton prénom ?

Elle toussote tandis que nous nous apprêtons à entendre le son de sa voix pour la première fois :

— Lisa… Je m'appelle Lisa…

— Ok Lisa. Mais on n'a pas vraiment le temps de faire connaissance tout de suite, l'informé-je. On a un ami, là, dehors, qui nous attend depuis un moment, alors on ne doit pas tarder. Nous venons d'un immeuble près du centre-ville. Nous sommes six là-bas. Tu veux venir avec nous ?

Elle grelotte et se blottit dans la doudoune un peu trop grande que nous lui avons trouvée en passant aux abords du rayon textile. Un nuage sombre passe devant ses yeux qui s'humidifient et, chargé d'émotions, obscurcit son regard. La pluie de chaudes larmes qui va ensuite inonder son visage déjà livide par la fatigue et les traces de farine nous met mal à l'aise, quelque peu démunis face à sa détresse.

Maxime, désireux de la mettre en confiance, tente à nouveau quelques mots :

— Ne t'inquiète pas, on va te mettre en sécurité. Et on t'aidera à retrouver ta famille aussi.

Lisa secoue la tête d'approbation puis essaie de se relever mais s'immobilise immédiatement, se plaignant d'avoir la tête qui tourne et de voir "tout noir".

La soutenant sous les bras, nous l'aidons à descendre du caddie. La jeune fille chancelle un peu, se rattrapant à nous pour ne pas tomber. Au-delà d'être peut-être déshydratée, l'adolescente, engourdie par le froid, doit très certainement être affaiblie par le manque de nourriture. Tandis qu'elle s'assoit sur une palette encombrée d'une dizaine de packs d'eau et d'une bonne petite réserve de papier toilette, je fouille dans l'un des cartons de vivres et lui tends une poignée de barres chocolatées qui lui redonneront quelques forces, pendant qu'avec Maxime nous stabilisons sur une autre palette nos dernières trouvailles.

Ayant pour ma part déjà travaillé en grande distribution avant que l'on ne décide avec Chloé de venir s'installer en bord de mer, le maniement du tire-palettes mécanique n'a pas de secret pour moi. Nous voilà donc partis, non sans avoir au préalable contrôlé que rien ne rôdait dans les parages, à traîner derrière nous notre lourde cargaison sur le bitume irrégulier de l'arrière-cour de l'hypermarché.

Je laisse à Maxime le soin d'aider Lisa à prendre place à l'arrière de la voiture, et je commence quant à moi à charger notre butin. Au fur et à mesure que s'accumule la marchandise dans le coffre ainsi qu'aux côtés de notre nouvelle passagère, je sens l'Epica s'enfoncer sur ses essieux et relever sensiblement le nez.

Tant bien que mal, nous arrivons à tout y engouffrer et nous prenons place à l'avant, abandonnant derrière nous nos deux palettes vides, impatients de retrouver Laurent.

Lagord, parking de l'hypermarché
12h51

Roulant au pas sur le parking maintenant étonnamment désert de la grande surface, nous ne décelons toutefois aucune trace de notre compagnon. Sans couper le moteur, je m'empare de ma paire de jumelles et sors du véhicule. Je me hasarde à grimper sur le capot d'une des nombreuses voitures orphelines et m'efforce de le localiser en scrutant les environs.

Tout au nord, le long de l'avenue remontant sur Lagord, une sorte de nuée ténébreuse se détache dans la monotonie du ciel gris. Je règle au mieux la netteté des lunettes, je n'arrive pourtant à distinguer qu'une masse confuse mais néanmoins affreusement troublante. Je n'en suis pas sûr mais il semblerait qu'une véritable horde de morts-vivants vienne vers nous.

Un second bruit de moteur vient s'ajouter au mien et m'arrache à ma stupeur. Lentement, une voiture sombre sort du préau de la station-service sur notre droite. La 306 de Laurent arbore une triste mine, sa carrosserie bleu roi, enfoncée de toute part, est recouverte de traces rouge noirâtre et de lambeaux sanguinolents qui dégoulinent encore le long de la tôle froissée. Brisé, le rétroviseur droit pend sur le côté, tel un membre désarticulé, et une fêlure en étoile constelle la moitié du pare-brise côté passager.

Le jeune homme arrive à notre hauteur, baisse sa fenêtre et nous harangue, soulagé :

— Putain, vous en avez mis du temps les gars !

— Désolé vieux, lui répond Maxime en quittant la Chevrolet pour rejoindre son copain. Mais on a fait quelques rencontres !

Laurent aperçoit alors Lisa recroquevillée à l'arrière du véhicule, puis son visage revêt un masque de stupéfaction. Elle le regarde, sur ses gardes, les yeux plissés, encore éblouie par la lumière du jour.

— Vous... vous avez trouvé une survivante ?

— Coincée dans une petite pièce aveugle au fond du magasin, je lui réponds. Et toi ? Ça a été ?

— J'ai rassemblé le troupeau et je l'ai éloigné au maximum. J'en ai même ramassé d'autres en route ! Ils n'ont pas tous été très dociles, ajoute-t-il comme pour justifier l'état de sa voiture.

— D'accord. Alors je crois que je l'ai vu aux jumelles, ton troupeau, et je crois bien qu'il revient par ici...

— Dans ce cas ne traînons pas, m'interrompt Maxime. Je n'ai pas envie qu'on soit encore là lorsqu'ils reviendront dévorer le berger !

Je me réinstalle au volant, à présent seul à l'avant et enclenche la première. Dans le sillage de Laurent, nous quittons le parking du petit centre commercial, espoir en tête de pouvoir y revenir et piocher à nouveau dans ce qu'il lui restera à offrir.

La Rochelle, avenue du Lieutenant-Colonel Bernier
13h16

Les sinistres déambulations des morts métamorphosent les rues de la ville en un véritable labyrinthe vivant, perpétuellement en mouvement. Les chemins qui étaient praticables à l'instant ne le sont plus le temps d'après. Nous sommes donc systématiquement tenus de trouver un nouvel itinéraire pour rentrer, celui emprunté à l'aller n'étant déjà plus envisageable. Nous nous rendons compte que, jaillissant de nulle part, ces atrocités se répandent aussitôt sur notre passage comme une traînée de poudre.

Nous nous retrouvons ainsi à descendre l'avenue du Lieutenant-Colonel Bernier en direction des parcs sans pouvoir, à aucun moment, bifurquer dans l'une de ces petites artères perpendiculaires qui pourrait nous rapprocher et nous faire éviter le centre-ville. Déjà étroites en temps normal et toutes en sens unique, une seule voiture délaissée sur la voie suffit à condamner chacune des rues qui se présentent d'un côté comme de l'autre.

Après avoir été contraints de faire marche arrière à plusieurs reprises, tentant de nous engager dans certaines de ces allées a priori dégagées, mais qui ne le sont en fin de compte que sur les premiers mètres, nous progressons sur l'avenue principale, plus large, considérant que chacun de nos détours n'est en fait qu'une perte de temps qui augmente notre exposition au danger.

Cependant, une cinquantaine de mètres avant l'intersection avec la voie ferrée, nous nous voyons obligés de faire halte. Un bus articulé, éventré au niveau de sa jonction en accordéon, obstrue pratiquement toute la chaussée ; son compartiment avant est renversé en travers des rails alors que l'arrière est encore sur ses roues. Et des dizaines de morts hétéroclites, autrefois jeunes, autrefois vieux, rôdent tout autour, faisant blocus devant le mince mais surtout unique passage praticable.

A travers la trace en arc-de-cercle dessinée par l'essuie-glace arrière de la 306 de Laurent sur son pare-brise maculé de sang, je distingue les deux amis dans une discussion qui semble animée.

D'un coup d'œil nerveux dans mon rétroviseur central, je m'assure de l'urgence de la situation. Derrière nous, déjà, tout un bataillon d'infectés grouille et marche sur nous d'un pas lent mais sans ambiguïté. D'une voix frêle et terrorisée, Lisa me demande ce qu'il se passe.

— Faut qu'on trouve un autre chemin.

Je vois ensuite Maxime descendre de la 306, le visage contrarié, et se diriger à petites foulées vers nous. Je baisse ma vitre pour écouter ce qu'il vient nous dire mais n'a-t-il pas encore ouvert la bouche que, devant, Laurent démarre, pied au plancher et la main collée au klaxon.

— Putain, mais qu'est-ce…, souffle-t-il.

En quelques secondes, Laurent a rejoint le bus dans un boucan d'enfer. Les morts se font de plus en plus nombreux autour de nous et je presse Maxime de sauter dans la voiture :

— Grouille ! Monte !

Le jeune homme contourne le nez de la Chevrolet, trépanant au passage d'un coup de machette un badaud au teint gris-bleu un peu trop curieux, et vient se réfugier dans l'habitacle.

— Mais qu'est-ce qu'il fout ? lui demandé-je.

Laurent était entre temps sorti et s'était hissé sur le toit de son véhicule avec deux bidons, et en ce moment, il se manifeste bruyamment, employé à attiser l'envie gloutonne des monstres qui s'agglutinent naturellement et naïvement à ses abords.

— Il veut jouer au héros ou quoi ? Il m'a demandé de venir vous dire de ne pas bouger, qu'il avait un plan pour faire distraction là encore, m'explique Maxime visiblement tout autant mécontent qu'inquiet. J'avais pas prévu qu'il me plante ce con.

Derrière nous, Lisa s'agite sur son siège et commence à paniquer sérieusement :

— Il y en a partout ! Il y en a partout ! se met-elle à répéter nerveusement.

Je déplore effectivement que, hypnotisés par les agissements inconsidérés de Laurent, nous en avions oublié le cortège toujours à nos trousses. Ce dernier, qui avait vu son nombre s'accroître avec les coups de klaxon, nous avait immanquablement rattrapés, et les premiers rangs de macchabées n'étaient à cet instant plus qu'à quelques pas du coffre de l'Epica.

— Que personne ne bouge ! ordonné-je à voix basse.

Une marée inhumaine nous engloutit. Ballottés par le flot des morts qui nous submerge, je prie pour que Lisa, que j'entends sangloter, toute seule à l'arrière, parvienne à se maîtriser tandis que, cinquante mètres en face, nous observons avec effroi Laurent répandre le contenu de ses bidons sur le capot de sa voiture et sur les zombies qui l'encerclent. Maxime a un geste vers la poignée de sa portière mais d'une pression sur un bouton de la mienne, j'actionne le verrouillage centralisé qui nous enferme dans un claquement résonnant comme un coup de feu. Noyés en plein cœur de la horde, nous avons comme un avant-goût de l'enfer sur terre.

— Tu sors et on est tous morts… chuchoté-je pour le jeune homme sans le regarder.

Je devine pourtant l'immense détresse qui l'assaille.

— Il m'a dit qu'il avait réussi à siphonner un peu d'essence, m'avoue-t-il sans vouloir y croire. Et moi j'ai rien vu venir !

Plus bas dans la rue, l'attroupement est maintenant si négativement formidable qu'on ne distingue plus de la 306 bleu roi qu'un petit fragment du toit sur lequel est perché Laurent dont l'espace vital se réduit comme peau de chagrin. Ses deux jerricanes vidés et jetés dans la foule, le jeune homme s'acharne dorénavant à écraser à coups de pied les mains qui, tendues vers lui, espèrent l'agripper. Il nous cherche ensuite du regard et scrute l'horizon. Mes yeux virevoltent d'un rétroviseur à l'autre pour constater que l'avenue derrière nous est à présent vide. J'en veux à Laurent de laisser vagabonder dans ma tête, en agissant de la sorte, le fait d'entrevoir cette opportunité comme une occasion de mettre les voiles, mais cette vision s'efface rapidement. Je me dis que je pourrais peut-être essayer la même stratégie en rebroussant chemin, tout en jouant du klaxon, pour éloigner la meute de notre ami. Je n'ai toutefois pas même le temps de partager l'idée avec les autres ni même celui d'en réaliser l'inutilité que Maxime pousse un hurlement désespéré à l'encontre de son camarade qui, peut-être dès lors résigné, nous salue de loin :

— Laurent ! Non ! Pas ça !

Il malmène la poignée de la porte pour sortir mais il est déjà trop tard. Laurent embrasse le bout de ses doigts et dédie ce baiser fraternel à son vieil ami qui s'effondre, sûrement dans un mélange de douleur et de colère, à mes côtés. Il tenait un petit objet que je ne cerne réellement que lorsqu'il le lâche avec désinvolture.

L'avant de sa voiture s'embrase aussitôt dans un violent souffle et une déferlante de feu se déverse sur le flot d'infectés qui l'assiègent, toujours repoussés par les coups de pied déchaînés du jeune homme. Très vite, les corps tombent, consumés par un brasier dantesque. Puis survient ce que nous redoutions tous. L'insupportable explosion en pleine tourmente se révèle, fatalement, assassine pour l'un des nôtres. La déflagration fait trembler le sol et l'éclat de lumière nous aveugle quelques secondes, le temps de ne pas voir la voiture de Laurent se disloquer et disparaitre avec lui. Une averse de débris enflammés s'abat sur la route devant nous et un morceau de gomme pneumatique à moitié fondue rebondit mollement sur notre capot me faisant sursauter.

Maxime se laisse enliser dans sa souffrance et son désarroi tandis que Lisa est à présent silencieuse, pétrifiée devant la dramatique scène se déroulant sous nos yeux impuissants. Parcouru d'une vague de frissons, mon corps se met à trembler, une sensation oppressante m'enserre la poitrine comme une tenaille géante et la comprime jusqu'à me faire monter les larmes aux yeux. Durant quelques secondes, le temps s'est arrêté pour nous.

Les derniers corps toujours debout errent sans but, véritables torches humaines, insensibles et inconscients du compte à rebours cuisant qui les dévore. Porté par le vent et aidé des projections multiples, le feu s'est attaqué à l'arrière du bus d'où menace, certainement plus importante, une nouvelle explosion. Nous devons nous ressaisir très vite, mais mes deux passagers ne me paraissant pas vraiment avec moi, il me faut nous sortir de là rapidement et quitter cet endroit maudit. Laurent ne doit pas être mort ici pour que s'y produise un autre drame.

Même si l'avenue principale est toujours barrée par l'énorme masse métallique jaune et blanche du bus, la crémation des zombies a libéré, sur la gauche, l'accès initialement repéré à la petite rue qui remonte vers la piscine en longeant la voie ferrée. Mais pour y parvenir, un gymkhana entre les flammes encore quelque peu vivaces s'impose.

Et là, étrangement, comme un message d'encouragement arrivant après la tragédie, ou comme un dernier signe envoyé par Laurent, une pluie rigoureuse s'abat brusquement, venant enrayer la progression du feu et peut-être juguler l'explosion assurément plus dévastatrice de l'autobus. C'est le moment.

Je démarre, enclenche la première et réveille les cent cinquante chevaux de l'américaine. Bridée par le frein à main que je desserre, et inhabituellement alourdie à l'arrière par notre chargement, la voiture se cabre légèrement avant de s'élancer sur les restes fumants des dépouilles sur lesquelles quelques flammèches vivotent encore.

Bringuebalés par les suspensions malmenées, je roule sur les corps carbonisés, restant malgré tout concentré pour éviter les monceaux de ferraille calcinée qui jonchent le sol. Lorsque nous arrivons à la hauteur de l'ossature charbonneuse de la 306, Maxime colle son visage à la fenêtre, le regard scotché dans le vide. Subitement, je me sens incroyablement seul et responsable du sort de chacun.

A l'intersection, je me faufile donc à gauche, débouchant sur une rue bordée de maisons de ville d'un côté et du chemin de fer de l'autre. J'avance, sur les deux cent cinquante premiers mètres, à contresens, mais c'est bien là pourtant le cadet de mes soucis. Je contourne le premier véhicule abandonné au milieu de la chaussée en montant sur le trottoir, mais les deux suivants me forcent à serrer au maximum sur la droite et je ne peux éviter aux ailes de frotter, à tribord contre le grillage qui sépare le bitume des rails, et à bâbord contre l'arrière d'un break trop encombrant. Mais ça passe.

Enfin, nous regagnons une plus grande latitude de manœuvre lorsque nous arrivons sur la partie à double sens de la rue. L'horloge digitale du tableau de bord m'apprend que nous avons quitté Chloé, Zack et Guy depuis maintenant plus de quatre heures. Quatre longues et terribles heures à n'en pas douter. Impatient de les rejoindre, je presse un peu plus la pédale de l'accélérateur, fauchant au passage quelques morts-vivants ayant le malheur de se trouver sur mon chemin. Et pour l'heure, je dois dire que j'éprouve une exaltante petite satisfaction morbide lorsque résonnent contre la carrosserie les craquements des os qui se brisent et des crânes qui éclatent. Je ne cherche pas à me venger, mais je ressens une sorte de soulagement à chaque corps qui tombe. Ces horreurs ont pris la vie de Laurent, nous leur prendrons leur mort. Quelques discrètes larmes coulent sur mon visage crispé.

— Coupe par le parking de la piscine, me conseille Maxime d'une voix sombre et défaite.

J'essuie mes joues du revers de la main. Je ne suis plus seul.

Seconde Partie :
ESPECE EN VOIE
DE DECOMPOSITION

« En fait, tout bien considéré, je préfère la compagnie des morts à celle des vivants. »

George A. Romero

ERRANCES DES JOURS D'APRES

Retour aux Voiliers

Après l'épisode du supermarché, puis la mort tragique de Laurent, le retour à la résidence ne s'est pas non plus fait sans difficulté. Une bonne heure supplémentaire nous aura été nécessaire avant de pouvoir enfin atteindre la rue des Voiliers, sans parler du déchargement de toute la marchandise qui ne s'annonçait pas être une partie de plaisir.

Encore trop faible pour marcher seule, nous avons tout d'abord transporté Lisa jusqu'à l'intérieur, la confiant aux bons soins de Chloé, à la fois surprise et terriblement émue par notre arrivée tant attendue, mais surtout par l'absence de l'un des nôtres.

Puis il a fallu vider la voiture tout en gérant les visites indésirables. Pour cela, nous avons suivi le plan préétabli le matin même de l'expédition. Garés au plus proche du bâtiment, Maxime et moi formions une chaîne réduite par laquelle nous nous passions les "courses" jusqu'au balcon d'un appartement du rez-de-chaussée. Là, Zack et Guy étaient chargés de leur réception depuis l'intérieur. Et malgré les nombreuses interruptions pour nous débarrasser des gêneurs aux mâchoires grinçantes, l'opération s'est finalement achevée plus rapidement que ce que je ne craignais.

Maxime a ensuite disparu dans son appartement, s'isolant pour le reste de la journée, et me laissant la lourde tâche de rapporter aux autres les événements survenus lors de notre sortie, de l'exploration du supermarché au geste héroïque mais suicidaire de Laurent, en passant par la découverte de Lisa.

Tous extrêmement curieux de faire sa connaissance et d'en apprendre davantage à son sujet, nous avons cependant dû patienter jusqu'au lendemain pour l'entendre. La jeune fille, après avoir accepté de se faire examiner par Chloé et avoir avalé les deux tiers d'une petite boîte de lentilles froides et un peu de jus multivitaminé, s'était endormie profondément dans le lit de Zack où nous l'avions installée.

Au final chacun s'était senti un peu déchargé, pouvant s'isoler, l'âme en peine et le cœur contrit, et pleurer à sa manière la pesante disparition de Laurent.

Le récit de Lisa

Dans l'après-midi du jour qui avait succédé à la disparition de Laurent, Maxime nous avait rejoints dans notre appartement, les yeux gonflés et les traits creusés, sans pour autant faire allusion à la perte de son ami.

Lisa, quant à elle, avait trouvé la force et l'énergie nécessaires, le matin même, pour se lever et marcher timidement jusqu'à la salle de bains où elle avait pu se laver en puisant dans la réserve d'eau glacée de notre baignoire. Puis, après un repas un peu plus consistant, la jeune fille s'était sentie de nous raconter son histoire.

Le jour où ce chaos a commencé, Lisa accompagnait sa mère et son petit frère de deux ans dans l'hypermarché où ils avaient l'habitude de faire leurs courses chaque mardi en fin d'après-midi. L'atmosphère était déjà électrique sur le parking animé de coups de klaxons intempestifs et, à leur entrée dans la grande surface, l'interpellation musclée par les vigiles de quelques clients agités avait fini de donner le ton. Une certaine agressivité ambiante était palpable mais, pour remplir leur frigo, la jeune mère n'avait pas d'autres créneaux horaires que celui-ci dans son emploi du temps surchargé de parent isolé. La petite famille avait donc entrepris de tout de même remplir son charriot en dépit d'une cacophonie étourdissante et d'une indéniable fébrilité.

Tout s'était ensuite enchaîné très vite, trop vite. Les accrochages entre les personnes irascibles et nerveuses s'étaient intensifiés jusqu'à tourner au pugilat. Aussi improbable que cela pouvait paraître, Lisa avait vu des gens en venir aux mains devant certains rayons alors que les produits étaient disponibles en quantités suffisantes pour satisfaire tout le monde. Puis, lorsque pour finir les allées s'étaient transformées en véritables scènes d'affrontements, sa mère avait abandonné sa liste de courses pour éloigner au plus vite ses enfants de cette folie. Mais l'épouvante allait crescendo, et la ligne de caisses ressemblait davantage à une ligne de front où hommes et femmes s'empoignaient comme des bêtes, cherchant à se déchirer à coups de crocs et de griffes.

Un homme au visage ensanglanté avait violemment percuté leur chariot, renversant au sol son contenu, ainsi que son petit frère assis dans le siège enfant. Le malade avait ensuite tenté de se jeter en grondant sur le petit garçon complètement tétanisé par la peur, mais leur mère s'était immédiatement interposée, agrippant courageusement le forcené par les épaules pour l'en séparer. Mais celui-ci s'était retourné sur elle en soufflant comme un fauve déchaîné et lui avait mordu la main jusqu'au sang. L'étau de ses mâchoires ne s'était desserré qu'une fois frappé à plusieurs reprises à l'aide d'une boîte de conserve. La mère de famille avait alors pris ses enfants par la main et les avait entraînés vers la sortie. Malheureusement, celle-ci n'était pas plus accessible que les gens qui se trouvaient devant ne semblaient être raisonnables et sympathiques. C'était à ce moment, pendant une seconde d'hésitation, cette toute petite seconde où, dans le cerveau de cette maman paniquée, se cherchaient explications et solutions, qu'ils s'étaient emparés de l'innocent petit garçon. Deux hommes et une femme, le visage défiguré par la démence et le sang, se disputaient le corps hurlant du pauvre enfant. La mère et la fille étaient tombées à genoux, s'écroulant sous le poids de la douleur combinée à l'horreur. Lisa s'était ensuite retrouvée recroquevillée sur le sol, recouverte par sa mère qui la protégeait de tout son être tandis qu'une pluie de coups aveugles et gratuits s'abattait sur elle dans un concert de cris féroces.

Les frappes s'étaient ensuite interrompues et une main salvatrice et inespérée les avait attrapées, chacune par un bras, pour les aider à se relever. Un homme de grande taille et à la carrure impressionnante venait de les libérer des assauts de leurs assaillants qui, au mieux inconscients, gisaient à terre. L'inconnu, qui ne présentait aucun signe d'agressivité envers elles, les avaient ensuite tirées derrière lui sans mot dire jusqu'à l'espace boulangerie pour les enfermer dans le petit bureau où nous avions trouvé Lisa huit jours plus tard. L'homme avait immédiatement disparu sur cette seule et unique phrase : « *Ne bougez pas d'ici tant qu'il y aura des cris !* » De cet homme, qu'elles n'allaient jamais revoir, Lisa ne se rappelait que l'imposante stature et le costume-cravate noir. Peut-être s'agissait-il d'un agent de sécurité du magasin...

La mère et sa fille avaient respecté cette consigne, plus par terreur que par obéissance, jusqu'à ce que le silence se soit enfin imposé, de très longues et interminables heures plus tard. Profondément choquées par ce qu'elles venaient de vivre, elles avaient dû tout d'abord épuiser toute leur réserve de larmes avant de pouvoir tenter de se ressaisir. Sa mère avait commencé par scruter par le petit hublot de la porte avant de décider, constatant que le calme semblait à présent planer sur les environs, d'aller voir où en était la situation, répétant à sa fille de ne surtout pas bouger, sous aucun prétexte.

Elle avait alors quitté, une fois ses talons retirés, la pièce sur la pointe des pieds. L'adolescente, terrorisée, s'était réfugiée sous le bureau au fond du petit laboratoire. Elle y avait attendu le retour de sa mère, sursautant à chacun des bruits provenant de l'autre côté de la porte.

Un peu plus tard, les éclairages s'étaient subitement éteints tandis que le smartphone de Lisa indiquait vingt-deux heures. Sa peur avait pris alors une toute autre dimension. Puis sa mère était enfin revenue, avec quelques sandwichs triangles et un filet d'oranges qu'elle avait déposés devant sa fille avant de se blottir contre elle. A la lueur du rétro-éclairage de son téléphone, Lisa avait tristement observé le visage dévasté de sa mère ainsi qu'une nouvelle morsure, sur son avant-bras celle-ci, à moitié cachée par une manche déchirée et tachée de sang. Elle avait juste murmuré d'une voix pâle qu'il n'était pas possible de sortir pour le moment et n'avait voulu répondre à aucune des questions de sa fille. Et lorsque Lisa avait évoqué le prénom de son petit frère, elle avait éclaté en sanglot.

Au cours de la nuit, sa mère avait commencé à se sentir mal, s'était révélée fiévreuse, transpirait et grelottait. Et malgré l'insistance de Lisa, elle avait refusé d'avaler quoi que ce soit.

Le lendemain, les lumières s'étaient automatiquement rallumées vers six heures. En dépit de son état se dégradant, la mère de Lisa avait fait plusieurs échappées dans les allées du magasin au cours de la journée dans l'espoir de trouver un accès qui leur permettrait de quitter les lieux, mais à chacun de ses retours elle rapportait un peu de nourriture et taisait fermement les raisons qui les forçaient à rester cloîtrées de la sorte.

Les deux femmes avaient passé une seconde puis une troisième nuit dans la froideur et l'incommodité de la petite pièce. Au matin du vendredi, Lisa, de plus en plus inquiète de l'état préoccupant de sa mère, avait voulu sortir pour se rendre compte par elle-même de ce qui les retenait ainsi prisonnières. Mais sa mère s'y était farouchement opposée, faisant même preuve à cette occasion d'un énervement irrationnel complètement inhabituel.

Dans l'après-midi, c'est une fois de plus elle qui s'était aventurée hors de la pièce malgré les contre-indications de sa fille. Ceci avait été son dernier départ puisque Lisa n'avait ensuite plus revu sa mère.

L'adolescente l'avait attendue une, puis deux puis trois heures. Mais engourdie par le froid, le sommeil l'avait gagnée et emportée vers d'autres cauchemars. Elle s'était réveillée peu après dix-neuf heures, en sueur et tiraillée par une légère faim qu'elle avait calmée de quelques chips et d'une orange. Sa profonde inquiétude à propos de sa mère ayant pris le pas sur sa peur, elle avait saisi son courage à deux mains pour sortir de leur abri précaire et affronter l'indicible vérité qui l'attendait certainement et sournoisement au-delà de la porte du petit bureau. C'est là qu'elle avait réellement pris conscience de l'insoutenable horreur de la situation.

Des hommes et des femmes au visage blême et sans expression erraient dans les allées comme de parfaits somnambules ou bien des junkies complètement défoncés. Lisa nous racontait que certains se tenaient seulement çà ou là, sans réaction, quasiment immobiles hormis quelques mouvements de tête erratiques. Elle décrivait, presque absente, une odeur âcre flottant tout autour d'elle.

Ce n'est du reste que dans un second temps qu'elle avait vu les corps au sol. Son estomac s'était retourné sur le champ, lui faisant rendre le peu qu'elle avait avalé plus tôt. Le bruit du liquide grumeleux se répandant avec violence sur le carrelage avait immédiatement interpellé certains des individus les plus proches, et ceux-ci s'étaient aussitôt mis à avancer dans sa direction, d'une démarche approximative et saccadée. Perturbée par leur mine de déterrés se précisant au fur et à mesure que s'amenuisait la distance entre elle et eux, elle avait cédé à la panique pour battre en retraite et retourner dans l'exigu bureau. Elle avait à peine eu le temps d'empiler derrière la porte tous les sacs de farine situés à portée de main pour la bloquer, que le premier des assaillants était déjà contre le hublot à tambouriner mollement contre l'obstacle. La pauvre Lisa avait alors plongé à nouveau sous le pupitre, tirant sur elle la bâche qui recouvrait les sacs de farine pour s'y dissimuler et ainsi prier pour se faire oublier. D'autres s'étaient très vite alliés à lui et le martellement sourd et aliénant de leurs poings sur la porte n'avait cessé de résonner dans sa tête qu'après un long moment, pour systématiquement reprendre au moindre de ses mouvements.

Sitôt sortait-elle de sa cachette qu'ils reprenaient leur inlassable litanie. Et bien qu'assez nombreux pour enfoncer la porte, Lisa avait constaté, soulagée, qu'ils semblaient visiblement également suffisamment atteints au cerveau pour ne pas y penser. La jeune fille nous avait confié avoir ainsi passé les trois jours qui avaient suivis, cachée pour ne pas entendre les gémissements d'outre-tombe qui reprenaient de plus belle sitôt qu'elle devait bouger pour se nourrir ou encore se soulager dans un coin de la salle devenue sa cellule. Puis l'épuisement de ses maigres réserves avait fini par réduire drastiquement la nécessité de quitter sa sécurisante bâche.

Enfin, possiblement une journée ou deux avant que nous ne la trouvions, elle ne savait plus trop, la batterie de son portable s'étant déchargée pour avoir à de nombreuses reprises tenter de joindre des proches, le courant s'était subitement coupé pour cette fois ne plus se rétablir. Perdue dans le noir et le froid, elle s'était ainsi laissé emmener, espérant secrètement se réveiller de ce cauchemar ou peut-être, inconsciemment, s'endormir à tout jamais.

L'écoutant avec compassion, aucun d'entre nous n'ignorait, après son jeune frère, quel triste sort avait dû frapper sa mère, aussi lorsque Maxime lui avait demandé si des personnes pouvaient être à sa recherche sur La Rochelle, elle s'était contentée de baisser puis secouer négativement la tête en reniflant. A notre suggestion de tout de même l'accompagner chez elle ne serait-ce que pour récupérer quelques affaires personnelles, elle avait refusé net, prétextant ne plus vouloir prendre le risque de s'exposer à ces atrocités. Elle habitait un petit pavillon à Lagord non loin de la grande surface. Nous avons donc convenu de faire en sorte de cependant y faire un saut dès que nous y retournerions.

Sans prendre la peine de concerter le groupe, cette décision tombant sous le sens, Chloé lui avait alors suggéré de rester chez nous avec elle, Zack et moi-même. Elle se sentirait naturellement plus à l'aise avec une autre femme et un adolescent de son âge, même si ceux-ci n'étaient encore pour l'heure que de parfaits inconnus. C'est ainsi qu'une autre décision avait été prise. Celle de changer de quartiers. Afin que chacun puisse conserver son intimité, nous nous sommes installés dans l'appartement plus grand des Garnier, dans lequel nous nous sommes aménagés, Chloé et moi, un coin nuit dans la pièce qui faisait office de bibliothèque. Dans le même temps, Guy avait proposé sa compagnie à Maxime s'il ne souhaitait pas rester seul, mais le jeune homme avait poliment décliné l'invitation, répondant qu'il allait bien, de ne pas s'inquiéter pour lui, qu'il n'était pas Laurent...

Les longues journées d'hiver

La semaine suivante, notre réserve de vivres à présent bien pleine ne nécessitant pas de nouvelles incursions en terrain hostile, nous nous sommes évertués à combler les heures pour garder le moral. L'ombre de Laurent plane sur le visage de Maxime qui n'a jusqu'alors évoqué la disparition de son ami avec aucun d'entre nous. Il partage son temps entre le poste de guet sur le toit et les deux appareils de fitness que nous avons déplacés dans l'autre appartement du dernier étage.

Zack et Lisa apprennent à se connaître. Lorsqu'ils ne parlent pas de rien, le grand sujet de conversation des adolescents, le jeune garçon gratte ses guitares et la jeune fille l'écoute, le regard parfois un peu perdu dans le vide. Mais au bout de quelques jours, elle lui a demandé de lui apprendre deux ou trois accords. Ces deux-là s'occupent plutôt bien.

Quant à nous, nous mettons à profit l'incroyable bibliothèque des Garnier et ses nombreux ouvrages divers et variés. Chloé m'accompagne dans mes lectures, s'arrêtant parfois pour s'adonner à quelques sudokus ou mots-fléchés.

Chaque jour, nous avons la visite de Guy qui, malgré ses soixante-quatorze ans, continue de monter quotidiennement les trois étages à pied, une façon comme une autre selon lui de remplacer ses anciennes balades journalières jusqu'au marché couvert du centre-ville. Du coup, prenant exemple sur sa motivation et son entrain, Chloé et moi avons pris pour habitude de commencer chaque journée par une heure de rameur et de vélo d'appartement. Nous avions souvent évoqué ensemble, du temps où les morts demeuraient morts, l'envie de nous inscrire dans une salle de sport sans jamais pour autant franchir le pas. Il avait fallu que le monde sombre dans le chaos et la folie pour que nous trouvions l'occasion de nous y mettre.

Même si chaque "foyer" dispose de sa petite réserve personnelle de nourriture, nous continuons de nous retrouver tous ensemble pour partager chaque repas. Cette réunion donne ensuite généralement lieu à quelques parties de cartes, le plus souvent de poker, ou de scrabble, se terminant peut-être huit fois sur dix, quel que soit le jeu, par une victoire de Chloé ou de Guy. Ah non, j'oubliais le petit bac où je demeure le champion incontesté !

*

Le jeudi, je me suis réveillé avec pour seule compagnie quelques timides rayons de soleil qui pointaient entre des nuages épars au profil moins menaçant que les jours précédents. L'absence de chaleur dans les draps froissés à mes côtés me laissait penser que la place devait être vide depuis suffisamment longtemps déjà pour que je m'en étonne. D'ordinaire, nous nous attendons l'un l'autre pour nous lever et faire notre heure d'entraînement avant d'avaler un verre de jus d'orange et une viennoiserie en sachet sous vide. Le petit déjeuner était libre, chacun se levait à l'heure qu'il voulait et se débrouillait ensuite, puis nous nous retrouvions en général tous sur les coups de midi pour un déjeuner collectif.

Trouvant étrange le fait de ne pas voir Chloé près de moi, j'ai pressé le bouton veille de mon téléphone portable afin d'en allumer l'écran. En haut à gauche, l'avant dernière barre de la batterie avait disparu au cours de la nuit et l'affichage numérique indiquait qu'il était déjà plus de onze heures. Mais plus surprenant encore, je me suis alors et surtout rendu compte que nous étions le quatorze février. Jour de la Saint Valentin. J'avais complètement oublié ! Chose peut-être toute excusable étant donné les circonstances mais qui pour moi était inconcevable, même si je n'avais rien d'autre à offrir à Chloé que des jours pour le moins incertains et tristes.

Je me suis donc levé en hâte pour la quérir. Dans le salon, je suis tombé sur Zack et Lisa, chacun emmitouflé dans une grosse couverture en laine et calé dans un coin du canapé, une pile de mangas entre eux. J'ai appris du jeune garçon que sa mère était descendue depuis près d'une heure maintenant dans notre ancien appartement au premier étage.

Après avoir enfilé un manteau, je suis sorti sur la terrasse soulager ma vessie et en ai profité au passage pour briser la fine pellicule givrée à la surface d'une des bassines au sol afin de recueillir au creux de mes mains un peu d'eau de pluie. Le contact tonique du liquide glacé sur la peau de mon visage et sur mon cuir chevelu avait terminé de me réveiller. Je suis ensuite descendu rejoindre Chloé.

Tourner la clé dans la serrure de notre appartement encore empreint de nos meubles et de notre vie ici m'a noué l'estomac. C'était déroutant de se dire que nous n'y vivions plus mais qu'une grande partie de nos biens s'y trouvait encore. Provenant de notre ancienne chambre, la voix de Chloé a répondu à mon appel et dirigé mes pas avec impatience vers elle.

Elle avait démonté notre lit et avait disposé, à même le sol, le matelas qu'elle avait prolongé de plusieurs grands coussins. Dans la pénombre de la chambre aux stores à peine remontés, j'entrevoyais sa tête qui dépassait d'entre les couettes.

— Qu'est-ce que tu fais là mon bébé ? lui avais-je demandé en souriant.

Et elle m'avait répondu en toute simplicité :

— Je t'attendais…

Elle avait accompagné ses trois mots d'un geste ample, écartant les bras pour engendrer entre les couvertures un passage, une invitation contre sa peau dévoilée. J'ai alors immédiatement ressenti sur la mienne des tressaillements d'excitation et me suis sans plus attendre dévêtu pour me glisser dans sa tanière improvisée.

Une fois blotti contre elle, Chloé m'a tendu, toute fière, un petit paquet cadeau emballé avec tout le soin qui la caractérise. Je me suis senti terriblement bête et lui ai avoué que je n'avais rien pour elle, sauf peut-être ma bouche et mon corps...

J'ai déchiré le papier et ouvert la petite boite cartonnée, curieux de découvrir ce qu'elle pouvait bien recéler. Ne m'y attendant absolument pas, je n'ai pas cherché à masquer ma surprise en apercevant le bracelet de cuir marron et le cadran rond et argenté d'une montre Ted Lapidus. Jusqu'à maintenant je m'étais toujours défendu de ne pas vouloir ce genre d'accessoire, n'en ayant pas un réel besoin à l'ère de la téléphonie mobile. Devant mon expression stupéfaite, Chloé avait tenté de se justifier en expliquant que j'en aurais certainement l'utilité lorsque mon portable rendrait l'âme. Je l'ai rapidement coupée en la remerciant, approuvant l'idée, puis lui ai demandé où et quand elle se l'était procurée. Elle m'a alors raconté qu'elle l'avait dénichée le jour où nous avions exploré chaque appartement de l'immeuble, dans le tiroir d'une table de chevet d'un de nos anciens voisins du premier étage. Comme un enfant volant un jouet ou une friandise dans un magasin, elle avait discrètement glissé la montre, enveloppée d'un petit sentiment de honte, dans une poche de son manteau. J'ai souri en imaginant la scène et l'ai charriée en la traitant de Tomb Raider, clin d'œil à un célèbre jeu vidéo mettant en scène une héroïne pilleuse de tombes. Puis elle s'est mise à faire l'enfant, me réclamant son cadeau d'une manière qui lui était si particulière : « *Et moi, il est où mon cabeau ? Il est où mon cabeau ?* » Je lui ai répondu que pour me rattraper elle en aurait deux l'année prochaine, avant de l'enlacer amoureusement, nos épidermes nus frémissant en se mélangeant.

Ma belle s'est ensuite redressée et a plaqué ses mains sur mon torse, me faisant ainsi comprendre qu'elle prenait la direction des opérations. Avec plaisir je l'ai laissée faire et me suis allongé sur le dos, les yeux fermés pour mieux me délecter de la douce tiédeur de cette langue taquine qui descendait petit à petit le long de mes côtes. Espiègle, elle caressait, effleurait et jouait entre mes cuisses, me faisant languir et grandir si bien que bientôt mon impatience n'avait d'égal que la vigueur de mon envie. Chloé le sentait, le voyait et m'a alors enserré entre ses lèvres pour mieux me faire glisser dans le chaud fourreau de sa bouche veloutée. Mon corps s'est arcbouté, raide et fourmillant de frissons puis je me suis détendu, la laissant ainsi aller et venir entre mes jambes jusqu'à n'en plus tenir. C'est donc presque à contrecœur que je me suis arraché à cette voluptueuse étreinte pour inverser les rôles et plonger à mon tour avec la plus grande appétence au plus profond de son intimité, nous faisant oublier les affres de ces derniers temps.

Ignorant le reste du monde, nous avons passé une bonne partie de la journée à ces petits jeux ; faire l'amour et narguer la mort.

Quelques jours de redoux…

Le lendemain de la Saint Valentin, nous avons eu la bonne surprise de retrouver un ciel bleu inondé des rayons réconfortants d'un soleil franc et revivifiant. Appréciant grandement cette trêve du mauvais temps, nous en avons profité, le jour suivant, pour aller visiter les appartements du dernier bâtiment de la résidence, celui du gardien, également celui où, dix-huit jours plus tôt, j'avais fait cette macabre découverte : nos morts pouvaient se relever pour s'en prendre à nous. Pour l'occasion, Zack s'est proposé de nous accompagner afin de combler dans l'équipe le vide créé par le décès de Laurent. A ma grande surprise, Chloé ne s'y était pas opposée et avait même tenu à se joindre à nous, ne supportant plus d'être enfermée dans notre tour d'ivoire. Nous lui avons donc fait choisir parmi les armes blanches ramenées de l'hypermarché.

— Mon dieu, quelle horreur ! avait-elle lâché, dégoûtée et résignée, en prenant la dernière machette.

En complément du sabre briquet de Guy, Zack s'était également équipé d'une des deux hachettes, qu'il avait insérée entre sa ceinture et son jean. Quant à Maxime et moi, depuis que nous les avions trouvés, nous gardions en permanence chacun un coupe-coupe, en plus de notre ceinturon de police et de son pistolet. Chloé m'avait confectionné une sangle en tissu pour mon katana afin que je puisse le porter en bandoulière lorsque je devais me servir d'une autre arme puisque son point fort, à savoir son allonge, se transformait vite en contrainte en milieu confiné.

Nous nous sommes préparés méticuleusement, nous couvrant de plusieurs épaisseurs de vêtements malgré le redoux et protégeant nos bras et nos jambes, les enroulant de suffisamment de gros scotch pour qu'aucune dent infestée ne parvienne à atteindre notre chair. Visuellement ce n'était pas des plus seyants et ce n'était pas non plus des plus confortables, mais priorité était donnée à notre sécurité. Terriblement inquiète par cette folie dans laquelle, selon elle, nous nous lancions, Lisa était restée dans sa nouvelle chambre tandis que Guy, s'était positionné en guetteur à l'une des baies vitrées du premier étage, afin de surveiller notre retour. Une fois que nous nous sommes sentis fin prêts, nous avons franchi, le cœur battant, le local à poubelles comme un sas entre la sécurité toute relative de notre refuge et l'hostilité du monde extérieur.

Nous n'étions pas sortis depuis plus d'une semaine et l'odeur nauséabonde provenant de tous ces corps que nous avions laissés gisant et pourrissant à même le sol, macérant dans leur propre jus de putréfaction, nous avait retournés encore plus violemment qu'un uppercut en plein estomac. Je sentais mes compagnons lutter comme moi pour ne pas vomir leur dernier repas que sollicitaient les haut-le-cœur à répétition, et qui nous arrachaient des larmes d'irritation. Chacun avait pourtant tenu bon.

Sur le chemin menant à notre objectif, le bâtiment du concierge, plusieurs nouveaux morts rôdaient hagards. J'ouvrais la marche, suivi de très près par Chloé qui, survie oblige, devait bien finir par se retrouver confrontée à son premier macchabée.

— Vas-y bébé, tu peux le faire ! l'avais-je encouragée en lui cédant ma place à l'avant, la laissant alors face à un grand chauve filiforme au visage émacié à outrance.

Elle s'était aussitôt rétractée, voulant reprendre sa place derrière moi tout en s'excusant de ne pas pouvoir. J'avais insisté jusqu'à ce que Fil, notre zombie asperge, s'excite sur les derniers mètres nous séparant et commence à grogner. Mais constatant que la peur était encore la plus forte, j'avais finalement été contraint de raccourcir moi-même Fil d'une tête. Chloé m'avait ensuite demandé à quoi je jouais. Je lui avais expliqué qu'il lui fallait, en pénétrant avec nous dans l'immeuble, être capable d'affronter une de ces choses et de s'en débarrasser. Je voulais qu'elle soit déterminée, prête à tuer sans hésiter, tout ce qui pourrait surgir d'un coin, d'une ombre pour l'attaquer, elle ou l'un de nous. Une fois à l'intérieur, il serait facile et dangereux de se laisser surprendre et la moindre seconde d'hésitation pouvait nous être fatale.

— Et c'est pareil pour toi Zack, avais-je ajouté en m'adressant au jeune garçon qui, malgré son aide précieuse pour inspecter les appartements auparavant, n'avait pas encore eu l'occasion de salir la lame de son sabre.

Maxime avait acquiescé puis accompagné l'adolescent vers son baptême du sang. Zack s'était acquitté de son droit d'entrée comme d'une simple formalité, d'un geste bref et précis. Je m'étais alors à nouveau adressé à Chloé pour la convaincre que si faire de même n'était pas anodin, mon amour pour elle ne l'était tout autant pas :

— Il faut impérativement que tu en sois capable, bébé. Je t'assure que tu ne te poses pas les bonnes questions. Du coup tu penses que tu n'es pas prête à le faire. Mais il y aura forcément un moment où tu n'auras pas le choix. Et ce moment venu, je veux être certain que tes états d'âme ne viendront pas interférer avec ta sécurité, et que tu auras le dessus sur eux. C'est important pour moi, et ça l'est sûrement aussi pour Zack et les autres.

— Mais c'est de la boucherie, avait-elle protesté, c'était quand même des gens avant !

— Si on ne les atteint pas à la tête, ça ne leur fait rien ! Et puis tu veux devenir comme eux ? Dis-toi que c'est pour leur bien, que tu les délivres d'un enfer dont ils n'auraient de toute façon pas voulu ! Tu aurais envie qu'on te laisse dans cet état là toi ? C'est dans ce sens là qu'il faut réfléchir ! Chloé, c'est en les éliminant que nous ne serons jamais des leurs ! Et ce n'est que de cette façon qu'on s'en sortira ! Nous avons déjà perdu Laurent c'est déjà trop.

Alors que je commençais à lui faire entendre raison, d'autres morts-vivants s'étaient approchés de nous, tombant au fur et à mesure sous l'acier de Maxime et maintenant de Zack. Ils en avaient laissé venir un jusqu'à nous, claudiquant et gémissant misérablement dans son costume gris tendu par les chairs gonflées de gaz de décomposition. Sa lenteur l'avait désigné et mon regard disait à Chloé : « *Vas-y, il est pour toi celui-là !* ».

Elle avait alors levé son bras armé sans grande conviction avant de l'abattre, un peu trop tôt, d'un geste mal assuré et manquant de force. La large lame de la machette avait manqué de peu la tête qui s'était dérobée sous l'effet chaloupé du corps titubant, et était venue s'enfoncer de quelques centimètres à peine à la base du cou, butant contre une clavicule déjà décharnée. Insensible à la blessure trop faible et sentant sa proie toute proche, le zombie avait lâché un feulement glaçant en basculant vers l'avant pour s'agripper au manteau de Chloé. Celle-ci avait à son tour poussé un cri d'effroi devant l'attaque de l'infecté avant de finalement se laisser guider par son instinct de survie.

D'un furieux coup de pied dans la rotule, elle l'avait mis à terre, dégageant ainsi son arme pour cette fois l'écraser sur le sommet du crâne dégarni, le fendant en deux comme une vulgaire bûche de bois sec. Allongeant son bras au maximum et se tenant le plus possible à l'écart du cadavre, Chloé avait ensuite retiré la lame, portant sa main libre devant sa bouche pour masquer une grimace de dégoût.

— Super mon bébé, là c'est bon ! l'avais-je aussitôt congratulée. Allons-y maintenant.

Pour pénétrer dans le bâtiment, il avait fallu briser la porte vitrée du hall d'entrée. Car même si par chance il restait des résidents encore en vie entre ces murs, sans électricité pour alimenter l'interphone, nous n'aurions pu en contacter aucun. Une fois à l'intérieur, une odeur pestilentielle, encore plus insupportable que celle constatée dehors, nous avait forcé à ressortir quelques instants sur le perron, le temps cette fois-ci de vomir tripes et boyaux.

J'avais retrouvé, toujours allongé sur le sol froid, un des responsables de cette puanteur. La dépouille de l'agent de police que j'avais achevé presque trois semaines auparavant poursuivait tranquillement sa décomposition. L'épiderme avait noirci et une sorte de graisse rance suintait par endroits du corps gonflé. Je m'étais baissé, faisant mine de l'observer, et en avais discrètement profité pour récupérer d'entre ses doigts roides et flétris la photo un peu froissée de ceux qu'il avait chéris.

Quelque part un peu plus haut dans les niveaux supérieurs, des râles caverneux s'échappaient de la cage d'escalier, donnant aux lieux une atmosphère encore moins hospitalière que lors de ma première venue. Notre stratégie était toujours la même ; nous commencions par gravir tous les étages afin de nous assurer que chacun des paliers était sûr, puis nous visitions chaque logement en redescendant. Mais avant cela, j'avais voulu frapper à la loge du gardien. La porte était entrouverte et nous étions entrés, sur nos gardes. L'appartement était sans dessus-dessous et empestait la charogne, même si l'odeur était tout de même moins irrespirable que dans le couloir. De nombreuses bouteilles vides de vin rouge traînaient çà et là et c'est dans ce triste décor que nous avions découvert le corps de Francis, feu notre gardien, pendu au bout d'une courte corde, tendue à cheval sur la tranche supérieure d'une porte et accrochée à sa poignée. Ses pieds, à une petite vingtaine de centimètres du sol, ne se balançaient pas ou plus, contrairement à l'imaginaire collectif, un marchepied était couché sur le flanc devant lui. Malgré son visage violacé, il semblait être définitivement parti, apparemment propre de toute contamination. Sur lui et à proximité, ni lettre d'adieu ni photo de proches, juste une petite flasque en inox, gainée d'un cuir usé, dépassait de sa poche pectorale. Elle était vide et sentait le whisky. Je l'ai glissée dans une des poches latérales de mon sac à dos.

Nous avions longuement hésité quant à ce que nous devions faire de lui. Maxime et Chloé voulaient le détacher pour le déposer sur son lit, cependant Zack avait émis l'hypothèse de son éventuel retour à tout moment. Ne pouvant prendre un tel risque, le libérer du nœud coulant impliquait donc de préalablement lui briser le crâne ou le décapiter. Personne ne s'en sentant le cran, nous avions finalement décidé, à regret, de le laisser tel qu'il était. Nous avions ensuite passé les lieux au peigne fin et regroupé dans le hall près des boîtes aux lettres tout ce que nous avions récupéré.

Abordant le deuxième étage, nous avions perçu des grognements beaucoup plus distincts. Puis, dans le faisceau de nos torches électriques, les jambes trainantes de trois créatures nous étaient alors apparues en haut de la série de marches menant au troisième. Nous les avions observées se diriger vers nous, curieux de voir de quelle façon elles allaient appréhender la descente de l'escalier. Nous n'avons pas été déçus ! Dès la première marche, le mort de tête avait mollement basculé dans le vide et dévalé les treize suivantes dans un fracas d'os brisés, s'étalant lamentablement à nos pieds sur le pas de la porte de l'appartement juste en contrebas. Incapable de tirer la moindre leçon de la mésaventure de leur congénère, les deux autres lui avaient immédiatement emboîté la chute. Se débarrasser ensuite de ces êtres pantelants, enchevêtrés dans l'amas de leurs propres corps désarticulés, n'avait posé aucun problème. Sur le palier suivant, deux des quatre portes d'entrée étaient ouvertes en grand, expliquant cette présence inamicale à ce niveau. Rapidement, nous avions fait le tour des deux F4 pour n'y constater aucune autre personne, morte ou saine.

C'est un peu plus haut que nous avions eu une drôle de surprise. L'accès au cinquième était condamné par un fatras de chaises et de meubles en tout genre. L'ouvrage était de toute évidence le travail d'êtres encore doués de réflexion et de motricité, des êtres encore vivants, en tous cas au moment des faits. Et lorsque pour passer nous avions entrepris de démonter ce barrage improvisé, leurs concepteurs avaient fait leur apparition, accoutrés d'une sorte de combinaison faite de coussins et de draps, leur donnant des airs de dresseurs de chiens d'attaque, et armés de ce qui ressemblait à des pieds de chaises au bout desquels était fixé un couteau de cuisine. Chaque partie s'était observée un instant. Ils étaient moins nombreux et paraissaient plus méfiants, aspect plutôt rassurant quant à leur état. Nous avions donc fait un pas vers eux en levant les bras en signe de pacifisme. Nous nous étions présentés, avions expliqué en quelques mots notre situation et la raison de notre présence dans leur bâtiment, puis les deux survivants nous avaient finalement invités à entrer chez eux.

Il s'agissait d'un couple, la quarantaine naissante, à l'allure élégante et raffinée malgré leur mine hirsute et défraîchie. L'homme s'appelait David Webber et avait de faux airs de cet acteur américain surnommé Docteur Mamour dans la série *Grey's Anatomy*. Il portait une barbe de plusieurs jours et des cheveux brun foncé légèrement bouclés qui faisaient ressortir la pâleur de son visage fin et harmonieux. Entre des sourcils broussailleux et de larges cernes se perdaient ses petits yeux vifs et nerveux. Sa femme, un peu plus grande et élancée, se distinguait par une bouche qu'elle avait grande et fine et des yeux en amande très étirés qui pouvaient laisser imaginer quelques gènes orientaux sous-jacents. Ses cheveux noirs de jais étaient coiffés en chignon et une frange recouvrait l'intégralité de son front. Elle répondait au prénom de Vanessa.

Ils avaient monté leur barricade quelques jours après mon passage, suite à une visite du gardien. Ce dernier avait fait le tour des résidents et avait malencontreusement libéré, ouvrant quelques portes dont celles des niveaux inférieurs, certains des monstres enfermés. Malgré tout, même s'ils avaient compris que ces êtres revenus de l'au-delà ne parviendraient pas à monter jusqu'à eux, ils avaient préféré, autant par défiance que par prudence, leur condamner cet accès. Le couple avait alors survécu depuis grâce aux ressources disponibles dans les appartements des trois derniers étages. A aucun moment ils n'avaient évoqué d'éventuelles fâcheuses rencontres et n'avaient pas non plus fait état du massacre qu'ils avaient dû découvrir derrière la porte du 22 auquel j'avais pris part, réalisant l'horrible revanche de la mort sur la vie.

Nous leur avions ensuite exposé notre parcours et les avions invités à se joindre à notre groupe. Après s'être juste échangé quelques regards, ils nous avaient demandé un peu de temps pour réunir leurs affaires. Nous en avions profité pour poursuivre la fouille de l'immeuble.

Dans une chambre d'enfant, nous avions découvert deux paires de talkies-walkies Lansay. Il s'agissait certes de jouets dont la portée et la puissance ne devaient pas être exceptionnelles mais peut-être suffisantes pour les communications entre les personnes de guet sur la terrasse et celles de l'intérieur. Enfin, à notre grand bonheur, Zack avait déniché au fond d'un placard un petit réchaud de camping dont la bouteille de gaz semblait encore à moitié pleine. La perspective d'un repas chaud nous avait alors à tous mis du baume au cœur.

Deux niveaux plus bas, David et Vanessa nous avaient rejoints. Nous avions ainsi pu constater qu'ils savaient, et sans états d'âme, se servir de leurs épieux artisanaux. Chloé m'avait également rassuré sur ses capacités à faire face à nos funestes agresseurs.

De nouveaux compagnons de fortune, le retour du soleil et de quoi manger chaud, il y avait de quoi être aux anges.

Cela n'allait pas durer.

… avant la récidive du froid.

Le reste de gaz dans la bouteille du petit réchaud nous avait permis de réchauffer nos conserves et ainsi redécouvrir les saveurs presque oubliées d'un bon cassoulet ou d'un petit salé aux lentilles, ou encore de nous extasier sur la texture chaude d'un ravioli ou d'un cannelloni. Cependant, ces petits plaisirs n'avaient pu durer qu'une poignée de jours avant que ne se soient consumées les toutes dernières vapeurs de butane. Et ceci bien sûr, juste avant que la température ne chute à nouveau de manière drastique.

Nous avions alors entamé la dernière semaine de février dans un nouveau froid sec et glacial, décuplé par les assauts continus d'un vent sibérien inlassable. Et c'est non sans une certaine nostalgie qu'au matin du 26 nous avions ouvert les yeux sur l'inhabituel manteau blanc dont s'était parée la ville durant la nuit.

Nous armant de courage et de vêtements chauds, nous avions profité de cette nouvelle offensive de l'hiver pour sortir explorer les habitations des rues alentours. Depuis que le mercure était tombé sous la barre du zéro, nous avions en effet pu constater qu'une certaine inertie frappait les morts-vivants, les laissant comme endormis, mais toujours debout, recouverts de neige. Ils réagissaient certes encore à notre présence, mais évoluaient de toute évidence bel et bien plus lentement et gauchement dans ces moments-là.

Nous avions donc, Zack, les Webber et moi-même, commencé à visiter les maisons les plus proches, c'est-à-dire celles de la rue située aux pieds de la résidence, juste derrière. Chloé, qui avait une sainte horreur de la neige et qui n'était qui plus est manifestement pas spécialement impatiente d'avoir à réutiliser sa machette, était restée avec Lisa et Guy, suivant ensemble notre progression depuis la baie vitrée de chez ce dernier. Quant à Maxime, il avait pris pour habitude d'occuper plus qu'un chacun le poste de guet. De là-haut, il pouvait observer la rue dans son intégralité et ainsi nous prévenir du moindre fait par le biais des talkies-walkies qui s'avéraient, finalement, être de très bonne facture pour de simples jouets. Chaque groupe était équipé d'un des appareils qui, réglés sur la même fréquence, nous permettait de rester joignables et donc unis les uns les autres.

Jour 30 :
PAS DE FEUX SANS FUMEE

« Nous ne voyons jamais les choses telles qu'elles sont, nous les voyons telles que nous sommes. »
Anaïs Nin

Jeudi 28 février 2013
La Rochelle, Résidence Les Voiliers
07h21

Malgré les deux couettes qui nous recouvrent je grelotte et me recroqueville en chien de fusil. Je donnerais cher pour me brûler la langue avec un café bien chaud. J'ai dû me faire violence pour ne pas aller discrètement soulager ma vessie dans le lavabo. Le thermomètre sur la terrasse indiquait moins douze degrés et ça ne faisait que baisser de jour en jour depuis une semaine. Heureusement, la neige avait au moins eu la délicatesse de se retirer avant que les températures ne tombent dans le négatif.

Mon regard balaie l'étagère vide de la bibliothèque qui me sert de table de chevet et j'attrape la flasque qui auparavant appartenait au gardien pour la porter à mes lèvres. La sensation de brûlure que le rhum occasionne en longeant mon œsophage n'est pas tout à fait celle escomptée mais ça réchauffe tout de même un peu.

Dans la pièce à côté, j'entends tousser Zack. Tout le monde est un peu patraque depuis quelques jours. Entre le manque de chauffage et notre régime sans appel de conserves dégustées à température ambiante, nos organismes sont quelque peu malmenés. Heureusement que nous disposons encore de sodas, de gâteaux et de sucreries, sinon je ne sais pas comment nous tiendrions debout. Hier justement, Vanessa Webber a fait un malaise lors de la fouille d'une maison. Sans crier gare, elle s'est écroulée, tremblante et fiévreuse, dans les bras de son mari. Nous l'avons immédiatement ramenée dans l'appartement qu'ils se sont choisi sur le même palier que celui de Guy et l'avons allongée sur leur nouveau lit. Par mesure de précaution, Chloé l'a examinée sous l'œil inquiet de David pour s'assurer qu'elle n'avait pas, à je ne sais quel moment, été mordue. Et comme aucun de nous n'a suffisamment de connaissances en médecine pour établir un diagnostic, nous lui avons administré de l'aspirine en espérant, dans un premier temps, faire au moins redescendre sa température. Tout à l'heure, juste avant de monter prendre mon tour de garde à la vigie, j'irai voir si elle va mieux. Pour l'instant je savoure mes dernières minutes sous les couettes, avant d'aller m'échauffer pour la journée et brûler quelques mauvaises graisses sur le rameur.

07h45

Le petit réveil à piles, objet qui, il y a peu encore, nous semblait appartenir à un autre siècle et trouvé parmi les affaires d'un couple de retraités, se met à sonner, je m'empresse de l'arrêter pour ne pas réveiller Chloé encore endormie à mes côtés. Aujourd'hui je relaie Maxime sur le toit à neuf heures, du coup j'avais réglé la sonnerie une heure plus tôt que d'habitude pour ne pas déroger à ma petite séance d'entretien physique, que pour une fois je ferai seul. Je la reprogramme aussitôt pour huit heures et demie pour Chloé. Tant qu'il y aura des piles pour alimenter ces petits objets du quotidien dont nous pouvons encore profiter malgré l'absence d'électricité, nous parviendrons à maintenir, chose réconfortante, un semblant de civilisation évoluée. Le talkie-walkie que j'emmène avec moi dans le salon afin de prévenir Maxime que je suis bien debout fait partie de ces objets. Tout comme le petit poste radio-CD que nous avons mis dans la "salle de sport" pour égayer ce moment d'efforts. Systématiquement, nous partagions équitablement entre chaque membre du groupe chaque lot de piles que nous trouvions et gardions un pot commun pour les objets de premières nécessités comme les talkies et les lampes torches par exemple. Ensuite libre à chacun d'utiliser son stock comme il l'entendait. Personnellement, avec Chloé, nous nous accordons toujours quelques minutes de musique pour débuter la journée.

J'en insère deux de type AA dans l'appareil et scanne machinalement les ondes radio au cas où… Mais comme chaque matin depuis un mois, je ne capte qu'un chapelet de grésillements stériles. Je fais le tour des CD que nous laissons toujours ici et choisis un des derniers Ben Harper, *White Lies for Dark Times*, un titre de circonstance, pour ma demi-heure d'exercices. Moi qui à la base ne suis pas sportif du tout, j'ai pris goût à cette séance journalière qui nous permet de nous entretenir physiquement et ainsi de garder la forme. Le manque d'activités ainsi que notre déséquilibre alimentaire risquent d'impacter nos corps qui puisent dans leurs réserves pour pallier les manques éventuels. J'ai bien remarqué que certains d'entre nous ont déjà perdu un peu de poids et que quelques visages se sont affinés, notamment ceux de Zack et de Chloé qui ne sont déjà à la base pas bien gros. Guy, quant à lui, a perdu ses bajoues et se félicite même d'avoir dû refaire un trou à sa ceinture. En ce qui me concerne je me sens moins à l'étroit dans mes pantalons et m'attelle en contrepartie à corriger en tablettes la couche de Nutella qui, plus pour très longtemps maintenant je l'espère, tient sous silence mes abdominaux.

Je m'installe sur l'appareil de musculation et commence à ramer au rythme nonchalant de *Number with no name*. Sentant déjà la température de mon corps s'élever sous l'effort, je retire mon sweat avant la fin de ce premier morceau.

C'est parti pour trente minutes.

08h35

Après avoir essuyé sur ma peau un des effets immédiats de mon labeur, je me recouvre rapidement pour ne pas attraper froid. Je repasse par notre appartement pour avaler un demi-verre de jus d'orange et deux cookies en guise de petit déjeuner. Chloé est réveillée mais elle traîne encore un peu dans la chaleur confinée des couettes. Je lui apporte un grand verre chargé de vitamine C, un jus de fruits ou un thé étant deux rares choses qu'elle aimait s'octroyer au saut du lit. Je me penche sur elle et l'embrasse.

— Tu es déjà allé t'entraîner ? me demande-t-elle après avoir bu une gorgée acidulée.

— Oui, et là je vais descendre prendre des nouvelles de Vanessa avant d'aller remplacer Maxime sur le toit.

— Couvre-toi bien Dan, je crois que Zack a choppé quelque chose, il n'a pas arrêté de tousser cette nuit.

— Je sais, je l'ai entendu moi aussi. Regarde dans les médicaments, il doit y avoir des pastilles pour la toux. Et je crois bien qu'il y a de l'Actifed aussi. Dis-lui d'en prendre.

— Je lui dirai. Et je pense que je vais faire comme lui car je ne me sens pas très bien ce matin… m'avoue-t-elle. Et puis j'en ai marre de ce froid. Je crois que je vais faire l'impasse sur la gym aujourd'hui.

— Comme tu veux. Reste un peu couchée dans ce cas. De toute façon, il n'y a rien de mieux à faire…

— Qu'est-ce que tu veux que je t'apporte à manger à midi ?

Je réfléchis un court instant avant de lui répondre l'air rêveur :

— Un gros cheeseburger et des frites bien chaudes, ça serait génial ! Beaucoup de frites !

— Pfff, souffle-t-elle l'air désespérée. Ah ouais ! Ce serait trop bien ! Tu crois qu'on en remangera un jour ?

— J'espère bien…

Je récupère son verre vide et l'embrasse à nouveau avant de la laisser se replonger sous les couvertures. La plaisanterie des frites me fait réaliser qu'en l'état actuel des choses nous n'avons que bien peu de chances de voir nos vies redevenir ce qu'elles étaient avant ce fléau. Ou du moins pas tant que nous resterons isolés et cloîtrés, huit que nous sommes, dans un immeuble déserté de toute âme et abandonné à une ville elle-même presque devenue fantôme. Mais nous sommes en plein cœur de l'hiver, et il est vrai que même si notre priorité reste pour le moment de résister au froid et de tenir à distance les créatures qui rôdent dehors tout autour, je sais que sitôt les beaux jours revenus, il nous faudra songer à nous envisager un avenir ailleurs qu'ici, loin de chez nous.

C'est la tête lourde de ces pensées que je m'habille chaudement pour sortir, et que je m'équipe de mon sac à dos et de mes armes. A la lueur d'une petite lampe de poche à LED, je descends les escaliers, que le silence et l'absence de lumière rendent terriblement glauques, jusqu'au troisième étage où je frappe à la porte qui est dorénavant celle des Webber.

David m'ouvre et me salue d'un sourire reconnaissant. Le contraste entre sa peau blanche et la noirceur de sa barbe de plus en plus épaisse lui donne l'air d'être aussi malade que sa femme.

— Comment va Vanessa ce matin ? lui demandé-je en entrant.

— Un peu mieux, il me semble que la fièvre a baissé. Mais elle ne peut encore rien avaler, elle vomit tout aussitôt.

— Vous avez des cachets contre ça ?

— Oui elle en a pris.

— Bon… ça ne doit pas être bien méchant mais vu qu'il ne fait pas super chaud, elle se remettra peut-être un peu moins vite qu'en temps normal.

— Si on pouvait faire du feu… on pourrait au moins manger chaud…

David revenait sur un sujet sur lequel nous n'étions pas tous d'accord et sur lequel nous avions déjà longuement débattu. Lui et sa femme avaient proposé, dès leur arrivée parmi nous, que l'on entretienne un feu sur le toit afin de pouvoir chauffer notre nourriture mais également permettre au guetteur, guère amené à bouger, de se réchauffer. Préférant l'envisager comme solution de dernier recours, j'avais toujours mis de côté cette possibilité, bien à regret ceci-dit puisque nous n'avions toujours pas déniché ces petites bouteilles de gaz tant convoitées.

De par mon expérience littéraire, acquise au fil des pages de tous ces livres de science-fiction post-apocalyptique que j'avais pu lire avant que la réalité ne vienne jouer sur le terrain de ces mêmes fictions, je ne pouvais faire autrement que de craindre autant, sinon plus, mes congénères encore vivants que ceux déjà morts. L'intégralité de notre modèle social s'était en effet vu se désagréger en un unique petit mois. Il ne devait plus y avoir ni économie ni commerce. Il nous fallait, pour nous sustenter, trouver notre nourriture par nos propres moyens. Et si ici nous en étions arrivés là, vols et pillages devaient certainement être devenus monnaie courante partout ailleurs, d'autant plus qu'il n'y avait plus ni police ni tribunaux pour maintenir l'ordre et la justice. Dehors une seule chose devait compter dorénavant : survivre. Et pour y parvenir il fallait assurément faire preuve de force et de subtilité. Dans des situations aussi dramatiques que celles-ci, l'homme ne se fait plus confiance. Un inconnu peut vous tuer pour vous prendre ce que vous possédez ou simplement par crainte de se faire dépouiller le premier. Dans ces moments, repoussé dans ses tranchées, il laisse, sciemment ou pas, ressortir son individualisme et son égoïsme, adoptant le précepte du chacun pour soi, le plus fort et le plus rusé menant la danse.

Bien sûr, de petites communautés comme la nôtre devaient s'être formées çà et là, mais en parallèle s'étaient peut-être dans le même temps créés des gangs, des groupes armés et dangereux ou des confréries de fanatiques prêchant la fin du monde et voulant brûler tout hérétique qui ne se rallierait pas à leur idéologie.

Je ne voulais surtout pas prendre le risque de signaler notre existence à n'importe quelle bande de cet acabit, même si de cette même façon pouvait tout également en découler un contact positif avec des groupuscules similaires au nôtre.

Cette position avait plus ou moins été acceptée dès le départ et totalement respectée jusqu'à maintenant. Mais le froid et la fatigue grandissante des derniers jours venaient ébranler les convictions parfois fragiles de certains. Je savais par exemple que Chloé, de nature, entretenait plus d'espoir que moi quant aux bonnes intentions de nos semblables. En outre, nous commencions tous à désespérer de trouver ces fameuses petites bouteilles de butane nécessaires au fonctionnement du réchaud que nous possédions.

Nos deux talkies-walkies se mettent à grésiller en même temps et le son de la voix inhabituellement exaltée de Maxime attire notre attention :

— Ici la vigie, je pense que vous devriez venir voir ça ! A vous.

09h08

Je passe la paire de jumelles à David et observe, dubitatif, les trois épaisses colonnes de fumées qui se détachent dans le ciel gris, quasiment plein ouest, du côté des quartiers de Laleu ou de La Pallice. Celle au centre de l'ensemble est blanche et s'était déclarée avant les autres. Aussitôt remarquée, Maxime nous avait contactés. Le temps de le rejoindre, deux de plus étaient apparues, s'élevant en volutes plus noires et plus denses de part et d'autre de la première.

— Ça c'est du barbeuk ! ironise David en tendant à son tour les jumelles à Guy.

— Vu la taille j'aurais plutôt opté pour un méchoui, lui répond Maxime.

— Ce qui est sûr en tout cas c'est qu'eux n'ont pas peur de se faire remarquer ! C'est carrément une invitation ! continue David en me lançant un regard sondeur.

Je lui rétorque qu'on a bien plus de chances de se faire becqueter en route que d'arriver à l'heure du repas.

— Quel que soit ce qui brûle là-bas, ça n'a certainement pas été allumé par un de ces décérébrés qui traînent dehors, ajoute Guy. C'est plutôt rassurant, ça veut dire que nous ne sommes pas seuls.

David reprend les jumelles et scrute à nouveau l'horizon en s'exclamant :

— On ne peut pas ne pas aller voir !

Je l'arrête tout de suite en lui rappelant les faits :

— Doucement, pas de précipitation. C'est à l'autre bout de la ville. Il y a au moins cinq ou six kilomètres pour aller jusque là-bas. Ça paraît peut-être pas tant que ça, mais je peux t'assurer que les conditions de circulation ne sont pas au top. Tout comme nous d'ailleurs pour le moment. Je préfèrerais qu'on économise nos forces pour continuer à fouiller les environs. On finira bien par trouver des bouteilles de gaz ou même un petit chauffage d'appoint.

— Je pourrais y aller en éclaireur, insiste-t-il, visiblement très enthousiaste face à cette découverte.

— Tu crois pas que ta femme voudrait plutôt que tu restes auprès d'elle ? je l'interroge.

— Si j'attends qu'elle soit remise, pour sûr qu'elle voudra m'accompagner, mais je ne préfère pas. Et je peux prendre un vélo, ça reste discret et l'aller-retour sera bouclé dans la journée.

Je n'ai pas envie de m'enterrer dans un nouveau débat avec lui, mais je ne veux pas non plus que chacun commence à n'en faire qu'à sa tête.

— C'est au groupe de décider, vous savez tous ce que j'en pense. Je vous laisse en discuter ensemble ce midi. En attendant, on ne change pas nos plans.

— T'inquiète Dan, il ne reste qu'une ou deux maisons à visiter avant d'attaquer les autres résidences de la rue, m'informe Maxime. On va s'en occuper ce matin.

— Qui sort ?

— David et moi. Et Zack, s'il est d'accord.

Je grimace, le regard accroché aux nuages de fumée qui continuent d'occuper une partie du ciel. D'un côté je n'aime pas trop le fait qu'ils ne soient que deux pour faire ça mais d'un autre j'apprécie encore moins l'idée de savoir Zack dehors sans moi.

— Si sa mère est d'accord, rectifié-je.

09h32

J'arpente ce qui est devenu notre chemin de ronde, allant et revenant le long des façades nord-ouest et sud-ouest pour garder un œil sur la rue des Voiliers et la cour de notre résidence. Je viens de voir Maxime, David et Zack filer vers le début de la rue et pénétrer dans une des deux maisons d'angle.

De par nos sorties quotidiennes, la voie était, de l'intersection de la rue Amos Barbot d'un côté aux entrées des résidences de la Goélette et de la Chaloupe de l'autre, à présent entièrement dégagée. Le plus proche des morts-vivants que je pouvais apercevoir se situait un peu plus bas, dans la rue Marcel Paul. Il la remontait laborieusement en traînassant le long du parking Erdf. Il était fort probable que cette ouaille égarée des enfers serait beaucoup plus proche de mes compagnons lorsque ceux-ci en auraient terminé et ressortiraient. Je m'impatiente d'entendre la voix de Maxime dans le talkie, me confirmant d'une part que tout va bien et d'autre part que l'appareil supporte toujours la distance.

— Ici Maxime. On est à l'intérieur, RAS. A vous.
— Ici Guy. RAS pour nous aussi. A vous.

J'imagine Chloé et Lisa, aux côtés du vieil homme à la fenêtre d'une des chambres de chez lui, surveillant la rue en contrebas. J'appuie sur le bouton d'émission du transmetteur et donne à mon tour mon information :

— Ici Dan. Un Z en approche à neuf heures. Attention lorsque vous sortirez. A vous.

Z était l'appellation que nous avions attribuée aux zombies pour les désigner plus rapidement aux talkies-walkies.

— Ici Maxime. Bien reçu. Continuons. A vous.

Je relève quelques instants les yeux et observe à nouveau les nuages de fumée qui essaiment le ciel à l'horizon. Les deux masses sombres verticales sc sont dissipées et seuls subsistent deux petits filets grisâtres. La grande colonne blanche est par contre elle toujours présente et se maintient haute et pleine. Si quelque chose a quelque part cessé de brûler, quelqu'un poursuit de toute évidence non loin de là l'entretien de son feu. Celui-ci allait-il perdurer, comme un appel ? Si tel était le cas nous devrions en tenir compte et nous poser les bonnes questions. Quelle attitude adopter face à cette nouvelle donnée ? Comment savoir si se faire connaître serait le bon choix ? Serions-nous les bienvenus ?... Nous ne pourrions, c'était pourtant clair, pas ignorer la présence éventuelle d'un autre groupe de survivants à seulement quelques kilomètres de nous, même s'il nous faudrait alors prendre toutes les précautions nécessaires avant d'essayer d'établir tout contact avec eux.

Jour 38 :
L'ODEUR DU CAFE CHAUD

« La folie, c'est le propre des
hommes, non des animaux. »
Francis Ouellette

Vendredi 08 mars 2013
La Rochelle, Résidence Les Voiliers
11h10

L'hiver touche enfin peut-être à sa fin. Il y a trois jours nous avons pu observer l'apparition des premiers bourgeons sur les arbres et la vague de froid sibérien qui nous enveloppait semble avoir passé son chemin. Le mercure remonte petit à petit et le soleil se montre plus généreux. Quelques timides oiseaux commencent à remontrer le bout de leur bec et brisent le silence mortuaire qui plane autour de nous de pépiements sporadiques et de chants rares et inachevés. Dotés d'une perception du danger plus affûtée que la nôtre, ces volatiles avisés avaient fui froid et danger dès le début de l'épidémie et revenaient maintenant tâter le terrain, posant leurs graciles petites pattes sur les branches les plus hautes des arbres. Cela fait également trois jours que David nous a faussé compagnie.

Au petit matin du mardi, Vanessa, guérie mais encore bien affaiblie par la maladie qui l'avait tenue alitée finalement près d'une huitaine, s'était réveillée seule dans leur appartement. Son mari s'était éclipsé durant la nuit, empruntant un vélo dans le local des deux roues, après avoir puisé l'équivalent d'un sac à dos de provisions dans leur stock personnel. Il avait également emporté avec lui l'un des deux flash-ball que nous laissons en "libre-service" dans une gaine technique du premier, en cas d'urgence. Dans cet acte inconsidéré, il avait tout de même eu le bon sens de laisser une lettre à sa femme pour expliquer la raison de cet agissement.

Depuis l'apparition des colonnes de fumée à l'horizon, celles-ci ne s'étaient jamais taries. La plus imposante demeurait statique et ne désenflait pas, continuant d'imprimer ses volutes blanches dans un ciel redevenu bleu et clair. Néanmoins, d'autres plus sombres et plus épaisses fleurissaient de façon ponctuelle chaque jour de-ci de-là pour ne s'éteindre que plusieurs heures après leurs prémices. Le plus intriguant dans tout cela, mais peut-être aussi le plus inquiétant, était qu'elles semblaient avoisiner chaque jour un peu plus le centre-ville. Ceux qui étaient à l'origine de ces feux se rapprochaient donc, lentement mais sans équivoque possible, de nous. Dès le premier jour, David s'était montré très insistant et désireux d'aller voir de quoi il en retournait, cependant l'état de sa femme ajouté aux priorités que nous nous étions fixées concernant nos recherches de fournitures l'avaient jusqu'alors retenu. Mais une fois Vanessa en meilleure forme avec en outre un temps plus clément, cela avait été plus fort que lui, il avait finalement mis son idée à exécution et était parti à la rencontre de ceux qui marquaient l'horizon de leur présence.

Nous nous raccrochions ainsi à l'espoir que David se retrouve face à des gens conciliants, ou tout du moins qu'il ait la lucidité de ne pas se dévoiler sans s'en être auparavant assuré.

Le brasier qui se consume en ce moment-même depuis environ deux heures se trouve celui-ci plus proche de nous que de La Pallice, peut-être du côté de Bel Air ou de Jericho. A ce rythme, ils seront dans le coin dans moins d'une semaine, en espérant que David soit de retour avant cela. Par moments, il me semble capter des sortes de crépitements au loin, mais le vent tourne vite et emporte avec lui cette impression.

Derrière moi, j'entends des petits pas légers claquer sur les dalles de la terrasse. Je me retourne et observe Chloé venir vers moi. Malgré le soleil, la température est encore fraîche et elle est recouverte de son manteau noir à large capuche. Elle porte un bonnet en laine sous lequel elle dissimule ses cheveux qu'elle ne peut plus dompter comme elle le souhaiterait. Les bombes de shampoing sec ayant un pouvoir limité sur le long terme, elle n'avait pu résister au besoin ressenti de les laver mais ne supportait pas l'aspect frisé qu'ils revêtaient naturellement sans l'action du fer à lisser. De toute façon, j'aimais bien avant, lorsque parfois elle les attachait, qu'ils soient raides ou non. En outre, elle qui avait comme on dit "une tête à chapeaux" et qui pourtant n'en portait jamais, je lui trouvais un tout nouveau charme avec son bonnet de snowboardeuse.

Elle me tend une des deux tasses fumantes qu'elle a apportées et, pour réchauffer mes doigts, j'enveloppe de mes deux mains la céramique presque brûlante des parois du mug. L'arôme suave et exaltant remonte jusqu'à mon visage et m'enivre de l'exquise odeur presque oubliée du café chaud.

Hier, dans l'appartement d'un amateur de camping, à l'intérieur d'une des résidences situées dans la rue derrière la nôtre, tous nos efforts de ces derniers jours s'étaient enfin vus récompensés par la découverte de trois petites bouteilles de gaz dont deux encore pleines. Même si la vague de froid intense semblait à présent derrière nous, la perspective des repas chauds à venir avait redonné un sérieux coup de fouet au moral de chacun. J'imagine aussi que cela avait permis à David de partir la conscience plus tranquille par rapport à l'ensemble du groupe.

— Les autres ont proposé de déjeuner sur la terrasse pour profiter du soleil, m'annonce-t-elle alors que la première gorgée de l'inestimable liquide noir irradie ma bouche et mon torse.

— Bonne idée, profitons du soleil, ça nous fera du bien, à tous.

— Oui, tout le monde a envie de reprendre des couleurs.

Pour le savourer, je garde longtemps mon café en bouche avant de l'avaler. Cela fait partie de ces petits riens autrefois anodins qui aujourd'hui transforment et redorent le quotidien. Un petit plaisir sans prétention parmi tant d'autres auparavant journaliers, subitement perdu du jour au lendemain et prenant dès lors une dimension d'une toute autre importance. Un réconfort retrouvé, mais pour combien de temps…

15h32

J'entamais le dernier chapitre d'un classique de la littérature française lorsque la voix de Zack résonne dans le talkie-walkie posé entre Chloé et moi.

— Ici Zack, y a des gens dans la rue vers Fénelon.

Je lâche mon livre et empoigne l'appareil de communication, impatient d'en savoir un peu plus sur ces personnes non loin du groupe scolaire situé environ trois cents mètres plus bas dans la rue Marcel Paul.

— Ici Maxime et Guy, combien sont-ils ? A vous.

L'ancien étudiant, qui, afin de briser leur solitude respective, avait finalement accepté la compagnie du doyen du groupe, avait devancé ma question.

— Trois hommes, à vélo et armés, lui répond l'adolescent.

— Ici Dan. Restez bien à couvert, m'adressé-je à Zack, le présumant accompagné de Lisa, on vous rejoint. Terminé.

Chloé et moi sommes les premiers à retrouver les deux jeunes sur la terrasse. Nous nous accroupissons derrière la balustrade et Zack me tend la paire de jumelles, désignant du doigt la direction nord-ouest.

Scrutant au plus bas possible dans la rue, je la remonte doucement et repère rapidement les individus en treillis urbain s'affairer autour du Scénic de la police nationale. Ils portent tous trois un sac à dos et une sorte de machette sanglée à la cuisse. Ils regardent à l'intérieur du véhicule abandonné mais, n'y voyant rien à récupérer, renfourchent leur vélo. Attachée à chacun des cadres, une sorte de carquois laisse apercevoir la crosse d'un fusil. Sous leurs bonnets et derrière leurs foulards, leurs visages sont à peine visibles, dissimulés qui plus est par des lunettes de protection du genre de celles que pouvait porter un soudeur.

Guy, Vanessa et Maxime arrivent à leur tour et nous rejoignent derrière le garde-fou.

— On a de la visite ? demande Maxime, l'air soucieux.

— Pas encore, je réponds. Ça n'avance pas très vite, ajouté-je en observant les trois cyclistes progresser à vitesse quasi nulle et fouillant les alentours du regard.

Pour qu'ils se rendent compte par eux-mêmes je fais tourner les jumelles.

— On dirait qu'ils cherchent quelque chose, fait remarquer Guy.

Effectivement, même à l'œil nu on devine les trois silhouettes prendre leur temps pour remonter la rue. Ils accélèrent un peu le rythme au niveau du parking Erdf puis mettent pied à terre à la jonction de la rue Amos Barbot. Moins de cent mètres les séparent maintenant de nous et inconsciemment nous retenons tous notre souffle lorsque, observant les points hauts, leurs regards passent sur nous, sans s'arrêter.

— C'est peut-être ceux que David est parti chercher ? chuchote Vanessa qui voit peut-être là un espoir d'obtenir des nouvelles de son mari.

— Peut-être, mais si c'est le cas il n'a pas dû les trouver. Sinon il serait avec eux non ? suppose fort justement Zack.

Deux des hommes viennent de disparaître à l'angle de la rue en direction d'une résidence pendant que le troisième monte la garde, carabine à la main.

— Ce qui est sûr, c'est que si c'est nous qu'ils cherchent, ils ne savent pas exactement où nous sommes, commente Maxime en me rendant les lunettes. Et vous avez vu, on dirait qu'ils ne s'intéressent qu'aux bâtiments collectifs. Ils sont passés devant des maisons en leur prêtant à peine attention.

— Si c'est bien ça alors ils seront bientôt là. Il faut se préparer à les accueillir.

— Et comment tu veux t'y prendre ?

Je regarde Maxime qui lui je n'en doute pas me suivra quel que soit le plan, puis les autres, quant à eux l'air moins confiant, avant de répondre :

— Ça dépendra d'eux.

16h27

Moins d'une demi-heure plus tard, les trois hommes sont à nouveau réunis, marchant à côté de leur vélo entre les cadavres parsemant la rue des Voiliers. Sans surprise, ils sont entrés dans l'enceinte de la résidence où la multitude de corps pourrissant à même le sol témoigne de l'activité qui a eu lieu ici-même.

Nous les observons maintenant depuis les fenêtres du salon et de la cuisine de notre ancien appartement. J'avais demandé à Zack et Lisa de conserver leur position sur la terrasse du côté rue tout en se cachant et avais confié au jeune garçon le flash-ball restant, avec pour consigne de ne pas hésiter à l'utiliser si une personne extérieure à notre groupe se présentait.

Les étrangers sont cette fois en faction au pied de notre bâtiment. Leurs deux-roues appuyés contre un arbre, ils se tiennent en formation triangulaire, dos à dos, fusils en mains, et scrutent autour d'eux fenêtres et balcons, en quête incontestable d'un quelconque mouvement. L'un d'eux se penche et commence à examiner les restes putrides que je regrette alors de ne jamais avoir pris le temps d'évacuer, craignant à cet instant une liaison malencontreuse mais juste : là où les morts sont vraiment morts, peuvent se cacher des vivants.

Guy, qui s'était porté volontaire sous prétexte que son âge mettrait des étrangers plus facilement en confiance, en profite pour ouvrir la baie vitrée et faire son apparition sur le balcon. Les trois inconnus font volte-face dans un sursaut, braquant leurs armes en direction du vieil homme qui lève les bras, davantage en signe d'apaisement que de crainte.

— Holà messieurs ! N'ayez crainte, je ne suis ni malade, ni dangereux.

Le premier, qui quelques secondes auparavant cherchait sur les morts les causes de leur trépas final, lève la main et ses deux comparses baissent sensiblement le canon de leur fusil. Puis, découvrant le bas de son visage en desserrant légèrement son foulard, il s'adresse à Guy :

— Bonjour Grand-Père, vous êtes fou ! Vous auriez pu vous faire tirer dessus ! Qu'est-ce que vous faites là ?

— Permettez-moi de vous retourner la question. Car en ce qui me concerne, je vis dans cette résidence depuis plus de vingt ans.

— Et vous êtes nombreux à l'intérieur ?

— Juste un vieillard, deux femmes et deux enfants.

Les trois hommes se regardent un instant puis celui qui semble être le meneur interroge Guy en embrassant du regard les dépouilles tout autour d'eux :

— Et c'est juste un vieillard, deux femmes et des enfants qui ont fait ça ?

Notre porte-parole ne se démonte pas :

— Il y avait un homme avec nous. Mais il est parti à la recherche d'autres survivants il y a trois jours de cela.

— Nous venons de La Pallice. Nous marchons depuis plus d'une semaine et nous n'avons croisé que des Mordus. Aucun survivant...

— Les fumées à l'horizon, c'est vous ?

— Ce sont nos groupes de nettoyeurs en effet. Nous, nous sommes les éclaireurs.

— Les nettoyeurs ?

— Et oui Grand-Père, il faut bien que quelqu'un s'occupe de tous ces cadavres ambulants. Une fois réduits en cendres on est sûrs qu'ils ne mordront plus personne. Ici on dirait que votre ami a déjà fait une bonne partie du boulot. Pourquoi vous ne les avez pas fait griller ?

Le ton de l'homme se fait plus sarcastique et une fois de plus la répartie de Guy ne défaille en rien :

— Peut-être l'aurions-nous fait si nous avions eu le nécessaire.

— Peut-être pourrions-nous entrer pour discuter dans un endroit moins... lugubre, propose-t-il en faisant rouler sous une de ses rangers une tête dégarnie. Nous avons des Thermos de boissons chaudes avec nous, ça vous tente ?

Le sourire carnassier de cet homme me fait penser au loup du Petit Chaperon Rouge qui essaie de rentrer chez Mère-Grand. Mais, comme nous l'avions convenu ensemble juste avant qu'ils ne pénètrent dans la cour, Guy leur donne son approbation :

— Entrez par la petite porte sur votre gauche, je descends vous ouvrir la suivante.

Pendant que Guy referme la baie vitrée et nous rejoint dans la cuisine, les trois hommes se rapprochent les uns des autres pour échanger quelques paroles, et l'un d'eux reste sur place tandis que les deux autres se dirigent vers le local à poubelles.

Maxime demande à Guy ce qu'il en a pensé et celui-ci avoue ne pas trop avoir apprécié l'attitude quelque peu irrévérencieuse de l'homme avec qui il vient de converser.

— Ils doivent continuer à s'imaginer qu'il n'y a ici avec toi que Chloé, Vanessa et les jeunes, insisté-je. Guy, tu les fais entrer dans le salon et voyons ce qu'ils ont vraiment à proposer ou à demander. Moi, je serai dans le petit séjour juste derrière. Maxime, tu pourrais te mettre dans la salle de bains si tu veux. Ou dans une chambre. Et si ça tourne au vinaigre on intervient. C'est bon pour tout le monde ?

Vanessa arrête de se ronger les ongles un instant et m'interroge sur le cas contraire :

— Et si tout se passe bien ?

Chloé fait un mouvement d'épaule comme pour appuyer cette possibilité.

— Vous leur proposez de prendre un appartement au premier pour la nuit et on avisera. Et puis je te fais confiance Guy. Tu sauras prendre les bonnes décisions.

Le vieil homme acquiesce d'un battement de paupières avant de se hâter vers la porte :

— Allons, ne faisons pas attendre nos invités !

16h56

Accroupi derrière notre bar en bambou rapidement déplacé dans le petit séjour pour m'y camoufler, je suis attentif au moindre bruit, au moindre mot. Les deux hommes sont dans la pièce à côté depuis quelques minutes, à quelques mètres à peine, juste derrière la cloison. Celui qui parle depuis le début se prénomme Christian et son acolyte Fabien. Après les présentations, ils ont immédiatement demandé où étaient les enfants. Chloé leur avait alors répondu qu'il s'agissait de deux adolescents et qu'ils se trouvaient dans un autre appartement.

Le bruit du zip d'une fermeture-Eclair résonne dans le calme de la pièce, puis juste après celui de la rencontre d'un objet métallique avec le bois, sûrement de notre table basse.

— Café, thé, chocolat chaud, qu'est-ce qui vous ferait plaisir ?

Un silence gêné fait écho à la proposition du dénommé Christian. Quelques secondes passent puis il ajoute d'une voix chaude :

— N'ayez crainte, on ne va pas vous empoisonner. Pour preuve, regardez. Fab', tu veux quoi ?

L'autre homme ouvre la bouche pour la première fois et marmonne d'une voix peu avenante, à l'opposé de celle de son compagnon, une réponse qui laisse comprendre le mot "café".

— Vous auriez des tasses ou des verres ?

— Oui bien sûr, lui répond Chloé que je devine ensuite marcher jusqu'à la cuisine, ouvrir un placard et revenir avec de simples gobelets à en juger par le bruissement léger du plastique souple.

L'homme la remercie puis il ajoute, peut-être en se servant lui-même :

— Personnellement je prends du thé.

Il marque un temps d'arrêt puis, bruyamment, soupire de satisfaction :

— Je crois que je n'ai jamais autant apprécié de boire du thé bien chaud que ces derniers temps. Pas toi Fab' ?

— Le café c'est mieux…

Ces dernières phrases finissent de convaincre Guy, Chloé et Vanessa qui succombent finalement à la tentation de leurs boissons chaudes dont j'imagine quant à moi, les papilles en éveil, le doux arôme.

— Et bien messieurs, se lance Guy pour faire avancer la discussion, racontez-nous. Vous venez d'où et vous êtes à la recherche de quoi exactement ? Vous êtes nombreux ?

Sans surprise, c'est encore le même qui se charge de répondre :

— Nous sommes plusieurs dizaines, peut-être même une centaine, je ne tiens plus trop les comptes à vrai dire. Nous avons trouvé un endroit fortifié donc plutôt sûr à l'extrême ouest de la ville. Et il y a des gens de toute sorte et de tout horizon avec nous. On a des médecins, des ingénieurs. Ils ont réussi à bricoler des générateurs et grâce à eux, depuis une semaine on a de nouveau de l'électricité et de l'eau chaude.

Des murmures d'excitation s'échappent à l'évocation de ces mots séducteurs. Qui n'aurait pas les yeux qui brillent devant un si bel écrin ?

— C'est fantastique ! s'exclame Vanessa. C'est mon mari David qui est parti à votre rencontre il y a trois jours. Il était persuadé que nous devions nous diriger vers l'origine de cette fumée blanche. Vous êtes sûrs de ne pas l'avoir croisé ? Il est un peu moins grand que moi, brun, barbu avec des cheveux frisottés et se déplace, lui aussi, en vélo.

— Désolé mais comme je l'ai dit à monsieur il y a un instant, nous n'avons croisé aucune âme qui vive, que de ces foutus Mordus.

— Et les nettoyeurs dont vous parliez tout à l'heure, change de sujet Guy, ils sont loin ?

— A environ deux ou trois kilomètres derrière nous, pourquoi ?

— Je voudrais juste comprendre le but de cette manœuvre.

— Le but dans un premier temps est d'arriver jusqu'au centre-ville pour se le réapproprier.

— Vous ne recherchez pas les gens en bonne santé ? s'étonne Chloé.

— On se débarrasse d'abord des Mordus. Mais en parallèle toute nouvelle personne est bien sûr la bienvenue au sein de notre communauté. D'ailleurs je vous invite vivement à faire vos valises. Lorsque le groupe de nettoyeurs arrivera ici demain dans la journée, ils vous détacheront une escorte pour vous aider à regagner la collectivité, si vous voulez…

— Mais on ne peut pas partir ainsi, sans attendre que David soit rentré ! l'interrompt Vanessa.

— Pas de panique, intervient Guy. Tu sais bien qu'il faut d'abord qu'on en parle ensemble avant de prendre une quelconque décision.

Puis s'adressant sans doute aux deux hommes :

— Et cet endroit sécurisé dont vous parlez, il se trouve où exactement ?

— Si vous décidez d'aller avec eux, les hommes qui vous y accompagneront demain vous l'expliqueront. Sinon je suis désolé mais je ne peux rien vous dire de plus. Je vous laisse y réfléchir. En attendant nous allons reprendre notre route, mais avant cela j'aurais un petit service à vous demander.

— Lequel ?

— Nous souhaiterions accéder à votre toit pour envoyer un signal à l'équipe qui nous suit, afin qu'elle puisse s'orienter jusqu'ici. Ça ne vous dérange pas ?

Sa demande sonne comme un boulet de canon qui dévaste tout sur son passage. Nous n'avions pas envisagé qu'ils puissent avoir une telle requête. Zack et Lisa sont toujours là-haut et je ne doute pas un instant que le jeune garçon appliquera les consignes qu'on lui a laissées si ces deux-là débarquent sur la terrasse sans au moins l'un de nous. Sans faire de bruit, je me glisse contre la cloison et pose la main sur l'arme automatique à ma ceinture, prêt à intervenir.

— Cela à l'air de vous poser problème, s'étonne l'éclaireur devant le malaise général et les visages, que j'imagine inquiets, auxquels il doit être confronté. Il y a quelque chose sur le toit ?

— Non, reprend Guy. C'est juste que si vous ne voulez pas nous dire plus précisément où vous êtes installés, je préfère en contrepartie que vous n'indiquiez pas notre position à vos amis tant que nous n'aurons pas discuté entre nous de votre proposition.

— Grand-Père, je ne pense pas que vous soyez en mesure de négocier quoi que ce soit. Je n'ai qu'un coup de feu à tirer pour que Mickaël, l'homme qui est resté en bas, reparte sans attendre en sens inverse pour avertir le reste de notre groupe et le guider jusqu'ici. Et croyez-moi, ils rappliqueront !

Un froid glacial envahit la pièce et tout mon organisme se met à s'affoler. Nous y voilà, leur vrai visage se dévoile. Etant donné la nature de leur menace, je relâche mon emprise sur la crosse du pistolet pour le laisser dans son étui et empoigne mon katana posé au sol à mes côtés.

— Ce n'est pas la peine de pointer le canon de votre fusil sur moi, lance Guy sur un ton assurément contrarié. S'il doit en être ainsi, je vous y accompagne.

— Voilà qui est fort sage Grand-Père ! Fabien, va avec lui ! Je vais rester avec ces charmantes demoiselles le temps que tu fasses ce que tu as à faire.

Il y a du mouvement dans la pièce et mon angoisse grandit. Guy demande ce qu'il se passera ensuite si jamais nous décidions de ne pas suivre leurs comparses demain. L'homme ricane et lui donne cette réponse :

— Vous faites bien comme vous voulez, c'est votre problème si vous voulez croupir ici. En attendant, pas de bêtise là-haut, un accident est vite arrivé.

L'estomac noué, j'entends la porte d'entrée se refermer sur le bruit de leurs pas et je prie pour que Guy ait la présence d'esprit d'emmener son visiteur sur la terrasse opposée à celle où sont restés Zack et Lisa, et que ces derniers se fassent les plus discrets possible. Un silence funèbre prend alors place dans l'appartement, si bien que je me retrouve à retenir ma respiration de peur que mon souffle, si léger soit-il, ne me trahisse.

L'homme resté là bouge, les semelles de ses grosses chaussures grinçant sur le linoléum. Le cliquetis métallique qui s'ensuit me rappelle celui d'une arme que l'on recharge.

— Toi, debout !... Allez ! Lève-toi ! ordonne-t-il soudain.

— Mais que... qu'est-ce que vous voulez ? s'exclame alors Chloé.

— Debout, allez ! Et tourne-toi !

— Mais qu'est-ce que vous voulez à la fin ? lui demande Vanessa, une anxiété dans la voix.

Mon cœur s'emballe comme un cheval fou au galop et ses battements matraquent ma tête au point de ne pratiquement plus entendre ce qu'il se passe juste à côté. Il n'y aura probablement qu'un mètre ou deux entre lui et moi lorsque je passerai de l'autre côté et je dois profiter de l'effet de surprise pour le prendre au dépourvu.

— Toi aussi, lève-toi ! Dépêche ! Tes mains dans le dos, me fais pas répéter.... Bien. Asseyez-vous ! On a du monde avec nous mais je ne vous cache pas qu'on manque assez cruellement de gent féminine. Je pense donc que vous allez venir avec nous, et si vous êtes un peu malignes vous aurez tout ce dont vous aurez besoin. Mais avant ça vous allez me montrer ce que vous savez faire...

C'est le moment que je choisis pour bondir hors de mon abri, contournant la cloison et sortant mon sabre de son fourreau. Je me retrouve en quelques secondes à moins de deux mètres de la scène : l'homme, qui s'est séparé de son bonnet et de son écharpe, se tient debout devant Chloé et Vanessa, assises toutes deux côte à côte sur le canapé, les mains sanglées dans le dos ; sa braguette est ouverte et sa main droite disparaît à l'intérieur. Surpris, il n'a pas le temps de la libérer pour se saisir de son fusil gardé en bandoulière que j'avale d'une enjambée une bonne moitié de la distance qui nous sépare, ne laissant entre nous qu'un petit mètre totalement comblé par ma lame dont le tranchant vient se coller sous sa gorge. A ce même moment, Maxime de son côté apparaît dans l'embrasure de la porte, le pistolet braqué droit sur lui, et d'un aplomb à glacer le sang aboie :

— Bouge pas connard !

— Range ton engin et lève les mains, doucement ! ajouté-je tout aussi calmement mais appuyant légèrement ma lame contre sa glotte.

L'homme s'exécute docilement, remontant sa braguette, puis s'écarte de lui-même des deux femmes. Maxime s'approche de lui et presse le canon de son arme dans sa nuque.

— Si vous tirez, vous êtes tous morts, menace-t-il.

— Toi aussi ducon ! lui rétorque l'étudiant, affirmant plus fermement encore l'arme sur la peau moite de l'insurgé.

En me penchant au-dessus de l'épaule de Chloé, je constate qu'elles ont en fait les poignets ligotés par des colliers de serrage en plastique. A l'aide d'un petit canif que j'extirpe de ma poche, je les sectionne prestement. Une fois libre, Chloé se jette dans mes bras et m'étreint éperdument. A travers les tremblements de son corps serré contre le mien, je ressens toute l'angoisse accumulée au cours de ces dernières minutes. Vanessa, quant à elle, s'éloigne au maximum de leur agresseur et trouve refuge derrière Maxime.

— Ça va aller Dan ? me demande ce dernier. Je monte retrouver Guy et les jeunes avant qu'il n'arrive quelque chose. Ok ?

— Pas de problème vas-y.

Je confie la machette accrochée à ma cuisse à Chloé et empoigne à deux mains mon katana pour tenir l'intrus en respect. Maxime se retire et disparaît dans le couloir en un éclair.

— Bien joué, vous nous avez bien bernés. Et maintenant, vous allez faire quoi ? Me tuer ? nous nargue le dénommé Christian. Même si Fabien n'a pas le temps de prévenir les autres, Mickaël en bas s'en chargera. Si un seul coup de feu retentit, il partira. Et il partira également si d'ici quelques minutes je ne lui ai pas fait signe. Vous ne pourrez pas empêcher ça. Rendez-vous à l'évidence, vous ne pouvez pas gagner !

— Tu ferais mieux de te soucier de ce que toi tu pourrais bien avoir à y perdre au lieu de faire le malin, le calmé-je. Car si ce que tu dis est vrai autant te tuer sur le champ.

—Exact, se ravise-t-il sans perdre la moindre confiance. Que puis-je donc faire pour sauver ma misérable vie ?

Son ton narquois et son air goguenard sont de réelles invitations au conflit. Malgré sa position délicate, l'homme conserve tout de son assurance et de sa superbe qu'il compte bien mettre à profit pour tenter de nous déstabiliser.

— Tu pourrais peut-être commencer par nous dire d'où, toi et tes gars, vous venez exactement.

— Evidemment… Et quoi d'autre ?

— Vous êtes qui, vous êtes combien et qu'est-ce que vous voulez ?

— Ce qu'on veut ? Mais la même chose que tous ceux qui respirent encore : se débarrasser des Mordus et récupérer notre place en haut de la chaîne alimentaire. Nous sommes près d'une centaine et nous allons reprendre notre ville à ces enfoirés de revenants. Et pour ça nous accueillons toutes celles et ceux qui peuvent se rendre utiles à notre cause…

— N'importe quoi ! Et vous leur souhaitez la bienvenue en les violant, c'est ça ? Pauvre type ! s'indigne Chloé le coupant dans son envolée lyrique.

— Juste les mignonnes comme toi, chérie, la provoque-t-il en faisant mine de lui envoyer un baiser.

Excédé par son arrogance sans limite, je tends davantage les bras pour que la pointe de mon sabre s'enfonce un peu plus entre les mailles de son pull, l'obligeant à reculer d'un pas.

— Fous-lui la paix ! Et vous êtes où ? insisté-je, le soupçonnant de vouloir éluder la question.

L'homme réfléchit et sourit de plus belle :

— De toute manière nos hommes seront bientôt là ! Et vous avez bien dû voir cette fumée blanche qui se dégage de nos installations. Alors à quoi bon vous le cacher ? Nous avons pris le contrôle du port autonome. Nous y avons de l'espace, des bâtiments, des provisions, un accès à la mer et un périmètre sécurisé. L'endroit rêvé pour faire face à cette invasion…

De concert, Chloé et Vanessa poussent soudain un cri de surprise et d'effroi, nous faisant simultanément sursauter. En panique, Vanessa désigne la fenêtre du balcon à laquelle je tourne le dos et balbutie :

— Quelque chose… quelque chose est passée devant la fenêtre !

— Comment ça ? j'essaie de comprendre, ne voulant quitter des yeux celui que je tiens sous mon joug.

— Je crois que quelqu'un est tombé… bredouille Chloé, incrédule.

— Que quelqu'un aille voir !

Vanessa se précipite dans la cuisine d'où elle nous apprend que l'homme monté sur le toit avec Guy venait de faire une chute mortelle sous les yeux de son camarade resté en faction dehors.

— Vous êtes morts… souffle Christian profitant d'un petit instant de confusion pour saisir la lame de mon sabre à pleine main, l'écarter et se jeter sur moi.

Déstabilisé par ce geste inattendu, je me retrouve au sol, immobilisé par sa lourde carcasse. Sans même avoir le temps de réagir, ses mains puissantes se referment autour de mon cou et instantanément l'air me manque. Alors que je tente non sans mal de desserrer son emprise, les bruits autour de moi, ses râles de rage, les cris des filles, tout décline petit à petit. Il me semble percevoir au loin deux détonations, mais ce n'est peut-être là que mon cerveau qui se joue de moi, qui déjà me réclame de l'oxygène. Ma tête tourne, ma vision se brouille.

Je suffoque.

Un sursaut. L'air passe à nouveau, je reprends mon souffle. Ma vue se précise, mon audition revient.

Je respire.

Les mains sur ma gorge se font molles puis un liquide chaud et visqueux vient s'échouer en goutte à goutte sur ma joue. Le corps de mon assaillant s'affaisse sur le mien et juste au-dessus de nous se tient Chloé, les jambes flageolantes et en larmes, sa machette ensanglantée.

Je repousse la dépouille sans ménagement et me relève en essuyant du revers de la main le sang sur mon visage. M'appropriant son fusil au passage, je me précipite sur le balcon mais le troisième homme n'est déjà plus là. Seul git dans l'allée, cadavre plutôt propre comparé à ses voisins, celui qui est tombé, le crâne brisé contre le rebord cimenté du chemin pavé.

Traversant l'appartement dans un élan précipité, j'arrive dans la chambre dont la fenêtre donne sur la rue des Voiliers, voie empruntée par les trois éclaireurs à leur arrivée. De là il me semble distinguer le camaïeu noir et gris d'une tenue de camouflage. Totalement inerte, l'individu est étendu au milieu de la chaussée à une soixantaine de mètres. A terre, la présence d'un vélo à ses côtés me confirme qu'il s'agit bien là de notre fuyard, à présent tout aussi mort que ses deux complices.

De retour dans le salon, je retrouve Vanessa et Chloé, toutes les deux interdites devant le corps sans vie de celui qui avait tenté de les abuser. Des mains encore tremblantes de Chloé, je reprends la machette qui goutte sur le lino, l'essuie sur le bombers de l'homme au sol, puis la replace contre ma cuisse. Cette fois, je peux enfin prendre Chloé dans mes bras et la serrer fort contre moi, dans un réconfort au final partagé.

— Les trois sont morts, les informé-je pour les rassurer. Ceux-là n'iront prévenir personne.

— J'ai peur… qu'est-ce que j'ai fait… murmure Chloé dans mon cou.

J'attrape alors sa tête entre mes mains, plonge mon regard dans le sien, et seulement une fois certain de son attention, lui fais comprendre avant de l'embrasser :

— Tu m'as sauvé la vie mon bébé, c'est ça que tu as fait…

Jour 40 :
FROIDS COMME LA MORT

« Quiconque lutte contre des monstres
devrait prendre garde, dans le combat,
à n'en point devenir un lui-même. »
Friedrich Nietzsche

Dimanche 10 mars 2013
La Rochelle, Résidence Les Voiliers
11h00

Tristes, tout comme le ciel morne et gris, nous sommes rassemblés autour du petit monticule de terre qu'orne une croix rudimentaire. En temps normal, nous aurions entendu le clocher de l'église toute proche sonner l'heure de la messe mais seuls résonnent dans nos cœurs les martèlements alternés de notre peine et de notre colère.

Nous n'avions pas connaissance avec exactitude du degré de croyance de Guy, il ne nous en avait jamais parlé, mais la présence chez lui de quelques signes ostentatoires de sa confession nous avait laissé penser que, de là où il se trouvait dorénavant, il apprécierait le geste.

*

Après la mort des trois hommes en treillis, ne voyant personne redescendre du toit au bout de quelques instants, nous étions montés à leur rencontre, non sans une pointe d'angoisse au fond des tripes. Au dernier étage, la porte de l'appartement que nous occupions était grande ouverte, ce qui concordait avec le côté par lequel l'éclaireur était tombé. Guy s'était ainsi montré aussi malin que je l'imaginais. Nous avions traversé le salon en trombe pour nous arrêter net une fois la baie vitrée franchie.

Maxime se tenait là, à genoux au centre de la terrasse, vouté au-dessus d'un corps recouvert d'un vêtement et autour duquel flottait une odeur âcre de chair brûlée. Même si son visage n'était pas visible, nous avions tous reconnu dès le premier coup d'œil le pantalon de velours côtelé et les chaussures bateau.

Maxime était arrivé trop tard pour sauver Guy de la folie de ces hommes.

Fébriles, les filles s'étaient approchées pour s'agenouiller près du jeune homme, chacune d'un côté, le prenant par une épaule. Je crois bien qu'ils pleuraient tous les trois, mais je n'en suis pas vraiment sûr, moi-même aveuglé par mes larmes et ma colère. J'en voulais à ses assassins d'être déjà morts, qu'il n'en reste pas même un pour payer ce crime.

Lorsque Maxime était arrivé sur place, le dénommé Fabien venait juste de mettre le feu à la chemise de Guy, après l'avoir lâchement poignardé dans le dos. Fou de rage, le jeune homme s'était élancé sur le meurtrier pour l'éloigner de notre vieil ami et jeter sa veste sur les flammes naissantes afin de les étouffer. Juste après, les deux hommes s'étaient affrontés dans un corps à corps sans pitié à en juger par les plaies et les ecchymoses qu'arborait le visage de Maxime. Celui-ci était ensuite parvenu à arracher le fusil des mains de son adversaire et, de la crosse, l'avait frappé au niveau de la tempe. Déséquilibré, le meurtrier s'était finalement vu projeté par-dessus la rambarde de sécurité d'où, se penchant alors, notre ami avait vu le troisième individu, incliné sur le corps, détourner la tête pour lever le regard sur lui. Après quoi il avait enfourché son vélo pour prendre la fuite comme le lui avait enjoint son chef. Son sang n'ayant fait qu'un tour, Maxime avait épaulé le fusil et aligné la mire avec le fuyard, appliqué, le souffle en suspens.

J'avais donc bien entendu deux coups de feu.

Si la première balle s'était perdue dans la rue, la seconde avait fait mouche. Nous nous étions rendus compte par la suite que l'homme n'avait en fait été que blessé, et qu'il s'était traîné sur quelques mètres avant de tomber sous les mâchoires claquantes des quelques morts attirés par les détonations.

*

Depuis ce drame, sans relâche, aussi longtemps que le soleil avait bien voulu illuminer le ciel, nous avions passé le reste de notre temps à nettoyer la cour pour la débarrasser de tous ses cadavres et les entasser, faute de mieux, dans un appartement en rez-de-chaussée de l'immeuble du gardien.

Concernant les trois hommes, dès le vendredi soir, nous avions récupéré leurs affaires et enfermé leurs corps dans une voiture située à portée de vue en pleine rue, afin de pouvoir constater le cas échéant si une éventuelle réanimation pouvait se produire après une mort sans infection. Là, sans surprise, celui qui s'était à moitié fait dévorer était revenu dans la journée du samedi et demeurait depuis, isolé sur sa banquette arrière, complètement hagard, ignorant totalement ses deux anciens comparses qui quant à eux n'affichaient aucun signe de retour.

Nous n'avions de cesse également de nous poser des questions sur la pérennité de notre toute relative quiétude. Le reste de leur groupe avait-il eu le temps d'apercevoir un peu de fumée sur notre toit ? Et leurs nettoyeurs étaient-ils suffisamment loin pour ne pas avoir entendu les deux détonations ? Car ce genre de son devait en plus avoir une portée bien significative dans un environnement aussi exempt de toute perturbation sonore. Devions-nous nous préparer à la venue d'autres types de ce genre ? Dans ce doute nous devions nous tenir prêts. N'étant plus que six, nous avions décidé de mettre en place des binômes au poste de guet et d'y appliquer un roulement en trois-huit. Zack et Lisa formaient actuellement l'équipe du matin et avaient donc assisté à l'enterrement de Guy à distance.

Un silence sacral pèse, lourd de sens, sur nos épaules et personne ne dit mot. Pour ma part, je n'ai jamais été adepte des discours quelle que soit l'occasion et je n'ai jamais été doué pour mettre des mots sur mes émotions. Je garde tout au fond de moi. Finalement c'est Chloé qui prend la parole pour remercier tout simplement notre regretté voisin d'avoir été ce qu'il était du début à la fin, jovial, rassurant et motivateur. Maxime acquiesce et ajoute, d'une voix défaillante :

— Merci d'avoir toujours été là quand il le fallait. Merci d'avoir pris soin de nous comme de ta propre famille…

En guise d'adieu, je sors de la poche intérieure de ma veste la petite flasque que j'avais remplie pour l'occasion de ce très bon whisky que le vieil homme m'avait offert lors de notre première rencontre, et en bois une lampée.

— Trinquons une dernière fois... ajouté-je en versant un peu d'alcool au pied de la croix en bois. A toi, Guy !

Après cette sorte de cérémonial je tends la fiole vers mes trois compagnons pour celui qui voudrait faire de même. Maxime puis Vanessa me suivent, et même Chloé qui ne supporte pas le whisky s'empare du petit flacon pour y tremper les lèvres avant d'en vider le reliquat sur ce qui sera la dernière demeure de notre grand-père à tous.

— A toi Guy...

14h10

Chloé et moi venons de relever Zack et Lisa à la vigie. Nous assurerons la garde jusqu'à vingt-deux heures ce soir, puis ce sera au tour de Maxime et Vanessa.

— Ils sont vachement proches les deux jeunes depuis quelques temps, confié-je à Chloé en nous servant une tasse de café fumant.

— Tu trouves ? s'étonne-t-elle. Tu crois qu'ils sortent ensemble ?!

— Je ne sais pas, c'est possible. En même temps ça ne serait pas surprenant vu les circonstances. Ça rapproche les gens et resserre les liens, ce que nous vivons depuis plus d'un mois.

— Et Lucille alors ?

— Je pense qu'il a compris qu'il ne la reverrait probablement jamais…

— Et alors, ce n'est pas une raison. S'il s'agissait de toi et de moi, tu te consolerais avec la première venue ?

— Non bien sûr ! Mais ce n'est pas comparable. On n'a pas le même âge, et on n'a pas vécu les mêmes choses. Et puis je ne dis pas qu'il remplace Lucille. Je constate juste qu'ils sont très proches. C'est sans doute aussi une sorte de soutien partagé qui les aide à tenir.

— Tout ce que je veux, moi, c'est que Zack ne soit pas trop malheureux, me révèle-t-elle.

— Il ne donne pas cette impression. Rassure-toi ! Je ne pense pas qu'il le soit.

— Des fois je pense à son père… Je me demande s'il va bien et s'il est en sécurité. En plus il doit être inquiet pour Zack, tu ne crois pas ?

— S'il est sain et sauf bien sûr qu'il doit s'inquiéter pour son fils. Et même pour toi je pense. On a tous quelqu'un quelque part dont on est sans nouvelles.

— Qui aurait pu croire qu'une telle chose puisse arriver un jour ?

— Personne n'aurait pu imaginer quelque chose d'aussi effroyable, soupiré-je.

14h58

Chloé m'interpelle, elle vient de voir une nuée de corbeaux prendre son envol d'un arbre du petit square tout en bas de la rue Marcel Paul. Je règle la lunette du fusil, trouvée dans le sac de l'un des éclaireurs au milieu d'un stock impressionnant de cigarettes et de préservatifs, et pointe l'arme en direction dudit square. Pour l'instant rien ne se passe. Quand soudain surgit un groupe disparate d'hommes, de femmes et même de quelques enfants.

— Oh putain… laissé-je échapper.

Je dénombre un peu plus d'une vingtaine de personnes, des hommes d'âge mûr pour plus de la moitié du groupe, cinq ou six femmes et quatre enfants dont deux très jeunes. Ils avancent, serrés les uns contre les autres, armés pour l'essentiel de pelles, de pioches et de gourdins. Visiblement ils ne cherchent pas leur chemin, l'homme qui marche à leur tête les mène droit sur nous. Même si les nettoyeurs promis par Christian et ses sbires ne sont pas venus hier, je doute qu'il s'agisse là d'eux.

Le groupe disparaît quelques instants de notre vue, au gré d'un virage, masqué par la masse imposante d'un bâtiment sombre aux façades vitrées. Lorsqu'ils réapparaissent, leurs traits se font plus précis, ces hommes et ces femmes à l'air apeuré, soucieux, n'ont d'évidence rien à voir avec les trois éclaireurs de l'avant-veille. L'allure et la démarche de l'homme de tête ne me sont pas inconnues, je me focalise sur lui pour mieux entrevoir son visage.

Chloé laisse échapper une exclamation, nous venons de le reconnaître. David est de retour et il n'est pas seul.

15h20

Après avoir accueilli David et son groupe,
Maxime est monté, accompagné de Zack dont le repos
avait été de courte durée, pour nous remplacer, Chloé et
moi, le temps d'aller faire la connaissance des nouveaux
venus et d'entendre ce que David avait à nous raconter.

— Vanessa doit être folle de joie ! s'exclame
Chloé en dévalant les escaliers, précédée par le faisceau
de nos lampes.

— Tu m'étonnes ! J'espère qu'il nous rapporte de
bonnes nouvelles.

Maxime avait fait entrer tout le monde dans un
appartement du premier qui avant le début de l'épidémie
était habité mais dont les occupants n'avaient depuis
jamais redonné signe de vie. Tout ce qui pouvait servir
de siège avait été pris d'assaut par les réfugiés les plus
exténués, les autres se tenaient debout çà et là dans
l'espace devenu soudain exigu. Cela faisait tellement de
monde d'un coup que c'en était presque oppressant. Le
réchaud et une bouteille de gaz avaient été installés au
centre de la pièce et maintenaient à petit feu la bonne
température d'une grande casserole de soupe que

Vanessa servait dans des gobelets en plastique à qui en voulait, autant dire tout le monde. Dans l'entrée du salon, un peu à l'écart, se tenait Lisa, discrète et réservée comme à son habitude. Mes mains que je pose sur ses épaules la font doucement sursauter, puis elle sourit en nous voyant, Chloé et moi.

— Ça va ? lui demandé-je.

Elle hoche la tête :

— Oui, ça fait juste bizarre de voir autant de gens… normaux, d'un coup comme ça.

— Je comprends, ça rassure et ça fait peur en même temps.

Elle acquiesce et son regard brille de la reconnaissance que l'on peut parfois avoir envers celui qui nous comprend à demi-mot. J'exerce une douce pression sur chacune de ses épaules et la laisse pour me diriger vers David.

L'homme, au visage fatigué mais riant, lâche sa femme un court instant pour me gratifier d'une franche accolade :

— Ravi de vous retrouver ! Désolé d'être parti comme ça Dan, mais je devais y aller.

— Laissons, ce qui est fait est fait. Qui sont tous ces gens ?

— Je vais faire les présentations et ensuite je vous raconterai.

David nous a ainsi présenté chaque homme et chaque femme rencontrés sur sa route. Nous en avons profité pour expliquer notre mode de fonctionnement, le rationnement, les toilettes sèches (que nous allions d'ailleurs certainement devoir agrandir), les tours de garde que nous allions pouvoir renforcer, puis nous nous sommes débrouillés pour installer tout ce petit monde de façon décente.

En montant les escaliers pour rejoindre le toit, j'ai confié à David la réorganisation des binômes de guetteurs et de leur roulement en incluant les nouveaux arrivants. Celui-ci a accepté avec plaisir.

— Du nouveau ? demandé-je à Maxime et Zack en les rejoignant.

— R.A.S.

Je capte au passage un échange de regards équivoques entre les deux adolescents avant que Lisa ne retrouve sa place tout contre Zack, agrippant furtivement la manche de son sweat.

Ce n'est qu'une fois à nouveau tous réunis, cette fois sur la terrasse du dernier étage, que David se rend compte de l'absence de Guy. Nous lui apprenons la triste nouvelle et lui relatons l'infortune rencontre avec les trois éclaireurs venant du port autonome.

— Et merde ! s'exclame David, le visage rageur. J'aurais dû rentrer plus tôt. J'aurais dû rentrer dès que j'ai vu de quoi ces hommes étaient capables.

Sans quitter l'horizon des yeux, il commence à nous narrer ce dont il a été témoin.

— Lorsque je suis parti, j'ai pu avancer assez vite et sans trop de difficultés jusqu'à la petite place au début de l'avenue Carnot, juste après Edmond Grasset. Je pensais donc pouvoir rentrer assez rapidement. Mais là je me suis retrouvé face à une véritable marée de morts et j'ai dû me réfugier dans une petite épicerie dont la porte d'entrée fort heureusement pour moi avait déjà été fracturée. C'est là que j'ai fait la rencontre d'Adèle et de

Clément, les jumeaux d'une vingtaine d'années aux cheveux bouclés.

Nous visualisons aussitôt les deux jeunes en question parmi le groupe nouvellement arrivé.

— Ils étaient bloqués là depuis une semaine. Selon eux, pour une raison que l'on ignore encore, tous ces morts arrivaient des rues tout autour et s'agglutinaient sur la place comme des insectes sur une lampe à pétrole un soir d'été. Lorsque j'ai voulu sortir, voyant que la situation menaçait de ne pas évoluer rapidement, ils m'ont imploré de rester puis farouchement retenu, m'expliquant qu'à l'origine ils étaient trois dans l'épicerie, mais que l'homme qui était avec eux avait lui-aussi voulu braver l'extérieur, pour au final n'avoir pu parcourir que quelques mètres avant de se faire dévorer sous leurs yeux. Et ils s'estimaient déjà assez chanceux qu'aucun de ces monstres ne m'ait vu entrer.

» Puisque les deux jeunes subsistaient là depuis une semaine, je me suis dit que je pouvais passer ne serait-ce qu'une nuit auprès d'eux et aviser le lendemain, quitte à leur fausser compagnie assez tôt alors qu'ils dormiraient encore. Malheureusement au petit jour, plusieurs créatures traînaient devant la vitrine, il était donc inenvisageable de tenter une sortie. Toute la journée j'ai guetté une brèche pour partir, en vain. J'ai ainsi dû passer une seconde nuit dans l'épicerie.

» Le deuxième jour, au petit matin, on a été réveillés par un concert de klaxons et de cris. On s'est approchés des vitres en restant au maximum cachés derrière les étals quasi vides et là on a assisté à un vrai massacre. Trois gros pickups tournaient sur la place au milieu de la masse grouillante et gémissante, fauchant et écrasant par dizaines les zombies qui ne faisaient rien pour éviter leurs roues. C'était un tel carnage que je ne me sentais même pas rassuré à l'idée de pouvoir mettre un pied dehors...

» Les 4x4 se sont arrêtés au bout d'un quart d'heure et des hommes en sont descendus. Ils étaient tous habillés en treillis et armés de fusils mais pour moi ce n'était pas des militaires. J'en ai dénombré une vingtaine sans compter les conducteurs. Ils ont terminé à la machette les morts encore debout puis ils ont rassemblé sans ménagement tous les corps au centre de la place, puis les ont complètement aspergés d'essence avant de les brûler. Des vrais sauvages ! Rapidement une épaisse fumée noire s'est élevée du brasier et c'est là que j'ai compris que je venais de trouver ceux dont j'étais parti à la recherche.

» Bizarrement, aucun de nous trois n'a bougé et personne n'a proposé d'aller à leur rencontre. Je crois qu'on était presque autant terrifiés par les nouveaux occupants de la place que par les anciens. On est restés là à les regarder boire, fumer et se comporter de façon puérile comme s'ils étaient devant un feu de joie.

» Et puis, petit à petit, des gens qui devaient se cacher comme nous sont sortis des bâtiments et se sont dirigés vers eux. Ils les ont accueillis à bras ouverts, leur ont offert à boire et ça a duré jusqu'à ce que plus personne n'arrive. C'est là qu'Adèle a suggéré qu'on les rejoigne également. Mais pour ma part j'avais un mauvais pressentiment et je préférais continuer à les observer. Du coup ils sont restés avec moi.

» Un des hommes armés a parlé dans un talkie-walkie puis ils se sont ensuite organisés pour escorter les gens sous la protection des voitures. La cohorte s'est alors tout doucement mise en route et a pris l'avenue en direction de Port Neuf. A cet instant on a décidé de les suivre pour savoir où ils allaient. On a récupéré quelques trucs à manger et on a filé à leurs trousses. On n'est pas allés bien loin, ils s'étaient arrêtés au niveau du pont au-dessus de la voie ferrée sur laquelle ils faisaient descendre tout le monde. Comme l'avenue est en ligne droite on ne pouvait pas s'approcher davantage, alors on est entrés dans la cour de l'école primaire pour pouvoir les voir sans être à découvert.

» Au bout de quelques minutes, les hommes qui étaient descendus sur la voie avec les survivants sont remontés vers les pickups et sont repartis en trombe d'où ils venaient. Nous avons attendu quelques instants, qu'ils se soient suffisamment éloignés, pour nous rapprocher de la voie ferrée d'où nous parvenait un autre bruit de moteur, moins agressif. Nous nous sommes faufilés entre les voitures abandonnées jusqu'au pont. Là, en contrebas, nous avons retrouvé le groupe de réfugiés rassemblé autour d'un fourgon de police garé sur les rails. Trois nouveaux hommes, en combinaison de travail bleue, y faisaient monter certaines femmes et les enfants. Tandis que la camionnette partait vers l'ouest, l'un d'eux, resté avec le reste du groupe encore partagé entre peur et soulagement, répondait à leurs questions. On a pu comprendre qu'ils n'avaient qu'un véhicule qui ne pouvait transporter plus de sept personnes à la fois et que donc ils feraient autant de navettes que nécessaire pour emmener tout le monde vers un lieu sûr à La Pallice. Puis, comme l'homme ne se montrait pas plus bavard que ça, un silence pesant a vite repris le dessus.

» Peu de temps après, le fourgon est revenu vide et ils ont embarqué d'autres femmes et quelques hommes. Parmi ceux qui demeuraient encore en attente du convoi suivant, certains ont commencé à protester parce qu'il ne restait en fait plus que des personnes âgées et des hommes qui avaient l'air soit blessés soit à la limite de l'effondrement, alors qu'il aurait été normal qu'ils soient pris en charge en priorité. Le garde leur a soudain intimé le silence en plaçant son index devant sa bouche et en braquant son regard et son arme à l'horizon, ce qui a fait peur à tout le monde, y compris à nous. Il cherchait sans doute à couper court aux contestations.

David avale sa salive, s'accroupit dos à la rambarde, et après cette courte pause, il inspire profondément avant de continuer :

— Et quand est arrivé le tour de ce dernier groupe de monter dans le fourgon... ces enfoirés les ont tous massacrés à coups de machettes et de haches... Ils n'étaient pourtant pas infectés, c'étaient que des mamies et des papis ! Vous vous rendez compte ? Ils ont tué tous ces gens ! Putain mais qu'est-ce qu'ils ont fait des autres ? s'affole-t-il soudain en tremblant.

— Parmi les trois hommes qui sont venus ici, l'informe Maxime en regardant Vanessa et Chloé comme pour sonder leur approbation, il y en a un qui a essayé d'abuser des filles.

David se raidit et lance un regard épeuré à sa femme. Celle-ci lui prend la main et lui sourit pour l'apaiser :

— Ne t'inquiète pas mon amour, il n'a pas eu le temps de nous toucher.

Chamboulé par l'ascenseur émotionnel qu'il vient d'essuyer, les yeux de David se brouillent de larmes et il se confond en excuses :

— Je suis désolé ma chérie, je n'aurais jamais dû te laisser !

— Je me suis fait un sang d'encre, mais ça va mieux maintenant que tu es là. Mais ne t'en vas plus comme ça !

— Entendu, c'est promis !

Le couple s'étreint à s'en couper le souffle jusqu'à ce que je demande à David de poursuivre son récit :

— Et ensuite, que s'est-il passé ?

Celui-ci se replonge dans le gouffre de ses souvenirs en soupirant :

— Ils ont entassé les corps à l'arrière du fourgon et sont repartis d'où ils venaient. C'est là que j'ai décidé de rentrer pour vous prévenir. J'en ai averti les jeunes et ils ont demandé à m'accompagner. On est descendus sur les rails et on a commencé à marcher en direction du centre-ville tout en gardant un œil sur nos arrières. Les voies étaient désertes et dégagées, mais franchement on avait plus peur de les voir revenir eux que de tomber sur une bande de zombies. Ensuite, après avoir passé le pont qui surplombe l'avenue Grasset, c'est une meute de chiens errants qui nous a effrayés. Ils devaient être affamés où je sais pas quoi car ils ont tenté de nous attaquer. Heureusement on a pu atteindre un des wagons de fret qui se trouvaient à deux pas.

» Nous avons dû passer là le reste de la journée puis finalement la nuit entière. Au petit matin les aboiements et les grognements se sont intensifiés dehors, et juste après nous avons entendu des cris. C'était une partie du groupe avec lequel je suis revenu. Ils avaient réussi à chasser les chiens pour nous faire sortir de notre cage d'acier. Ils nous ont dit qu'ils fuyaient les quartiers complètement infestés du nord de la ville et se dirigeaient vers l'ouest, attirés par ses nuages qui s'élevaient dans le ciel, chargés d'espoir selon eux. Nous avons eu beau leur faire part de ce que nous avions vu, leur déconseillant donc fortement de poursuivre dans cette direction, certains ont malgré tout préféré suivre leur idée, même si la plupart ont finalement fait le choix de se joindre à nous. Nous avons ensuite remonté la ligne de chemin de fer jusqu'au parc et l'esplanade derrière la piscine, et c'est là que nous avons passé la dernière nuit, à l'abri dans un car.

— Et vous avez vu d'autres survivants ? l'interrompt Maxime.

— Oui, quelques-uns se sont ajoutés au groupe, mais si peu comparé à tous ces morts qui déambulent dans les rues. Et parmi eux il y a un jeune qui a séjourné dans le soi-disant refuge de La Pallice. Mais il s'en est échappé. Il vous faudra l'écouter, lui aussi a des choses à raconter.

18h29

Hugo est un adolescent de quatorze ans au regard vif et aux cheveux hirsutes. Il paraît très à l'aise et sûr de lui lorsque David lui demande de venir nous livrer son histoire.

— Ils nous ont emmenés ma mère et moi au début du mois. Mes parents avaient vu les premières colonnes de fumée dans le ciel et comme on n'habitait pas loin, ils ont voulu qu'on aille voir. On les a trouvés autour d'un grand bûcher en train de boire et de danser. On n'était pas les seuls d'ailleurs à se retrouver là. C'était comme si tous les survivants du coin s'étaient donnés rendez-vous.

» L'un d'eux nous a parlé d'un refuge où l'on pourrait tous être en sécurité. Il a dit qu'il nous y emmènerait tous mais que tout le monde ne pourrait pas y aller en même temps car ils n'avaient qu'une camionnette et que nous faire monter à l'arrière des pickups était trop risqué car nous serions trop exposés au danger. C'est pour ça qu'il a demandé à ses hommes de faire des groupes. Ils ont d'abord emmené des femmes, on était dans le deuxième groupe avec ma mère. On n'a pas roulé très longtemps avant qu'on nous fasse descendre. J'ai tout de suite reconnu l'endroit en voyant l'ancienne base sous-marine, on était dans le port autonome. Il y avait des grandes tentes militaires alignées le long du parking face aux quais et on nous a conduits vers l'une d'elle. Il y avait déjà les gens du premier groupe qui faisaient la queue. On nous a enregistrés sur une liste puis ils ont fait remplir une fiche de renseignements à ma mère pour savoir son âge, sa profession et cetera. Ensuite on nous a donné une poche avec une bouteille d'eau et deux trois trucs à grignoter en attendant qu'on nous désigne une tente pour nous poser.

Au fil de son récit, la voix du garçon se charge en émotions et se fait plus pressante.

— Un troisième groupe est arrivé avec le reste des femmes et quelques hommes. Ma mère commençait à s'inquiéter et trouver le temps long, mon père étant dans l'avant-dernier groupe, celui d'après. Quand la camionnette est revenue la quatrième fois, seuls trois hommes sont descendus de la cabine. Il s'est dirigé sans nous regarder vers la tente où l'on nous avait enregistrés, puis a consulté la liste…

— Excuse-moi de te couper, mais tu parles de qui là ? C'est ton père qui est allé vers la tente sans vous regarder ? l'arrêté-je pour m'assurer de bien suivre.

Le garçon me lance un regard furieux comme pour me reprocher tacitement de l'interrompre ou de ne pas comprendre ce qui pour lui semble être une évidence.

— Je parle de leur chef ! Il me dégoutait à cracher sans arrêt par terre ! Il a chuchoté quelques mots aux deux autres hommes qui l'avaient suivi puis a disparu à l'intérieur de la tente. Ces deux-là se sont ensuite approchés de nous et ont commencé à appeler certaines personnes. Des femmes seules ou avec des enfants. Et là ils ont appelé ma mère et nous ont demandé de les suivre sous la tente.

» Il nous attendait pour nous annoncer que les deux derniers groupes restant à ramener avaient été attaqués par des Mordus avant leur retour et qu'arrivés trop tard ils n'avaient rien pu faire. Des femmes se sont mises à hurler, d'autres à pleurer. Ma mère est restée sans voix pendant qu'il la regardait fixement.

» On nous a ensuite emmenés dans une immense tente où étaient alignés des lits de camp et des matelas, comme on voyait parfois aux infos dans les gymnases après une catastrophe naturelle. Un lit nous a été attribué pour la nuit en attendant mieux. Le lendemain, ils en ont ramené d'autres, mais pas beaucoup, que deux camionnettes. Comme ma mère travaillait avant dans un resto, elle a été réquisitionnée dans les cuisines de la Sirène et en échange on a eu droit à une vraie chambre dans un des bâtiments.

— Désolée mais c'est quoi la Sirène ? demande Vanessa, presque gênée de poser la question.

— Tu ne connais pas ? s'étonne Zack. C'est une salle de concert. Un grand bâtiment à La Pallice, avec une bâche jaune et grise sur le toit qui ressemble à une sorte de coquillage. J'allais répéter avec des potes, là-bas, avant.

Elle hausse les épaules, n'ayant apparemment jamais eu l'occasion de le voir.

— Bref, reprend Hugo. Les jours suivants encore d'autres gens sont arrivés. A chaque fois que les hommes du camp allumaient un de leurs feux en dehors du port, des gens comme nous devaient les rejoindre. Et comme pour nous, les derniers groupes se faisaient attaquer. Même scénario. Je me suis alors fait une drôle de réflexion…

Hugo marque une longue pause, nous incitant à l'inviter à poursuivre :

— Laquelle ?

— Les épouses ou amies des hommes qui ne revenaient pas étaient toutes assez jolies. Les moins belles avaient plus de chance, elles retrouvaient leur compagnon. J'ai également constaté que les vieux, les blessés ou les malades, eux, se retrouvaient bizarrement toujours dans le dernier groupe, celui qui ne revenait pas… Leur famille les attendait pour rien. J'ai voulu en parler à ma mère, mais j'ai bien vu qu'elle ne m'écoutait pas. Elle était dans la lune. Elle devait penser à papa…

» Du coup j'ai décidé d'en savoir plus. Je me suis planqué sous une bâche à l'arrière d'un pickup et j'ai attendu. C'est comme ça que j'ai réussi à sortir du camp. On a roulé assez longtemps et pas très vite. Quand j'ai risqué un œil dehors, j'ai eu la peur de ma vie. Il y avait des dizaines et des dizaines de Mordus qui nous suivaient. On les rabattait comme du bétail et une fois rassemblés les hommes du camp les ont tous exterminés. Ils les ont ensuite entassés pour les faire brûler. Vingt minutes plus tard, des survivants ont commencé à arriver. Ils ont refait des groupes, ils ont séparé des familles. Les femmes et les enfants ont été emmenés les premiers. Quand il n'y a eu plus que des hommes, ils leur ont demandé ce qu'ils faisaient comme boulot avant et ils ont refait de nouveaux groupes. La camionnette a fait trois voyages en tout. A la fin, il restait encore une vingtaine de personnes qui attendaient leur tour. Mais là, sans rien dire, les hommes du camp ont levé leurs armes et les ont tous abattus… Direct…

— Mon dieu… c'est comme ce que nous a raconté David, souffle Chloé.

— C'est là que j'ai compris que mon père n'avait pas été tué par un Mordu… poursuit Hugo le regard noir de haine. Le convoi est ensuite rentré au port et il a ressorti le même baratin comme quoi ils s'étaient fait attaquer par des zombies sur le retour. J'ai alors voulu prévenir ma mère. Les femmes avec qui elle travaillait en cuisine m'ont dit qu'il était venu la chercher dans la matinée et qu'il l'avait emmenée avec lui. Je suis allé le voir pour lui demander ce qu'il avait fait d'elle et ça l'a fait marrer. Il m'a dit de le suivre, qu'elle était chez lui.

» On est entrés dans la Sirène par une porte de derrière et on a pris un escalier jusqu'à une sorte de loft. Quand elle m'a vu entrer, ma mère a lâché la poêle qu'elle tenait et s'est jetée sur moi pour me prendre dans ses bras en pleurant. Elle a demandé où j'étais passé et sans me laisser le temps de répondre, il lui a dit qu'il m'avait retrouvé à l'arrière d'un pickup, que j'avais fait une petite virée à l'extérieur avec l'équipe de nettoyage. J'étais rouge de honte et de colère à l'idée d'avoir été démasqué. En fait, ne me trouvant pas, ma mère était allée le voir pour lui signaler ma disparition et il en avait profité pour l'attirer chez lui.

» Après m'avoir engueulé, ma mère est retournée à ce qu'elle faisait et il m'a pris par l'épaule pour m'entraîner vers le fond de la pièce. Trois couverts étaient mis sur une table basse face à une baie vitrée qui donnait sur la salle de concert. J'étais perdu, je ne savais pas quoi faire ni quoi dire. Je ne savais pas ce qui m'attendait. Il m'a dit de m'asseoir, a ouvert un petit bar et m'a donné une canette. Il s'est servi à boire et s'est assis tout près de moi. Il m'a dit que ma mère était désormais sa cuisinière personnelle et qu'elle serait à l'abri du besoin et du danger tant que je saurais me tenir à ma place et garder ma langue dans ma bouche. Il savait que j'avais vu des choses que je n'aurais jamais dû voir. Et je savais maintenant de quoi il était capable.

» Après le dîner, je suis allé me coucher seul car il a demandé à ma mère de lui tenir compagnie pour la soirée. Je ne la reconnaissais pas, elle n'avait plus aucune volonté, elle faisait tout ce qu'il lui demandait. Le lendemain matin, des hommes sont venus me chercher et m'ont emmené avec eux. Le convoi a pris la direction de Mireuil. On ne faisait que tourner entre les blocs mais il y avait des Mordus vraiment partout. Il y en avait un nombre incalculable. J'ai entendu un des gars qui tiraient à vue depuis les fenêtres des véhicules dire qu'aujourd'hui ils ne ramèneraient personne et ils se sont marrés entre eux. Ils ont fait un arrêt au Super U pour récupérer ce qu'il y avait encore à récupérer et c'est là que j'en ai profité pour me barrer. Je pense qu'ils n'ont pas pris le temps de se mettre à ma recherche car ils ont dû repartir plus vite que prévu à cause d'une armée de Mordus qui approchait. J'ai couru jusqu'à la caserne de pompiers où j'ai rencontré un petit groupe de personnes à qui j'ai raconté mon histoire.

» Parmi eux, il y avait Georges, le grand chauve à lunettes. C'est un militaire à la retraite. Il nous a dit qu'on trouverait de quoi se défendre et de quoi se mettre à l'abri si on arrivait jusqu'au centre-ville. Et c'est en chemin que nous avons rencontré David et les jumeaux. Leur récit rejoignait le mien et du coup nous avons décidé de les suivre pour vous rejoindre et renforcer notre groupe.

» Moi je n'ai qu'une chose à vous demander : Aidez-moi à faire sortir ma mère. Et lui il mérite d'être jeté en offrande à ses Mordus avant d'être brûlé avec eux !

Impressionné par la force de caractère du jeune garçon, je lui demande si ce « il », cet homme dont il parle toujours à la troisième personne et qui de toute évidence semble être la colonne vertébrale du groupe de la Pallice, a une identité.

— Neptune. Je crois que c'est comme ça qu'il se fait appeler.

Jour 45 :
FAUX PAS

« Personne ne résiste bien
longtemps à la cruelle lucidité
du regard des morts. »
Georges Cartier

Vendredi 15 mars 2013
La Rochelle, Place de Verdun
02h15

Impossible de m'assoupir ne serait-ce qu'un instant. Le martèlement glacial des poings morts contre les lourdes portes en bois du commissariat m'obsède, tout comme les cris démentiels du grand gaillard, qui je crois se prénomme Paul, que nous avons dû menotter au radiateur d'un des bureaux du rez-de-chaussée. Je regarde autour de moi et la réalité est toujours là même. Non je n'ai pas rêvé.

*

Nous avons perdu trois gars en chemin, surpris par les ombres tapies dans les recoins sombres des petites ruelles du centre-ville. Il se peut même qu'ils soient à leur tour parmi ceux qui infatigablement tentent de pénétrer dans le bâtiment à l'intérieur duquel nous avons pu nous barricader avec le reste du groupe. Au bout d'une heure, alors que nous procédions à la fouille des lieux, Paul a montré des premiers signes d'agressivité verbale puis a commencé à s'énerver et crier sans raison apparente. Sans prévenir, Georges l'avait rapidement maîtrisé pour ensuite l'attacher. C'est alors que nous avions constaté qu'il présentait de vilaines griffures sur l'avant-bras, probablement infligées lors de la fermeture des portes tandis que les morts à nos trousses s'efforçaient coûte que coûte de s'immiscer entre elles.

*

En début de semaine nous avions décidé, lors de ce qui aurait pu être l'assemblée générale extraordinaire de notre nouveau syndic, que nous devions être parés à toute éventualité. Hormis la nécessité d'accroître nos efforts pour maintenir une réserve rassurante de vivres, nous pouvions à tout moment être la cible de toute personne ne faisant pas partie de nos murs, morte ou vivante. De plus, j'imaginais bien que celui qui se faisait pompeusement appeler Neptune devait sans doute être à la recherche d'Hugo, mais certainement plus encore des trois éclaireurs qui manquaient à l'appel.

Georges, l'ancien militaire, avait dit savoir où nous pourrions trouver des armes qui nous donneraient une chance de protéger cet endroit si nos assaillants n'étaient pas faits de chairs pourrissantes. Aussi, mardi, nous avait-il menés jusque dans les bâtiments de la caserne Renaudin qui se tenait à deux pas de la résidence, juste à côté de la fourrière automobile. L'idée était judicieuse mais les casiers des vestiaires situés en sous-sol se trouvaient en fait tous pratiquement vides. Si les gendarmes mobilisés ici avaient laissé çà et là quelques effets personnels, ils avaient par contre et sans grande surprise emporté avec eux toute arme que les locaux auraient pu receler. Déçu mais non découragé par cette tentative infructueuse, Georges avait évoqué le commissariat central, même si, en plein centre-ville, celui-ci avait de fortes chances d'avoir déjà été visité.

*

Il y avait dorénavant peu d'espoir pour Paul. Ses propos s'étaient vite émancipés de toute cohérence et il était entré dans une sorte de transe, la peau luisante de sueur et les yeux injectés de sang. Tous ces symptômes me renvoyaient un mois et demi en arrière, une éternité en somme, lorsque l'infection s'était propagée sous le déchaînement de fous furieux de ce genre. Ce que nous ignorions encore, c'était comment et au bout de combien de temps une personne contaminée passait du stade vivant enragé à celui de mort réanimé. J'espérais au fond de moi ne pas rester ici suffisamment longtemps pour le découvrir.

Nous avions largement eu le temps de trouver ce pour quoi nous étions venus, même s'il n'y avait pas de quoi armer l'ensemble de la petite communauté des Voiliers. Nous attendions donc à présent une ouverture pour quitter l'hôtel de police.

Le portail électrique bleu de l'arrière-cour était fermé, nous protégeant de toute intrusion de ce côté mais nous retenant prisonniers par la même occasion. Pendant que j'inspectais les différentes issues du rez-de-chaussée avec Yanis, un jeune coiffeur de Mireuil, David et Georges avaient trouvé, de leur côté, un accès au toit qui pourrait bien se révéler comme notre porte de sortie, faute de mieux. Si les infectés là dehors n'abandonnaient pas leur poste d'ici le lever du soleil, nous passerions de toit en toit jusqu'à trouver un immeuble suffisamment éloigné et sûr pour regagner la rue en sécurité.

Je jette un coup d'œil autour de moi, éclairant l'obscurité, quasi complète, d'une petite lampe de poche à LED. Yanis est assoupi dans le fauteuil du bureau de l'accueil et Georges semble dormir profondément, allongé sur les sièges du hall d'entrée. Je me demande comment ces deux-là font pour trouver le sommeil dans le raffut ambiant. Un bruissement sur ma gauche attire le faisceau de ma lampe dans lequel se mettent à briller les yeux de David qui monte la garde.

Je lui propose de le remplacer puisque je suis éveillé mais il refuse poliment. Lui aussi est insomniaque cette nuit.

— Ça ne tiendrait qu'à moi, je n'attendrais pas la lumière du jour pour me tirer d'ici, me confie-t-il à voix basse en s'asseyant à mes côtés sur la moquette de l'escalier.

— Moi non plus ça ne me plaît pas de perdre du temps ici mais marcher sur les toits en pleine nuit, ça ne m'enchante pas plus. Surtout qu'avec tout ce qui est tombé ces derniers jours, les tuiles doivent être bien glissantes.

Comme pour illustrer mes propos, un bruit cinglant retentit, emplissant l'espace et le temps, si assourdissant qu'il en couvre tous les autres sons. Une pluie battante s'abattait sur le bâtiment, fouettant ses nombreuses vitres et faisant claquer certains volets mal accrochés.

David et moi montons au premier pour voir, par la fenêtre d'un bureau, la première vraie giboulée de l'année de nos propres yeux. Cela ne dure qu'un très court instant, et tout s'interrompt brutalement, exactement comme cela a débuté. Lorsque nous redescendons, Georges et Yanis sont réveillés. Le brouhaha des morts derrières les portes en bois a alors immédiatement repris le dessus. Par contre, il nous faut quelques minutes avant de réaliser que Paul ne criait plus.

02h46

Dans le halo de nos quatre torches braquées sur lui, Paul ne cillait plus. Tout le poids de son corps pesait sur son poignet ensanglanté menotté au radiateur, et une mousse blanchâtre se perdait dans le châtain foncé de son épaisse barbe.

— Depuis combien de temps il est comme ça ? s'enquiert Yanis.

— Dix minutes, peut-être quinze. Il gueulait encore quand il s'est mis à pleuvoir, lui répond David.

— Vous croyez qu'il est mort ?

— On dirait qu'il a convulsé, annonce Georges.

— Vous croyez qu'il va se relever ? Comme les autres ?

— T'inquiète Yanis, si c'est le cas il n'ira pas bien loin.

— Et pourquoi on ne le terminerait pas ?

— Je ne pense pas que ce soit utile, rétorque Georges. Il n'est pour l'instant pas une menace. On ne sait même pas s'il a juste perdu connaissance, s'il est mort ni s'il va revenir. Alors à moins que quelqu'un ne veuille allez prendre son pouls ? Nous n'avons de plus aucune certitude concernant cette maladie.

Loin d'être aussi courageux que ça, Yanis s'accroupit et taquine la jambe du concerné du bout de sa matraque, sans réaction.

— Si jamais il devait devenir l'un d'eux, ajoute David, on l'achèvera. Dans le cas contraire, pas besoin de mutiler un mort...

— Amen, conclut Georges.

04h20

Les giboulées se succèdent toute la nuit, brèves mais intenses. Pour tuer le temps, je traîne dans les couloirs et les bureaux du premier étage en quête d'occupation. J'observe le décor figé dans lequel évoluaient les fonctionnaires de police de la ville. Çà et là des dossiers épars, des gobelets de café noir parfois encore à moitié pleins et des portraits aux murs où maintenant les recherchés se confondent pour la plupart avec les disparus. Je survole d'un regard évasif quelques annotations sur des bloc-notes ou autres post-it collés un peu partout, subtiles empreintes de l'ancien train-train quotidien : *15h00 réunion, casier 50 code 23687A, interroger Sullivan, 09h00 Valérie, Pain-Lait-Œufs-Pizzas-Chips, Bertrand dossier B52-540, Rappeler Mr Gueguan, Lundi anniversaire maman…*

A côté d'une machine à café inanimée, je trouve dans les entrailles d'un distributeur de friandises éventré une barre de céréales chocolatée, unique rescapée d'un pillage forcé. Puisque je ne dors pas, je peux bien m'offrir un petit en-cas. J'ouvre l'emballage avec précaution pour ne pas faire de bruit, un peu comme si je me trouvais dans une salle de cinéma, et croque sans attendre dans mon premier repas depuis notre départ des Voiliers la veille.

Ce maigre apport dans l'estomac, il me semble entendre Yanis marmonner quelque chose en bas et décide de rejoindre mes compagnons d'infortune. David a fini par céder à la fatigue, il dort au pied de l'escalier, calé entre le mur et une marche. Je balaie rapidement le hall d'un trait de lumière pour m'assurer que tout est en ordre. J'aperçois une silhouette près du bureau de l'accueil. Je réalise que Yanis est en fait endormi dans le fauteuil tandis que je prends conscience du bras ballant de celui qui se tient debout et de la main déformée et sanguinolente qui le termine, inerte. Il ne me faut alors qu'une demi-seconde pour comprendre que le cadavre de Paul avait réussi à se dégager de son entrave, tirant j'imagine avec tellement d'entêtement sur son bras qu'il avait fini par s'en disloquer les articulations, permettant à la main mutilée de se libérer de sa menotte.

— Yanis ! Attention ! m'écrié-je alors que Paul n'était plus qu'à quelques centimètres de son ancien compagnon.

Le jeune homme se réveille en sursaut et par réflexe tend les bras devant son visage pour se protéger, les offrants ainsi en pâture aux mâchoires excitées qui viennent se refermer sur la main gauche du malheureux. Le hurlement de douleur et d'effroi qui s'ensuit vient percuter le silence de la pièce, tandis que Georges et David, d'un bond, s'emparent de Paul par les épaules pour le stopper et l'éloigner au plus vite de sa proie.

Yanis, en pleine panique, dégaine le pistolet glissé à sa ceinture, le pointe sur son agresseur et tire à trois reprises droit devant lui, au juger, avant même que les deux hommes n'aient lâché le prédateur. Le corps tressaute sous les impacts mais n'ayant pas été atteint à la tête, ne tombe pas. David et Georges le relâchent à ce moment et l'ancien militaire l'achève sans sourciller, lui enfonçant son couteau de combat dans la gorge, lame pointée vers le haut. Une courte minute venait de s'écouler.

Dehors, les râles des morts-vivants redoublent d'intensité, morbides, et les portes vibrent de plus belle, résistantes.

— Putain mec t'es con ou quoi ? s'exclame David en s'adressant à Yanis encore enfoncé au plus profond de son fauteuil et toujours en position d'auto-défense. Tu veux nous tuer ?

Le jeune homme en question, à présent dans la lumière des faisceaux conjugués de nos trois lampes accusatrices, jette un coup d'œil à sa main blessée et devient blême.

— N'approchez pas ! Restez où vous êtes ! nous avertit-il en nous menaçant tour à tour de son arme. Il est pas question que je finisse attaché à un radiateur comme lui !

Georges tente de le calmer :

— Mais de quoi tu parles ? Pourquoi tu voudrais que l'on fasse cela ?

— Je suis pas idiot, ce taré m'a mordu. Et on sait tous ici ce que ça veut dire.

— Et alors, qu'est-ce que tu proposes ? lui demandé-je en descendant lentement les quelques marches restantes pour les rejoindre.

— Vous me laissez partir et on n'en parle plus…

— Et tu vas aller où ? lui répond David.

— N'importe où, je m'en fous ! Mais personne ne décidera pour moi de comment je dois finir !

— Réfléchis bien Yanis, tu es sûr de vouloir faire ça ? essaie à nouveau de le raisonner Georges en faisant un pas vers lui. Tu veux prendre le risque de devenir un danger pour d'autres survivants ?

— Arrête ! N'avance plus ! Ou je te jure que je te tire dessus !

Fébrile, Yanis se lève et contourne le bureau pour se diriger à reculons vers la sortie. De sa main diminuée mais encore valide, il retire un à un les verrous des lourdes portes qui nous séparent du macabre extérieur. Alors qu'il se baisse pour soulever celui du bas, Georges, qui est le plus proche, profite de l'occasion pour s'élancer dans sa direction.

Deux nouvelles détonations résonnent dans la nuit. L'ex-militaire, stoppé net dans sa course, s'écroule face contre terre.

— David ! A l'étage ! crié-je au dernier de mes compagnons alors que Yanis ouvrait une des deux portes en grand, la rabattant sur lui pour se protéger entre elle et le mur.

Nos sacs à dos, rassemblant nos trouvailles, entassés au pied de l'escalier, nous nous en emparons alors qu'un flot de créatures déshumanisées se déverse littéralement dans le hall du commissariat. Quelques-unes s'égarent dans les couloirs latéraux mais la majeure partie de la colonne nous prend en chasse. Et contrairement à ce que je pensais, l'escalier ne les arrêtent malheureusement pas, il les ralentit tout au plus.

Les premiers rangs, tombés sous la pression des suivants, offrent de la sorte une espèce de rampe d'accès grouillante à tous ceux qui arrivent de l'arrière de la meute. Ils se piétinent ainsi les uns les autres, progressant marche par marche à la manière d'une chenille de blindé. Face au nombre, nous ne serons pas en sécurité très longtemps dans les étages.

Toute lumière éteinte et dans le silence le plus total afin de nous faire oublier, nous nous rendons sur le toit.

La porte s'ouvre sur une plateforme au revêtement aluminium, balayée par le vent et la pluie, surplombant l'arrière-cour du bâtiment. Nous rallumons nos torches électriques et cherchons un passage pour accéder aux toitures attenantes. Par chance, une partie de la charpente annexe présente une pente de faible inclinaison sur laquelle nous entreprenons d'avancer, courbés au maximum pour maintenir notre équilibre malmené entre le poids des sacs et les tuiles que la météorologie a rendues glissantes. Derrière moi, j'entends David ravaler quelques jurons à chaque petit dérapage. En cas de mauvais pas, ce sont les pierres pavées de la cour, une dizaine de mètres plus bas, qui nous attendent.

— Et on va jusqu'où comme ça ? me demande David alors que nous récupérons notre souffle sur l'horizontal du toit d'à côté.

— Encore quelques bâtiments. Il y a une agence immobilière un peu plus loin. La maison de son propriétaire est communicante et donne dans la rue de derrière. Il nous faut passer par le garage, je sais qu'il y a un râtelier d'armes de chasse dedans. Autant en profiter, ça compensera un peu le sac de munitions que Yanis a gardé avec lui.

— Et comment tu sais tout ça ?

— Quand je relevais les compteurs je rentrais dans pas mal de baraques.

— Et bien moi avant j'étais programmeur informatique… ça ne va pas beaucoup nous aider !

— J'espère bien que si, un jour.

Après avoir jeté un rapide coup d'œil par-dessus le parapet pour m'assurer du nombre de toits restant à franchir avant d'atteindre celui de ladite agence, nous reprenons notre parcours, exposés au crachin mais à l'abri de toute dent et de toute griffe.

La trappe d'accès au toit, fermée de l'intérieur, demeure sourde à nos efforts pour la forcer et rien dans sa conception ne permet d'envisager de faire levier.

— Tu penses à la même chose que moi ? interroge David en scrutant la fenêtre du dernier étage, deux mètres plus bas sur la façade.

— A priori, je ne vois pas d'autre solution. Qui s'y colle ?

— Sans vouloir t'offenser Dan, je crois que je suis plus léger que toi. Alors si tu te sens de tenir la corde…

La Rochelle, sur les toits, place de Verdun
04h52

Une fois l'une des extrémités de la corde solidement arrimée autour d'un conduit de cheminée par un complexe nœud marin dont Guy nous avait appris la technique, David se ceinture de l'autre bout, le glissant méthodiquement dans chaque passant de son pantalon. Une juste longueur de cordage nous permettra d'atteindre le rebord de la fenêtre quelques mètres plus bas tout en m'octroyant suffisamment de mou pour le retenir dans sa descente et jusqu'à son entrée au niveau inférieur.

Mon comparse s'assoit au bord du toit et s'assure une dernière fois de la fiabilité de l'attache qui lui ceint la taille ainsi que du bon fonctionnement de sa lampe frontale. Enfin, d'un échange de regard, nous nous signifions que nous sommes prêts.

David prend une large bouffée d'air puis expire profondément. Il se retourne pour s'allonger sur le ventre, les jambes dans le vide et, accroché à la gouttière, bascule le long de la paroi à la seule force des bras. D'abord calé entre les deux cheminées en briques pour ne pas glisser, je sens ensuite la corde se tendre brusquement entre mes mains et tirer sur mes avant-bras lorsqu'il se lâche pour entamer sa descente.

L'attraction terrestre exerce son implacable labeur et le tressage de nylon mord la peau fine et déjà meurtrie de mes doigts, là où s'arrête le tissu des mitaines. Doucement, mais surtout péniblement, je commence à donner du lest à David pour permettre sa progression. Heureusement, la distance à parcourir est courte et je ressens assez vite la tension se relâcher au bout de mes bras. Il a dû trouver appui sur le rebord de la fenêtre. Un bris de verre étouffé vient confirmer mon hypothèse, juste derrière suivi d'un grincement d'huisseries. La corde tressaute alors trois fois entre mes mains, code convenu plus tôt et confirmant son entrée.

Je lui laisse un instant, le temps de s'en libérer, avant de la ramener à moi pour y attacher les sacs à dos que je lui transfère ensuite. Puis arrive mon tour de descendre. Ne sachant trop comment m'y prendre, je procède de la même manière que lui précédemment et me retrouve rapidement à la verticale contre la façade, les doigts cramponnés au cordage et la peur au ventre, personne pour ma part pour m'assister. A peine ai-je entrepris ma descente que je sens que l'on attrape mes jambes. Le contact me fait tressaillir. Ce n'est pourtant que David qui me guide vers l'intérieur.

Une fois les pieds de nouveau au sol, je me défais de la corde que nous abandonnons là. La pièce dans laquelle nous sommes est une sorte de chambre d'amis, impersonnelle et meublée de façon spartiate, un lit, un bureau accompagné d'une chaise et une petite étagère garnie de livres de poche. L'ensemble est en ordre, bien rangé et recouvert d'une légère pellicule de poussière. Elle ne semble pas avoir accueilli quelqu'un récemment.

Aux premiers de nos pas, le vieux plancher grince sous notre poids et nous immobilise, aux aguets, attentifs au moindre bruit. Mais la bâtisse reste plongée dans le silence et l'obscurité. Avec précaution, nous accédons à un couloir qui dessert une autre pièce, et tout au bout un grand escalier en pierre à l'ancienne. Avant de l'emprunter, nous examinons cette deuxième chambre, parentale, au rangement plus négligé. Le lit, froid, est défait, des vêtements reposent légèrement froissés sur un fauteuil et les tables de chevet sont en désordre.

L'étage inférieur propose trois autres chambres, un petit boudoir et un cabinet de toilettes. Tout est calme, baignant dans une atmosphère lourde mais étrangement sereine à la fois. Au passage, nous ajoutons dans nos sacs les rouleaux de papier toilette restants ainsi que les médicaments contenus dans une petite boîte à pharmacie.

Enfin, au rez-de-chaussée nous découvrons avec effroi les propriétaires des lieux, un couple de septuagénaires, reposant paisiblement, la tête en arrière, dans de larges fauteuils style Louis Quelque-Chose. A en juger par leur position et le fusil encore serré entre les mains raides de l'homme, nous présumons de leur choix délibéré d'en finir. La scène est horriblement classique, vue et revue dans bon nombre de films post-apocalyptiques zombies, mais en être spectateur et acteur à la fois me retourne les tripes. L'atrocité des visages arrachés témoigne de la violence du désespoir qu'ont pu éprouver ces gens pour en arriver à ce funeste dénouement.

L'odeur nauséabonde s'épaissit dans nos narines au fur et à mesure que nous nous rapprochons des corps saisis par la mort. Ceux-ci ne présentant pas encore de signes de gonflements sous-cutanés comme observés sur certaines personnes mortes depuis plus de quinze jours, j'en déduis que leur décision de quitter notre sombre monde est relativement récente.

Non sans une grimace de dégoût, David retire délicatement le fusil des doigts fripés et figés ; nous en aurons désormais certainement plus besoin que ce pauvre monsieur.

La porte d'entrée, tout comme les fenêtres donnant sur la place de Verdun, ayant déjà été calfeutrées par les anciens occupants, nous sécurisons assez aisément le reste de l'habitation avant de nous diriger vers le petit patio que je sais mener au garage adjacent.

La porte en bois s'ouvre dans un craquement caverneux et une bouffée d'air au parfum de cave moite nous assaille. Durant les longues secondes qui se transforment en minutes, nous scrutons l'obscurité que seules viennent perturber nos lampes de leurs balayages alarmés. Dans un même temps, je cogne du dos de la main le chambranle de la porte, appât sonore visant à débusquer l'éventuel monstre anesthésié par le silence dans un coin. L'endroit paraît sûr, tout comme le reste de la maison, je décide donc d'avancer, néanmoins attentif à tout mouvement susceptible d'entrer dans mon champ de vision.

Un seul pas et mon cœur se soulève de peur tant j'ai l'impression de perdre pied. Une douleur fulgurante me transperce la jambe, du talon jusqu'aux reins, et je me retrouve dans un cri de panique à genoux sur le sol dur et froid, une main crispée sur l'arrière de ma cuisse.

David m'éclaire et s'enquiert sur-le-champ de mon état.

— C'est rien. C'est bon mais fais gaffe, il y a une marche super haute, l'avertis-je. Comme un con, je l'ai loupée.

Le faisceau de sa lampe me quitte pour venir illuminer le sol devant ses pieds.

— C'est quoi ce bordel ? s'insurge David en me rejoignant. Avec une baraque pareille ils avaient pas les moyens de se payer deux pauvres marches ? Ça va toi ?

Je tente de me redresser mais un nouvel éclair m'électrise le côté gauche et m'arrache un râle.

Avec son aide, j'arrive tout de même à me relever et prendre appui contre une pile de cartons d'archives, le temps pour lui de me trouver un siège sur lequel m'installer un moment.

— Faut que je prenne un médoc pour ma sciatique, l'informé-je en ouvrant mon sac à dos pour joindre le geste à la parole.

— Tu t'es fait mal ? Tu peux marcher ?

— Un peu ouais… Pas possible de marcher tout de suite tout de suite.

— Ok. Reste là le temps que ça passe. Je vais aller farfouiller un peu en attendant.

— Sois prudent !

— T'inquiète ! S'il y avait eu un infecté ici il se serait déjà manifesté.

Je le regarde retourner dans la maison puis, contrarié de me sentir handicapé, me contente en l'attendant de jeter un coup d'œil à ce qui m'entoure. J'esquisse un sourire lorsque j'aperçois le râtelier d'armes, ouvert et quasiment plein, que j'avais évoqué en décidant de venir ici. Il y a également du matériel de pêche, des combinaisons de plongée, de l'outillage de jardin et même une belle réserve de bocaux et de bouteilles de vin.

Afin d'économiser les piles de ma lampe, je décide de l'éteindre et essaie de me détendre, le temps que l'antalgique fasse son travail et me soulage.

La Rochelle, une maison place de Verdun
07h32

Lorsque je me réveille, je suis étonné de constater, distinguant ce qu'il se passe autour de moi sans avoir à allumer ma torche, que le jour s'est levé. J'ai manifestement dormi un bon moment, un coup d'œil sur ma montre me le confirme.

David est à côté, accroupi au-dessus d'un gros sac de sport bleu dans lequel il rassemble le contenu des autres sacs à dos. Je constate que le râtelier est à présent vide et qu'il manque également quelques bocaux sur les étagères.

— Ça va ? T'as trouvé des trucs intéressants ? le salué-je en m'étirant, encore engourdi par mon somme impromptu. On dirait bien que je me suis carrément endormi.

— Salut Dan ! T'inquiète ! J'ai déniché quelques bricoles qui pourront toujours être utiles. Et goûte-moi ça mon vieux, tu m'en diras des nouvelles !

J'attrape au vol la verrine qu'il me lance et en dévisse le couvercle. S'échappe alors du récipient en verre à moitié vide une délicieuse et pittoresque effluve de pâté à l'ancienne.

— J'en dis que ça sent bon Noël tout ça ! remarqué-je en sortant un canif de mon sac à dos pour m'en concéder un morceau sur le champ.

La tranche de viande fond dans ma bouche et libère sur mes papilles ses arômes rustiques et fumés au goût de gibier. J'ai l'impression de ne rien avoir mangé d'aussi bon depuis une éternité.

— Hum... Mon royaume pour une baguette de pain chaud et croustillant, plaisanté-je en refermant le pot. Bon, ceci-dit il faut que j'aille aux toilettes.

— Ne t'attends pas à une bonne odeur de Fébrèze là-bas, elles sont bouchées... ! Mais tu peux toujours tenter en apnée. Et ça va mieux toi ?

La plainte qui m'échappe au moment de me mettre debout lui fait office de réponse. Je fais deux ou trois pas avant de m'arrêter, paralysé par la douleur. D'un bond, David est à mes côtés, prêt à me soutenir. A chaque pas, j'endure un lancinant pincement entre ma fesse gauche et le creux de mes reins.

— Putain, non ça ne va pas mieux. Fait chier, on n'a pas besoin de ça !

J'avale de nouveau un Ixprim avec deux gorgées d'eau et demande à David de me filer un coup de main pour remonter la coupable marche nous séparant de la maison.

*

Une fois ma vessie soulagée, je me traîne jusqu'au salon pour me caler, malgré les relents ambiants, dans le canapé. Du coin de l'œil, je remarque que David a recouvert d'un drap les deux corps, ultime témoignage de respect à leur égard.

— Pars devant si tu veux, vas-y ! je finis par lâcher. Je te rejoins dès que ça va un peu mieux.

— Pas question de te laisser ! proteste-t-il. Je t'aide à marcher s'il le faut mais on reste ensemble.

— Non. Ça ne ferait que nous rendre tous les deux trop vulnérables. Tu iras bien plus vite sans moi, et je préfère que tu rentres pour leur amener rapidement les armes qu'on a trouvées. On est partis depuis longtemps déjà. Ça me préoccupe.

David reste silencieux quelques instants puis soupire :

— Très bien. Mais dans ce cas on se dit que si tu n'es pas rentré en fin d'après-midi, je me démerde pour revenir te chercher avec une voiture. O.K. ?

— Ça marche, mais je pense que ça va finir par se débloquer avec les médocs. Apporte-moi juste le pot de terrine et un autre de confiture, s'il te plaît. Et je veux bien une bonne bouteille de vin, aussi.

12h06

Finalement, David est resté avec moi jusqu'à neuf heures, puis s'est faufilé par la grande porte du garage, chargé de son gros sac de sport sur le dos.

De mon côté, j'ai pris mon mal en patience jusqu'à midi pour ménager ma sciatique, demeurant tout aussi improductif que soucieux dans le canapé, à feuilleter des albums-photo restés là, ouverts sur la table basse. Des centaines de clichés aux visages inconnus se succèdent, instantanés de normalité et de sérénité. Tous les proches et les êtres chers de ces gens à qui la vie semblait sourire jusque-là.

Et pourtant ils sont morts seuls, loin des leurs, et je réalise que ce noir destin peut aujourd'hui frapper n'importe lequel d'entre nous, proche ou étranger. Des parents amputés de leurs enfants, des conjoints pour toujours séparés de leur amour, des fratries entières disloquées, des familles à jamais disséminées.

Je ne peux à cet instant m'empêcher de penser aux miens, à mes parents et ceux de Chloé, ainsi qu'à mes frères dont la situation m'est totalement inconnue depuis plusieurs semaines, depuis si longtemps. Nous ne les reverrons peut-être jamais et je ne suis même plus capable de me souvenir à quand remonte notre dernier échange, ni de ce que l'on avait pu se dire ; certainement des banalités sur la météo ou encore sur nos difficultés financières devenues depuis si dérisoires, nous souciant aujourd'hui bien davantage, finalité presque ironique, de la pluie que de nos comptes bancaires.

A présent je me dis que je regrette d'avoir toujours été aussi renfermé sur moi-même, si solitaire et taciturne étant célibataire, puis de ne pas avoir réussi à accorder un peu plus de temps à nos familles respectives après nous être installés ensemble, Chloé et moi, malgré les kilomètres qui nous séparaient. J'imagine que jamais mes parents n'ont douté de l'amour que je leur porte mais j'aurais dû leur témoigner mon attachement plus souvent et plus explicitement.

Maintenant, il me reste Zack et Chloé. Tous deux sont bien là, toujours en vie, toujours à mes côtés, et pour eux je me dois de me battre, pour affronter et dominer la dure épreuve que cette nouvelle existence si fragile nous inflige, brutale et impitoyable, sauvage et sanguinaire, sans répit.

L'album ouvert devant moi est là pour me rappeler que je ne dois jamais oublier de dire et de montrer à ceux qui restent combien ils comptent pour moi.

Après avoir mangé un peu, je tâcherai de marcher tant il me tarde de les retrouver et étreindre Chloé pour la sentir vivre dans mes bras, et me sentir vivant entre les siens.

*

Pour mon déjeuner, j'ouvre une boîte de petits pois que je prends dans le petit sac de nécessaire que m'a laissé David. Avec le jus que j'aurais préféré chaud, j'avale un comprimé antidouleur, un de plus, le troisième depuis la vieille en espérant que les effets se fassent enfin ressentir.

15h34

Je parviens, depuis une petite demi-heure environ, à déambuler à travers les différentes pièces du rez-de-chaussée, clopin-clopant à l'aide d'une canne trouvée dans un porte-parapluies du vestibule. Ma jambe est encore un peu raide mais la douleur s'est estompée. J'arrive à me déplacer, mais pas encore de façon suffisamment leste pour m'aventurer dehors. Courir n'est en effet pas une option que je peux envisager pour l'instant.

A cette heure, s'il n'a pas rencontré d'embûches en chemin, David a théoriquement retrouvé les autres. Nous avons convenu qu'il attendrait jusqu'à dix-huit heures avant de revenir me chercher, ce qui lui laisserait assez de temps avant la tombée de la nuit pour me rejoindre.

Vu mon état et malgré mon impatience, je décide raisonnablement de l'attendre plutôt que de me risquer dehors tandis que je suis loin d'être à cent pour cent de mes capacités. Peut-être encore quelques heures et nous serons de nouveau tous ensemble. D'ici là, j'espère avoir recouvré toute ma motricité, et pour cela je vais mettre le temps qui m'est imparti pour dérouiller ma jambe encore bien engourdie.

*

Dix-huit heures. Dix-huit heures trente. Dix-neuf heures. Dix-neuf heures trente. Vingt heures…
Le temps passe et nul ne vient.

20h26

Sans nouvelles de David ni de quiconque, le soleil s'est couché et l'obscurité a, depuis un moment déjà, de nouveau investi l'intérieur de la demeure, me plongeant dans un océan de doutes et de craintes.

Si David n'est pas là, c'est forcément que quelque chose ne tourne pas rond. Soit il n'est jamais arrivé à la résidence soit il n'a pas pu en repartir.

J'essaie néanmoins de me rassurer en supposant qu'il est en route mais retardé, même si dans le même temps j'ai beaucoup de mal à m'en persuader, commençant à connaître nos nouveaux amis. Je reste intimement persuadé que si David était dans l'incapacité d'honorer sa parole, Maxime l'aurait sans hésiter remplacé. Je ne doute pas une seule seconde que ces deux-là ne lâcheraient jamais un des leurs, qui plus est sachant que je ne suis pas seul, qu'il y a Chloé et Zack.

De mon côté mon cœur m'exhorte à quitter cet endroit sur l'heure, à m'élancer dans les ténèbres et rentrer sans plus attendre. Mais ma raison me persuade que ce scénario ne serait que pure folie. Car même si le manteau de la nuit est une belle couverture sous laquelle me dissimuler pour avancer en toute discrétion, il pourrait également devenir un beau linceul si la douleur resurgissait et me tétanisait à nouveau.

Je n'ai donc pas d'autre choix que celui de la sagesse, en espérant que quelqu'un finisse par arriver. Dans le cas contraire, demain, dès l'aube, je partirai.

Jour 46 :
TOUJOURS VIVANTS ?

« Nous avons connu bien des morts. Certains
l'avaient mérité, d'autres non. Mais que
faut-il avoir fait pour mériter cela ? »
Ron Perlman, *Le Dernier des Templiers*

Samedi 16 mars 2013
La Rochelle, une maison place de Verdun
07h22

Le jour se lève timidement sous un ciel saturé de nuages gris qui déversent par intermittence leurs trombes d'eau. Depuis une petite heure, assis dans un fauteuil d'une des chambres du premier, j'observe la place de Verdun qu'arpentent de façon confuse plusieurs dizaines, peut-être même des centaines, de cadavres déambulants.

La nuit a été courte et agitée. Je ne sais pas s'il s'agit d'un pur hasard, fruit de leurs aléatoires divagations, ou s'ils peuvent quelque part sentir ma présence, mais par moment il m'aurait presque semblé, étrangement, que certains venaient gratter à la porte d'entrée. De plus, successions de mauvais rêves, que je suis d'ailleurs bien content d'avoir oubliés, ont perturbé mes rares phases de sommeil.

La bonne nouvelle ce matin dans tout cela, c'est que je marche à nouveau correctement, sans gêne. J'ai donc pu monter à l'étage où je me suis débarbouillé un peu. Le ballon du cabinet de toilettes contenait encore quelques litres d'eau, par contre glacée. Mais cette occasion pour le coup tonifiante, de me décrasser un peu, a toutefois été la bienvenue.

Fatigué, inquiet mais quelque peu délassé par ces ablutions, je me sens prêt. Et impatient de retrouver les miens.

07h40

Je hisse sur mon dos le grand sac de randonnée trouvé dans le garage, dans lequel j'ai regroupé tout ce qu'il était possible d'emporter des munitions et des provisions que m'avait laissées David. Avant de partir je termine la terrine, m'offre une barre de céréales en guise de dessert et prends un dernier antalgique en prévention. Paré, je vérifie une dernière fois que mes armes sont chargées et que je ne laisse rien d'important derrière moi.

Fusil en bandoulière, pistolet calé dans le ceinturon bouclé par-dessus ma veste, je resserre les lanières du sac sur mes clavicules et empoigne la machette que j'ai finalement privilégiée au sabre resté à l'appartement, plus maniable et moins encombrante quel que soit l'environnement.

Le cœur battant, je soulève lentement le loquet de la porte du garage et l'entrouvre de quelques centimètres à peine. Je jette un coup d'œil à gauche puis à droite pour m'assurer que la voie est libre, avant de sortir. Sans un bruit, je referme derrière moi puis avance, à l'abri sous les arcades qui bordent la rue a priori déserte, jusqu'à la première colonne en pierre. Me faufilant ainsi de l'une à l'autre, je progresse jusqu'au croisement. Ce faisant, je passe devant les grilles closes à l'arrière de l'hôtel de police où une pensée brève mais douloureuse pour nos compagnons tombés ici me traverse l'esprit.

Deux choix s'offrent à moi, continuer tout droit par la rue du Minage, ou remonter la rue Albert Ier sur ma gauche. J'élimine assez vite la première, en raison de ses passages plus étroits et certainement plus malfamés, et opte pour la seconde, plus directe et qui plus est celle déjà empruntée à l'aller. Pour l'instant, de ce que je peux voir, les deux accès sont parsemés d'infectés qui errent çà et là.

Je prends à gauche.

Afin de profiter plus longuement du couvert qu'offrent les arcades, je traverse, le plus furtivement possible, pour atteindre le trottoir d'en face où les arches se prolongent plus haut dans la rue.

Une poignée de morts bat le pavé de ce côté-ci. Ils sont trop nombreux pour envisager de tous les avoir par surprise, aussi je scrute le sol à mes pieds à la recherche d'un projectile pour tenter une diversion. Dans le caniveau git une canette de bière, elle fera parfaitement l'affaire.

Caché des regards sans vie, je m'applique et jette l'objet de l'autre côté de la rue. La canette survole le bitume et va percuter le toit d'une voiture dans un "klong" métallique sourd avant de rebondir plusieurs fois au sol et terminer son vol en roulant sur le trottoir opposé. Le bruit est suffisamment clair pour trancher avec le crépitement de la pluie et le résultat ne se fait pas attendre. Tous les morts se tournent dans cette direction et se mettent en marche vers le point d'impact.

Bien conscient que ce bruit, relativement retentissant dans le silence homogène du quartier, peut en attirer bien plus que ceux déjà présents, je ne perds pas un instant et m'élance aussitôt le passage dégagé.

Devant la façade de l'Oratoire, les arcades s'interrompent l'espace de quelques mètres durant lesquels je croise mentalement les doigts pour ne pas être repéré, avançant totalement à découvert. Je traverse ensuite une autre rue sans m'attarder sur celui que j'entrevois du coin de l'œil, trainant non loin de là.

Brutalement je m'immobilise, le souffle coupé par une subite montée d'adrénaline, lorsque l'un d'eux fait irruption d'une venelle sur la droite. Il apparaît à deux ou trois mètres, juste devant moi, vêtu d'un coupe-vent bien déchiré. Mais par chance pour moi, sa capuche toujours relevée lui obture la vision sur les côtés. On dirait cependant qu'il hume l'air, comme un prédateur en chasse.

C'est à pas feutrés que je m'approche de lui pour lui asséner un violent coup sur le sommet du crâne. La machette s'enfonce d'un trait, provoquant immédiatement l'épanchement d'un sang noirâtre dans les plis de la capuche déperlante. Le moribond s'affaisse et je l'attrape à bras-le-corps pour accompagner sa chute en silence jusqu'au sol. Aux abois, je contrôle les environs avant de reprendre mon chemin et quitter définitivement la sécurité des arcades.

Je poursuis ma route et traverse une nouvelle voie. Ici, les voitures abandonnées au milieu de la chaussée sont plus nombreuses que celles garées sur le côté, je profite donc de leur présence, slalomant entre elles, pour progresser un peu plus sereinement. Certaines portières étant grandes ouvertes, j'accorde toutefois une attention particulière à chacune d'elles, vérifiant bien que rien ne se dissimule sur les sièges.

Plusieurs morts-vivants rôdent dans les parages, je dois par conséquent me faire discret pour avancer d'un véhicule à l'autre. Alors que je viens de passer devant le muséum d'histoire naturelle, je m'adosse à l'aile d'une grosse berline pour marquer une pause et sonder les alentours. Pas même le temps de prendre ne serait-ce qu'une courte inspiration qu'une alarme stridente déchire l'espace, entraînant le déclenchement des feux de détresse de la voiture. Mon organisme se gèle une fraction de seconde sous l'effet de la stupeur, mais fort heureusement l'urgence de la situation le remet instantanément en branle. Il faut agir vite, je sais que je suis à côté d'une goutte de sang au milieu d'un océan envahi de requins.

D'un coup d'œil jeté par-dessus le capot, je ne peux que constater l'inévitable. Tous les corps réanimés du coin sont en marche vers moi.

A quatre pattes, je me penche pour voir si mon espoir de pouvoir me glisser sous le bas de caisse se confirme. A condition de retirer le sac de mon dos je devrais pouvoir me dérober par là. Je desserre les bretelles, me déleste et me faufile à plat ventre sous la voiture en tirant le sac à moi.

Sans plus attendre, je rampe sur l'asphalte humide en direction du prochain véhicule. Ce dernier étant moins surélevé, ma progression est plus lente et laborieuse à cause de la taille du sac à dos qui ne cesse de s'accrocher derrière moi. Soudain, une paire de baskets largement défraîchies se manifeste, raclant la chaussée à côté de l'automobile, à un pas de moi. Je m'immobilise, pétrifié à la vue des nombreux autres pieds qui s'ensuivent. La puissante sirène continue de rameuter toutes les carcasses du quartier qui s'agglutinent par impulsion comme des insectes sur la voiture, entretenant de ce fait le parfait fonctionnement de l'avertisseur dans une plainte sans fin.

Afin d'apaiser l'angoisse qui s'est emparée de moi, je ferme les yeux un instant et me concentre sur ma respiration en égrainant une trentaine de secondes dans ma tête. Lorsque ma main ne tremble plus sur la poignée de la machette, je reprends mon avancée, pressé de m'éloigner de cet inquiétant capharnaüm.

Non sans lutter deux ou trois fois pour décoincer soit mon sac soit le canon du fusil pris dans des pièces saillantes du châssis, je parviens enfin sous une troisième puis une quatrième voiture.

Allongé sous la calandre de cette dernière, je réalise qu'il ne me sera pas possible de me glisser sous la suivante et qu'il me faut par conséquent refaire surface. Patiemment je regarde le défilé de traine-savates se tarir autour de moi, puis m'extirpe de ma tanière pour me recroqueviller entre deux pare-chocs. Un peu plus haut, à quelques mètres sur ma droite, je repère l'entrée du Jardin des Plantes. Une de ses grilles est ouverte, personne en vue. Je devrais pourvoir l'atteindre sans attirer l'attention de l'attroupement toujours grandissant autour du véhicule de son côté toujours en alerte. Je pourrai ainsi couper à travers le parc, issue certainement plus favorable que cette rue devenue assurément trop fréquentée.

Haletant, je renfile mon sac à dos et me redresse légèrement, lentement. Sans perdre de temps en réflexions superflues, je me lance et pique un sprint, ne quittant pas la grille des yeux. Je croise un infecté qui, forcément, change subitement de cap en me voyant, pressant fatalement le pas dans mon sillage. Certain de le semer, je décide de l'ignorer et reste concentré sur ma course.

Je traverse le carré de pelouse central, passe tout prêt de la statue de Héro et de Léandre dont l'innocence encore immaculée au milieu de toute cette tourmente frôlerait presque l'indécence, dépasse la fontaine puis file dans l'allée qui s'enfonce dans le parc.

Mes pas poinçonnent dans un bruit spongieux le tapis boueux de feuilles mortes que plus personne ne ramasse et sur lequel je glisse à plusieurs reprises. Sans ralentir, j'esquive trois zombies qui errent entre les arbres, et occulte avec un profond sentiment de malaise ceux qui tournent, pernicieux, autour d'un landau abandonné près de l'aire de jeu.

Rapidement, j'atteins la sortie du jardin pour aborder une rue Massiou déserte et froide dans laquelle je m'arrête un instant, pause nécessaire pour reprendre haleine. Au loin, de l'autre côté du parc, résonne encore le son de l'alarme qui se propage à travers tout le centre de la ville dénuée de tout souffle d'humanité.

Prudemment j'avance dans la rue, fixant son embranchement. Il ne me restera ensuite sur la gauche plus que quelques dizaines de mètres à parcourir avant de me révéler à la sentinelle postée sur le toit de notre résidence. Mais une fois le croisement atteint et avant cette délivrance, il me faut dans un premier temps déjouer le funeste cortège descendant l'étroite rue Amos Barbot, attiré par le criard et persistant tapage de la berline et guidé par le long corridor que forment deux files de voitures, garées pour les unes et abandonnées sur place pour les autres. Dans l'ombre de celles stationnées le long du trottoir, j'entreprends alors ma prudente remontée.

La Rochelle, rue des Voiliers
09h02

Enfin je touche au but, après une longue partie de cache-cache avec les infectés dans les petites rues du centre, je ne suis plus qu'à quelques mètres des Voiliers. Trop heureux de retrouver les miens, je cours au milieu de la chaussée désolée en agitant les bras en signe de reconnaissance. Un sentiment étrange m'assaille cependant lorsque de la terrasse du dernier étage je ne décèle aucune manifestation en retour. Je m'arrête, porte mes mains en visière sur mon front et scrute l'arrête horizontale du toit.

Personne.

Alors que mes yeux redescendent le long du bâtiment, remarquant au passage quelque chose d'inhabituel sans trop savoir quoi, ils tombent, au pied de la murette entourant la petite cour arborée, sur une petite masse bleue. Me rapprochant cette fois plus prudemment, je reconnais alors le sac de sport, à présent vide, que David avait emporté avec lui la veille. Je distingue également très nettement maintenant la façade mouchetée de multiples petits trous et les nombreux carreaux cassés. Mon pied rencontrant à cet instant, dans un tintement métallique, un objet cylindrique brun-doré, la liaison entre les douilles qui jonchent le sol et les impacts de balles me paraît alors évidente.

La poitrine compressée par une sensation d'oppression grandissante, je fonce à travers le jardinet où de nouveaux corps pourrissent, là-même où nous avions pourtant tout déblayé. Parmi ceux-ci, certains, relativement frais et apparemment non infectés, portent des treillis et des vestes de chasseur.

Avec effroi, je constate que l'entrée de notre immeuble a été forcée, les portes vitrées fracturées, notre barricade éventrée. Je franchis les gravats en refusant à voix haute d'admettre ce que je vois – *Non, non, non, c'est pas possible !* – et ravale mon affolement pour ne pas appeler Chloé à m'en rompre les cordes vocales.

Sur chaque palier, des portes fracturées et des dépouilles au visage familier…

A chaque étage, l'horreur s'accroît avec le nombre des victimes, hommes, femmes… enfants...

Mes émotions commencent à lâcher prise lorsque, dans notre ancien appartement, je découvre les corps allongés l'un sur l'autre des jumeaux. A la façon dont Clément sert encore sa sœur Adèle contre lui, il semblerait que celui-ci ait tenté de la protéger de la décharge de chevrotine qui les a malgré tout tous les deux fauchés au niveau des reins.

Ma gorge tremble et des larmes montent jusqu'aux commissures de mes paupières.

Je pénètre dans l'appartement qu'occupent David et Vanessa, la boule au ventre…

L'air est froid, le vent souffle à travers une fenêtre ouverte ou peut-être brisée. Un violent haut-le-cœur me secoue la poitrine lorsque j'arrive dans le salon.

Au centre de la pièce, le corps de David repose en chien de fusil sur le sol, les mains liées dans le dos par un collier de serrage orange vif, son épaisse tignasse baigne dans son sang. A un mètre de lui, Vanessa est allongée, en partie dénudée sur le canapé dans des vêtements lacérés au couteau.

Frappé de plein fouet par cette vision, je m'approche, totalement interdit, et chaque détail est un nouvel uppercut. Le visage de Vanessa figé dans une expression d'épouvante extrême. Les marques de meurtrissures sur sa peau souillée. La plaie béante de son cou taillardé.

Quant à David, le petit cratère noir qui creuse sa tempe me fait comprendre qu'il a tout simplement été exécuté, et ce, probablement en assistant à un tableau au summum de l'abominable.

Visualisant les scènes de peur et les atrocités qui ont dû se vivre ici, une clameur réprimée depuis mon arrivée vient subitement déchirer le fond de ma gorge. Un cri qui, comme une traînée de poudre, embrase mon œsophage et explose à l'arrière de mon crâne. A pleins poumons, je hurle successivement les prénoms de Chloé et de Zack tout en me ruant vers notre appartement au dernier étage.

J'avale les marches comme un coureur le ferait des kilomètres, jusqu'à la fatidique confrontation avec notre porte d'entrée. Celle-ci est légèrement ouverte sur une large flaque de sang qui s'étend jusqu'au paillasson partiellement imbibé, assez pour que le premier mot du traditionnel message *Home Sweet Home* soit complètement illisible. Les traces de sang sur la porte ne sont pas elles non plus ici pour réfréner le supplice intérieur déjà bien oppressant qui me percute un peu plus à chacun de mes pas.

Un moment d'hésitation me fige sur le seuil, torturé par l'idée de ce qui pourrait s'être passé derrière cette entrée sordide.

Pour l'instant, personne n'a répondu à mes appels. Sinon d'hostiles présages.

Je suis seul, tenaillé par des oiseaux de mauvais augures.

Peut-être n'aurais-je jamais dû les laisser…

La porte s'ouvre de quelques centimètres supplémentaires dans un grincement glaçant, avant de buter contre un obstacle lourd et souple. Derrière, un homme dont j'ignore l'identité s'est vidé de sa sève nourricière, le corps lardé de plusieurs blessures à l'arme blanche. A en juger par les marques sanguinolentes au sol et sur les murs, il a certainement dû se traîner ici depuis le salon où les témoignages de lutte sont multiples. Mais au milieu de tout ce chahut et excepté le malheureux, aucune autre personne n'est présente dans la pièce. Aucune trace de Chloé ou de Zack. Malgré tout toujours très fébrile, je fouille frénétiquement chaque recoin de l'appartement qui s'avère vide.

La baie vitrée ouverte m'attire sur la terrasse sur laquelle je trouve les deux sentinelles étendues à même les gravillons, égorgée pour l'une et poignardée entre les omoplates pour l'autre. Comment ces deux guetteurs ont-ils pu ne pas voir le danger arriver depuis leur position haute et se laisser surprendre de la sorte ? Quelque chose m'échappe.

A moins que… Non ça ne peut pas être ça… Le danger serait d'abord arrivé de l'intérieur ? Cela expliquerait pourquoi la vigie n'a rien vu venir. Mais qui… ?

J'examine avec attention les alentours du bâtiment mais seuls quelques morts animent les rues, imperturbables et grotesques. *C'est pas vrai où sont Zack et Chloé ?* Je retourne à l'intérieur, déterminé à inspecter tout l'immeuble de fond en comble, chaque pièce de chaque logement, à leur recherche.

*

Après un ratissage pesant et infructueux, je finis par retourner dans notre appartement et me laisse choir dans le canapé, exténué et abattu. Je respire tout de même un peu mieux : Chloé, Zack, Lisa et Maxime ne figurent pas parmi les nombreux corps éparpillés dans tout le bâtiment. Je n'ai pas d'autre espoir que d'imaginer qu'ils ont pu échapper à ce carnage.

Hormis les quelques inconnus en treillis, j'ai malheureusement reconnu chacun des rescapés revenus avec David. Aucun n'a réchappé à l'attaque, à part peut-être le jeune Hugo qui n'est pas là lui non plus. Tous les autres ont été massacrés, voire exécutés sans pitié.

Mais quel être humain peut tuer ses semblables aussi froidement, sans aucune distinction d'âge ou de sexe ? Un être humain qui peut dès lors sans le moindre état d'âme et dans un mépris total laisser pourrir sur place ses propres hommes, sacrifiés pour assouvir sa soif de barbarie. Et qui sont ces gens prêts à suivre un tel personnage ? Des fous à lier plus dangereux encore que les infectés.

Un détail singulier m'extirpe soudain de mes pensées accusatrices. Un petit cube en plexiglas posé sur le meuble télé à côté de l'écran géant, à jamais aphasique, attire mon attention. Un échantillon de sable provenant de notre collection. Aussi saugrenu que cela puisse paraître, nous avions tous les deux tenu, Chloé et moi, lorsque nous avions emménagé chez les Garnier, à ne pas nous séparer de nos trois panneaux en bois présentant tous nos échantillons de sable récoltés par nos soins ou échangés avec d'autres arénophiles. Cette passion au départ de Chloé mais très vite partagée reste une tranche de notre vie d'avant chargée à elle seule de souvenirs si forts que nous n'avions pu nous résoudre à la laisser derrière nous.

Mais qu'est-ce que ce petit cube faisait là, loin des autres, détail d'autant plus intrigant, posé sur la page arrachée d'un livre de poche ? Je m'approche et m'accroupis face au meuble puis attrape le sable blond-orangé pour lire son identification sur son étiquette :

FR 17-064 – Ile de Ré

Je ne me souviens pas sa provenance exacte mais son numéro me dit que c'est l'un des derniers sables ramassés sur l'île en fin d'année dernière.

Je saisis ensuite la feuille de papier. Il s'agit d'une des premières pages d'un roman de Stephen King, celle du titre : *Marche ou crève.*

Je réfléchis.

D'un côté un livre que Chloé affectionne tout particulièrement et de l'autre un sable provenant de l'île de Ré.

Les mains tremblantes sur les deux objets, je fais alors le lien. Ceci est un message. Un message qu'est parvenu à me laisser Chloé et qu'elle seule pouvait m'adresser. Ils se sont enfuis pour ne pas mourir ici, et vont là où nous avions décidé de nous rendre en cas de problèmes. Je retrouve bien là ma Chloé, un petit génie.

Je me laisse mollement tomber sur le parquet, libéré de cette trop lourde pression sur ma poitrine que des sanglots font palpiter.

Epuisé, je m'écroule sous les larmes.

Ils sont vivants.

La Rochelle, Résidence des Voiliers
12h28

Le temps presse, ne sachant pas depuis combien de temps exactement ils ont quitté l'immeuble, je ne dois pas trop m'attarder ici si je veux pouvoir les rattraper au plus vite.

Les barbares qui nous ont attaqués ont pillé pratiquement toutes nos réserves, du coup je rassemble ce qui pourra m'être précieux parmi ce qu'il reste pour combler le peu de place encore vacante dans mon sac. Quelques vêtements de rechange, affaires personnelles et petits objets d'utilités diverses viennent ainsi s'ajouter aux denrées non périssables, à l'eau et aux munitions que je ramenais de notre désastreuse expédition. Je me décharge néanmoins d'une conserve de raviolis bolognaise que je consommerai avant de partir si l'appétit est là ainsi que des trois bouteilles d'eau-de-vie prises dans le garage de la rue Rambaud et auxquelles je réserve un sort bien particulier. Je me garde de ce fait un peu de marge pour tout ce que je pourrais dénicher en chemin que je voudrais emporter.

Enfin, sur le dessus du sac, je sangle un duvet enroulé dans une couverture en prévision d'éventuelles nuits à la belle étoile.

13h42

Je pars retrouver les miens, Chloé, Zack mais peut-être également je l'espère Maxime, Lisa et Hugo.

Mon barda sur le dos, fusil en bandoulière et machette le long de la cuisse droite dans sa gaine en cuir confectionnée par Chloé, je referme derrière moi la porte d'entrée de l'appartement sur un passé à présent décomposé.

A chaque étage, je prends le temps de craquer une allumette sur chacun des corps de nos compagnons après les avoir préalablement arrosés d'eau de vie, ironie du sort, pour de brèves mais sincères cérémonies d'adieux.

Je marque un temps d'arrêt devant notre ancien "chez nous", que j'embrasse d'un regard mélancolique. Cet appartement restera celui qui nous a accueillis à notre arrivée sur La Rochelle, lorsque nous avons pris la décision de quitter Orléans, attirés par l'appel de l'océan et repoussés par quelques tristes souvenirs.

Dans le hall, les yeux humides, je presse simultanément la gâchette de l'allume-gaz et le bouton diffuseur du désodorisant. La flamme qui en jaillit enveloppe instantanément le tas de linge imbibé d'alcool et le brasier prend forme. Il englobera bientôt tous les petits foyers disséminés çà et là dans l'immeuble pour au final le dévorer de l'intérieur. Cet endroit doit disparaître afin que les crimes sauvages qui y ont été commis soient ad vitam aeternam réduits en cendres.

De toute façon, nous n'y reviendrons jamais.

Seuls les morts reviennent.

Jour 47 :
LE GRAND SAUT

Dimanche 17 mars 2013
La Rochelle, Pointe de Queuille
07h39

Irrité par mon réveil en sursaut, je nettoie avec agacement la vitre barbouillée des fluides visqueux du mort-vivant qui s'y était collé, voyeur plus hideux que licencieux, croyant pouvoir m'attraper. Une fois débarrassé de la dépouille du gêneur, je m'approche de la côte pour faire le point sur la situation.

*

En relative sécurité dans l'habitacle de la Chevrolet, j'ai passé la nuit sur une aire de stationnement en marge de la D106 qui relie la zone industrielle de la Pallice avec la petite ville de L'Houmeau, près d'un lieu appelé Pointe de Queuille.

En arrivant la veille, avant la tombée de la nuit, je m'étais garé, avais rapidement coupé le moteur et étais resté sur le qui-vive une bonne demi-heure, prêt à redémarrer en cas de compagnie douteuse. Mais aucune âme en peine, aussi bornée soit-elle, n'était parvenue à suivre la cadence sans se faire distancer. Car même si la circulation avait été difficile et parfois chaotique, au détriment d'ailleurs de la carrosserie, se déplacer en voiture avait le sérieux avantage de semer rapidement tout intrus attiré par le bruit. Je savais qu'il me faudrait néanmoins bientôt abandonner notre Epica.

Hier, entre chien et loup, j'avais pu constater avec amertume que le pont de l'île de Ré était impraticable tout comme j'avais vite compris par ailleurs, en voulant sortir de l'agglomération en début d'après-midi, qu'il était inenvisageable d'emprunter la N237, la voie rapide qui contourne la ville, en raison des nombreux véhicules qui l'encombrent. J'avais donc été contraint de passer par Lagord et de faire un détour par L'Houmeau.

Ces deux petites villes ne jouissaient pas d'un meilleur sort que La Rochelle et offraient un spectacle tout aussi désolant que leur voisine. Et si toutefois des survivants y subsistaient toujours, ils devaient selon toute probabilité se terrer dans quelconque retraite et n'avaient pas jugé bon de se faire connaître à mon passage.

Pour en revenir au pont, j'avais suivi le petit sentier de randonnée qui longe la côte jusqu'aux vestiges d'un blockhaus du sommet duquel j'avais une vue dégagée sur l'entrée de l'édifice reliant l'île au continent. Celui-ci était si engorgé dès le péage qu'il était difficile de le franchir à moins d'être en possession d'un tank.

Je commençais à envisager la possibilité d'une traversée à pied lorsque, à travers l'optique de mes jumelles, mes yeux s'étaient arrêtés sur une faction d'hommes armés patrouillant entre les épaves juste derrière les barrières automatiques. Ils étaient vêtus de treillis qui ne m'étaient pas inconnus.

J'aurais dû m'en douter puisque la partie nord du port autonome n'était qu'à quelques centaines de mètres de là. Quant au pont, pour une raison qui m'était encore obscure, son entrée était également sous leur coupe.

C'est le cœur désenchanté par ces données peu réjouissantes que j'avais regagné la voiture, sous le couvert du crépuscule, et tenté de dormir un peu, allongé sur la banquette arrière. J'étais seul, et pour la première fois de ma vie, sans savoir pour combien de temps.

Et cela m'effrayait…

08h19

Accroupi derrière la cloche blindée du bunker presque entièrement recouvert de végétation, j'épie les allées et venues des gardes à la barrière de péage.

Si le pont n'est plus une option, il ne me reste que la voie maritime. Au plus proche, le petit port du Plomb, à quelques kilomètres de là vers le nord, entre L'Houmeau et Nieul sur Mer, devrait certainement pouvoir m'offrir une petite embarcation. Pour ce qui serait ensuite de la traversée, force serait alors d'improviser et de m'en remettre aux vents, bons ou mauvais. Car même si l'idée avait depuis longtemps germé dans mon esprit, je n'avais jamais effectué les démarches pour passer le permis bateau.

Tout à coup, une fervente agitation anime les rangs des hommes en treillis. Certains se mettent à gesticuler sur place tandis que d'autres accourent vers un break garé à l'écart des voies. Un frisson me parcourt l'échine lorsque je vois l'un d'eux tendre le bras dans ma direction.

Dans un crissement de pneus qui parvient jusqu'à mes oreilles, le break démarre sur les chapeaux de roues et s'engage à contre-sens sur une bretelle de sortie.

Merde, ils m'ont repéré.

Je me lève d'un bond, glisse les jumelles à l'intérieur de mon blouson sans perdre de temps et m'élance sur le sentier rocailleux pour rejoindre l'Epica.

Les deux minutes qui me sont nécessaires pour parcourir la distance me séparant d'elle sont les deux mêmes que celles utiles au break pour aborder le chemin menant à l'aire de stationnement. Je réalise alors que je suis coincé et que je ne repartirai pas au volant de la Chevrolet. J'ai à peine le temps de récupérer mon sac et de repartir en courant ventre à terre dans la direction opposée que mes assaillants arrivent déjà dans un dérapage contrôlé.

Dans mon dos j'entends des portières claquer sans ménagement… à quatre reprises…, puis des cris aux intonations inamicales.

Le bord de la falaise se rapproche à vive allure, mais bien moins vite que les premières balles qui sifflent autour de moi. Je sens dans ma course comme une grosse piqûre, que l'adrénaline minimise, sur le haut de mon épaule gauche mais n'y prête pas vraiment attention, pas plus qu'à la sensation de moiteur qui commence à imprégner mon bras.

Je rase le rebord en direction de la pointe. Mon unique chance de leur échapper est une folie. Un saut de quelques dizaines de mètres avec pour unique salut une mer suffisamment haute pour m'éviter le pire.

Sur le sentier pédestre qui descend vers l'entrée du pont, deux autres hommes se précipitent vers moi. Piégé face au vide, j'accélère et serre les dents, prenant élan sur la dernière motte de terre. L'un d'eux épaule son fusil et tire.

Je saute.

Lorsque j'entends la déflagration, l'impact au niveau des côtes m'a déjà coupé le souffle. Mon regard s'embrume. Entre le bleu de l'océan et celui du ciel, un voile blanc se dessine, flottant devant mes yeux.

Je perds connaissance juste après avoir brisé la surface de l'eau.

Jour ?? :
B.O.B.

« La mer est ton miroir ; tu contemples ton âme
dans le déroulement infini de sa lame »
Charles Baudelaire

Date inconnue
Lieu inconnu
Heure indéterminée

Je me réveille, la bouche pâteuse et l'intérieur du crâne en miettes. Il fait presque nuit noire et mes yeux ont du mal à faire le point. Au loin, résonne une mélodie au son parasité, digne d'un vieux gramophone. En tendant l'oreille, il me semble reconnaitre la voix chaude et profonde de Johnny Cash sur le refrain bien cadencé de *The Man Comes Around*. Grâce à la timide lueur d'une veilleuse, je réussis finalement à distinguer une couchette sur ma droite et une porte close au pied de celle-ci. Allongé sur le lit de ce qui semble être une cabine de bateau, je ramène machinalement mon avant-bras devant mes yeux pour tenter de lire l'heure mais ma montre n'est plus à mon poignet. Lorsque j'essaie de me lever, mes muscles engourdis font les difficiles. De plus, l'effort fourni m'arrache une grimace car déclenche une douleur intercostale sourde et diffuse.

En soulevant du bras droit la lourde couverture qui me recouvre, je constate que je suis en sous-vêtement et qu'un bandage oppressant m'entoure la poitrine. Un pansement composé de gaze et de sparadrap orne également mon épaule, juste au-dessus de la clavicule gauche.

Mes pensées sont confuses et le léger roulis qui anime la petite pièce au revêtement en bois n'arrange rien. Je referme les yeux pour ne pas avoir le tournis.

Où je suis. Ce qu'il s'est passé. Je n'en ai aucune idée, tout est embrouillé dans ma tête. Je tente une nouvelle fois de me concentrer sur mes derniers souvenirs et quelques images jaillissent. Le petit cube de sable. L'épaisse fumée noire qui s'élève des Voiliers en flammes. Le bleu du ciel et le bleu de l'océan qui se mélangent en tourbillonnant.

Puis, petit à petit, d'autres fragments viennent s'intercaler entre les différents tableaux et tout me revient d'un coup, la course folle pour échapper aux balles et le grand saut dans le vide. Ensuite plus rien.

Au-dessus de ma tête, sur une petite tablette surplombant les deux couchages, je remarque une petite bouteille d'eau. Avec peine, je commence à me redresser doucement pour l'attraper lorsque la musique cesse. Le plancher craque derrière la porte.

On frappe…

Après quelques secondes de silence, la poignée s'abaisse et la porte s'ouvre lentement, laissant apparaître une silhouette massive. Je fais mine d'être toujours endormi.

— Vous êtes réveillé ? murmure une voix masculine dans l'obscurité.

Ne sentant aucune animosité dans l'interrogation, je réponds par l'affirmative.

— Super ! Alors attention les yeux !

Avant que je ne saisisse, le plafonnier s'allume et des aiguilles se plantent dans mes pupilles. Je détourne vivement le regard, agressé par cette soudaine et vive lumière, puis commence à la ré-apprivoiser progressivement.

L'homme est assis nonchalamment sur le matelas à côté du mien et m'observe avec un sourire bienveillant. De corpulence assez forte, il a des cheveux courts châtains en bataille et une grosse barbe à reflets roux. De petits yeux bleus et espiègles se perdent dans un large visage rond et avenant. Il doit être un peu plus jeune que moi, pas encore la trentaine mais on dirait un enfant, un enfant dans un corps d'adulte.

— Bonjour, comment vous sentez-vous ?

— Euh… je sais pas trop… (une quinte de toux me coupe la parole et ravive la douleur au passage). Je me sens vaseux et rouillé. Je n'arrive pas à tout remettre en ordre dans ma tête, en plus j'ai mal partout ça ne m'aide pas. Je suis où là ?

— Et bien avant tout, commence-t-il en me tendant la bouteille d'eau, bienvenue sur le Queen Valentine ! Je vous ai repêché après votre grand plongeon. On peut dire que vous avez eu de la chance ! Ceux qui voulaient votre peau ont bien failli vous avoir, m'apprend-t-il en désignant du menton une petite flasque posée sur une étagère sur ma gauche.

Je la reconnais immédiatement puisqu'elle était dans la poche intérieure de mon blouson. Je l'attrape et constate d'après son poids qu'elle est vide et pour cause… un impact bombé déforme l'inox de part et d'autre de sa partie basse et la face enfoncée est partiellement percée. Une sorte de bille écrasée brille à l'intérieur du trou.

— L'air de rien votre petite fiole vous a sûrement sauvé la vie, poursuit-il en pointant son doigt vers ma poitrine. Vous aviez un hématome pas joli-joli sur le côté gauche. Du coup, au cas où vous auriez eu une côte fêlée ou cassée, je vous ai fait un bandage bien serré afin de maintenir l'ensemble de la cage thoracique en place. J'ai également trouvé une légère blessure à votre épaule, certainement causée aussi par une balle. Mais là à mon avis c'est pas bien méchant, elle a juste écorché la peau à la limite de la clavicule. Et pour finir, votre cheville gauche me paraissait bien gonflée alors je vous ai fait un strap.

Je le dévisage, interloqué :

— Excusez-moi mais vous êtes docteur ?

Il glousse.

— Non non, pas du tout, je suis juste un grand fan de Mike Horn[1] ! J'ai lu tous ses livres. Si j'avais été médecin j'aurais su faire tomber votre fièvre plus vite et vous seriez sans doute resté inconscient moins longtemps…

— Je suis resté inconscient ! m'exclamé-je dans une totale surprise. Combien de temps ?

— Ça fait cinq jours aujourd'hui.

— Cinq jours !!!

Je me triture le cerveau pour faire un rapide calcul mental qui m'apprend au final que nous devons donc être le vendredi 22 mars.

— Un problème ? me demande mon interlocuteur, remarquant probablement mon expression déconfite.

— Les hommes qui m'ont tiré dessus, ils ont attaqué l'immeuble dans lequel notre groupe était

---

[1] Mike Horn est un explorateur-aventurier de nationalité suisse et sud-africaine connu pour ses nombreuses expéditions autour du globe et spécialiste de la survie en milieu hostile.

réfugié. Certains de mes amis ont réussi à s'enfuir mais j'ai été séparé d'eux. J'essayais de les rattraper quand tout ça est arrivé. Ils devaient à la base avoir je pense une journée d'avance sur moi mais là du coup ça va faire une semaine...

— Ah... je suis désolé... sincèrement.

Je lui souris tristement puis lui tends la main :

— En tout cas, merci... euh...

— Brice-Olivier Blanchard, mais tout le monde m'appelle Bob ! se présente-t-il en me serrant la main.

— Aidan Caplan, Dan pour les intimes.

— O.K. Dan. Ravi !

— Non c'est moi, je vous en dois une. Vous avez dit que j'avais eu de la fièvre ?

— Oui, après vous avoir sorti de l'eau je me suis occupé de vos blessures mais vous avez vite commencé à avoir des tremblements accompagnés de grosses sueurs. Je vous ai donc donné du paracétamol mais ça n'a pas suffi. Vous avez perdu connaissance et votre température n'est retombée qu'avant-hier.

— Et vous n'avez pas eu peur ?

— De quoi ? Que vous soyez infecté et deveniez agressif ?

J'acquiesce.

Il glousse à nouveau en rougissant :

— Non j'étais plutôt confiant mais j'avoue que la prudence m'a tout de même poussé à vous attacher à la couchette jusqu'à ce que votre fièvre disparaisse.

— Je comprends... J'aimerais prendre l'air, c'est possible de récupérer mes vêtements et de faire un tour sur le pont ?

— Affirmatif ! s'enthousiasme Bob. Je vais vous chercher ça.

Je regarde ce grand gaillard débonnaire sortir de la cabine puis replonge mon attention sur la flasque dénaturée. Parfois la vie tient à bien peu de chose.

Chloé, Zack, où pouvez-vous donc bien être aujourd'hui ?

16h06

Porté par les vents qui s'engouffrent dans les deux voiles tendues, le monocoque d'une dizaine de mètres de long file à fière allure vers la côte. Solidement accroché au bastingage, je respire en savourant l'air frais iodé et profite de la vue indéfinissable. Même si ma cheville est douloureuse et que la station debout ne m'est pas encore totalement évidente, le déplacement en valait la peine.

Alors que Bob rentre les voiles, qu'il appelle "grande voile" la plus importante et "foc" celle en avant du mat, il m'explique qu'il se met à la cape pour passer la nuit. La manœuvre consiste, en résumé, à modifier l'angle du bateau par rapport au vent afin de se laisser porter par la mer. Il termine en abaissant la dérive à l'arrière et en attachant la barre de sorte que le voilier reste sur place.

— C'est ton bateau ? lui demandé-je alors qu'il m'aide à descendre les petites marches nous ramenant à l'intérieur.

— Non, je l'ai trouvé au milieu des coquilles de noix du petit port de L'Houmeau, me répond-t-il sans se formaliser le moins du monde de mon tutoiement venu tout naturellement. Son propriétaire n'était plus… comment dire… en état de s'en servir. Mon père était marin pêcheur, grâce à lui je m'y connais un peu alors je me suis fait plaisir ! Sinon, du café ça te dit ?

— Chaud ?

— Bah oui !

— Un don du ciel, soupiré-je pour moi-même.

— Le bateau dispose d'un petit panneau solaire. C'est pas grand-chose mais ça permet d'alimenter les petits appareils électriques et d'avoir de l'eau chaude.

— Génial ! m'extasié-je. Le grand luxe !

Alors que je m'installe laborieusement en raison de l'espace réduit sur la banquette longeant l'étroite table, Bob allume une petite bouilloire déjà pleine puis s'empare de deux mugs et d'un pot de café soluble.

— Dan, je peux te poser une question ?

— Bien sûr.

— Sous l'effet de la fièvre tu étais parfois un peu agité et à plusieurs reprises je t'ai entendu prononcer deux prénoms, toujours les mêmes, Zack et Chloé. Qui sont-ils ?

La seule évocation de leurs noms suffit à me prendre aux tripes et il me faut un peu de temps pour accuser le coup. Bob respecte mon silence et attend patiemment devant la bouilloire jusqu'à ce que l'eau frémisse. Il vient ensuite s'asseoir face à moi et remplit nos tasses avec toute la délicatesse d'une geisha.

— Chloé est ma compagne, Zack son fils, un ado. Ils font partie de ceux que j'essaie de retrouver. En fait je n'étais pas avec eux quand ils ont été attaqués par les hommes du port autonome.

— Ceux qui t'ont tiré dessus sur la falaise ?

— Sans doute. Et à mon retour c'était l'horreur, tout le monde avait été massacré. Mais par chance tous les deux n'étaient pas parmi les victimes. Il manquait aussi trois autres personnes de notre groupe. J'espère tellement qu'ils ont pu s'échapper ! Je me dis qu'ils sont peut-être ensemble, tous les cinq. Ça me fait tellement peur d'imaginer Zack et Chloé seuls !

— Et tu as une idée d'où ils ont pu aller ?

— Je sais où ils sont censés se rendre. On en avait parlé il y a un moment déjà. On avait également vu ensemble certains itinéraires à emprunter en priorité. T'as une carte de l'île de Ré ici ?

Bob se relève, ouvre un placard et farfouille à l'intérieur. Il lâche un petit cri de satisfaction puis revient s'asseoir en dépliant sur la table une vieille carte maritime du Pertuis Breton.

— O.K. Bon alors… Nous étions là, commencé-je en lui indiquant le centre-ville. Et voilà où nous avions convenu d'aller en cas de problème, ajouté-je en faisant cette fois glisser mon doigt jusqu'à l'extrémité septentrionale de l'île. L'idée en cas de pépin était de rejoindre le port des Minimes en contournant au maximum l'hypercentre, et ensuite de trouver un bateau pour gagner l'île. Et enfin voilà l'endroit que nous avions choisi pour débarquer.

Je lui désigne alors une pointe au sud de Rivedoux-Plage :

— La Pointe de Chauveau. Comme aucun de nous ne sait naviguer, on s'était dit que ce serait le chemin le plus court et surtout que le phare pourrait nous servir de point de mire. Ensuite le plan était de longer la côte jusqu'à la Passe puis de rejoindre Loix. De là on traversait le chenal jusqu'à la Patache et enfin Les Portes-en-Ré.

» Chloé a pu me laisser un message avant de partir. Et il était suffisamment clair, c'est bien là qu'ils vont, j'en suis sûr. L'inconvénient, c'est que ne sachant pas combien de temps ils mettraient pour arriver au port puis sur l'île, j'avais pensé rattraper mon retard en traversant au plus court, vers le pont. Mais maintenant ça fait pratiquement une semaine, alors je ne sais pas du tout où ils peuvent en être !

Bob réfléchissait, le visage rembruni.

— On peut toujours naviguer jusqu'à votre point de chute, aux Portes, propose-t-il, puisque tu es sûr que c'est là qu'ils iront. Il n'y aura plus qu'à patienter.

— C'est une possibilité, mais je ne peux pas faire ça. Il n'est pas question que je les attende sans rien faire, sans savoir s'ils arriveront. On avait décidé de points de rendez-vous intermédiaires dans l'hypothèse où nous serions séparés. Là… là… là… ou encore là…, ajouté-je en révélant successivement plusieurs lieux précis sur la carte.

Bob siffle un coup :

— Vous avez pensé à tout !

— On a eu le temps, la journée il y a toujours quelque chose à faire, quelque chose à trouver, enfin je ne t'apprends rien. Par contre il arrivait que les soirées soient plutôt longues sans électricité. Alors parfois nous les occupions de cette manière, en essayant de parer à toutes les éventualités. Et finalement c'était une bonne chose. J'espère que ces longues conversations nous serviront aujourd'hui et que je les retrouverai rapidement…

— Te mine pas, ils se rappellent sûrement de tout !!! Et comment tu veux procéder alors ?

— Aller au premier point de rendez-vous à la Pointe de Chauveau. Là je saurai au moins s'ils ont réussi à atteindre l'île. Et si c'est le cas ils m'auront laissé un indice de leur passage, c'est sûr.

— On pourrait à la rigueur y être assez vite, mais pour ça il faudrait passer sous le pont. Et la dernière fois que je m'en suis approché c'était pour te repêcher, et comme toi je me suis fait canarder. Donc ça m'étonnerait qu'on puisse passer sans risque. Il vaudrait mieux faire le tour de l'île, ça sera plus long mais bien moins dangereux si tu veux mon avis.

— Plus long comment ? m'inquiété-je.

— Un jour ou deux, je ne sais pas trop. Mais j'y pense… Si on doit faire le tour de l'île, et que votre but final est aux Portes, on devrait peut-être tout de même commencer par là. Parce qu'en une semaine ils y sont peut-être déjà en fait. Et si ce n'est pas le cas alors on pourrait reprendre l'itinéraire en sens inverse, on finira bien par retrouver leurs traces, l'île n'est pas si grande. Et si tes amis longent la côte, et que de notre côté on surveille bien les rivages, on ne sait jamais, on a peut-être une chance de les croiser !

— Non je pense que s'ils aperçoivent un bateau ils se cacheront pour ne pas se faire repérer. C'était une consigne quand on était ensemble. Ne pas se montrer si l'on ne sait pas à qui l'on a affaire.

— Mais ça vaut toujours le coup de tenter. Non ?

— Je te fais confiance. Et puis c'est toi le capitaine, Bob. De toute façon je ferai le tour de l'île à pied s'il le faut pour retrouver Chloé, alors commencer par un bout ou par l'autre... C'est peut-être en effet la meilleure solution.

Son visage poupon se fend d'un large sourire et mon nouveau compagnon d'infortune scelle notre alliance en venant taper sa tasse contre la mienne.

EPILOGUE

« Depuis toujours, il y a ceux qui restent chez eux et ceux qui s'en vont. Chacun peut faire son propre choix, mais il doit le faire pendant qu'il en est encore temps et ne jamais changer d'avis. »
Tove Jansson

Samedi 23 Mars 2013
Quelque part dans le Pertuis Breton
08h20

En me réveillant ce matin, comme chaque matin depuis près de deux mois, je n'ai toujours pas eu la bonne surprise d'être le héros d'une série dramatique télévisée qui, lors de son épisode final, se réveillerait d'un mauvais rêve ou d'un long coma pour découvrir que tout ceci n'était qu'hallucinations. Le pire choix de conclusion, entre nous soit-dit, pour une fiction, sans relief et de mauvais goût, bref totalement décevant. Elle serait pourtant la meilleure et la bienvenue dans notre cas : la réalité.

A chaque réveil, j'ouvre les yeux en souhaitant entendre sonner dans la minute l'alarme de mon téléphone portable, m'avertissant qu'il est temps de me lever pour pouvoir dans une heure être sur le terrain et relever le premier compteur de ma journée.

A chaque réveil, il n'en est rien. Je n'ai d'ailleurs plus de mobile depuis longtemps, puisque déchargé et donc sans plus aucune utilité. On ouvre les yeux en ayant froid et faim, chiffonné de n'avoir pas trop bien dormi, sommeil perturbé d'images macabres et d'événements sordides. On se lève en grignotant un morceau de gâteau arrosé de quelques centilitres d'eau ou de jus d'orange quand il en reste, car il faut rationner les provisions. Puis on se demande de quoi la journée sera faite. On vit au jour le jour, avec l'espoir que les choses changent ou tout simplement avec celui de sortir du pire cauchemar collectif jamais fait.

Mais ce matin pourtant quelque chose est différent. Je n'ai pas froid, je n'ai pas faim. Le repas chaud de la veille et la nuit passée, bercée par le roulis et le tangage du voilier, m'ont donné un bon coup de fouet.

Une cinquantaine de jours durant, nous avons tant bien que mal tenté de survivre en essayant de conserver le cocon protecteur de notre nid familial mais cela n'a pas marché. Nous étions dans l'attente, dans l'attente que quelque chose nous arrive, de bon ou de moins bon. Nous avons perdu des gens, des amis, et nous avons été chassés par la force.

Mais maintenant nous sommes en mouvement, nous avons un nouveau but. Celui d'avancer et de nous retrouver, ailleurs qu'à l'endroit où nous avons amorcé cette vie qu'est à présent la nôtre, pour tout recommencer. L'infection et le retour des morts seront toujours plus faciles à circonscrire sur une île que sur le continent. De plus, je ne suis pas seul, j'ai trouvé, semble-t-il, un nouvel allié et, chose non négligeable, un moyen de déplacement sur lequel nous ne risquons a priori rien. Très bientôt, je n'en doute pas, nous retrouverons la trace de Chloé, Zack, Maxime, Lisa et Hugo. S'il s'avère qu'ils sont effectivement ensemble, ils s'en sortiront.

J'entre dans la cabine de toilettes en boitillant, la cheville encore faible. Me déshabiller est une entreprise délicate mais la promesse d'une douche chaude est trop belle. Afin d'économiser l'énergie du panneau solaire, Bob ne s'en autorise qu'une de dix minutes par semaine. Dix minutes de pur bonheur qu'il m'a gracieusement offertes sous prétexte qu'elles me seraient plus profitables ! J'ai accepté avec joie, certain de dégager une odeur pas forcément accueillante mais qui pour autant, par la force des choses, ne m'indispose plus vraiment depuis longtemps.

Le seul fait de bouger mon bras gauche me tiraille tout le côté, du flanc à l'épaule, et me pencher vers l'avant est presque impossible. Dans le minuscule miroir accroché au-dessus du lavabo tout aussi minimaliste, j'essaie d'examiner mes blessures. La plaie de l'épaule a commencé à se refermer, la chair en cours de cicatrisation arborant une couleur rosée brillante. Sous mon aisselle, un important hématome jaune-vert olive s'étend du bas de l'omoplate jusque sous le thorax et le toucher est encore douloureux.

Impatient, je me présente sous le pommeau, règle le mitigeur sur trente-huit degrés et le fais pivoter. Les fines gouttes d'eau sous pression s'abattent sur moi, brûlantes, dans une salve bienfaitrice. Je me laisse envelopper par cette chaleur délassante avant de refermer le robinet pour me savonner. En serrant les dents, je me tortille pour me frictionner partout correctement. Je m'attarde ensuite un peu plus longuement sur mes cheveux pour les shampouiner plusieurs fois en raison de leur longueur. Au moment de me rincer, c'est une eau grise qui coule à mes pieds avant de disparaître par la bonde où s'accumule un petit dôme de mousse.

A la sortie de cette bienheureuse douche, je me sens vraiment bien, plus léger et ragaillardi. Je gratte ma barbe qui peine à s'étoffer, ma pilosité étant moins active que la moyenne des hommes, et décide de ne la raser que lorsque j'aurai retrouvé Chloé, pour elle uniquement.

09h15

Sous un ciel incertain, caressés tantôt par un soleil timide et doux tantôt par une brise légère et fraîche, Bob m'inculque les rudiments de la navigation. Après un rapide cours de terminologie, nous abordons les manœuvres de base, à savoir le contrôle de la vitesse en fonction du réglage et de l'équilibre des voiles. Patiemment, il me montre comment on peut ralentir en les "choquant", c'est-à-dire en les lâchant pour les écarter de l'axe du bateau puis comment aller plus vite en les "bordant", action visant à les tirer pour les ramener dans cet axe.

Sa compagnie et sa sympathie me sont d'une aide précieuse pour garder le moral et ne pas trop me ronger les sangs, car je n'occulte à aucun moment que la femme que j'aime, son fils et les quelques amis qu'il nous reste sont dans la nature, quelque part en mer ou sur terre de l'autre côté de l'île. Et je ne suis pas avec eux. Je suis ici, à écouter Bob attentivement, profondément convaincu que lui et ses enseignements me seront un appui capital pour reformer notre groupe.

Pour l'heure nous voguons vers le sud-est, il a mis le cap sur le port d'attache du voilier, à l'Houmeau. Là-bas, cachée dans une cabane de pêcheurs, il m'a dit disposer d'une réserve de provisions dans laquelle il veut faire une halte. Maintenant que nous sommes deux à bord, il préfère se ravitailler convenablement avant d'entamer le tour de l'île. Nous devrions ainsi pouvoir prendre la mer sans avoir à faire d'escales improvisées et forcées pour la nourriture ou l'eau.

L'anse de la Fertalière à l'horizon, le Queen Valentine glisse au fil de l'eau, chahuté par les vagues qui claquent sur sa coque. Plusieurs dizaines de mouettes et de goélands nous escortent, leurs piaillements criards brisant l'impressionnante sérénité du large. Dans cette quiétude locale, qui pourrait imaginer qu'à quelques miles de là, tout autour de nous, l'espèce humaine se décompose, tant au propre qu'au figuré.

Au milieu de tous ces morts en décrépitude et d'une humanité en déliquescence, quelques poches de survivants subsistent, certains s'entraident, d'autres se détruisent. Des gens meurent, succombant à une mystérieuse maladie provoquant leur retour à une certaine vie, quand d'autres tuent sans distinction. Les premiers ont une soif viscérale de sang, les seconds sont juste cupides, avides de possessions et de pouvoir. Et nous dans tout ça, nous sommes là, parmi eux, et devons désormais survivre avec les uns comme avec les autres, nous méfier des morts comme des vivants, et peut-être même plus encore de ces derniers…

Sommaire

Première partie :
Une semaine en enfer

Seconde partie :
Espèce en voie de décomposition

Remerciements

Si ce livre existe aujourd'hui, c'est en partie grâce à certaines personnes que je voudrais saluer ici.

J'ai découvert l'écriture vers quatorze-quinze ans grâce au cadavre exquis, un jeu littéraire (au titre prémonitoire) que m'ont fait découvrir mon oncle et ma tante, Jean-Marie et Huguette Dubos. J'ai eu une sorte de déclic et j'ai commencé à écrire mes premières histoires, principalement des nouvelles et des récits. C'est donc tout naturellement que je tenais à les remercier pour avoir fait naître chez moi cette passion qui m'a amené jusqu'à la rédaction du premier tome de mon "histoire de morts-vivants".

Cependant, la personne qui fut la plus importante tout au long de cette belle aventure est celle qui partage ma vie.

Emmanuelle, tu nous as portés, mon projet et moi, pendant deux longues années, m'assistant et me relisant encore et encore pour dénicher fautes et incohérences que je ne voyais pas ou plus. J'avoue ne pas toujours avoir été un auteur facile et ouvert tandis que de ton côté tu m'apportais ton soutien infaillible, le recul que je n'avais pas, de justes conseils, de judicieuses suggestions et de belles formules. Grâce à ces petits grains de sel que tu as disséminés çà et là, cette histoire a gagné en saveur et en consistance. Et le résultat est là, bien au-delà de toutes mes espérances et c'est un peu beaucoup grâce à toi, à ton implication proche de l'abnégation et à ton amour.

Pour tout ça, merci ma belle, car sans toi je n'en serais pas là.

Enfin, bien sûr, merci à vous, lecteurs, qui avez suivi cette aventure et l'avez fait vivre à votre façon dans votre imaginaire, en espérant vous retrouver bientôt.

Edité par
Johan Duval
France – 4eme publication Juillet 2020
Dépôt légal : Octobre 2016

www.ingramcontent.com/pod-product-compliance
Lightning Source LLC
Chambersburg PA
CBHW050840030726
47503CB00007BA/2258